KB166521

운명의 딸 2

Hija de la fortuna

HIJA DE LA FORTUNA
by Isabel Allende

세계문학전집 164

운명의 딸 2

Hija de la fortuna

이사벨 아옌데

권미선 옮김

민음사

차례

1권 차례

2부
1848~1849 (하)

항해

엘리사는 토굴과도 같은 창고 안에서 죽어 가고 있었다. 깜깜한 곳에 생매장된 기분에다, 짐짝들과 상자들 안에서 풍기는 냄새와 통 속에 저장된 소금에 절인 생선 비린내, 배 밑창에서부터 올라오는 오래된 찌든 냄새 등 갖가지 냄새가 오묘하게 뒤섞여 역겨웠다. 두 눈을 감고 세상을 돌아다녀도 될 정도로 발달된 후각이 이제는 고문 기구가 되었다. 엘리사의 유일한 동반자는 털이 세 가지 색깔을 띤 이상한 고양이였다. 그 고양이는 쥐들로부터 창고를 지키기 위해 그 안에서 엘리사만큼이나 감금된 생활을 하고 있었다.

타오 치엔은 엘리사에게 사람의 몸은 필요하면 거의 모든 환경에 잘 적응하기 때문에 냄새는 물론, 그곳에 숨어서 사는 생활에도 곧 익숙해질 거라고 말했다. 그리고 항해는 한참 걸릴 것이고, 밖으로는 얼씬도 할 수 없을 테니, 미치고 싶지 않으면 아예 시도할 생각도 하지 말라고

덧붙였다. 물과 음식은, 별다른 의심을 사지 않고 창고로
가지고 내려올 수 있을 때를 살펴서 책임지고 갖다 주겠
다고 했다. 범선은 작지만 사람들로 가득 찼기 때문에 이
런저런 핑계를 대고 살짝 빠져나오는 것은 어렵지 않다고
했다.

"고마워요. 캘리포니아에 가면 터키석으로 된 브로치를
드릴게요……."

"그건 잘 간수하세요. 나한테는 이미 지불했잖아요. 그
게 필요할 거예요. 캘리포니아에는 왜 가는 건가요?"

"결혼하러 가는 거예요. 내 애인은 호아킨이라고 해요.
그도 황금 열풍에 전염이 돼서 떠났어요. 돌아온다고는 했
지만 내가 그를 기다릴 수가 없었어요."

배가 발파라이소 만을 떠나 심연으로 나가기도 전에 엘
리사는 정신을 잃고 헛소리를 하기 시작했다. 엘리사는 몇
시간 동안 어둠 속에 짐승처럼 쭈그리고 누워 있었다. 너
무 아파서 자기가 어디에 있는지, 왜 그곳에 있는지 분간
도 못할 정도였다. 타오 치엔이 창고 문을 열고 촛불을 밝
히며 먹을 것을 가지고 올 때까지 엘리사는 그러고 있었
다. 엘리사가 입에 아무것도 대지 못할 정도라는 건 한눈
에 봐도 알 수 있었다. 그는 고양이에게 저녁 식사를 주고
는, 물 항아리를 찾으러 나갔다가 돌아와서 그녀를 씻겨
주었다. 위가 좀 가라앉을 때까지 진한 생강차를 마시게
하고, 금침을 열두 군데도 더 놓았다. 그가 엘리사를 완전
히 벌거벗겨, 바닷물로 깨끗이 씻긴 다음 단수 한 컵으로
다시 헹구고, 머리끝에서 발끝까지 말라리아의 열병을 예방

하는 발삼 향으로 마사지를 해 주는데도 엘리사는 아무것도 몰랐다. 잠시 후에 엘리사는 카스티야 망토에 싸여 고양이를 발밑에 두고 잠이 들었다. 그사이 타오 치엔은 갑판에 올라가 바닷물로 그녀의 옷을 헹구었다. 그 시간에는 선원들 모두 쉬는 시간이었지만 가급적 사람들의 주의를 끌지 않으려고 신경을 쓰면서 옷을 헹구었다. 배에 오른 지 얼마 되지 않은 승객들은 엘리사만큼이나 심한 뱃멀미를 해 댔지만, 3개월 전 유럽에서부터 배를 타고 온 승객들은 이미 그런 단계를 거친 후라 아무렇지도 않게 바라보고만 있었다.

에밀리아호에 새로 오른 승객들이 차츰 파도의 움직임에 익숙해지고, 남은 항해 기간에 필요한 일상생활에 길들여지는 사이, 배 밑바닥에 갇혀 있는 엘리사의 증세는 시간이 흐를수록 더 심해졌다. 타오 치엔은 그녀에게 물을 가져다주고 멀미를 진정시켜 주기 위해 틈이 날 때마다 아래로 내려왔다. 그는 그녀의 멀미가 가라앉기는커녕 자꾸 심해지는 게 사뭇 이상했다. 멀미를 위한 처방과 급할 때 임기응변으로 만들어 낸 처방, 모든 방법을 총동원해 증세를 가라앉혀 보려 했지만, 엘리사는 위 속에 거의 아무것도 담아 두지를 못하고 모두 토해 내, 점점 탈수 상태가 되었다.

소금과 설탕물을 준비하고 끝없는 인내심을 발휘해 가며 숟가락으로 떠먹여 보았지만, 2주가 지나도 별다른 외관상의 호전이 보이지 않았다. 한때는 엘리사의 피부가 종잇장처럼 얇아졌으며, 타오가 억지로라도 운동을 시키기 위해 몸을 일으키려고 해도 일어나지 못할 정도였다. "움직이지 않으면 손발이 저려 오고 머리가 멍해져요." 하고 그는 계속해서 말했다. 범선은 코킴보, 칼데라, 안토파가스타, 이키케, 아리카에서 잠깐씩 머물렀다. 타오 치엔은 갈수록 엘리사의 몸이 약해지는게 내심 두려웠기 때문에, 그때마다 배에서 내려 집으로 돌아갈 수 있는 방법을 찾아보라며 그녀를 설득했다.

카야오 항구를 뒤로 한 지 얼마 지나지 않아 엘리사의 상태가 급작스럽게 악화되었다. 타오 치엔은 시장에서 약효가 좋은 코카인 잎사귀를 약간 구했다. 그리고 환자에게는 배에서 주는 형편없는 식사보다는 좀 더 영양가 있는 게 필요했기 때문에, 숨겨 두었다가 한 마리씩 잡아먹기 위해 살아 있는 암탉 세 마리도 구입했다. 그는 닭을 한 마리 잡아서 신선한 생강을 가득 넣어 푹 고은 다음, 억지로라도 엘리사에게 먹이겠다는 작정으로 배 밑으로 내려갔다.

타오 치엔은 고래 지방으로 등불을 밝힌 다음, 여러 짐짝들이 쌓인 곳을 지나 엘리사가 누워 있는 지저분한 곳까지 다가갔다. 엘리사는 두 눈을 감고 있었으며, 그가 온지도 모르는 것 같았다. 그런데 그녀의 몸 아래에 피가 흥건히 고여 있는 것이었다. 종이는 놀라서 소리를 지르고는, 불쌍한 어린것이 자살한 줄로 알고 엘리사에게로 얼른 다가갔다. 엘리사를 탓할 수는 없었다. 그런 상황에서라면 자기도 마찬가지였을 것이라고 생각했다. 옷을 들어 올려 보았지만 눈에 띄는 상처는 없었다. 그는 엘리사의 맥박을 짚어 보고는 그녀가 아직도 살아 있다는 걸 알았다. 타오는 엘리사가 눈을 뜰 때까지 그녀의 몸을 마구 흔들었다.

"저 임신했어요."

결국 엘리사는 실낱 같은 목소리로 고백했다.

타오 치엔은 두 손으로 머리를 감싸 안고는, 15년 동안 한 번도 입에 올리지 않았던 고향 사투리로 한탄을 하면서 어쩔 줄을 몰라했다. "미리 알았으면 절대 도와주지도 않았을 거야. 임신한 상태로 어떻게 캘리포니아에 갈 생각을 했는지. 미쳤어. 세상에 유산까지 시켜야 했다니! 죽으면 나도 끝장인데. 내가 멍청해서 이런 골치 아픈 일에 휘말린 거야. 왜 그렇게 황급히 칠레를 도망쳐 나오려 했는지 그걸 눈치 채지 못했다니!" 그러고는 영어로 맹세도 하고 저주도 퍼부었다. 그렇지만 엘리사가 다시 까무러쳤기 때문에 그가 아무리 원망해도 소용이 없었다. 그는 엘리사를 아이처럼 부둥켜안고서 앞뒤로 가만히 흔들었다. 그사이 분노는 걷잡을 수 없는 동정심으로 변해 갔다.

순간적으로 캣츠 선장에게 찾아가 다 털어놓을까도 생각해 보았지만 그가 어떻게 나올지는 예측할 수가 없었다. 루터파인 그 네덜란드 선장은 배에 탄 여자들을 나쁜 병에 걸린 사람처럼 대했기 때문에 자기 배에 여자가 몰래 숨어 탔고, 그것도 모자라 임신한 데다가 다 죽어 간다는 걸 알면 길길이 날뛸 게 분명했다. '나에게는 어떤 벌이 내려질까? 아니야, 절대 아무한테도 말해서는 안 돼.' 엘리사의 팔자가 그것밖에 안 된다면 그녀가 죽을 때까지 기다렸다가 시신을 부엌 쓰레기봉투에 담아 바다에다가 버리는 것 외에는 다른 방도가 없었다. 그녀가 너무 고통스러워한다면, 편히 죽을 수 있도록 도와주는 게 그녀를 위해 그가 할 수 있는 전부였다.

그가 출구 쪽으로 나가려는데 살갗에 뭔가 이상한 물체가 와 닿는 게 느껴졌다. 그가 놀라서 등을 돌리자, 둥글게 원을 그리며 흔들리는 불빛에 사랑하던 린의 모습이 명확하게 비쳐졌다. 린이 그녀의 가장 큰 매력인 그 동그스름한 얼굴에 살짝 비웃는 표정을 담고 얼마 떨어지지 않은 곳에 서서 그를 바라보고 있었던 것이다. 그녀는 명절 때 입던, 금실로 수를 놓은 초록색 비단 옷을 입고, 상아 핀으로 머리를 간단하게 올려 묶어 양쪽 귀에다가 신선한 작약꽃 두 송이를 꽂고 있었다. 장례식에 앞서 옆집 여자들이 그녀에게 옷을 입혔을 때의 그 모습 그대로였다.

살았을 때 아무리 금슬이 좋았다 하더라도, 귀신들은 산 사람들한테 포악하게 굴 수 있기 때문에, 창고에 나타난 아내의 모습이 너무나 생생해 그는 오히려 섬뜩한 느낌이 들었다. 그가 문 쪽으로 도망치려고 했지만 린이 그를 가로막았다. 타오 치엔은 무릎을 꿇고 앉아 벌벌 떨었다. 그렇지만 현실과 이어지는 유일한 통로인 등불만큼은 손에서 절대 놓지 않았다. 그는 귀신들이 정신을 사납게 하기 위해 린의 형태를 빌려서 나타났을지도 모른다는 생각에 귀신들을 쫓아내는 기도문을 외우려 했지만 한마디도 생각나지가 않았다. 오히려 그녀에 대한 사랑의 긴 탄식과 과거에 대한 그리움만이 그의 입 밖으로 튀어나왔다.

그제야 린이 절대 잊혀질 수 없는 그 다정다감함으로 그에게 다가왔다. 그녀는 그가 마음만 먹으면 입을 맞출 수

14

도 있을 정도로 가까이 다가와서는 소곤거렸다. 린은 그를 두려움에 떨게 하기 위해 그 멀리서 온 게 아니라, 그에게 존경받는 의사로서의 의무를 상기시켜 주기 위해서 왔다고 말했다. "나도 그 여자처럼 딸을 낳은 후에 피범벅이 되어 죽을 뻔했지만, 당신이 살려 주지 않았던가요? 저 젊은 여자를 위해서 왜 그때와 똑같이 하지 않는 거예요? 내 사랑하는 타오가 웬일일까? 혹시 그 선한 마음씨를 잃어버리고 비열한 사람이 된 거예요?" 린은 엘리사의 운명은 여기서 일찍 죽는 게 아니라고 야무지게 말했다. 여자가 사랑하는 남자를 만나기 위해 이 끔찍한 구석에 갇혀 그 멀리까지 갈 생각을 했다면 그건 그 여자가 기가 강하기 때문이라는 것이었다.

"타오, 그 여자를 도와줘야 해요. 자기가 사랑하는 사람을 보지 못하고 죽는다면 편히 쉬지 못할 거예요. 그러면 그녀의 혼이 평생 당신을 따라다닐 거예요."

린이 연기처럼 사라지기 전에 그에게 주의를 주었다.

"기다려!"

타오는 손을 뻗어 그녀를 잡아 보려 했지만 그의 손은 허공만 헤맸다.

타오 치엔은 정신을 가다듬으려고 애쓰면서 한참을 바닥에 엎드려 있었다. 놀라서 미친 듯이 뛰던 심장이 좀 가라앉고, 린의 은은한 향이 창고 안에서 완전히 사라질 때까지 가만히 있었다. "가지 마, 가지 마……." 그는 사랑에 몸부림치며 수천 번도 더 넘게 되뇌었다. 그는 한참 후에야 몸을 일으켜서 문을 열고는 바깥으로 나갈 수 있었다.

온화한 밤이었다. 태평양은 달빛을 받아 은처럼 반짝거렸으며, 가벼운 미풍은 에밀리아호의 낡은 돛을 잔뜩 부풀려 놓았다. 많은 승객들은 이미 잠자리에 들었거나 선실에서 카드를 치고 있었다. 몇몇 승객들은 갑판 위를 가득 메운 기계들과 마구들, 상자들이 너저분하게 널려 있는 그사이에 그물 침대를 쳤으며, 또 몇몇 승객들은 배가 거품을 내며 물을 가르고 지나간 자리 뒤로 돌고래들이 뛰어노는 걸 선미(船尾)에서 바라보고 있었다.

타오 치엔은 고마움에 끝없이 넓은 창공을 향해 시선을 들었다. 린이 저세상으로 떠나고 난 다음, 처음으로 모습을 드러내 놓고 자신을 찾아온 것이었다. 선원 생활을 시작하기 전에도, 특히 깊은 명상에 빠졌을 때, 가까이에서 그녀를 느낀 적은 여러 번 있었다. 그렇지만 그때에는 린의 영혼이 자신 곁에 희미하게 나타나는 건지, 아내를 잃고 그리워하는 자신의 마음인 건지 혼란스러웠다. 린은 가느다란 손가락으로 그를 어루만지며 곁을 스쳐 지나가곤 했지만, 그는 그게 진짜 그녀인지 아니면 괴롭고 그리운 마음에 자기가 만들어 낸 환상인지 의심이 들었다. 그렇지만 조금 전 창고에서는 의심의 여지가 없었다. 린의 얼굴이 바다 위에 떠 있는 달처럼 확실하고 또렷하게 그의 앞에 나타났던 것이다. 그는 사랑을 나눈 후 린을 품에 꼭 껴안고 자던 그 먼 옛날의 밤처럼, 린과 함께 있다는 기분에 마냥 흐뭇했다.

타오 치엔은 문틈이 유일한 통풍구인 선원 객실로 향했다. 그의 나무 침대는 그 유일한 통풍구에서도 멀리 떨어진 곳에 있었다. 남자들의 홀아비 냄새와 뜨겁게 데워진 공기로 그곳에서 잠이 드는 건 거의 불가능했다. 그렇지만 발파라이소를 출발한 이후로는 여름 날씨라 갑판 바닥에서 잘 수 있었다. 그는 파도의 움직임에도 끄떡없도록 바닥에 못으로 박아 놓은 궤짝을 찾아, 목에서 열쇠를 꺼내 자물쇠를 열고는 약 가방과 아편이 들어 있는 유리병을 꺼냈다. 그러고는 단수 2인분을 살짝 챙기고 궁색한 대로 쓰기 위해 부엌 행주도 몇 개 챙겨 들었다.

그가 창고로 돌아가려는데, 누군가 그의 팔을 한 손으로 잡고 끌어당기는 바람에 너무나 놀랐다. 해가 진 다음에는 절대 밖으로 나오지 말라는 선장의 엄명을 어기고 손님들을 유혹하러 나온 한 칠레 여자였다. 배에 탄 여자들 중에서 아수세나 플라세레스가 제일 상냥하고 겁이 없는 여자였기 때문에, 그는 한번에 그녀를 알아볼 수 있었다. 항해를 처음 시작할 때 유일하게 나서서 멀미로 고생하는 승객들을 도와주었고, 돛대에서 떨어져 팔이 부러진 젊은 선원을 정성껏 간호해 주어서, 그녀는 엄한 캐츠 선장의 인심까지 사게 되었다. 그때부터 선장은 그녀가 자기 명령을 어길 때도 그냥 모른 척 눈감아 주었다.

아수세나는 아무 대가도 바라지 않고 간호해 주었지만, 그녀의 탄탄한 몸 위로 손을 대려는 사람은 누구든지 현금으로 꼬박꼬박 그 값을 지불해야 했다. 그녀가 늘 입버릇처럼 말하듯이, 마음씨 좋은 것과 멍청한 것을 혼동해서는 안 된다는 것이었다. "이게 내 유일한 재산이에요. 잘 관리하지 않으면 내가 쪽박 차는 거예요." 하고 그녀는 자신의 엉덩이를 찰싹 치면서 설명했다. 아수세나 플레세레스는 초콜릿, 커피, 담배, 브랜디와 같은 어느 나라 말로도 통할 수 있는 이 네 가지 단어들을 갖고 타오에게 말을 걸었다. 그와 지나치면서 늘 그러던 것처럼 그녀는 과감한 몸짓으로 그런 것만 있으면 자신의 서비스와 맞바꿀 수 있다고 설명했지만 종이는 단번에 그녀를 밀쳐 내고는 가던 길을 계속 갔다.

타오 치엔은 열이 펄펄 끓는 엘리사의 곁에서 거의 밤을 지새우다시피 했다. 그는 자기 가방 안에 들어 있는 몇 가지 되지 않는 도구들을 이용해 다 죽어 가는 그녀를 정성껏 돌보았다. 그는 엘리사가 끈끈한 핏덩어리를 쏟아 놓을 때까지 자신의 오랜 경험과 알 수 없는 연민에 이끌려 그녀를 돌보았다. 타오 치엔은 그 핏덩어리를 등불에 비추어 찬찬히 들여다보고는, 임신한 지 몇 주나 지나서 모든 게 확실하게 다 달린 태아였다는 걸 알았다. 그는 뱃속을 깨끗이 청소하기 위해 엘리사의 팔과 다리에 침을 놓아 강한 경련을 일으켰다. 결과가 만족스러워 어느 정도는 안심이 되었다. 이제는 감염이 되지 않도록 린이 돌봐 주도록 비는 것밖에는 남지 않았다.

그에게 엘리사라는 존재는 계약 관계에 불과했다. 그의 궤짝 안에 들어 있는 진주 목걸이가 그걸 입증해 줄 수 있었다. 일체의 어떤 관심도 느낄 수 없는 낯선 여자였던 것이다. 발도 크고, 남편을 얻으려면 고생 좀 해야 할 만큼 성격도 강한 서양 여자였다. 한눈에 봐도 남자를 즐겁게 해 준다거나, 위해 줄 것 같지가 않았다. 게다가 지금 같이 유산으로 몸이 망가진 다음에는 더욱 결혼하기가 어려울 것이었다. 이유야 어찌 됐든 벌써 그녀를 한 번 버린 경험이 있는 그 애인이라는 사람도 언젠가 다시 만난다 하더라도, 그녀를 아내로 맞아들이지는 않을 것이었다.

타오 치엔은 엘리사가 외국 여자치고는 그렇게 못생긴 편은 아니라고 생각했다. 길쭉한 그녀의 눈초리에는 적어도 약간의 동양적인 분위기가 풍겼으며, 황제가 타고 다니는 위풍당당한 말의 말총처럼 머리카락도 검고 길어서 윤기가 흘렀다. 그가 중국을 떠난 이래로 무수히 봐 왔던 다른 많은 여자들처럼 그녀가 도깨비같이 노랗고 빨간 머리였다면, 아예 그 근처에도 가지 않았을 것이다. 그렇지만 이제는 그녀의 미모나 강한 성격도 그 자신을 도와주지는 못할 것이다. 이미 그녀의 운명은 사납게 뒤틀렸으며, 이제 그녀에게는 희망이 없었다. 결국 캘리포니아에서 창녀로 인생을 마감할 것이다. 그는 광저우나 홍콩에서 그런 여자들을 무수히 많이 봐 왔다. 심한 구타와 질병, 마약에 찌들어 폐인이 된 그 불쌍한 여자들의 몸을 다년간 실습하면서 의사로서의 경험과 지식을 상당히 쌓았던 것이다.

아무리 린이 당부를 하긴 했지만, 엘리사를 이대로 죽도록 내버려 두어 그 끔찍한 운명에서부터 구해 주는 게 더 나은 건 아닐지 그날 밤 그는 몇 번이고 생각해 보았다. 그렇지만 이미 그녀가 선불로 지불한 이상에는 자기 일은 완수해야 한다고 다짐했다. 아니야. 그게 다는 아니야. 진작부터 그는 자기가 왜 그 여자를 밀항자로 몰래 배에 태위 주었는지 그 이유를 몇 번이고 생각해 보았었다. 그것은 상당히 위험한 일이었으며, 단지 진주 목걸이 때문에 자기가 그런 무모한 짓을 저지른 것 같지는 않았다. 엘리사의 용감한 결단력이 그를 감동시켰던 것이다. 연약한 몸매와 애인에 대한 그 뜨거운 열정이 그에게 린을 떠오르게 했던 것이다…….

마침내 동틀 무렵이 되어서야 엘리사는 하혈을 멈추었다. 열이 많이 내려가서, 창고 안의 참을 수 없는 무더위에도 불구하고 엘리사는 온몸을 벌벌 떨었다. 그렇지만 맥박은 훨씬 좋아졌으며, 잠결에 내쉬는 숨소리도 많이 편안해졌다. 그렇다고 위험에서 완전히 벗어난 것은 아니었다. 타오 치엔은 그곳에 남아 그녀를 돌보고 싶었지만, 해가 뜨려면 얼마 남지 않았고, 곧 자기 교대를 알리는 종소리가 울릴 것이었다. 그는 지친 몸을 이끌고 갑판까지 올라가 그냥 바닥에 고꾸라진 채 어린아이처럼 잠이 들었다. 한참 후에 다른 선원이 와서 곯아떨어진 그에게 장난삼아 툭툭 발길질을 하고 나서야 겨우 눈을 떴다. 그는 정신을 차리기 위해 바닷물을 담아놓은 물통에 머리를 담갔다. 그때까지도 잠이 덜 깬 상태로 부엌으로 가서 선상의 아침 식사인 귀리죽을 끓였다.

소리 지르며 음식에 항의하는 칠레 사람들 몇 명을 제외하고는, 무난한 캣츠 선장을 포함해서 모두 별다른 불평 없이 중국인의 음식을 먹었다. 칠레 사람들은 제일 늦게 타서 그나마 사정이 좋았는데도 항의는 제일 많이 했다. 다른 승객들은 발파라이소를 들르기 전부터 몇 달 동안 항해를 해 오면서 담배나 술, 과자 등 자신들이 준비해 온 식량들이 많이 모자란다는 걸 잘 알고 있었다. 칠레 사람들 중 몇 사람은 귀족이라서 자기 속옷도 빨 줄 모르며, 차 마실 물을 끓일 줄도 모른다는 소문이 돌았다. 일등칸에서 여행하는 승객들은 하인들을 데리고 있었다. 그들은 자기 손을 더럽힐 수 있다는 생각은 절대 해 보지 못한 사람들이기 때문에 금광에서 부려 먹을 생각으로 하인들을 데리고 가는 것이었다. 여자들이 단체로 시중드는 걸 거절했기 때문에 선원들에게 돈을 주고 시중을 받기 원하는 사람들도 있었다. 여자들은 은밀한 자기 선실에 10분만 남자들을 받아도 열 배는 더 벌 수 있었기 때문에 굳이 두 시간씩 옷을 빨 이유가 없었던 것이다.

선원들과 다른 승객들은 버릇없이 자란 도련님들을 비아냥거렸지만 절대 그들 앞에서 대 놓고 비웃지는 못했다. 칠레 사람들은 매너가 좋았다. 그들은 수줍음을 잘 타는 사람들로, 예의 바르고 점잖은 걸 큰 자랑으로 알았다. 그렇지만 조그만 일에도 금세 쉽게 건방져지는 사람들이었다. 타오 치엔은 가급적 그들과 부딪히지 않으려고 했다. 그들은 타오 치엔과 브라질에서 승선한 흑인 승객들을 대놓고 무시했다. 흑인들은 표 값을 다 지불했는데도 선실에서 잘 수 없었으며, 다른 승객들과 함께 같은 테이블에 앉을 수도 없었다. 타오 치엔은 차라리 비천한 다섯 명의 칠레 여자들이 좋았다. 그 여자들은 현실감각을 지녔고, 늘 명랑한 유머도 잃지 않았으며, 또 위급한 상황에서는 모성애도 한껏 발휘했다.

그는 엘리사가 계속 마음에 걸려, 정신을 딴 데 판 사람처럼 어수선한 마음으로 하루 업무를 마쳤다. 그렇지만 밤이 될 때까지는 엘리사를 보러 갈 틈이 없었다. 오전에 선원들이 어마어마하게 큰 상어 한 마리를 잡았던 것이다. 상어가 갑판 위에서 꼬리를 팔딱거리면서 괴로운 몸부림을 치고 죽어 갔지만, 누구 하나 다가가서 몽둥이로 때려 마저 죽이질 못했다. 타오 치엔이 요리사이니만큼 상어 껍질을 벗겨 토막을 내고 나서, 일부는 요리에 쓰고 나머지는 소금에 절여 놓아야 했다. 그사이 다른 선원들은 피로 벌겋게 물든 갑판 위를 솔로 닦아 냈다. 그리고 승객들은 저녁 만찬을 앞당겨, 마지막 남아 있던 샴페인 병을 터뜨리며 그 끔찍한 광경을 축하했다. 타오 치엔은 엘리사의 수프를 끓일 상어 심장과 지느러미를 따로 잘 간수해 두었다. 말린 상어 지느러미는 정력제로 엄청난 값을 받을 수 있었다.
　타오 치엔은 상어를 손질하면서 시간이 흐를수록, 자꾸만 엘리사가 배 밑바닥에서 죽어 있을 것이라는 불길한 생각이 들었다. 짬을 내서 마침내 배 밑으로 허겁지겁 내려간 타오 치엔은, 그녀가 아직 살아 있으며 많이 나아진 걸 확인하고는 말로 다 못할 정도로 흐뭇했다. 출혈은 멎었으며, 물 항아리도 비어 있었다. 그건 엘리사가 중간에 정신을 차렸다는 이야기였다. 그는 린에게 도와줘서 고맙다는 인사를 잠깐 했다. 엘리사가 어렵사리 눈을 떴다. 입술은 바짝 말라 있었으며, 얼굴은 열 때문에 발그스름했다. 그는 엘리사가 몸을 일으키도록 도와주고는, 피를 보충하기 위해 끓인 진한 당귀차를 마시게 했다.

타오가 그 약이 엘리사의 위에 어느 정도 흡수될 때까지 기다린 다음 신선한 우유를 몇 모금 마시게 하자, 그녀는 달게 받아 마셨다. 엘리사는 기운을 좀 추스른 다음, 배가 고프다며 우유를 더 달라고 했다. 배에 싣고 가는 암소들은 항해에 익숙지 않아 우유가 많이 나오지 않았다. 뼈만 앙상했으며, 벌써부터 사람들 사이에서는 소들을 잡아야 한다는 이야기가 나돌 정도였다. 타오 치엔은 우유를 마신다는 것 자체가 역겨웠지만, 그의 친구인 에바나이저 홉스에게서 우유에 피를 만들어 내는 성분이 있다는 말을 들은 적이 있었다. 홉스가 중상을 입은 환자들의 식이요법에 우유를 많이 사용했다면, 이번 경우에도 같은 효과를 발휘할 것이라고 생각했다.

"타오, 나 죽는 거예요?"

"아직은 아니에요."

타오가 그녀의 머리를 쓰다듬으며 미소를 지었다.

"캘리포니아까지 가려면 얼마나 남았어요?"

"많이. 그건 생각하지 말아요. 이젠 소변을 봐야 해요."

"싫어요. 제발."

엘리사가 거부했다.

"왜 싫다는 거예요? 소변을 봐야 해요!"

"당신 앞에서?"

"나는 종이예요. 나한테는 부끄러워할 필요가 없어요. 이미 당신 몸에서 볼 건 다 보았어요."

"움직일 수가 없어요. 타오, 여행을 견뎌 내지 못할 것 같아요. 차라리 죽고 싶어요……."

엘리사가 타오의 부축을 받으며 요강 위에 앉아 흐느꼈다.

"기운을 내요! 린이 당신은 기가 강하다고 그랬어요. 이렇게 죽으려고 그 멀리서부터 온 건 아니잖아요."

"누구요?"

"신경 쓰지 말아요."

그날 밤 타오 치엔은 자기 혼자서는 그녀를 돌볼 수 없다는 걸 깨달았다. 그 다음 날, 여자들이 평소처럼 빨래도 하고 머리도 따고 자기들의 작업복인 드레스의 깃털과 유리구슬을 매만지기 위해 선실에서 나와 갑판 위에 자리를 잡기 전에, 타오 치엔이 아수세나 플라세레스에게 잠깐만 보자는 손짓을 했다. 여행 중에 그 여자들은 전혀 창녀처럼 치장하지 않았다. 짙은 색 두터운 치마와 장식이 없는 블라우스를 입고 실내화를 신고 다녔으며, 오후에는 망토를 걸치고 머리도 두 갈래로 땋아 내렸다. 화장기도 없었으며, 집안일에만 열중인 소박한 시골 처녀들 같았다.

아수세나는 자기 동료들에게 장난기 짙은 윙크를 건네고는 그를 따라 부엌으로 갔다. 타오 치엔은 선장의 테이블에 놓아야 할 커다란 초콜릿 덩어리를 슬쩍해서 그녀에게 주고는, 자기의 문제를 설명하려고 했다. 그렇지만 그녀는 영어를 전혀 이해하지 못했으며, 타오도 점점 인내심을 잃어 갔다. 아수세나 플라세레스는 초콜릿 냄새를 음미하고는 아이처럼 환하게 웃었다. 인디오의 피가 흐르는 동그스름한 얼굴에서 밝은 빛이 나는 것 같았다. 그녀는 그 시간에는 비어 있을, 자신의 선실을 가리키면서 타오의 손을 잡아 자기 가슴 위에 얹었다. 그렇지만 타오는 얼른 손을 빼냈다.

그리고 그 여자의 손을 잡고는 창고로 이어지는 비상문 쪽으로 향했다. 아수세나는 이상하기도 하고 궁금하기도 해서 약간 주저했지만 타오는 망설일 틈도 주지 않았다. 그는 비상문을 열고는 그녀가 놀라지 않도록 계속 상냥한 웃음을 띠면서 그녀를 계단 아래쪽으로 밀어 넣었다.

타오가 벽에 걸린 등불을 찾아내 불을 켤 때까지, 그들은 얼마 동안 어둠 속에 그대로 있었다. 아수세나는 미소를 짓고 있었다. 결국 이 지저분한 중국인도 자기 덫에 걸리고 만 것이었다. 그녀는 아시아 사람하고는 한 번도 해 보지 않아, 그의 연장도 다른 남자들의 연장과 다를 바 없는지 상당히 궁금했다. 그렇지만 그 요리사는 단둘이 있는 그 은밀함을 어떻게 해 보려는 기색이 전혀 없었다. 오히려 그녀의 팔을 잡아끌고, 짐짝들이 미로처럼 얽혀 있는 미궁 속으로 들어갈 뿐이었다. 순간적으로 아수세나는 그 남자가 정신이 나간 이상한 사람일까 봐 두려웠다. 그에게서 벗어나려고 몸부림을 쳤지만, 엘리사가 누워 있는 그 골방이 불빛에 드러날 때까지 타오 치엔은 계속 앞으로 가도록 강요하면서 그녀를 놔주지 않았다.

"세상에, 하느님 맙소사!"

엘리사를 보는 순간, 아수세나는 깜짝 놀라 십자가를 그으며 소리를 질렀다.

"우리를 도와 달라고 말해요."

타오 치엔이 엘리사가 정신을 차리도록 흔들어 깨우면서 그녀에게 말했다.

타오 치엔의 간단한 지시를 엘리사가 더듬거리며 통역하

는 데만도 거의 15분이나 걸렸다. 타오 치엔은 보석 주머니에서 터키석 브로치를 꺼내, 벌벌 떨고 있는 아수세나의 눈앞에 대고 흔들었다. 거래는 아무도 모르게 하루에 두 번씩 내려와 엘리사를 씻기고 먹을 것을 주는 데 있다고 아수세나에게 말했다. 잘 지켜 주면 샌프란시스코에 도착할 때 그 브로치는 그녀의 것이 되지만, 다른 사람에게 한마디라도 하는 날에는 목을 베어 버리겠다며 윽박질렀다. 타오는 메시지를 확실히 전달하기 위해 한 손으로는 브로치를 높이 치켜세우고, 다른 손으로는 허리춤에서 칼을 꺼내 그녀의 코앞에 바짝 갖다 대었다.

"알아들었어요?"

"이 더러운 중국놈한테 알아들었다고 이야기해요. 그리고 까딱하다가 사람 다칠 것 같으니 제발 그 칼 좀 치우라고 이야기해요."

엘리사는 밤에는 타오의 간호를 받고, 낮에는 아수세나의 간호를 받으며, 열에 들떠 헛소리까지 해 대면서 수많은 나날을 심하게 앓았다. 아수세나는 대부분의 승객들이 잠들어 있을 아침 이른 시간과 낮잠 자는 시간을 이용해 부엌으로 몰래 숨어 들어왔다. 그러면 그곳에서 타오가 기다리고 있다가 그녀에게 열쇠를 건네주었다. 처음에는 창고에 내려가는 게 무서워 죽을 것 같았지만, 곧 그녀의 낙천적인 천성과 브로치에 대한 기대가 두려움을 극복하게 해 주었다.

아수세나는 비누를 묻힌 수건으로 엘리사가 끙끙 앓으면

서 흘린 진땀을 닦아 주는 것부터 시작했다. 그러고는 귀리를 넣은 우유죽과 타오 치엔이 당귀와 쌀을 넣어 끓인 닭 국물을 떠 먹이고, 그가 명령한 대로 약초도 갈아서 붙여 주었다. 그리고 자기 임의대로 보라하를 끓인 물도 하루에 한 잔씩 먹였다. 아수세나는 임신으로 인한 후유증에는 그 것만큼 깨끗하고 좋은 게 없다고 맹신하고 있었다. 보라하 약초와 카르멘 성모상은, 아수세나와 같은 창녀들이 여행 가방에 맨 먼저 챙겨 넣는 것들이었다. 그 여자들은 그것들 이 없으면 캘리포니아로 가는 길이 너무나 멀고 험할 것이 라고 믿고 있었다.

엘리사는 과야킬 항구에 도착하는 날 아침까지 죽음의 문턱에서 사경을 헤매었다. 과야킬 항구는 엄청난 적도 열 대림에 묻혀 거의 아무것도 없는 시골 벽촌이었다. 그곳에 는 열대 과일이나 커피를 구할 때를 제외하고는 거의 들르 는 배들도 없었다. 그렇지만 캣츠 선장은 그곳에 사는 한 네덜란드 선교사 가족에게 편지를 건네주기로 약속했었다. 그 우편물은 그의 수중에서 6개월 이상이나 있었으며, 그는 약속은 무슨 일이 있어도 반드시 지켜야 하는 사람이었다.

그 전날 밤 찜통 같은 더위 속에서, 엘리사는 마지막 남 은 한 방울까지 다 흘릴 정도로 땀을 쏙 뺐다. 엘리사는, 화산이 터지려고 해서 산기슭이 펄펄 끓는데 맨발로 그 위 를 기어오르는 꿈을 꾸다가, 땀 범벅이 되어서 깨어났다. 그렇지만 머리는 한결 맑고 개운해졌다. 여자들을 포함한 승객들 전원과 선원들 대부분은 하선해서 몇 시간 동안 다 리도 뻗고, 강에서 수영도 하고, 과일도 질리도록 먹을 수 있었다. 그렇지만 타오 치엔은 엘리사에게 자기 궤짝에 들어 있던 파이프를 사용하는 법을 가르쳐 주기 위해 배에 남았다. 그는 엘리사를 어떻게 다뤄야 할지 난감했다. 이런 때가 스승의 충고가 가장 절실히 필요한 때였다. 그는 엘리사가 감방과 다름 없는 창고 안에서 제정신으로 시간을 보낼 수 있으려면 그녀를 진정시켜야 한다고 생각했다. 그렇지만 피를 많이 흘렸고, 얼마 남지 않은 피도 마약 때문에 탁해질까 봐 걱정이 되었다. 타오 치엔은 한참을 망설이다가 린에게 엘리사의 꿈을 감시해 달라고 당부하고는 결정을 내렸다.

"아편이요. 당신을 잠들게 해 줄 거며, 시간이 금방 흐르게 해 줄 거요."

"아편! 그것 때문에 미칠 수도 있어요!"

"어찌 됐든 당신은 이미 미쳐 있지 않소. 잃을 것도 별로 없어요."

타오가 미소를 지었다.

"나를 죽이려는 거지요? 맞지요?"

"맞소. 당신이 하혈할 때 죽이지 못했으니, 이제는 아편으로 죽이려는 거요."

"타오. 무서워요……."

"아편을 많이 피우면 나빠요. 그렇지만 소량은 큰 위안이 돼요. 그리고 나는 당신한테 극히 소량만 줄 거예요."

엘리사는 얼마큼이 많은 양이고 적은 양인지 몰랐다. 타오 치엔은 엘리사에게 공룡 뼈와 굴 껍데기를 달였다는 약을 마시게 하고는 아편을 조금씩 나눠 주었다. 그건 엘리사가 천당에서 완전히 길을 잃고 헤매다가 돌아오지 못하도록 하기 위한 게 아니라, 비몽사몽으로 몇 시간을 기분 좋게 보낼 수 있도록 한 것이었다. 그 이후 엘리사는 몇 주 동안 자기가 누워 있는 불결한 토굴과는 전혀 상관없는 다른 세상에서 붕 떠서 날아다녔다. 사람들이 와서 그녀에게 먹을 것을 주고, 씻기고, 비좁은 창고 안에서 조금이라도 운동을 시키려고 몇 발자국 움직이게 할 때에만 깨어 있었다. 엘리사는 벼룩과 이가 그녀를 괴롭히는 것도 전혀 느끼지 못했다. 마약이 그녀의 기막힌 개 코를 둔화시켜 놓았기 때문에 처음에는 참을 수 없을 것 같았던 역겨운 악취도 아무렇지 않았다. 그녀는 시도 때도 없이 꿈속을 들락날락했으며, 무슨 꿈을 꾸었는지 제대로 기억하지도 못했다. 그렇지만 타오의 말이 맞았다. 시간은 빨리 흘렀던 것이다.

아수세나 플라세레스는 엘리사가 왜 그렇게 비참한 상황에서 여행을 해야 하는지 이해하지 못했다. 그녀 일행들은 그 누구도 뱃삯을 지불하지 않았다. 샌프란시스코에 도착하면 뱃삯을 지불하기로 선장과 합의하고 승선했던 것이다.

"소문이 사실이라면 하루에 500달러도 당신 주머니 속으로 챙길 수 있어요. 광부들은 순금으로 돈을 지불한대요. 몇 달씩 여자 구경도 못해서 아주 애가 타 있어요. 선장하고 이야기해서 그곳에 도착하면 돈을 준다고 해요."

아수세나는 엘리사가 정신이 좀 들 때 이야기했다.

"나는 당신들하고는 달라요."

엘리사가 마약에 취해서 멍하게 대답했다.

마침내 엘리사가 정신이 들자 아수세나 플라세레스는 대체 어떤 사연인지 털어놓도록 했다. 그리고 사랑 때문에 도망친 여자는 적극적으로 도와줘야 한다는 생각이 아수세나를 사로잡았다. 그러고 나서 아수세나는 지극 정성으로 엘리사를 돌보아 주었다. 이제는 계약대로 엘리사에게 먹을 것을 주고 씻기는 것뿐 아니라, 그녀 곁에 남아서 그녀가 잠자는 것도 즐거운 마음으로 지켜보았다. 그러다가 엘리사가 깨어나면 자기가 어떻게 살았는지 이야기해 주고, 묵주를 가지고 기도하는 법도 가르쳐 주었다. 아수세나의 이야기에 의하면 그 기도는 지루한 시간을 쉽게 때울 수 있는 방법이며, 또 별로 힘을 들이지 않고도 천국에 갈 수 있는 최상의 방법이기도 했다. 자기 같은 직업을 가진 여자들에게는 그것보다 더 좋은 방법이 없다는 것이었다. 아수세나는 교회의 면죄부를 사기 위해 수입의 일부를 악착같이 모았다. 그녀의 계산에 의하면, 그녀가 지은 죄를 다 사할 정도로 충분하지 않지만, 그나마 그렇게 해야 죽은 다음 지옥에 가서 살아야 할 날들을 조금이라도 줄일 수 있다는 것이었다.

엘리사는 밤낮을 분간하지 못한 채 몇 주를 보냈다. 자기 옆에 어떤 여자가 있어서 가끔씩 무슨 이야기를 주고받았던 것 같았지만 이내 잠 속으로 빠져 들었다. 그리고 엘리사가 눈을 뜨면 자기가 꿈속에서 아수세나 플라세레스를 본 건지, 아니면 마마 프레시아가 젊었을 때처럼, 납작코에 광대뼈가 툭 튀어나오고 검은 머리를 땋아 내린, 그런 자그마한 여자가 실재로 존재했는지 혼란스러웠다.

파나마를 뒤로하면서는 날씨가 조금 선선해졌다. 파나마에서 선장은 황열병에 전염될까 봐 아무도 육지에 내려가지 못하게 했다. 얼마 남지 않은 물이 너무 탁해졌기 때문에 선원 두어 명만 보트를 타고 내려가 단수를 가져왔을 뿐이었다. 멕시코를 지나, 에밀리아호가 캘리포니아의 북쪽 해협에 들어섰을 때에는 어느덧 겨울이 되었다. 여행 초창기의 무더위는 습기 찬 추위로 바뀌었으며, 사람들은 트렁크에서 가죽 모자와 부츠, 장갑, 털 코트 등을 꺼냈다.

가끔 다른 배가 지나가면 서로 인사를 나누었다. 예배를 볼 때마다 선장은 바람이 적당히 불어 준 것에 대해 신께 깊은 감사를 드렸다. 바람 때문에 하와이 연안까지 빗나간 배들도 있었으며, 또 바람이 불지 않아 고생을 한 배도 있었다. 위험한 큰 고래들이 장난기 많은 돌고래들과 함께 어우러져 그들을 한참 따라오기도 했다. 해질녘에 바닷물이 일몰의 햇살로 온통 빨갛게 물들 때는, 거대한 고래들이 깊은 바닷속에서부터 우러나오는 소리로 서로를 애타게 부르면서 금빛 물거품을 내며 사랑을 나누었다. 그리고 가끔 적막한 한밤중에는, 묵직하고 신비스러운 그들의 소리를 또렷하게 들을 수 있을 정도로 배 가까이 접근하기도 했다.

신선한 음식들은 이미 다 떨어졌으며, 마른 음식들도 많이 부족했다. 카드를 치거나 낚시를 하는 것 외에는 달리 놀거리도 없어, 여행객들은 금광 개발을 위해 조합을 결성하고 그 세부 사항까지 논하면서 시간을 보냈다. 어떤 조합은 유니폼까지 만들 계획을 세우는 등 엄격한 군대 조직

같았으며, 또 어느 조합은 약간 느슨했다. 그렇지만 여비와 장비를 재정 지원하고, 금을 공평하게 분배하는 것은 기본적으로 다 똑같았다. 그렇지만 사람들은 금광이 어디에 있는지, 얼마나 떨어져 있는지, 아는 게 전혀 없었다. 한 조합은 밤마다 그 조합원들이 배로 돌아와야 한다는 규정을 만들기도 했다. 그들은 그 배에서 몇 달 동안 생활하면서 그날 캔 금을 금고에 보관할 생각이었다. 하지만 에밀리아호는 가능한 한 빨리 유럽으로 돌아갈 생각이라서 호텔처럼 방을 빌려 주지 않을 것이고, 또 금광은 항구에서 수백 마일도 더 떨어진 곳에 있다며 캣츠 선장이 아무리 설명해도 다들 들은 척도 하지 않았다.

그들은 52일 동안 항해 중이었고, 망망대해에서의 단조로움 때문에 신경이 날카로워져 있어서, 약간의 핑계거리라도 금세 싸움으로 번졌다. 아수세나 플라세레스가 한 양키 선원에게 지나치게 꼬리를 치다가, 한 칠레 승객이 그 선원에게 나팔총을 쏠 뻔한 적도 있었다. 그때 빈센트 캣츠 선장은 샌프란시스코에 도착하면 모두 돌려준다고 약속하고는, 면도칼을 포함해서 무기가 될 수 있는 건 모두 몰수했다. 유일하게 칼을 사용할 수 있도록 허가를 받은 사람은 가축들을 한 마리씩 죽여야 하는, 그 끔찍한 일을 맡은 요리사뿐이었다. 마지막으로 남아 있던 암소마저 솥에서 생을 마감했을 때, 타오 치엔은 희생된 동물들에게 용서를 구하고, 그로 인해 흘린 피로부터 자신을 깨끗이 정화시키기 위해 제법 엄숙한 위령제를 지내기도 했다. 그러고 나서 자기 칼도 횃불에다가 여러 번 정화시켰다.

배가 캘리포니아 해협으로 들어서면서 타오 치엔은 엘리사에게 진정제와 아편의 양을 점차 줄이고, 가급적 음식의 양을 늘렸다. 그러고는 엘리사가 그곳을 자기 발로 걸어 나갈 수 있도록 억지로 운동도 시켰다. 아수세나 플라세레스는 인내심을 갖고 엘리사를 목욕시켰다. 심지어는 물 몇 잔을 갖고도 머리를 감길 수 있는 방법을 개발해 내기도 했다. 아수세나는 엘리사를 씻기면서 이런저런 이야기를 했다. 창녀로 살아온 자신에 대한 서글픈 이야기도 했고, 캘리포니아에서 돈을 많이 벌어서 금이빨을 하고 여왕처럼 화려한 옷을 입은 귀부인이 되어 칠레에 금의환향하고 싶다는 즐거운 이야기도 했다.

타오 치엔은 어떤 방법으로 엘리사를 하선시킬 수 있을지 심란했다. 그렇지만 그녀를 자루에 담아서 배에 태울 수 있었다면, 틀림없이 같은 방법으로 배에서 내릴 수도 있을 것이라고 생각했다. 그리고 일단 육지에 도착하면, 그때부터는 자기가 알 바가 아니었다. 타오는 엘리사로부터 완전히 해방될 수 있다는 생각을 하는 순간, 속이 후련하면서도 뭔가 알 수 없는 조바심도 함께 들었다.

에밀리아호는 목적지를 코앞에 두고 캘리포니아 북쪽 해안을 따라갔다. 아수세나 플라세레스의 말에 의하면 그곳은 칠레의 해안과 너무 흡사해서, 자기가 새우처럼 꼬리를 물고 빙빙 돌다가 다시 발파라이소로 돌아온 것 같다고 했다. 수천 마리의 바다표범들과 물개들이 바위에서 내려와, 갈매기들과 펠리컨들이 힘겹게 퍼덕거리고 있는 그 한가운데로 느리게 뛰어내렸다. 절벽에는 사람 한 명 보이지 않았고, 마을이 있을 것 같지도 않았다. 그리고 사람들 이야기처럼, 수세기 전부터 그 지역에 살았다는 인디오들도 그림자 하나 비치지 않았다.

마침내 그들은 샌프란시스코 항만의 문턱인, 그 유명한 골든게이트의 기암절벽까지 다가갔다. 그렇지만 짙은 안개가 망토처럼 배를 휘감아 한치 앞도 내다볼 수가 없어, 선장은 충돌을 피해 항해를 멈추고 닻을 내리라는 명령을 내렸다. 육지를 코앞에 두고 마음이 조급해진 승객들은 난리가 났다. 그들은 얼른 육지에 내려, 보물이 있는 금광을 찾아 뛰어나갈 준비를 하면서 모두 한꺼번에 이야기를 쏟아 내느라 정신이 없었다. 지겨운 항해로 인해 그전에는 동업자였던 사람들은 원수가 되었으며, 함께 금광을 개발하기로 했던 조합들은 근 며칠 사이에 대부분 해체되었다. 사람들은 막대한 부를 차지하려는 데만 혈안이 돼서 자기 생각만 하고 있었다.

창녀들한테 사랑을 고백하는 사람들도 있었다. 그 야만스러운 땅에서 제일 귀한 건 여자라는 말을 들었기 때문에, 선장한테 하선하기 전에 결혼시켜 달라고 하는 사람들도 있었다. 페루 여자 한 명은, 하도 오랫동안 항해해서 이제는 자기 이름조차 기억하지 못한다는 한 프랑스 남자의 청혼을 받아들였다. 그렇지만 빈센트 캣츠 선장은 그 남자가 아비뇽에 아내와 네 명의 자식들이 있다는 걸 알아내고는 결혼식을 올려 주지 않았다. 다른 여자들은 청혼자들한테 모두 퇴짜를 놓았다. 그 여자들은 자유와 부를 찾아 여기까지 온 것이지, 가난뱅이한테 월급도 없는 하녀 노릇을 하기 위해서 그 힘든 여행을 한 건 아니라고 말했다.

처음에는 길길이 흥분했던 사람들도 뿌옇고 몽롱한 안개에 휩싸여 몇 시간 꼼짝 못하고 있자 점점 흥분을 가라앉혔다. 마침내 이틀째 되는 날, 언제 그랬냐는 듯 하늘이 맑게 개었다. 사람들은 닻을 걷어올려 돛을 활짝 펴고는, 그 길고 긴 여행의 마지막 단계로 접어들었다. 승객들과 선원들은 모두 갑판에 나와 골든게이트의 좁은 문을 통과하면서, 투명한 하늘 아래 4월의 바람을 맞으며 6마일의 항해를 감상했다. 양쪽에는 숲을 모자처럼 두른, 해안가 언덕들이 솟구쳐 있었다. 마치 계속해서 내리치는 파도에 의해 상처를 입은 것처럼 잘려 나가 있었다. 뒤로는 태평양이, 앞으로는 은빛 호수처럼 반짝이는 만이 아름답게 펼쳐져 있었다.

사람들의 환호성 소리로 그 힘든 항해도 막을 내렸다. 그리고 그 배에 탔던 스무 명의 선원들을 위시한 남자, 여자들 모두에게는 금을 찾는 대모험이 시작되었다. 선원들은 그 순간 배를 버리고 금을 찾아 나서기로 결심했다. 유일하게 마음이 변하지 않은 사람은 네덜란드 선장인 빈센트 캣츠와 엘리사 소머스, 둘뿐이었다. 캣츠 선장은 금 때문에 동요되는 사람이 아니었다. 그는 아무런 감정 변화도 보이지 않고, 키 옆에 서서 묵묵히 자기 자리를 지켰다. 그는 가족들과 함께 크리스마스를 보내기 위해 제때 암스테르담에 돌아가기만을 바랐다. 그리고 범선 밑바닥에 있던 엘리사 소머스는 몇 시간이 지날 때까지도 배가 도착한지도 모르고 있었다.

만에 들어서면서 맨 먼저 타오 치엔을 놀라게 한 것은 그의 오른쪽으로 돛대들이 숲을 이루고 있다는 것이었다. 셀 수도 없을 정도였지만, 대충 100척 이상의 배들이 전쟁터에 버려진 듯 어수선하게 널려 있었다. 인부가 하루에 육지에서 벌어들이는 게, 선원이 한 달을 항해해서 번 것보다 더 많았다. 사람들은 금으로만 돈을 벌려고 도망치는 게 아니었다. 짐꾼 노릇을 하면서, 빵을 구우면서, 또는 연장을 만들면서 떼돈을 벌 수 있다는 유혹에 빠져서 배를 버리고 도망쳐 버렸다. 빈 배 몇 척은 술집이나 임시 호텔로 임대를 주기도 했으며, 또 해초와 갈매기 둥지에 뒤덮여 망가져 가는 배들도 있었다. 타오 치엔은 다시 한 번 더 보고 나서야, 도시가 구릉들 사이에 부채처럼 펼쳐져 있다는 사실을 알게 되었다. 텐트와 판잣집들이 난잡하게 세워져 있었으며, 그 신흥도시에 처음으로 지어진 건물들도 몇 채 있었다. 간단하지만 잘 지어진 건물들이었다.

　그들은 닻을 내리고 나서, 처음으로 당도한 보트 한 대를 맞아들였다. 보트에 있던 사람은 그들이 생각한 것처럼 항만 관리소에서 나온 게 아니라, 자기 동포들에게 환영 인사를 하고 우편물을 가지러 온 성질 급한 칠레인이었다. 바로 펠리시아노 로드리게스 데 산타크루스였다. 그는 양키들이 발음하기 쉽도록 그 거창한 이름을 펠릭스 크로스로 바꿨다. 몇몇 승객들은 그를 개인적으로 잘 아는 친구들이었지만, 발파라이소에서 마지막으로 봤을 때의 잘 가꾼 콧수염과 프록코트를 입은 멋쟁이의 모습은 오간 데 없었기 때문에 아무도 그를 알아보지 못했다. 그는 머리털이 곤두선 헐거인의 모습을 하고 그들 앞에 나타난 것이었다. 그는 인디오들이 산에서 입는 가죽 옷에 허벅지까지 오는 러시아 부츠를 신고, 허리에는 권총 두 자루를 차고 있었다. 그리고 그와 함께 온 흑인 역시 강도처럼 무장한 거친 모습이었다. 그 흑인은 캘리포니아 땅을 밟으면서 자유인이 되어 도망친 노예였다. 그렇지만 금광의 고된 생활을 견디지 못하고 경호원처럼 주먹으로 먹고사는 쪽을 택했던 것이다.

펠리치아노가 자신이 누군지를 밝히자 사람들은 좋아서 어쩔 줄을 모르고 반색을 하며 그를 맞이했다. 그는 순식간에 일등칸으로 안내되었으며, 그곳에서 승객들은 단체로 그곳 사정을 물었다. 그들의 유일한 관심은 소문대로 진짜 금이 많은지였다. 펠리치아노는 그 질문에 소문보다 훨씬 더 많은 금이 있다고 대답하고는, 주머니에서 납작하게 생긴 누런 금 덩어리를 꺼내 그것이 반 킬로그램짜리 금덩어리라고 이야기했다. 그는 배에 있는 술을 다 주면, 사람들이 그 금 덩어리를 만져 볼 수 있도록 해 주겠다고 했지만 술은 항해 중에 다 마시고 세 병밖에 남아 있지 않아 그 거래는 성사되지 않았다. 그는 그 금 덩어리가 칠레에서 온 용감한 광부들이 발견한 것이고, 그들은 지금 아메리칸 강 주변에서 그를 위해 일하고 있다고 말했다. 펠리시아노는 마지막 남아 있던 술로 건배를 하고 아내에게서 온 편지들을 받은 다음, 그 지역에서 어떻게 살아야 하는지 승객들에게 정보를 주었다.

"몇 달 전만 해도 우리는 명예를 지키고자 했으며, 심지어 질이 나쁜 불량배들까지도 명예롭게 행동했습니다. 텐트 안에 금을 놓고 다녀도 별일이 없었습니다. 그렇지만 이제는 모두 변했어요. 밀림의 법칙만이 지배하며, 유일하게 통용되는 이데올로기는 탐욕뿐입니다. 반드시 무기를 지니고 다니고, 두 명씩 짝을 짓거나 집단으로 무리를 지어서 다녀야 합니다. 이곳은 도망자들의 땅입니다."

펠리시아노가 설명했다.

여러 척의 보트들이 배를 둘러싸고 있었다. 무엇이든지 육지에서는 다섯 배나 비싸게 팔리기 때문에, 무조건 아무것이나 살 작정을 하고 소리를 지르며 여러 가지 거래를 제안하는 사람들이 타고 있었다. 부주의한 승객들은 곧 투기가 어떤 건지 알게 될 것이다. 오후에 항만 관리 소장이 세관원 한 명을 데리고 나타났다. 그리고 그 뒤로는 배에서 부두까지 화물들을 실어 나를 멕시코인 몇 명과 중국인 두 명을 태운 보트 두 척이 따라왔다. 그들이 어마어마한 돈을 요구했지만 달리 선택의 여지도 없었다. 항만 관리 소장은 승객들의 신원이나 여권을 조사하는 데는 아무 관심도 없었다.

"서류? 다 필요없어요! 당신들은 자유의 나라에 온 겁니다. 여기에는 도장 찍힌 문서가 없어요."

그가 말했다.

반면에 여자들한테는 관심이 많았다. 그는 자기가 원하는 만큼 여자들이 많이 오는 건 아니지만, 샌프란시스코에 오는 여자 하나하나, 전부 자기가 맨 먼저 맛을 봤다며 우쭐댔다. 벌써 몇 달 전에, 이곳에 처음으로 도착한 여자들은 떼거지의 남자들이 환장을 하며 반겨 주었다고 했다. 남자들은 사금이나 금 조각, 돈, 심지어 금괴까지 들고 몇 시간이고 줄을 서서 자기 차례가 되기만을 기다렸다. 보스턴에서부터 파나마 지협으로 태평양을 통과해서 온 두 명의 용감한 양키 여자들이 바로 그 여자들이었다. 그녀들은 보통 1년에 벌어들일 수입을 하루 만에 거두면서 최고의 입찰자에게 서비스를 제공했다. 그 후로는 거의 500명도 더 되는 여자들이 도착했다. 거의 모두가 멕시코 여자들이나 칠레 여자들, 페루 여자들이었으며 가끔 미국 여자들과 프랑스 여자들도 섞여 있었다. 그렇지만 여자들의 숫자는 열풍적으로 늘어나는 젊고 건강한 독신 남자들의 수에 비하면 아무것도 아니었다.

아수세나 플라세레스는 그 양키의 이야기를 듣지 못했다. 타오가 그녀를 데리고 창고에 갔기 때문에 세관원이 있었는지조차 몰랐던 것이다. 틀림없이 짐들을 일일이 검사할 테니, 배에 오르던 때처럼 엘리사를 자루에 담아 일꾼이 어깨에 메고 내리게 할 수는 없었다. 엘리사는 타오 치엔을 보고 깜짝 놀랐다. 두 사람 다 못 알아볼 정도였다. 그는 방금 세탁한 남방과 바지를 입고 있었으며, 땋아 내린 머리는 기름을 바른 듯 윤기가 흘렀다. 그리고 이마와 얼굴의 마지막 남은 털까지 꼼꼼하게 면도했다. 한편 아수세나 플라세레스는 시골 처녀의 옷에서 작업복으로 바꿔 입었다. 그녀는 깊이 파인 가슴에 깃털이 달린 파란색 드레스를 입고, 높이 올린 머리에 모자까지 썼으며, 입술과 양 볼은 빨갛게 화장했다.

"여행이 끝났어. 그런데 아가야, 너는 아직도 살아 있구나."

아수세나가 환하게 웃으며 엘리사에게 알려 주었다.

아수세나는 엘리사에게 화려한 자기 옷을 입혀 자기들 부류인 것처럼 위장해서 배에서 내리게 할 생각이었다. 그녀가 말한 것처럼 틀림없이 엘리사도 육지에 가면 그 직업밖에는 할 게 없을 테니, 그렇게 황당한 아이디어는 아니었던 것이다.

"나는 내 애인하고 결혼하러 왔어요."

엘리사가 100번째 말했다.

"애야, 이 경우에는 애인이고 뭐고 없어. 먹고살려면 궁둥이라도 팔아야 해. 네 처지에는 괜히 골치 아프게 생각할 것 없어."

타오 치엔이 그들의 말을 가로막았다. 두 달 동안 선상에 일곱 명의 여자들이 있었는데, 지금 와서 여덟 명이 내려갈 수는 없다는 게 그의 논리였다. 타오는 짐을 내리러 배 위로 올라와 갑판에서 선장과 세관원의 명령이 떨어지기만을 기다리고 있던 멕시코 사람들과 중국 사람들을 눈여겨보았다. 그는 아수세나에게 엘리사의 긴 머리를 자기 머리처럼 땋으라고 하고는, 그사이 엘리사에게 갈아입힐 옷을 찾으러 갔다. 그들은 엘리사에게 허리를 끈으로 묶는 헐렁한 남방과 바지를 입히고는 해를 가리는 밀짚모자를 씌웠다. 지옥의 문턱에서 사경을 헤매었던 그 두 달 동안, 엘리사는 몸무게가 많이 줄어들어 얇은 종잇장처럼 창백하게 여위었다. 그녀에게 큼직한 타오 치엔의 옷을 입혀 놓으니까, 마치 못 먹어서 비쩍 곯은 불쌍한 중국 머슴 아이 같았다. 아수세나 플라세레스는 빨래하는 여자 같은 그런 억센 팔로 엘리사를 꼭 껴안고는 이마에 애정이 듬뿍 담긴 키스를 했다. 그녀는 그동안 엘리사에게 정이 흠뻑 들어, 엘리사에게 그나마 기다릴 수 있는 애인이 있다는 게 내심 기뻤다. 그녀가 자기처럼 그런 험한 생활을 하는 건 도저히 상상도 할 수가 없었던 것이다.

"너 꼭 도마뱀 같다."

아수세나 플라세레스가 웃었다.

"들키면 어떡하지요?"

"이제 더 나쁜 일이 일어날 것도 없잖니? 캣츠 선장이 뱃삯을 내라고 하는 것밖에 더 있겠어? 네 보석으로 내면 되지. 그러려고 갖고 있었던 거 아니야?"

아수세나가 이야기했다.

"네가 여기에 있는 건 절대 아무도 몰라야 해. 그래야 소머스 선장이 캘리포니아에서 너를 찾지 않지."

타오 치엔이 말했다.

"나를 찾는다면 다시 칠레로 데리고 갈 거예요."

"무엇 하려고? 어쨌든 너는 이미 순결을 잃었어. 부자들은 절대 그걸 용납 못하지. 오히려 네 가족은 너를 집에서 쫓아내야 하는 번거로움을 덜어 주니까 네가 사라져 버린 걸 고마워하고 있을 거다."

"그것뿐이야? 중국에서는 네가 한 일이면 죽을 수도 있어."

"이봐요, 중국인, 우리는 당신 나라에 있는 게 아니야.

괜히 어린애 겁주지 말아. 엘리사, 안심하고 나가도 돼. 아무도 너를 눈여겨보지 않을 거야. 사람들은 나를 보느라 정신이 없을 테니까."

아수세나 플라세레스가 가슴에 터키석 브로치를 달고 파란 깃털을 흩날리며 작별 인사를 나누면서 엘리사에게 말했다.

그녀의 말은 옳았다. 남자들을 정복할 작정으로 아주 과감하고도 화끈하게 차려입은 다섯 명의 칠레 여자들과 두 명의 페루 여자들이 그날의 가장 큰 볼거리였다. 여자들은 일곱 명의 운 좋은 선원들의 시중을 받으며 줄 계단을 타고 보트로 내려갔다. 그들은 제비뽑기에 뽑혀 여자들을 목에 태우고 내려갈 수 있는 영광을 얻은 사람들로, 여자들을 맞으러 항구에 몰려든 수백 명의 구경꾼들의 휘파람과 박수갈채를 받았다. 개미들처럼 한 줄로 늘어서서 손에서 손으로 짐을 옮기는 멕시코인들과 중국인들을 눈여겨보는 사람은 아무도 없었다. 엘리사는 타오 치엔과 함께 마지막 보트에 올라탔다. 타오 치엔은 다른 중국인들에게 그 남자 아이는 벙어리에 귀머거리인 데다가 좀 모자라, 그와 이야기하려고 해 봤자 아무 소용이 없다고 말했다.

금을 찾아 나선 사람들

타오 치엔과 엘리사 소머스는 1849년 4월의 어느 화요일 오후 2시에 샌프란시스코에 처음으로 발을 내딛었다. 그 당시에는 이미 수천 명의 모험가들이 금을 찾아 그곳을 잠깐씩 거쳐 간 뒤였다. 바람이 끈질기게 휘몰아쳐 앞으로 나아가기 어려웠지만, 날씨가 화창해 아름답게 펼쳐진 만의 전경을 감상할 수 있었다. 타오 치엔은 한시도 떼어 놓지 않고 늘 들고 다니는 왕진 가방을 들고, 등에 보따리 하나를 메고, 밀짚모자를 쓴 데다가 멕시코 짐꾼들에게서 산 형형색색의 털 판초를 입고 있어 보기에도 상당히 특이했다. 그렇지만 그 도시에서는 체면이나 겉치레는 신경도 쓸 필요가 없었다.

엘리사는 두 달 동안 제대로 걷지를 않아 다리가 후들거렸고, 그전에 바다 한가운데에서 그랬던 것처럼, 지금은 육지에서 멀미가 나 어지러웠다. 그렇지만 남자의 옷이 그녀에게 알 수 없는 자유로운 느낌을 주었다. 마치 투명인간이 된 듯했으며, 그건 전에는 한 번도 느껴 보지 못한 그런 기분이었다. 벌거벗고 있다는 느낌이 어느 정도 극복되자, 남방과 바짓가랑이 사이로 들어오는 바람을 마음껏 만끽할 수 있었다. 숨막히도록 꽉 끼는 속치마에 길들여져 있다가 이렇게 마음껏 숨쉴 수 있다는 게 신기하기도 했다.

엘리사는 미스 로즈가 좋은 의도로 준비해 준 예쁜 옷들이 들어 있는 그 작은 가방도 제대로 들지 못해 어쩔 줄을 몰라 했다. 타오 치엔은 엘리사가 비틀거리는 걸 보고는 가방을 빼앗아 자기 어깨 위로 들쳐 메었다. 팔 밑에 둘둘 말아 든 카스티야 망토도 가방 못지않게 무거웠지만, 밤에는 그게 제일 요긴하게 쓰일 것 같아 버릴 수가 없었다. 엘리사는 고개를 푹 숙인 채 밀짚모자로 얼굴을 가리고는, 사람들하고 부딪히면서 어수선하고 정신없이 혼란스러운 항구를 지나갔다.

1769년에 스페인 정복자들에 의해 세워진 예르바 부에나는 주민들이 500명도 안 되는 작은 벽촌이었지만, 금이 발견됐다는 소문이 돌면서 모험가들이 몰려들기 시작했다. 그러고는 몇 달도 채 지나지 않아 그 소박했던 마을은 샌프란시스코라는 이름으로 다시 깨어나, 세상 구석구석까지 그 이름을 날리게 되었다. 하지만 그때까지도 제대로 된 도시는 아니었다. 그냥 사람들이 지나가는 길에 들르는 거대한 천막촌에 불과했다.

황금 열풍은 모두를 휩쓸었다. 대장장이, 목수, 선생, 의사, 군인, 도망자, 선교사, 빵 장사, 혁명가 등 가리지 않고, 미친 사람이건 제정신이 박힌 사람이건 별의별 사람들이 다 몰려들었다. 그들은 가족과 전 재산을 다 버리고, 모험을 찾아 세상 반대편에서부터 건너온 사람들이었다. "금을 찾으려고 하지만 도중에 영혼을 잃어버리고 맙니다." 캐츠 선장이 일요일마다 에밀리아호의 승객들과 선원들을 모아 놓고 간단한 예배를 보면서 지치지도 않는지 수도 없이 매번 반복한 말이었다. 그렇지만 사람들은 자기들 인생을 확 뒤바꿔 놓을지도 모르는 벼락부자의 꿈에 눈이 멀어, 아무도 그의 이야기에 귀를 기울이지 않았다.

역사상 처음으로 주인도 없는 금이 땅바닥에 지천으로 널려 있어, 누구든지 가서 줍기만 하면 되는 것이었다. 아무리 먼 곳에서라도 사람들은 금을 찾아 몰려들었다. 전쟁과 페스트, 폭군으로부터 도망친 유럽인들, 성질 급하고 욕심 많은 양키들, 자유를 찾아온 흑인들, 인디오들처럼 짐승 가죽 옷을 입은 오리건 사람들과 러시아 사람들, 멕시코인들, 칠레인들, 페루인들, 호주 깡패들, 나라를 버리지 말라는 황제의 명령을 어기고 목숨까지 걸고 온 중국 농사꾼들까지 몰려들었다. 진흙이 질퍽한 샌프란시스코의 거리는 인종 전시장이었다.

큰 거리들은 그 끝이 해변에 닿는 널따란 반원을 그리며 형성되어 있었다. 그리고 그 거리들 중간중간에는 가파른 언덕길로 내려가 부두까지 닿는 곧바른 길들이 연결되어 있었다. 노새들도 올라가지 못할 정도로 가파르고 진흙 투성이인 길도 있었다. 갑자기 먼지와 모래가 회오리를 일으키면서 강한 바람이 휘몰아쳤다. 그렇지만 잠시 후에는 다시 바람이 잔잔해지면서 순식간에 하늘이 투명해졌다.

잘 지은 건물들도 몇 채 있었고, 장차 화려한 호텔이 될 것 같은 건물들을 포함하여 공사 중인 건물들도 열 몇 채가 있었지만, 나머지는 임시로 지은 건물들이 태반이었다. 막사, 철판이나 널빤지로 대충 만든 단칸방, 천막, 짚으로 지은 오두막집이 빼곡하게 붙어 있었다. 게다가 초겨울에 내린 비로 부둣가는 늪이 되어 있었다. 몇 개 다니지도 않는 마차들이 진흙 속에 빠져 옴짝달싹 못하고 있었으며, 쓰레기 더미와 깨진 병, 여러 오물 등이 천지인 물구덩이를 건너려면 판자를 갖다 대야 할 정도였다. 하수도나 도랑은 아예 없었으며, 우물은 모두 오염되어 있었다. 콜레라와 이질 때문에 중국인들과 칠레인들을 제외하고는 많은 사상자들이 속출했다. 중국인들은 차를 끓여 마시는 습관 때문에 무사했으며, 칠레인들은 어렸을 때부터 자기 나라의 더럽고 오염된 물을 먹고 자라서 웬만한 균에는 끄떡도 하지 않았다.

다양한 인종들로 이루어진 그 많은 사람들은 우르르 몰려다니며 뭔가에 미쳐 날뛰는 것 같았다. 그들은 사방에서 부딪히고 밀치면서 건축자재들이나 통들, 상자들을 손수 나르기도 하고, 마구나 달구지에 싣고 다니기도 했다. 중국인 짐꾼들은 장대 양쪽 끝에다가 짐을 싣고서, 지나가다가 부딪히는 사람들에게 눈길도 주지 않은 채 뒤뚱거리며 다녔다. 힘이 세고 참을성이 많은 멕시코인들은 자기 몸무게만큼 나가는 짐들을 등에 메고 끙끙거리며 언덕길을 올라갔다. 그리고 말레이 사람들과 하와이 사람들은 싸울 구실을 찾아다녔다. 양키들은 말에다가 짐들을 잔뜩 싣고는 앞에서 거치적거리는 사람들한테 욕설을 퍼부으며 다녔다. 그 지역 출신인 캘리포니아 사람들은 수를 놓은 아름다운 재킷에 은 박차를 차고, 허리에서 부츠까지 금 단추가 두 줄로 짝 박힌 바지를 입고는 우쭐거리며 돌아다녔다.

사람들이 싸우면서 질러 대는 고함 소리에다가 망치 소리, 톱질 소리, 말뚝 박는 소리가 더해져 아수라장이 따로 없었다. 무시무시할 정도로 자주 총소리가 들려왔으며, 죽은 사람을 보고 놀라는 사람도 거의 없었다. 그렇지만 못한 상자라도 없어졌다 하면, 자기들이 손수 도둑을 잡아내겠다고 벼르면서 즉시 성난 시민들로 돌변하여 몰려들었다. 사유재산은 목숨보다 더 귀한 것이었다. 100달러 이상의 도둑질을 한 사람은 즉석에서 사형이었다. 노름방과 바마다 여자가 모자라, 벌거벗은 여자들의 그림을 온통 붙여 놓은 살롱들이 부지기수였다.

텐트를 친 가게에서는 안 파는 게 없었다. 특히 술과 무기는 내놓았다 하면 순식간에 팔렸기 때문에 부르는 게 값이었다. 주인이 추에 남아 있는 금가루를 챙길 여유도 없이 사람들은 얼른 금가루를 올려 놓았다. 타오 치엔은 귀가 닳도록 들었던 그 유명한 금산(金山)이 지옥이라는 결론을 내렸다. 그는 자기가 아끼고 아껴서 모은 돈은 별 가치가 없다고 생각했다. 그리고 그곳에서 유통되는 유일한 돈은 순금이었기 때문에 엘리사의 보석 주머니도 별 소용이 없었다.

엘리사는 타오 치엔한테 딱 붙어서 있는 힘을 다해 사람들 사이를 뚫고 지나갔다. 어디서고 여자는 눈 씻고 찾아도 보이지 않았기 때문에 남장을 한 게 한없이 다행스러웠다. 에밀리아호를 타고 왔던 일곱 명의 여자들은 그곳에 있는 많은 살롱 중 한 곳에 단체로 소개되어 갔다. 틀림없이 그 여자들은 빈센트 캣츠 선장에게 270달러의 뱃삯을 갚기 위해 벌써부터 돈을 벌기 시작했을 것이다.

타오 치엔은 짐꾼들에게서 그 도시가 여러 부락으로 나누어져 있으며, 같은 나라 사람들끼리 한 부락에 모여서 산다는 이야기를 들었다. 그리고 짐꾼들은 호주 깡패들이 단순히 심심풀이로 사람들한테 시비를 건다며 그들 근처에는 얼씬도 하지 말라고 주의를 주었다. 그러고는 중국인들이 모여 사는 오두막집과 천막들이 있는 쪽을 가리켰다. 타오 치엔은 그쪽을 향해서 걸어갔다.

"이 아수라장에서 호아킨을 어떻게 찾지요?"

엘리사가 무력감을 느끼며 난감해져서 물었다.

"중국인 부락이 있다면 칠레 부락도 있을 거야. 찾아가 봐."

"타오, 나는 당신 곁을 떠날 생각이 없어요."

"나는 밤에 배로 돌아갈 거야."

타오가 그녀에게 말했다.

"왜요? 금에 관심이 없어요?"

타오 치엔은 발걸음을 재촉했다. 엘리사도 그를 놓치지 않기 위해 얼른 걸음을 서둘렀다. 그렇게 그들은 '리틀 칸톤'이라 불리는 중국인 부락에 도착했으며, 그 부락은 지저분한 거리 두 개 정도를 차지하고 있었다. 그곳에서는 양놈들의 얼굴이 하나도 보이지 않고, 자기 나라의 맛있는 음식 냄새가 진동을 하는 데다가, 주로 광둥어가 들리긴 하지만 그것 말고도 여러 방언들이 들려왔기 때문에, 타오는 그 즉시 자기 고향 집에 와 있는 듯한 착각에 빠져 들었다.

반면 엘리사에게는 다른 세상에 와 있는 듯한 느낌이었다. 사람들은 한마디도 알아들을 수 없는 말을 하는 데다가 하나같이 소리를 지르며 이야기하고 있었기 때문에 모두 화가 나 흥분해 있는 것 같았다. 그곳에서도 여자는 보이지 않았다. 그렇지만 타오가 엘리사에게 굵은 막대기가 달린 창문들을 가리켜서 보니까, 그곳으로 절망에 찌든 여자들이 얼굴을 내밀고 있었다. 그는 두 달 동안 여자들하고 있어 보지를 못해서 그 여자들에게 많이 끌렸지만, 그런 미천한 여자들하고 잘못 어울렸다가는 괜히 성병에 걸려 고생해야 한다는 걸 너무나 잘 알고 있었다. 그 여자들은 돈 몇 푼에 팔려 온 시골 처녀들로, 중국의 머나먼 촌동네에서부터 그곳까지 끌려온 것이었다. 타오 치엔은 아버지가 팔아넘긴 여동생이 떠올랐다. 그 순간 역겨움이 확 밀려와 몸을 앞으로 수그렸다.

"타오, 왜 그래요?"

"나쁜 기억들 때문에⋯⋯. 저 여자들은 노예야."

"캘리포니아에는 노예가 없다고 그러지 않았어요?"

그들은 노란 리본으로 표시된 전통적인 식당 안으로 들어갔다. 길쭉한 식탁 주변으로는 서로 팔꿈치를 맞대고 허겁지겁 음식을 먹어 치우는 사람들로 가득 찼다. 타오 치엔의 귀에는 그릇에서 달그락거리는 젓가락 소리와 대화를

나누는 활기찬 목소리가 마치 무슨 음악 소리처럼 들려왔
다. 그들은 식탁에 앉을 수 있을 때까지 두 줄로 서서 기다
렸다. 선택의 여지가 없었다. 무턱대고 손에 닿는 걸 먹을
수밖에 없었다. 좀 더 약삭빠른 사람이 중간에 접시를 가로
채기 전에 먼저 낚아채기 위해서는 노련미가 필요했다. 그
렇지만 타오 치엔은 엘리사와 자기를 위해 접시 두 개를 낚
아채는 데 성공했다.

엘리사는 투명한 실 몇 가닥과 미끈한 연체동물 같은 것
이 둥둥 떠다니는 시푸르뎅뎅한 액체를 영 미심쩍은 표정으
로 바라보았다. 그녀는 냄새로 거의 모든 재료들을 알아맞
힐 수 있다고 자부했지만, 그건 도저히 먹을 수 있는 음식
같지가 않았다. 올챙이가 떠다니는 늪 같았지만, 직접 그릇
에다가 입을 대고 마실 수 있었기 때문에 그나마 젓가락을
사용하지 않아도 된다는 장점은 있었다. 미심쩍기는 했지만
배가 고파서 먹지 않고는 버틸 수가 없었다. 그리고 그녀의
등 뒤에서 기다리던 사람들은 조급증이 나서 그녀에게 빨리
먹으라고 성화였다. 음식은 생각보다 맛있었으며, 기꺼이
더 먹을 수도 있을 것 같았지만, 타오 치엔이 더 이상 시간
을 주지 않고 그녀의 팔을 붙잡아 밖으로 끌어냈다.

엘리사는 타오 치엔의 뒤만 졸졸 따라다녔다. 그는 먼저
자기 가방 안의 약재들을 보충하고, 그 도시에서 일하고
있는 중국 약재상 두어 명을 만나 이야기하러 가게들이 모
여 있는 곳으로 갔다. 그러고는 한 구역마다 하나씩 있는
수많은 노름판들 중 한 군데에도 들렀다. 그 노름판은 옷
을 반쯤만 걸친 풍만한 여자들의 그림과 화려한 장식들로

꾸며 놓은 목재 건물이었다. 그곳에서는 금을 현금으로 바꾸기 위해 무게를 재었으며, 1온스당 16달러였다. 아니면 두툼한 금 주머니를 그냥 테이블 위에다가 올려 놓아도 상관 없었다.

미국인, 프랑스인, 멕시코인이 손님들 대부분을 이루었다. 그렇지만 하와이, 칠레, 호주와 러시아에서 온 모험가들도 있었다. 사람들이 가장 즐겨 하는 노름들은 멕시코의 몬테와 라스크넷, 벤엣텅이었다. 중국인들은 판탄을 주로 하고 돈도 몇 센트밖에는 걸지 않아서 비싼 노름판에서는 환영을 받지 못했다. 악기를 연주하거나 테이블 시중을 드는 흑인들은 몇 명 있었지만, 노름을 하는 흑인은 단 한 명도 없었다. 나중에 알게 된 것이었지만 흑인들은 바나 노름판에 들어오면 술 한잔을 공짜로 마시고 조용히 나가야 했다. 그렇지 않으면 총을 맞고 끌려 나가야 했다.

살롱에는 세 명의 여자들이 있었다. 커다랗고 반짝이는 두 눈에 하얀 드레스를 입고 줄담배를 피우는 멕시코 젊은 여자 두 명과 꽉 끼는 코르셋을 입고 두터운 화장을 한 프랑스 여자 한 명이었다. 프랑스 여자는 나이는 좀 들어 보였지만 예쁜 여자였다. 그 여자들은 노름의 흥을 돋우고, 술을 더 마시라고 부추기며 테이블 사이를 돌아다녔다. 그러다가 가끔 손님의 팔짱을 끼고 두툼한 빨간 커튼 뒤로 모습을 감추었다. 타오 치엔은 한 시간 동안 바에서 여자와 함께 있는 데 금 1온스이고, 밤새 단둘이서 보내는 데는 몇백 달러라는 이야기를 들었다. 그렇지만 프랑스 여자는 더 비싸고, 중국인이나 흑인은 상대하지 않는다고 했다.

엘리사는 동양 남자 아이의 모습을 하고 있어서 사람들의 눈에는 거의 띄지 않았다. 그녀는 타오 치엔이 이 사람 저 사람에게 캘리포니아에서의 생활과 금에 대한 자세한 이야기를 물어보는 동안, 혼자 구석에 처량하게 쭈그리고 앉아 있었다. 타오 치엔에게는 린에 대한 추억이 있어, 노름의 유혹보다는 여자들의 유혹이 더 견딜 만했다. 탁자 위로 쏟아져 내리는 판탄의 패와 주사위 소리가 인어의 노랫소리처럼 그를 부르며 유혹했다. 노름꾼들의 손에 들려진 카드 패를 보았을 때는 진땀까지 났지만 꾹 참았다. 그는 만에 하나 자기가 다시 약속을 어기게 되면 행운이 그를 영원히 저버릴 것이라고 철석같이 믿고 있었다. 몇 년 후, 온갖 인생 역경을 다 겪고 난 후에, 엘리사가 타오에게 그때 그게 어떤 행운이었는지 묻자, 그는 두 번 생각할 것도 없이 무사히 살아 있는 것과 그녀를 만나게 된 것이라고 대답했다.

그날 오후에 타오 치엔은 금광이 사크라멘토 강과 아메리칸 강, 산 호아킨 등, 수백 군데에 흩어져 있다는 걸 알아냈다. 그렇지만 지도는 믿을 만한 것이 못 되었고 거리는 끔찍하게 멀리 떨어져 있었다. 땅 위에서 쉽게 채취할 수 있는 금의 양도 이제는 많이 줄어들었다. 물론 신발 크기만 한 금 덩어리를 발견하는 운 좋은 광부들도 없는 건 아니었지만, 대부분은 엄청나게 고생해서 거둬들인 금 한 줌에 만족해야 했다. 금에 대해 말하는 사람들은 많지만 그걸 얻으려고 노력하는 사람들은 적다는 게 사람들의 이야기였다.

돈을 벌려면 매일 1온스씩은 거둬들여야 했다. 물가가 터무니없이 높아 금이 눈 깜짝할 사이에 사라지기 때문에, 그것도 개처럼 살아야 가능한 것이었다. 반면 상인들과 고리대금업자들은 부자가 되었다. 한 중국인은 빨래만 했는데도, 몇 달도 안 돼서 근사한 집을 한 채 지었고, 벌써부터 중국에 돌아가면 아내도 여러 명을 사서 자식들도 잔뜩 둘 생각을 하고 있다고 했다. 그리고 다른 한 중국인은 노름판에서 한 시간에 10퍼센트의 이자로, 즉 1년이면 8만 7천 퍼센트라는 어마어마한 고리로 돈을 빌려주었다. 어마어마하게 큰 금 덩어리나 풍부한 양의 사금, 수정 광맥 등 신기한 이야기들도 들을 수 있었다. 노새가 발로 큰 바위 밑을 긁었는데 그 아래에 보석들이 잔뜩 매장되어 있다는 이야기도 사실이라고 했다. 그렇지만 부자가 되기 위해서는 열심히 일을 해야 했고 운도 따라야 했다.

양키들은 인내심이 부족했다. 팀을 짜서 일할 줄 몰랐으며, 무질서와 탐욕이 늘 그들 영혼을 지배했다. 멕시코인들과 칠레인들은 광산에 대해서는 잘 알았지만 낭비가 심했다. 오리건 사람들과 러시아인들은 술 마시고 싸우는 데 시간을 낭비했다. 반면 중국인들은 검소했기 때문에 아무리 보잘것없는 것에서도 늘 이익을 얻어 냈다. 그들은 술도 많이 마시지 않았으며, 푸념도 하지 않고 개미처럼 쉬지 않고 열심히 일만 했다. 서양 사람들은 중국인들의 성공에 분노를 느꼈다. 그래서 사람들은 타오에게 시치미를 떼야 한다고 주의를 주었다. 어수룩하게 굴고, 절대 그들을 자극하지 말아야 한다는 것이었다. 만일 그렇지 않으면,

건방진 멕시코인들 꼴이 될 것이라고 했다. 그리고 칠레 사람들이 모여 사는 부락도 있다고 알려주었다. 시내에서 좀 떨어져 오른쪽 끝에 있으며 '작은 칠레'라는 이름을 갖고 있다고 했다. 그렇지만 덜떨어진 동생만 데리고 그곳에 가기에는 너무 늦고 위험하다며 주의를 주었다.

"나는 배로 돌아갈 거야."

마침내 노름판에서 나온 타오 치엔이 엘리사에게 통고했다.

"쓰러질 것처럼 어지러워요."

"그동안 많이 앓아서 그래. 잘 먹고 푹 쉬어야 해."

"타오, 나 혼자서는 잘 먹고 푹 쉴 수가 없어요. 제발, 아직은 나를 혼자 내버려두지 말아요……."

"나는 계약을 했어. 선장이 나를 찾을 거야."

"누가 그 명령을 지키겠어요? 배들은 죄다 버려졌어요. 배 위에는 아무도 남아 있지 않아요. 그 선장이 아무리 목이 쉬어라 외쳐 대도 선원들은 아무도 돌아오지 않을 거예요."

저 여자를 어떻게 한단 말인가? 타오 치엔은 광둥어로 소리 높여 혼잣말을 했다. 그들의 거래는 샌프란시스코에서 끝이 났지만 그런 곳에다가 그녀를 그냥 내버려둘 수가 없었다. 타오 치엔은 적어도 엘리사가 힘을 추스르고, 다른 칠레 사람들과 연결되거나 아니면 멀리 도망간 애인이 있는 곳을 알아낼 때까지는 함께 있어야 할 것 같았다. 그리고 그게 그렇게 어렵지만은 않을 것 같았다. 샌프란시스코가 아무리 어수선해 보여도 중국인들한테는 비밀이 없었다. 내일까지 기다렸다가 '작은 칠레'로 그녀를 데리고 가면 될 것 같았다.

어둠이 내리깔리자 그곳은 금방이라도 귀신이 튀어나올 듯 으스스해졌다. 집들은 거의 다 천막들이라, 그 안에 켜진 램프 불 때문에 천막 안이 다이아몬드처럼 투명한 빛을 냈다. 그리고 거리에 있는 횃불들과 화톳불, 노름판에서 흘러나오는 음악 소리가 환상적인 분위기를 한결 더해 주었다. 타오 치엔은 밤을 보낼 수 있는 숙소를 찾아다니다가 길이 25미터에 넓이가 8미터쯤 되는 커다란 오두막집을 발견했다. 그 집은 정박해 있던 배에서 뜯어낸 철판과 판자로 지어진 집이었으며, 호텔이라는 간판도 걸려 있었다.

안에는 높다란 2층 침대들이 있었는데, 그건 사람들이 그냥 웅크리고 잘 수 있도록 나무 판때기로 간단히 만든 것이었다. 그리고 한쪽 구석에는 술을 파는 테이블도 있었다. 창문들은 없었지만, 판자벽 사이로 공기가 들어왔다. 하룻밤 자는 데 1달러였으며, 자기 이불은 자기가 가지고 와야 했다. 먼저 도착한 사람들이 침대를 차지했고, 나머지 사람들은 바닥에서 자야 했다.

그렇지만 빈자리가 있어도 타오와 엘리사는 중국인이라 그들에게는 침대를 내주지 않았다. 그들은 옷 보따리를 베개 삼아 땅바닥에 드러누워, 멕시코 판초와 카스티야 망토만 걸친 채 잠을 청했다. 그곳은 곧 여러 인종과 각양각색의 사람들로 가득 찼다. 그들은 옆 사람들하고 딱 달라붙어서, 옷이나 무기를 손에 쥔 채로 잤다. 더러운 악취와 담배 냄새는 물론 홀아비 냄새가 진동을 했으며, 코 고는 소리와 악몽을 꾸며 질러 대는 고함 소리로 잠들기가 어려 웠다. 그렇지만 엘리사는 너무 피곤해서 시간이 어떻게 흘러간 줄도 몰랐다. 엘리사는 새벽녘에 추위에 벌벌 떨면서 잠에서 깨어났다. 그녀는 타오 치엔의 등을 꼭 껴안고 웅크리고 누워 있었다. 그때 그에게서 바다 냄새가 난다는 걸 깨달았다. 배에서는 그 냄새가 그들을 둘러싸고 있는 망망대해의 냄새와 혼동되었었다. 그렇지만 그날 밤 그녀는 그 향기가 그 남자의 몸에서 나는 특이한 냄새라는 걸 알게 되었다. 엘리사는 두 눈을 감고 그를 더 꼭 껴안고는, 이내 곧 다시 잠에 빠져 들었다.

그 다음 날 아침, 두 사람은 '작은 칠레'를 찾아 떠났다. 칠레 국기가 막대기 높이 매달려 펄럭거리고 있었으며, 또 대부분의 사람들이 솔방울 모양으로 된 '마울리노'라는 전통 모자를 쓰고 있었기 때문에 엘리사는 즉시 알아보았다. 대강 여덟 개에서 열 개 정도의 구역들로 이루어졌으며 사람들로 북적거렸다. 심지어 가장과 함께 여행한 여자들과 아이들도 있었으며, 그들은 모두 일에 종사하거나 사업을 하고 있었다. 집들은 천막이나, 움막집, 연장들이나 쓰레기 더미로 둘러싸인 판잣집들이 대부분이었다. 식당들과 날림으로 지은 호텔과 사창가들도 있었다. 그곳에 사는 칠레인들이 대충 어림 잡아 2천 명 정도일 거라 추산되지만, 정확히 숫자를 센 사람은 아무도 없었다. 어차피 그곳도 방금 도착한 사람들이 잠깐 머물다가 가는 곳이었다.

엘리사는 자기 나라 말이 들려오고, 또 다 떨어진 천막

위로 '페케네스와 춘출레스'라는 간판이 붙은 걸 보고는 마냥 행복했다. 엘리사는 가까이 다가가 칠레 억양을 애써 감춰 가며 춘출레스 일인분을 청했다. 타오 치엔은 접시가 없어서 신문 종이에다가 싸 준, 뭐가 뭔지도 모르는 그 이상한 음식을 바라만 보았다. 그녀가 돼지 창자를 기름에 튀긴 것이라고 설명해 줬다.

"어제는 내가 당신 나라 수프를 먹었으니까, 오늘은 당신이 우리 칠레의 춘출레스를 먹어야 해요."

엘리사가 그에게 말했다.

"중국 사람들이 어떻게 스페인어를 할 줄 아나?"

상인이 친절하게 물었다.

"나만 페루에서 있었기 때문에 할 줄 알고 내 친구는 몰라요."

엘리사가 대답했다.

"여기서 뭘 찾는 건가?"

"호아킨 안디에타라는 칠레 남자예요."

"그 사람은 왜 찾는데?"

"그 사람한테 전해 줄 전갈이 있어요. 그 사람 아세요?"

"지난 몇 달 동안 많은 사람들이 이곳을 거쳐 갔어. 며칠 이상 머무르는 사람은 없어. 사금을 찾아서 금세 떠나 버리거든. 돌아오는 사람들도 있고, 돌아오지 않는 사람들도 있지."

"그럼 호아킨 안디에타는요?"

"나는 잘 기억이 나지 않는데. 내가 잠깐 물어보고 올게."

엘리사와 타오 치엔은 소나무 그늘 아래에 앉아 춘출레스를 먹었다. 20분 후에 그 식당 주인이 다리가 짧고 등이 넓은, 북부 인디오처럼 생긴 남자 하나를 데리고 돌아왔다. 비록 그곳에서는 달력을 보는 사람들도, 남의 일에 관심 있는 사람들도 없었지만 그 사람은 호아킨 안디에타가 적어도 두 달 전에 사크라멘토 사금광이 있는 방향으로 떠났다고 이야기했다.

"타오, 우리 사크라멘토로 가요."

엘리사가 '작은 칠레'가 채 멀어지기도 전에 결정을 내렸다.

"너는 아직 여행할 수가 없어. 당분간은 쉬어야 해."

"그를 만나면 그곳에서 쉴게요."

"나는 캣츠 선장에게로 돌아가고 싶은데. 캘리포니아는 나를 위한 곳이 아니야."

"당신 도대체 왜 그래요? 당신은 피가 맹물로 되어 있나요? 배에는 아무도 없어요. 그 선장만 성경을 들고 있을 뿐이에요. 전부 금을 찾아다니는데, 당신만 그 쥐꼬리만 한 월급이나 받으면서 계속해서 요리사 일을 하려고 해요!"

"나는 쉽게 돈 버는 걸 좋아하지 않아. 조용하게 살고 싶어."

"좋아요. 금이 아니라면, 당신의 관심을 끌 수 있는 다른 뭔가가 있을 거예요……."

"배우는 거."

"배우는 거요? 당신은 이미 많은 걸 알고 있어요."

"아직 배울 게 얼마나 많은데!"

"그렇다면 당신은 가장 이상적인 곳에 온 거예요. 당신은 이 나라에 대해 아는 게 아무것도 없어요. 이곳에서는 의사가 필요해요. 광산에 얼마나 많은 사람들이 있다고 생각해요? 수천 명이에요! 그리고 그 사람들은 모두 의사를 필요로 해요. 이 나라는 기회의 땅이에요, 타오. 나랑 같이 사크라멘토로 가요. 게다가 당신이 나랑 같이 가지 않는다면 나 혼자서는 멀리 가지도 못할 거예요……."

배를 타는 게 하늘의 별 따기인 점을 고려해 볼 때, 타오 치엔과 엘리사는 거의 공짜로, 드넓은 샌프란시스코 만을 따라 북쪽으로 떠났다. 배는 복잡한 광산 장비들을 갖춘 여행자들로 가득 찼다. 상자들과 연장통, 식량과 화약, 무기가 든 바구니들과 자루들 때문에 장소가 비좁아 꼼짝달싹할 수도 없었다. 선장과 그의 조수는 험악하게 생긴 양키들이었지만 훌륭한 항해사들이었고, 자기들도 부족한 식량을 나눠 먹는, 심지어 술까지 나눠 마시는 인심 좋은 사람들이었다. 타오 치엔은 그들과 협상해서 엘리사의 뱃삯을 해결했다. 그가 선원으로 일하면서 뱃삯을 대신 지불하기로 했던 것이다.

승객들은 칼 이외에도, 모두 허리춤에 권총을 차고 있었으며, 첫날은 옆 사람이 팔꿈치나 다리로 건드리면 그걸 갖고 욕지거리를 퍼붓는 것 말고는 거의 아무 말도 주고받지 않았다. 장소가 비좁아 서로 몸이 닿을 수밖에 없었다. 어두워지면서 더 이상 항해할 수가 없어 물가에 배를 묶고 추위와 습기로 떨면서 기나긴 밤을 보내고 난 후, 둘째 날이 밝아 오자 사람들은 자신이 적들에게 둘러싸여 있다는 느낌을 받았다. 수염은 덥수룩하게 자라고, 주위는 더럽고, 음식은 불결하고, 모기들이 들끓고 바람과 물살은 거세어서 그 모든 게 신경을 날카롭게 했던 것이다. 아무 계획이나 목표도 없는 타오 치엔 한 사람만이 유일하게 침착해 보였다. 그는 돛과 씨름하지 않을 때에는 만의 아름다운 절경을 황홀한 마음으로 감상하였다.

반면에 엘리사는 귀머거리, 벙어리에 바보 소년 행세를 하느라 죽을 맛이었다. 타오 치엔은 엘리사를 자기 동생이라고 간략하게 소개하고는, 어느 정도 바람을 막을 수 있는 구석에다가 앉혀 놓았다. 엘리사가 그곳에서 꼼짝 안하고 조용히 있어서, 금세 사람들은 그녀의 존재조차 기억하지 못할 정도였다. 카스티야 망토가 물에 젖어 추위에 벌벌 떨고, 다리도 저려 왔지만, 시시각각 호아킨에게 가까이 가고 있다는 생각이 엘리사에게 힘을 주었다. 엘리사는 연애편지를 고이 간직한 가슴에 손을 얹고는 조용히 그 내용을 떠올렸다. 사흘이 지나자 승객들은 어느 정도 서로에 대한 경계심을 풀고, 젖은 옷을 입은 채로 바닥에 드러누웠다. 좀 취하기도 했지만 용기도 많이 잃었던 것이다.

만은 생각했던 것보다 훨씬 더 무지막지하게 넓었다. 엉성한 지도에 표시된 거리로는 그렇게 많이 떨어져 있었던 것 같지가 않았다. 목적지에 다 도착했다고 생각했는데 두 번째 만인 성 베드로 만이 나타나는 것이었다. 물가에는 사람들과 화물들을 가득 실은 보트들과 캠프들이 보였으며, 그 뒤로는 빽빽한 숲이 보였다. 거기서 항해가 끝나는 게 아니었다. 좁은 운하를 지나가 세 번째 만인 슈선 만에 들어서야 했으며, 그곳에서는 항해가 더 더디고 어려웠다. 그러고는 사크라멘토까지 연결되는 좁고 깊은 강으로 들어서야 했다.

드디어 맨 처음 비늘 모양의 금 조각이 발견되었던 곳 가까이까지 오게 되었다. 여자 손톱처럼 생긴 무의미한 그 금 조각이 캘리포니아의 미래와 미국의 영혼을 뒤흔들어 놓으면서 통제할 수 없을 정도로 엄청난 사람들을 끌어들였던 것이다. 몇 년 후에 신문기자로 변신한 제이컵 토드가 이런 기사를 쓴 적이 있었다. '미합중국은 고된 노동의 대가만을 원하고, 어떠한 역경이라도 딛고 일어서려는 용기를 가진 선교자들, 개척자들, 건실한 이민자들에 의해 세워진 나라이다. 그렇지만 금으로 인해, 미국 국민의 가장 큰 단점인 탐욕과 폭력이 극명하게 드러나게 되었다.'

선장은 사크라멘토 시가 지난 1년 동안 눈 깜짝할 사이에 태어난 도시라고 승객들에게 설명했다. 항구는 여러 척의 배들로 북적거렸으며, 비교적 잘 정비된 거리들과 목재 건물들, 집들, 가게들, 그리고 교회도 한 개가 있었으며, 노름판과 바, 사창가도 여러 군데 있었다. 그렇지만 길바닥에는 금을 찾아 서둘러 길을 떠난 광부들이 버린 온갖 종류의 쓰레기들과 자루들, 말안장들, 연장들이 지저분하게 널려 있어 상당히 어수선했다. 커다란 검은 새들이 쓰레기 더미 위로 날아다녔으며, 파리들이 버글거렸다. 엘리사는 한 이틀 정도면 집집마다 마을을 돌 수 있을 거라고 계산

했다. 호아킨 안디에타를 찾는 건 어렵지 않을 것 같았다.

항구 가까이 다가서면서 기운도 나고 기분도 한결 좋아진 승객들은 마지막 남은 술을 함께 나눠 마시고, 서로 껴안고 등을 두드리며 작별 인사를 나누었다. 그러고는 「수산나」라는 노래도 함께 합창했다. 타오 치엔은 사람들이 어떻게 저렇게 돌변할 수 있는지 그저 신기해서 멍하니 바라만 보았다. 그는 짐이 거의 없었기 때문에 다른 사람들보다 먼저 엘리사와 함께 하선해서, 망설일 것도 없이 곧장 중국인 부락으로 향했다. 그곳에서 그들은 얼마간의 식량도 구하고, 왁스 칠을 한 텐트 아래 기거할 곳도 구했다. 엘리사는 그들의 광둥어 대화를 알아들을 수가 없었다. 그녀는 애인에 대해 알아볼 기회만을 간절히 노리고 있었지만 타오 치엔은 가만히 있으라고 주의를 주고는, 침착하고 참을성 있게 기다려야 한다고 당부했다. 그날 밤 종이는 어깨가 빠진 중국인을 치료해 뼈를 제자리로 되돌려 놓으면서 즉시 그 캠프 안에서 이름을 알렸다.

그 다음 날 아침, 두 사람은 호아킨 안디에타를 찾는 일을 시작했다. 그들은 함께 배를 타고 온 사람들이 벌써 사금을 찾아 떠날 채비가 끝났다는 걸 알게 되었다. 몇 사람은 짐을 실어 나르기 위해 노새들을 구했지만, 대부분은 자기가 가지고 온 물건들을 내버린 채 걸어가야만 했다. 그들은 찾고 있는 사람의 흔적 하나 발견하지 못한 채 마을 전체를 돌아다녔다. 그렇지만 몇몇 칠레인들이 한두 달 전에 그곳을 거쳐 간 사람 중에 그런 이름을 가진 사람이 있었다며 희미하게 기억해 냈다. 그들은 타오와 엘리사 모두 운이 좋으니, 강 위쪽을 따라가다 보면 재수 좋게 그와 만날 수도 있을 거라고 했다. 한 달은 엄청나게 긴 시간이었다. 게다가 사람들은 전날 누가 그곳을 거쳐 갔는지 관심조차 없었으며, 다른 사람의 이름이 뭔지, 목적지는 어딘지 신경도 쓰지 않았다. 오로지 금밖에는 아무런 관심이 없었다.

"타오, 이제 어떡하지요?"

"일해야지. 돈이 없으면 아무것도 할 수가 없으니까."

타오가 사람들이 버리고 간 물건들 중에서 쓸 만한 천막 조각을 주워 어깨에 짊어지면서 대답했다.

"나는 기다릴 수가 없어요! 호아킨을 찾아야 해요! 나한테 돈이 좀 있어요."

"칠레 돈? 여기서는 별 소용이 없어."

"내가 가진 보석들은요? 돈이 좀 될 거 아니에요……."

"잘 간수해 둬. 여기서는 얼마 쳐 주지도 않을 거야. 노새를 사려면 일을 해야 해. 내 아버지는 사람들 병을 치료하면서 이 마을에서 저 마을로 떠돌아다니셨어. 할아버지도 마찬가지고. 나도 똑같이 할 수 있어. 그렇지만 여기서는 거리가 꽤 멀어서 노새가 필요해."

"노새요? 벌써 있는걸? 바로 당신이야! 어쩜 그렇게 꽉 막히고 고집불통인지!"

"그래도 너보다는 덜 고집불통이야."

그들은 통나무와 판자들을 모으고 연장을 빌린 다음, 천막 천으로 지붕을 만들어 집을 지었다. 바람만 불었다 하면 금세라도 쓰러질 것 같은, 보잘것없는 단칸방이었지만,

적어도 밤이슬과 봄비는 피할 수 있었다. 타오 치엔이 의사라는 소문이 돌자 이미 종이의 탁월한 솜씨를 본 중국 환자들이 금세 몰려들었다. 그러고는 멕시코인들과 칠레인들, 그리고 마지막으로 미국인들과 유럽인들도 찾아왔다. 타오 치엔이 그곳에 있는 세 명의 백인 의사들 못지않게 실력이 있는데도 돈은 덜 받는다는 소문이 돌자, 그들은 황인종에 대한 역겨움을 극복하고 동양 의술을 시험해 보러 온 것이었다.

타오 치엔이 눈코 뜰 새 없이 바쁜 날에는 엘리사도 거들어야 했다. 엘리사는 타오가 섬세한 손동작으로 능수능란하게 환자들의 팔다리 등, 여러 군데의 맥을 짚는 걸 보면 마냥 즐거웠다. 애무라도 하듯 부드럽게 환자들의 몸을 진맥하고, 그만이 알고 있는 신비스러운 곳에다가 침을 놓는 걸 바라보고 있으면 그저 신기하기만 했다. 이 남자는 대체 몇 살이나 되었을까? 한번은 엘리사가 타오에게 몇 살이냐고 물은 적이 있었을 때, 그는 자기 전생의 나이까지 다 합해서 거의 7천에서 8천 살 사이일 거라고 대답했다. 엘리사가 보기에는, 그가 활짝 웃을 때에는 자기보다 어려 보이기는 했지만 대충 서른 살 가량인 것 같았다. 그렇지만 정신을 집중해서 진지하게 환자들을 돌볼 때에는 거북이만큼이나 나이가 들어 보였다. 그때는 그가 몇 백 살 먹었다는 이야기가 쉽게 믿어졌다.

엘리사는 타오가 컵에 담긴 환자들의 오줌을 검사해서, 오줌 냄새나 색깔만 보고 숨겨져 있던 병명을 찾아내거나, 돋보기로 눈동자를 들여다보면서, 몸에 뭐가 모자라고 뭐가 남는지 알아맞힐 때는 그저 신기하기만 했다. 가끔 그는 환자의 배나 머리 위에 손을 얹고, 두 눈을 감은 채 긴 몽상 속으로 빠져 들 때도 있었다.

"그때 당신은 뭐 하고 있는 거예요?"

그 후에 엘리사가 타오에게 물었다.

"환자의 고통을 느끼고 그에게 기운을 전해 주는 거야. 나쁜 기운은 고통과 질병을 낳고, 좋은 기운은 그걸 치료할 수 있지."

"그럼 그 좋은 기운은 어떤 거예요, 타오?"

"그건 사랑과 같은 거야. 따듯하고 찬란하지."

총알을 빼내거나 창상을 치료하는 건 매일 반복되는 일상사가 되어서, 이제 엘리사는 피를 보고 까무러치게 놀라지도 않았다. 한술 더 떠, 옛날에 혼수 이불에 수를 놓을 때처럼 차분하게 사람 살을 꿰맬 줄도 알았다. 타오 치엔에게는 에바나이저 홉스 곁에서 배운 외과 기술이 크게 쓸모가 있었다. 독사들 천지인 그곳에서는 뱀에 물려 시퍼렇게 부어서 동료들의 어깨에 들쳐 업혀 오는 사람들이 많았다. 오염된 물 때문에 콜레라도 만연했다. 그렇지만 그 처방을 아는 사람들은 아무도 없었다. 그리고 죽을 만큼 심각한 병은 아니더라도 증상이 요란한 병을 달고 찾아오는 사람들도 많았다.

타오 치엔은 돈을 조금밖에는 받지 않았지만 늘 선불로 받았다. 경험상 아픔 때문에 놀란 사람들은 군소리하지 않고 돈을 내지만, 일단 낫고 나면 깎으려 들기 때문이었다. 돈을 받을 때마다 그의 노스승이 자기를 나무라는 표정으로 나타났지만, 그는 애써 모른 척했다. "스승님, 이런 상황에서는 너그러울 수 있는 그런 사치를 부릴 수 없어요." 하고 중얼거렸다. 그의 진료비에 마취비는 포함되지 않았다. 마약이나 금침으로 고통을 덜고 싶은 사람들은 따로 더 지불해야 했다. 그렇지만 엄한 재판을 받고 매를 많이 맞거나 귀가 잘려 나간 도둑들한테는 예외였다. 광부들은 그들에게 재빨리 죄값을 물린 것에 긍지를 느꼈으며, 그들의 치료비를 내 주려는 사람도 없었다.

"범죄자들한테는 왜 돈을 안 받아요?"

엘리사가 그에게 물었다.

"그 사람들이 차라리 내 신세를 지는 게 낫지."

그가 대답했다.

타오 치엔은 그곳에 정착할 생각이었다. 엘리사에게는 아무 말 하지 않았지만, 린이 자기를 찾을 수 있도록 시간을 벌기 위해서라도 그곳에서 더 이상 움직이고 싶지가 않았다. 벌써 몇 주째 아내가 나타나지 않았던 것이다. 반면에 엘리사는 길을 떠나고 싶은 마음에 조바심이 나서 날짜만 세고 있었다. 그리고 시간이 흐를수록 자기와 함께 모험을 떠나 준 동반자가 좋아졌다. 엘리사는 그가 자기를 보호해 주고, 돌봐 주는 게 고마웠다. 그는 늘 자기가 잘 먹도록 신경을 써 주고, 밤에는 이불도 챙겨 주고, 그의 말처럼 '기'를 강하게 하기 위해 약재도 달여 주고 침도 놓아 주면서 지극 정성으로 돌보았기 때문에 한없이 고마웠다. 그렇지만 어떨 때에는 그의 차분함이 용기가 부족한 것 같아 화가 날 때도 있었다. 타오 치엔이 잘 웃으면서도 진지한 표정을 잃지 않는 점이 그녀를 매료시키기도 했지만, 어쩔 때에는 그녀의 성질을 돋우기도 했다. 엘리사는 그의 주변 사람들, 특히 중국 사람들조차 금 외에는 다른 걸 생각하지 않는데, 왜 그만이 유독 금에는 무관심한 건지 도무지 이해할 수가 없었다.

"너도 금에 관심이 없잖아."

엘리사가 그를 심하게 다그치자 그가 침착하게 대답했다.

"나는 다른 일 때문에 왔잖아요! 당신은 왜 온 건데?"

"선원이라서 오게 된 거지. 네가 부탁할 때까지는 이곳에 머물 생각도 없었어."

"당신은 선원이 아니라, 의사예요."

"이곳에서는 적어도 당분간은 다시 의사 노릇을 할 수 있지. 네 말이 맞았어. 이곳에서는 배울 게 많아."

타오 치엔은 그곳에서 그렇게 시간을 보냈다. 그는 인디오들의 주술 치료법을 배우기 위해 그곳 인디오들과도 접촉했다. 그들은 죽은 코요테의 껍질을 뒤집어쓰고 떠돌아다니는 지저분한 인디오 집단이었다. 또 금을 찾아 떠돌아다니다가 모든 걸 잃은 유럽 사람들의 넝마 옷들도 입고 다녔다. 인디오들은 강가에서 가느다란 대나무 광주리로 금을 건지면서 지친 아내들과 굶주린 자식들을 데리고 여기저기 정처 없이 떠돌아다녔다. 하지만 그들은 금이 있는 곳을 찾아만 냈다 하면 강제로 그곳에서 쫓겨나야 했다. 그리고 사람들이 그들을 가만히 내버려 둘 때면, 천막이나 움집을 지어 작은 부락을 형성하고 다시 강제로 쫓겨날 때까지 그곳에서 지냈다.

인디오들은 타오 치엔과 금세 친해졌으며, 그를 '메디신 맨', 즉 현인이라 여겼기 때문에 깍듯하게 대접했다. 그리고 그와 함께 자기들 지식도 공유하고 싶어했다. 엘리사와 타오 치엔은 인디오들과 함께 둥그렇게 원을 그리고 앉아, 가운데 뜨거운 돌판 위에다가 도토리 죽을 끓여 먹거나 씨앗이나 메뚜기를 구워 먹었다. 엘리사도 아주 맛나게 먹었다. 그러고 나서 그들은 영어와 손짓, 발짓, 원주민들에게서 배운 원주민 단어 몇 가지를 섞어 이야기하면서 담배를 피웠다. 그즈음 양키 광부 몇 명이 쥐도 새도 모르게 감쪽같이 사라졌다. 시신들은 발견되지 않았지만, 그의 동료들은 인디오들이 죽였다고 몰아붙이면서, 그에 대한 앙갚음으로 부락을 습격해서 여자들과 아이들까지 합해 마흔 명을 잡아다가 본보기로 남자 일곱 명을 처형했다.

"이 땅의 주인인 인디오들을 그렇게 대한다면, 중국인들한테는 더 끔찍하게 대할 거예요, 타오. 당신도 나처럼 투명인간이 돼야 할 거예요."

엘리사가 그들한테 일어난 일을 듣고는 두려움에 몸서리치며 말했다.

그렇지만 타오 치엔은 약초들을 연구하느라 바빠서, 투명인간이 되는 법을 배울 시간이 없었다. 그는 중국에서 사용했던 약초들을 대체할 수 있는 약초들을 찾아 긴 여행을 떠나곤 했다. 그는 말 두어 마리를 빌리거나, 작렬하는 태양빛을 고스란히 받아 가며 몇 마일씩 걸어 다니기도 했다. 그 지역에서 몇 세대를 살아 자연 지리를 훤히 꿰뚫고 있는 멕시코 사람들의 농장에 갈 때는 엘리사를 통역으로 데리고 가기도 했다.

불과 얼마 전에, 멕시코인들은 미합중국과의 전쟁에서 캘리포니아를 잃었다. 그와 동시에 그전에는 공동체 시스템으로 몇 백 명의 일군들을 먹이고 재웠던 큰 목장들도 서서히 무너져 내리기 시작했다. 나라 간의 조약들은 종이와 잉크로만 남아 있었다. 처음에는 광산에 대해 잘 알고 있는 멕시코인들이 방금 도착한 사람들에게 금을 채취할 수 있는 방법들을 가르쳐 주었다. 그렇지만 점점 더 많은 외지 사람들이 몰려들자, 자기 땅이라고 여겼던 그 땅에서 오히려 자신들이 학대받고 있다는 걸 깨달았다. 사실 양키들은 다른 어느 인종들과 마찬가지로 멕시코인들도 무시하고 업신여겼다. 그렇게 히스패닉계에 대한 지칠 줄 모르는 탄압이 시작된 것이다. 그들은 멕시코인들이 미국인이 아니라는 이유로 광산을 채취하지 못하게 했지만, 호주 죄수들이나 유럽 모험가들은 받아들였다. 일자리가 없어진 일꾼들은 광산에서 팔자가 바뀌려나 기대해 보았지만, 미국인들의 탄압이 더 이상 참을 수 없을 정도로 심해지자, 남쪽으로 이민을 가거나 악당이 되었다.

떠나지 않고 그곳에 남아 있는 멕시코인들의 낡고 초라한 집에서, 엘리사는 잠시나마 여자들과 함께 보낼 수 있었다. 마마 프레시아의 부엌에서 지냈던 시절의 잔잔한 행복을 잠깐이나마 맛볼 수 있는 그런 시간이었다. 엘리사는 그때만 유일하게 벙어리 신세를 면하고 자기 나라말로 마음껏 이야기할 수 있었다. 아무리 힘든 일이라도 남자들하고 똑같이 일하고, 고된 노동과 가난에 단련된 강인하고

인자한 어머니들은 너무나도 약하게 생긴 중국 아이를 보고 마음 아파했다. 그리고 자기들 못지않게 스페인어를 잘한다는 것도 그저 신기해했다. 여자들은 몇 세기 동안 병을 치료해 온 민간요법을 기쁜 마음으로 알려 주고, 또 덤으로, 자기들의 맛있는 요리법도 가르쳐 주었다. 엘리사는 언젠가는 자기한테 요긴하게 쓰일 거라는 확신으로 공책에다가 열심히 받아 적었다.

그사이 종이는 홍콩에서 그의 친구인 에바나이저 홉스에게 사용법을 배웠던 서양 의약품들을 샌프란시스코로 주문했다. 그러고는 움막집 옆에 있는 땅을 깨끗이 정리해 사슴들이 들어오지 못하도록 울타리를 쳐서 막은 다음, 기본적인 약초 몇 가지를 심었다.

"하느님 맙소사! 테오! 이 비실비실한 풀들이 자랄 때까지 여기에 있자는 거예요?"

엘리사는 줄기가 시들시들하고 잎사귀가 누런 풀들을 보고는 흥분해서 소리 질렀지만, 그는 얼렁뚱땅 넘어갔을 뿐 아무런 대답도 하지 않았다.

엘리사는 날짜가 하루하루 지나갈수록 호아킨에게서 멀어져 가는 것 같았다. 자기가 사크라멘토에서 중국 의원의 바보 동생 노릇을 하면서 시간을 낭비하는 사이, 호아킨 안디에타는 점점 더 깊은 산속을 향해 그 미지의 땅속으로 더 깊숙이 들어가는 것 같았다. 엘리사는 타오 치엔에게 별의별 욕을 다 했지만, 스페인어를 쓰는 건 절대 잊지 않았다. 타오 치엔도 엘리사에게 욕을 할 때는 마찬가지로 광둥어를 사용했다.

그들은 다른 사람들 앞에서 말하지 않고서도 손짓으로 완벽하게 의사소통을 할 수 있게 되었으며, 늘 붙어 다녀서 그런지 서로 닮아 보여서 그들이 형제라는 걸 의심하는 사람이 아무도 없을 정도였다. 환자들이 없을 때에는 함께 항구나 상점들을 둘러보며 친구들도 사귀고 호아킨 안디에타에 대해 물어보기도 했다. 엘리사가 음식을 만들었고, 이따금씩 타오 치엔이 그 도시에 있는 중국 식당에 몰래 다녀오긴 했지만, 곧 그녀의 음식에 익숙해졌다. 그 중국 식당들에서는 1달러로 배가 터지도록 먹을 수 있었다. 양파 하나가 1달러인 걸 감안하면 공짜나 다름없었다.

그들은 다른 사람들 앞에서는 손짓으로 이야기했지만, 단둘이 있을 때에는 영어로 말했다. 가끔 스페인어나 광둥어로 서로 욕지거리를 주고받기는 했지만, 대부분의 시간을 사이 좋은 동료들처럼 일했으며, 웃는 일도 많았다. 타오 치엔은 말도 잘 안 통하고, 문화적으로 많이 다른대도 자기가 엘리사와 함께 웃을 수 있다는 게 그저 놀라울 뿐이었다. 그렇지만, 정확히 말하자면, 그런 문화적 차이 때문에 배꼽 잡고 웃을 때가 더 많았다. 그는 여자가 그렇게 무모하게 행동하고 이야기할 수 있다는 게 도무지 믿을 수 없었다. 타오 치엔은 호기심을 갖고, 말할 수 없는 애정으로 엘리사를 바라보았다. 그녀에 대한 감탄으로 할 말을 잃을 때도 많았다. 그녀는 전사처럼 용감무쌍하기도 했지만 덤벼들 때는 오히려 어린애 같아, 그는 그녀에게 보호 본능이 앞섰다. 몸무게도 어느 정도 늘고 안색도 많이 좋아지기는 했지만 아직 한눈에 봐도 그녀는 약해 보였다.

엘리사는 해지기가 무섭게 꾸벅꾸벅 졸다가, 카스티야 망토를 돌돌 말고는 잠이 들었다. 그럼 타오도 그녀의 옆에서 잠이 들었다. 그들은 둘만의 그런 은밀한 시간에 익숙해져, 이제는 잠을 자면서도 하나가 되었다. 한 사람이 돌아누우면, 다른 사람도 따라서 돌아누워 좀처럼 떨어지지 않았다. 가끔 담요가 엉겨 깨어날 때도 있었다. 타오가 먼저 깨어날 경우에는 린과 행복했던 순간들을 떠올리며 음미했다. 그렇지만 엘리사가 자신의 욕망을 눈치 채지 못하도록 움직이지도 못하고 가만히 있어야 했다. 그는 엘리사도 자기와 마찬가지라는 걸 전혀 눈치 채지 못했다. 엘리사는 자기가 운이 더 좋았더라면 호아킨 안디에타와 살면서 누릴 수 있는 그런 행복을 미리 상상해 줄 수 있게 해 준 그 남자의 존재가 고마웠다. 그렇지만 두 사람 다 간밤에 있었던 일은 마치 딴 세계에서 있었던 일인 양 의식도 못하는 것처럼 지냈다. 옷을 입는 순간, 함께 꼭 껴안고 잤던 그 은밀한 비밀은 완전히 사라지면서 다시 형제가 되었다.

아주 가끔 타오 치엔은 한밤중에 혼자서 살짝 빠져나갔다가 몰래 들어오곤 했다. 그에게서 냄새를 맡을 수 있었기 때문에 엘리사는 아무것도 묻지 않았다. 그는 여자와 함께 있다가 오는 길이었다. 심지어는 멕시코 여자의 달짝지근한 향수 냄새까지도 맡을 수 있었다. 엘리사는 망토 밑에 웅크리고 누워 칼을 꼭 쥔 채로, 어둠 속에서 주변에서 나는 작은 소리 하나에도 신경을 바짝 곤두세웠다. 그녀는 두려움에 떨며 타오의 이름을 마음속으로 애타게 불렀다. 그녀는 배신당한 것 같은, 미친 듯이 울고 싶은 그 마음을 어떻게 설명할 수가 없었다.

엘리사는 어렴풋이, 어쩌면 남자들은 여자들하고 많이 다를 거라고 생각했다. 그녀는 섹스의 필요성을 전혀 느끼지 못했다. 밤에 꼭 껴안고 자는 것만으로도 그녀의 욕구는 충분히 채워졌다. 옛 애인을 떠올려 보아도 옛날 창고 안에서의 그 뜨거웠던 흥분을 느낄 수가 없었다. 그녀는 자기에게는 사랑과 욕망이 같은 건지, 그래서 사랑이 없어서 당연히 욕망도 없는 건지, 아니면 오랜 기간을 배에서 앓아서 몸의 뭔가 중요한 부분이 못 쓰게 된 건지 알 수가 없었다. 그 이후 몇 달 동안 생리가 없어서 한번은 큰맘 먹고 나중에라도 아이를 가질 수 있는지 타오 치엔에게 물어본 적도 있었다. 그러자 그는 그래서 자기가 침을 놓았던 것이며, 그녀가 건강을 회복해서 원기를 되찾으면 다 정상으로 되돌아올 테니 걱정하지 말라고 했다.

타오가 몰래 빠져나갔다가 자기 옆으로 조용히 미끄러지듯 들어오면, 엘리사는 둘 사이에 다른 여자들의 냄새가 가로막고 있다는 게 사뭇 언짢아서 몇 시간이나 잠을 이루지 못했다. 샌프란시스코에 도착한 이후, 엘리사는 미스 로즈에게 교육받은 그대로 타오와 내외를 했다. 타오 치엔은 항해하는 몇 주 동안 배에서 벌거벗은 그녀를 보았고, 그녀의 몸이라면 속속들이 잘 알고 있었다. 그렇지만 엘리사가 왜 내외를 하는지 대충 짐작을 하고는, 건강에 대한 질문을 할 때를 제외하고는 일체 아무것도 묻지 않았다. 심지어 침을 놓을 때에도 그녀가 민망해하지 않도록 신경을 썼다.

그들은 서로가 보는 앞에서는 옷을 갈아입지 않았다. 묵언의 합의하에, 움막집 뒤쪽에 화장실로 쓰이는 곳을 서로의 사생활을 존중해 줄 수 있는 공간으로 여겼다. 그렇지만 그 외에는, 돈부터 옷까지 모두 함께 공유했다. 수많은 세월이 흐른 후, 엘리사는 그 당시 일기를 뒤적거리며 왜 그때 둘 다 서로에게 매력을 느끼면서도 눈치 채지 못했었는지, 밤에는 꿈을 핑계로 꼭 껴안다가도 낮에는 쌀쌀맞게 굴었었는지 신기했다. 엘리사는 자신들이 다른 인종과의 사랑은 생각해 보지 못했고 또 그런 부부는 세상에 없다고 믿었기 때문이라고 결론을 내렸다.

"당신은 그때 자기 애인만 생각했었어."

그즈음 머리가 희끗해진 타오 치엔이 엘리사에게 상기시켜 주었다.

"당신은 린만 생각했고요."

"중국에서는 아내를 여러 명 둘 수 있어. 또 린은 언제나 이해심이 많았지."

"당신은 또 내 큰 발이 끔찍했잖아요."

엘리사가 빈정거렸다.

"맞아."

그가 꽤 심각하게 대답했다.

6월이 되자 잔인한 폭염이 휘몰아쳤다. 모기들의 숫자가 기하급수적으로 증가했으며, 뱀들은 굴에서 나와 아무렇지도 않은 듯 버젓이 활보하며 돌아다녔다. 그리고 타오 치엔의 약초들은 중국에서 못지않게 쑥쑥 잘 자랐다. 금을 찾아 모험을 떠나는 사람들의 행렬은 계속되었다. 갈수록 더 많은 사람들이 더 줄기차게 몰려들었다. 사크라멘토는 거점 항구였기 때문에, 사람들이 버섯처럼 순식간에 금광 근처에 번식했다가, 금이 떨어지기가 무섭게 한순간에 자취를 감추고 마는 운명을 겪지 않았다.

도시는 1분이 다르게 급성장했다. 새로운 가게들이 문을 열었으며, 땅은 이제 초창기 때처럼 공짜로 나뉘지 않고, 샌프란시스코 못지않게 비싼 가격에 거래되었다. 관청 기관도 생겼으며, 다양한 행정 업무를 결정하기 위해 회의도 자주 소집되었다. 지식인, 변호사, 목사, 직업적인 노름꾼, 악당, 창녀를 거느린 마담 등, 진보와 문명을 상징하는 다른 여러 계층들도 나타났다. 수백 명의 남자들이 희망과 야망에 잔뜩 부풀어 사금광을 향해 떠났지만, 몇 달 동안의 고된 노동 끝에 모은 전 재산을 몽땅 탕진할 각오로 돌아온 지치고 병든 사람들 또한 많았다.

중국인들의 숫자도 날마다 계속 증가해, 곧 두 개의 경쟁 파벌이 생길 정도였다. 그들은 폐쇄된 조직들로, 자기 조직원들끼리는 어려운 일이 생기면 서로 형제처럼 돕고 의지했지만, 한편으로는 부패와 범죄도 조장했다. 도착한 지 얼마 되지 않는 사람들 중에 종이가 한 명 더 있었다. 타오 치엔은 그와 함께 처방을 비교하고, 공자를 논하면서 행복한 시간을 보냈다. 그 새로운 종이는 전통적인 치료법을 반복하는 데 만족하지 않고 새로 대체할 수 있는 것을 찾으려 했기 때문에 에바나이저 홉스를 연상시켰다.

"우리는 양놈들의 의학을 공부해야만 하오. 우리 것으로는 충분치가 않아요."

그가 타오에게 이야기했으며, 타오도 그의 의견에 깊이 공감했다. 그는 배우면 배울수록, 자기가 아는 게 아무것도 없다는 생각이 점점 더 많이 들었으며, 그 모자라는 걸다 배우기에는 인생이 턱없이 짧다는 생각이 들었다.

엘리사는 '엠파나다'라는 고기만두를 만들어 금을 받고 팔았다. 처음에는 칠레인들을 상대로 팔다가, 나중에는 엠파나다에 금세 맛을 들인 양키들에게도 팔았다. 엘리사는 소노라에서부터 소를 몰고 다니는 멕시코 농장주들로부터 고기를 구할 수 있을 때에는 소고기로 엠파나다를 만들었다. 그렇지만 곧 소고기가 딸리면서 사슴, 토끼, 야생 거위, 거북이, 연어, 심지어 곰까지 사용했다. 그의 단골들은 광부들의 변하지 않는 메뉴인 저장 콩과 소금에 절인 돼지고기밖에는 달리 먹을 게 없었기 때문에, 그나마 감사한 마음으로 모두 맛나게 먹었다.

사람들은 사냥이나 낚시를 하러 나가야 했기 때문에 요리할 시간이 없었다. 야채는 물론 과일도 구하기 어려웠으며, 우유는 샴페인보다 더 귀한 사치품이었다. 그렇지만 밀가루와 기름, 설탕은 흔했으며, 호두, 초콜릿, 향신료, 통조림과 말린 자두도 있었다. 엘리사는 케이크와 과자를 만들어 엠파나다 못지않은 대성공을 거두었다. 마마 프레시아의 화덕을 떠올리며 대충 만든 진흙 화덕에 구운 빵도 날개 돋친 듯이 팔렸다.

계란과 베이컨을 구하면 아침식사 제공이라는 간판을 써

붙여 놓았다. 그러면 남자들이 햇볕이 쨍쨍 내리쬐는 가운데 지저분한 테이블에 앉아 식사를 하는 것도 아랑곳하지 않고 길게 줄을 늘어섰다. 그들에게는 벙어리에 귀머거리인 중국 사람이 만든 그 맛있는 식사가, 그곳에서 멀리 떨어진 고향 집에서 일요일 날 식구들과 함께 먹던 정겨운 식사를 연상시켰던 것이다. 베이컨을 곁들인 계란 프라이와 오븐에서 갓 구워 낸 빵, 과일 케이크와 방금 뽑은 커피가 나오는 그 푸짐한 아침 식사는 3달러였다. 몇몇 손님들은 몇 달 동안 그렇게 맛있는 건 먹어 보지 못했다며 감격해서 고마운 마음에 팁을 넣는 항아리에다가 1달러를 더 넣기도 했다. 여름이 한창이던 어느 날, 엘리사는 그동안 모은 돈을 들고서 타오 치엔 앞으로 갔다.

"우리 이 돈으로 말을 사서 떠날 수 있어요."

엘리사가 타오 치엔에게 통고했다.

"어디로?"

"호아킨을 찾으러."

"나는 그 사람을 찾고 싶지가 않은데. 나는 여기에 남을게."

"이 나라를 알고 싶어 하지 않았어요? 이 나라에서는 보고 배울 게 아직 너무 많아요, 타오. 내가 호아킨을 찾는 동안, 당신은 그 많은 지식을 얻을 수 있잖아요."

"내 약초들도 많이 자랐고, 나는 여기저기로 떠돌아다니는 걸 별로 좋아하지 않아."

"좋아요. 그럼 나는 가요."

"혼자서는 멀리 못 갈 거야."

"두고 봐요."

그날 밤 그들은 서로 말 한마디 건네지 않고, 움막집 양 끝에서 뚝 떨어져 잤다. 그 다음 날, 엘리사는 여행에 필요한 걸 사러 아침 일찍 나갔다. 벙어리 행세를 하자니 쉬운 일은 아니었지만, 오후 4시에 피곤에 지친 몸으로 멕시코 말 한 마리를 끌며 돌아왔다. 얼굴도 못생기고 털이 여기저기 벗겨지기는 했지만 튼튼한 말이었다. 부츠 한 벌과 남방 두 개, 두꺼운 바지, 가죽 장갑, 챙 넓은 모자, 마른 음식물들이 담긴 주머니 두어 개, 양철 접시와 컵, 숟가락, 날카로운 주머니칼, 물통, 장전할 줄도 모를뿐더러 쏠 줄은 더욱 모르는 권총과 소총도 한 자루씩 샀다.

그러고는 오후 내내 짐을 챙기고, 보석들과 남은 돈을 면으로 된 천에 잘 싸서 꿰맸다. 엘리사는 그 천으로 가슴도 꼭 쌌으며, 그 안에다가 호아킨의 연애편지들을 깊이 잘 간직했다. 그때까지도 간수하고 있던, 드레스와 속치마, 구두가 든 트렁크는 놔두고 갈 수밖에 없었다. 엘리사는 카스티야 망토로, 칠레에서 몇 번 봤던 것처럼 안장을 만들었다. 그녀는 몇 달 동안 입었던 타오 치엔의 옷을 벗고 방금 산 옷으로 갈아입었다. 그러고는 가죽 끈으로 칼을 잘 갈아 목덜미 오는 곳까지 머리카락을 잘랐다. 그녀의 길게 땋아 내린 검은 머리가 죽은 뱀처럼 바닥에 뚝 떨어졌다. 깨진 거울 조각을 들여다본 엘리사는 만족스러웠다. 얼굴을 지저분하게 하고, 석탄 조각으로 눈썹을 두텁게 그리면 확실하게 변장할 수 있을 것 같았다. 그러고 있는데 타오 치엔이 다른 종이와 만나고 나서 돌아왔다. 그는 그 순간, 주인의 허락도 없이 남의 집에 들어온, 그 무장한 카우보이를 알아보지 못했다.

"타오, 나 내일 떠나요. 그동안 고마웠어요. 당신은 친구 이상이에요. 형제와 다름없어요. 당신이 무척 그리울 거예요……."

타오 치엔은 아무 말도 하지 않았다. 밤이 되자 엘리사는 옷을 입은 채로 구석에 누웠고, 그는 여름밤의 산들바람을 맞으며 밖에 앉아 별을 세었다.

비밀

엘리사가 에밀리아호의 배 밑바닥에 숨어 발파라이소를 떠나던 날 오후, 소머즈 집안 세 남매는 펠리시아노 로드리게스 데 산타크루스의 아내인 파울리나의 초대로 영국 호텔에서 저녁 식사를 하고, 세로 알레그레에 있는 그들 저택으로 느지막히 돌아왔다. 그들은 엘리사가 마마 프레시아와 함께 아우구스틴 델 바예의 농장에 있다고 생각했기 때문에 일주일이 지날 때까지도 엘리사가 없어진 걸 알지 못했다.

그 다음 날 존 소머스는 파울리나의 증기선인 '포춘호'의 선장으로 계약서에 서명했다. 협상은 서로간의 합의가 이루어진 간단한 서류로 끝이 났다. 그들은 한 번 더 만나는 것으로 서로간의 신뢰를 확인했으며, 세세한 법적 절차를 물고 늘어질 시간도 없었다. 그 당시에는 캘리포니아로 한시 빨리 떠나고 싶어 하는 사람들의 열망이 유일한 관심사였다. 신문에서 신중을 기하라는 기사가 실리거나, 성당 설교대에서 아무리 말세론을 강조해도, 칠레 전체는 캘리포니아 열풍에 휩싸여 들끓고 있었다.

선창가에는 황금 열풍에 휩쓸려 그곳에 가려는 사람들이 지천에 깔렸기 때문에, 선장은 증기선 선원들을 구하는 데채 몇 시간도 걸리지 않았다. 일자리를 잃지 않으려고 밤새 바닥에 누워서 잠을 자는 사람들도 많았다. 승객들을 받지 않고 빈 배로 가겠다는 존 소머즈의 말에 영문을 알길이 없는 선원들은 깜짝 놀랐다. 하지만 그는 더 이상 설명하지 않았다. 그는 자기 선원들이 샌프란시스코에 도착하는 즉시 배를 이탈하는 것을 막기 위해 아주 은밀한 계획도 세워 두었다. 물론 그 계획은 비밀이었다. 그게 알려지면 선원을 한 명도 구할 수 없기 때문이었다. 그리고 북쪽으로 향하기 전에 엉뚱하게도 남쪽으로 한 바퀴 돌아갈 것이라는 말도 선원들에게는 하지 않았다. 그는 바다 한가운데서 그 말을 할 생각이었다.

"그러니까 선장님께서 내 증기선을 책임지시고, 선원들을 통제하실 수 있다는 거지요? 그 말씀이지요, 선장님?"

파울리나는 선장이 서명하도록 계약서를 건네주면서 다시 한 번 더 그에게 물었다.

"그렇습니다, 부인. 그것 때문이라면 걱정하지 마십시오. 사흘 안에 출항할 수 있습니다."

"좋아요, 선장님, 캘리포니아에 뭐가 부족한지 아세요? 과일, 야채, 계란, 맛있는 치즈, 육류 가공 제품과 같은 신선한 식품들이에요. 그게 우리가 그곳에서 팔 것들이에요."

"어떻게요? 전부 썩어서 도착할 텐데요……."

"얼음에 채워서 가지고 갈 겁니다."

파울리나가 침착하게 말했다.

"뭐라고요?"

"얼음이요. 선장님께서는 먼저 얼음을 가지러 남쪽으로 가실 겁니다. 성 라파엘 호수가 어디에 있는지 아세요?"

"아이센 항구 근처에 있습니다."

"선장님께서 그쪽 지리를 잘 알고 계셔서 얼마나 다행인지 몰라요. 아주 단단하고 시퍼런 빙산들이 거기 있다고 들었어요. 우리 포춘호를 얼음 덩어리로 가득 채우셨으면 해요. 어때요?"

"부인, 죄송합니다만, 제가 보기에는 미친 짓 같습니다."

"바로 그거예요. 그래서 아무도 생각을 못한 거예요. 굵은소금 몇 톤과 자루를 잔뜩 가지고 가서 큼지막한 얼음으로 배를 가득 채우세요. 아이! 선원들을 얼려 죽이지 않으려면 옷을 단단히 입혀야 할 거예요. 그리고, 한 가지 더 말씀 드리자면, 선장님, 이건 아무한테도 말씀하지 마세요. 부탁이에요. 괜히 우리 아이디어가 도둑맞으면 안 되잖아요."

존 소머스는 당혹스러운 마음으로 파울리나와 헤어졌다. 처음에는 그 여자가 제정신이 아니라고 생각했지만, 생각할수록 그 모험이 점점 더 그럴싸해 보였다. 게다가, 자기가 손해 볼 건 아무것도 없었다. 망하면 그녀가 망하는 것이었다. 오는 길에 얼음이 다 녹아서 물이 된다고 해도, 월급은 제대로 나오는 것이었다. 그리고 만에 하나 그 황당한 아이디어가 맞아떨어진다면, 계약한 대로 무시 못할 액수의 보너스를 받게 될 것이다.

엘리사가 없어진 게 알려진 그 주, 존 소머스는 헉헉대는 보일러로 움직이는 증기선을 타고 얼음을 찾으러 떠났기 때문에, 돌아올 때까지는 아무것도 몰랐다. 빙하 시대의 얼음을 담아 가지고, 운반할 식품들을 싣기 위해 다시 발파라이소에 올 때까지는 아무것도 몰랐던 것이다. 그 물건들은 캘리포니아에 가면 파울리나의 남편과 시아주버님이 몇 배 되는 가격으로 팔 것들이었다. 모두 계획대로만 된다면, 포춘호로 서너 번만 왔다 갔다 하면 파울리나는 꿈도 꿔보지 못한 돈방석에 앉게 될 것이다. 다른 사업가들이 그녀의 아이디어를 모방해서 치열한 경쟁을 벌일 때까지 얼마나 걸릴지도 다 염두에 두었다. 그리고 존 소머스도 나름대로 최고의 입찰자에게 낙찰시킬 수 있는 상품 하나를 가지고 갔다. 바로 책이었다.

엘리사와 유모가 돌아오기로 한 날이 되어도 돌아오지 않자, 미스 로즈는 바예 가족이 아직도 농장에 머무르는지, 엘리사는 잘 있는지를 묻는 메모를 마부를 통해 보냈다. 한 시간 후에 아우구스틴 델 바예의 부인이 깜짝 놀라서 직접 그녀의 집을 찾아와서는, 엘리사에 대해서는 아무것도 모른다고 말했다. 남편이 간질병 증세가 도져 드러누웠기 때문에 자기 식구들은 발파라이소에서는 움직이지도 않았으며, 엘리사는 못 본 지가 몇 달 되었다고 했다. 미스 로즈는 침착하게 시치미를 떼었다. 자기가 잠깐 실수를 한 것이라며 미안하다고 사과했다. 엘리사가 다른 친구 집에 가 있는데 자기가 착각을 했다며, 이렇게 직접 와 주어서 고맙다고 했다……. 그렇지만 바예 부인은 미스 로즈의 말은 한마디도 믿지 않았다. 그리고 역시 우려했던 대로, 미스 로즈가 사무실에 있는 제레미 오빠에게 알리기도 전에, 엘리사 소머스가 도망쳤다는 이야기는 그새 발파라이소의 가십거리가 되었다.

그날 오후 내내, 미스 로즈는 울고불고 난리를 쳤으며, 제레미 소머스는 여러 추측들을 했다. 그들은 엘리사의 방을 뒤져 작별 편지를 발견하고는, 혹시 증거라도 찾을 수 있지 않을까 하는 헛된 바람으로 몇 번을 읽고 또 읽었다. 마마 프레시아를 찾아 물어볼 수도 없었다. 그제야 그들은 그 여자가 18년 동안이나 자기들을 위해서 일해 왔는데 그녀의 성조차도 몰랐다는 걸 깨달았다. 한 번도 그녀에게 고향이 어딘지, 식구들은 있는지 물어본 적도 없었다. 마마 프레시아는 다른 하인들과 마찬가지로, 자기들이 신경 쓸 필요도 없는 전혀 다른 계층의 사람들이었던 것이다.

"발파라이소는 런던이 아니에요, 제레미. 멀리 갈 수가 없어요. 엘리사와 마마 프레시아를 찾아야 해요."

"우리가 아는 사람들한테 수소문하기 시작하면 어떤 소문이 나돌지 생각해 봤니?"

"다른 사람들이 어떤 말을 하건 무슨 상관이에요! 제일 중요한 건 엘리사가 더 이상 곤경에 처하기 전에 한시 빨리 찾아내는 거예요."

"로즈, 솔직히 말해서, 우리가 자기를 위해 그렇게나 많은 공을 들였는데도 이런 식으로밖에 나올 수 없었다면 그건 그 아이한테 심각한 문제가 생겼다는 뜻이야."

"무슨 말이에요? 어떤 문제요?"

미스 로즈가 겁에 질려 물었다.

"로즈, 남자 문제야. 여자가 그런 엄청난 짓을 저지를 때는 남자 문제밖에 없어. 그건 누구보다 네가 더 잘 알지 않겠니? 엘리사가 누구와 함께 있겠니?"

"그거야 나도 모르지요."

미스 로즈는 확실하게 잘 알고 있었다. 누구 때문에 그런 엄청난 일이 벌어졌는지 잘 알고 있었던 것이다. 몇 달 전 자기 집으로 물건들을 싣고 왔던, 그 불쌍하게 생긴 제레미의 직원이었다. 이름은 몰랐지만 알아볼 수는 있었다. 그렇지만 미스 로즈는 엘리사가 어긋난 사랑의 함정에 빠지기 전에 아직은 구해 낼 시간이 있다고 믿고 있었기 때문에 오빠한테는 아무 말도 하지 않았던 것이다.

미스 로즈는 회계사처럼 정확하게, 아직도 빈의 테너 가수와의 경험을 기억하고 있었으며, 그 당시의 괴로움은 지금도 피부에 생생하게 남아 있었다. 이젠 더 이상 그를 사랑하지 않았다. 그것만큼은 확실했다. 그를 자기 마음속에서 지운 지 벌써 오래전이었다. 그렇지만 그의 이름만 중얼거려도 가슴이 쿵쾅거리며 미친 듯이 날뛰었다. 칼 브렛츠너는 그녀의 과거를 이해하는 데, 그리고 그녀의 성격을 형성하는 데 열쇠와도 같은 존재였다. 그 잠깐의 만남이 그녀의 인생을 결정지었으며, 지금의 그녀가 되게 했던 것이다. 그때처럼 다시 사랑하게 된다면, 그 사랑 때문에 자기 인생이 어떻게 꼬이게 될 건지 뻔히 알면서도, 역시 그 사랑에 빠질 것이라는 생각이 들었다.

어쩌면 엘리사는 운 좋게 사랑의 결실을 맺을 수도 있었다. 어쩌면 엘리사의 애인은, 딸린 자식이나 감쪽같이 속은 아내가 없는 총각일 수도 있었다. 엘리사를 찾아 그녀를 꾀여 낸 그 나쁜 놈한테 따져서, 강제로라도 결혼시켜 일을 잘 마무리지은 다음 제레미에게 데려오면 그만이었다. 어차피 제레미도 시간이 흐르면 그들을 받아들이고 말 것이다. 명예에 관한 것이라면 오빠가 워낙 엄격하게 나오기 때문에, 엘리사가 용서받기란 그리 쉽지만은 않을 것이다. 그렇지만 자기를 용서했으면, 엘리사도 용서할 수 있을 것이다. 그를 설득하는 건 자기 몫이었다. 미스 로즈는 하나밖에 없는 딸이 잘못된 길을 가려고 하는데 팔짱만 끼고 가만히 있으려고 지금까지 어머니 노릇을 해 온 것은 아니니까.

제레미 소머스가 묵비권을 행사하며 침묵만을 지키고 있는 사이, 미스 로즈는 행동을 개시했다. 그렇지만 아무리 침묵을 지켜도 소문은 이미 불거질 대로 불거져 있었다. 미스 로즈는 며칠 만에 호아킨 안디에타의 신원을 파악했다. 그렇지만 다른 것은 다 제쳐 놓더라도, 그가 법망을 피해야 하는 도망자라는 사실은 로즈를 자지러지게 했다. 그는 대영 제국 수출입 회사의 회계 장부를 조작해서 물건을 빼돌린 혐의를 받고 있었다. 미스 로즈는 상황이 생각보다 훨씬 더 심각하다는 걸 깨달았다. 제레미는 그런 사람을 절대 자기 가족으로 받아들이지 않을 것이다. 더욱이 제레미라면 그 직원을 붙잡자마자, 이미 엘리사의 남편이 되어 있다 하더라도, 곧바로 감옥으로 보낼 것이 거의 분명했다. 제레미를 설득해서 그 치사한 인간한테 씌어진 혐의를 거둬들이고, 우리 모두의 안녕을 위해서라도 명예를 회복시켜야지, 그렇지 않으면 별 도리가 없어 하고 미스 로즈는 중얼거렸다. 우선 연인들부터 찾아야 했다. 그다음 문제는 나중에 생각할 문제였다. 미스 로즈는 자기가 알아낸 사실을 아무한테도 이야기하지 않았다. 그러고는 그 주 내내 여기저기로 수소문한 끝에, 마침내 산토스 토르네로 서점에서 호아킨 안디에타에게 어머니가 있다는 사실을 알아냈다. 미스 로즈는 성당에 물어보는 것으로 그녀의 주소를 간단히 알아냈다. 생각했던 것처럼 가톨릭 신부들은 자기 신도들에 대해 훤히 꿰뚫고 있었다.

미스 로즈는 금요일 정오에 호아킨의 어머니 앞에 나타났다. 그녀는 잔뜩 벼르고 갔다. 당연히 화도 따끔하게 몇 마디도 쏴붙일 작정이었다. 그렇지만 한 번도 가 본 적 없는 그 동네의 꼬불꼬불한 골목길 안으로 들어설수록 잔뜩 별렀던 그녀의 마음은 점차 수그러들었다. 미스 로즈는 자기가 왜 이런 치렁치렁한 드레스를 입고 왔는지 후회스러웠다. 자기 자신이 우스꽝스럽다는 기분에다가, 특히 지나치게 화려한 모자와 흰색 구두가 마음에 걸렸다. 그녀는 괜히 부끄러운 마음이 들어 심란해진 채로 문을 두드렸다. 그리고 호아킨의 어머니를 보는 순간, 그 부끄러웠던 마음이 이제는 완전히 겸손한 마음으로 바뀌게 되었다. 그녀가 그렇게 처참하리라고는 상상도 못했던 것이다.

호아킨의 어머니는 시뻘겋게 충혈된 눈에 서글픈 표정을 지닌, 별 볼일 없는 빈약한 여자였다. 마치 할머니 같았다. 그렇지만 그녀를 찬찬히 뜯어보니 아직 젊은 나이였으며,

한창 때는 꽤 아름다웠을 것 같았다. 그렇지만 병들어 있는 게 분명했다. 부잣집 마나님들이 바느질이나 수를 놓아 달라고 일거리를 부탁하기 위해 그곳에 가끔씩 들르기 때문에, 호아킨의 어머니는 별로 놀라는 기색도 없이 미스 로즈를 맞아들였다. 낯선 귀부인이 자기 집 문을 두드리는 게 그리 이상한 일은 아니었다. 그렇지만 이번에는 외국 여자였다. 나비 모양의 드레스 때문에 알 수 있었다. 칠레 여자들이라면 감히 그런 옷은 입을 생각도 못했을 것이다. 호아킨의 어머니는 미스 로즈에게 무뚝뚝하게 인사를 건네고는 들어오라고 했다.

"부인, 앉으세요. 무엇을 도와 드릴까요?"

미스 로즈는 그녀가 내주는 의자 끝에 걸터앉았지만 한마디도 할 수가 없었다. 그 여자와 엘리사 그리고 자기 자신에 대한 갑작스러운 연민으로, 계획하고 왔던 말들이 순식간에 물거품처럼 사라져 버리고 말았던 것이다. 그 순간, 그녀의 얼굴과 영혼을 깨끗이 씻어 내리려는 듯 눈물이 강물처럼 흘러내렸다. 당황한 호아킨 안디에타의 어머니가 미스 로즈의 손을 자기 손으로 꼭 감쌌다.

"부인, 무슨 일이에요? 뭘 도와 드릴까요?"

그제야 미스 로즈는 외국인 억양이 강한 스페인어로 호아킨의 어머니에게 사정을 대충 이야기했다. 하나밖에 없는 딸이 일주일도 더 전에 사라졌다. 호아킨을 사랑하고 있었다. 그들은 몇 달 전에 처음으로 알게 되었는데, 그때부터는 딸아이가 예전 같지 않았다. 사랑에 들떠서 지냈다. 자기만 빼놓고는 모두 다 눈치 챘다. 자기가 너무 이

기적이고 산만해서 제때에 신경을 쓰지 못했다. 둘이 함께 도망을 쳤기 때문에 이미 때가 늦었다. 엘리사는 자기처럼 인생을 망쳤다. 그러고는 봇물이 터진 듯 이 이야기 저 이야기, 계속 늘어놓다가 절대 아무한테도 털어놓은 적이 없었던 자신의 비밀까지도 그 낯선 여자에게 이야기하고 말았다. 미스 로즈는 호아킨의 어머니에게 칼 브렛츠너, 그와의 덧없는 사랑, 그리고 그때부터 자기 마음속에서 20년 동안 잠들어 있던 상처와 텅 빈 자기 자신에 대해 이야기했다. 미스 로즈는 그동안 살아오면서 울지 못했던 것을 한꺼번에 터뜨렸다. 그동안 마음 놓고 발산시키지도 못하고 꾹꾹 눌러 왔던 분노도 터뜨렸으며, 체면 때문에 죄수들을 묶는 쇳덩어리처럼 자신을 짓눌러 왔던 비밀들도 다 털어놓았다. 운이 나빠 여자로 태어났다는 그 단순한 이유 하나 때문에 뜨거운 청춘을 헛되이 보낸 안타까움, 그 모두를 한꺼번에 씻어 내렸다. 마침내 미스 로즈는 울음을 그치고 난 다음, 자기한테 무슨 일이 있었는지, 어쩌다가 그런 속시원하고 후련한 행동을 하게 된 건지 영문을 몰라 가만히 앉아 있었다.

"차 좀 드세요."

호아킨 안디에타의 어머니는 한참 동안 아무 말 없이 가만히 있다가, 이가 나간 컵을 그녀의 손에 쥐어 주면서 말했다.

"제발, 부탁이에요. 엘리사와 당신의 아드님이 연인이었는지 말씀 좀 해 주세요. 제가 미친 건 아니지요?"

"부인, 그럴 수도 있어요. 호아킨도 한동안 얼이 빠진 채로 다녔어요. 그렇지만 여자아이의 이름은 한 번도 저한테 말해 주지 않았어요.”

“도와주세요. 엘리사를 찾아야 해요…….”

“확실히 엘리사는 호아킨하고 함께 있지 않아요.”

“그걸 어떻게 아세요?”

“엘리사가 일주일 전에 사라졌다고 말씀하지 않으셨어요? 제 아들은 12월에 떠났어요.”

“떠났다고 말씀하셨어요? 어디로요?”

“모르겠어요.”

“부인, 이해해요. 저도 당신 처지라면 아드님을 보호하려고 했을 거예요. 아드님이 형법상의 문제가 있다는 것도 알아요. 그를 도와주겠다고 약속 드릴게요. 제 오빠가 대영 제국 수출입 회사 지사장이에요. 제가 부탁하는 대로 해 줄 거예요. 아드님이 어디에 있는지 아무한테도 이야기하지 않을게요. 저는 단지 엘리사와 이야기하고 싶은 것뿐이에요.”

“따님과 호아킨은 함께 있지 않아요. 진짜예요.”

“엘리사가 그를 따라갔다는 걸 압니다.”

“그를 따라갈 수가 없어요, 부인. 제 아들은 캘리포니아로 갔어요.”

존 소머스 선장이 포춘호에 푸른 빛깔의 얼음을 잔뜩 챙겨 가지고 발파라이소로 돌아온 날, 평소처럼 그들 남매는 부둣가에 나와서 그를 기다리고 있었다. 그렇지만 그들의 얼굴만 봐도 뭔가 심각한 일이 벌어졌음을 금세 알 수 있었다. 로즈는 홀쭉하게 여위었으며, 그를 포옹하기도 전에 억제할 수 없었는지 울음부터 터뜨렸다.

"엘리사가 없어졌어."

제레미가 말도 제대로 못할 정도로 치를 떨며 존 선장에게 알려 주었다.

단둘만 남게 되자, 로즈는 호아킨 안디에타의 어머니에게서 알아낸 사실을 존에게 이야기해 주었다. 미스 로즈는 자기가 제일 좋아하는 존 오빠를 기다리면서 그 길고 긴 시간 동안 이야기들을 하나씩 짜 맞추고 있었다. 그러고는 자기도 그런 비극적인 사랑에 빠져 있었다면 애인을 쫓아갔을 것이라는 생각을 했다. 따라서 로즈의 결론은 엘리사가 애인을 찾아 캘리포니아로 떠난 것이다. 다음 날, 존 선장은 항구에서 하루 종일 수소문을 하면서 다녔다. 엘리사는 배표도 구입하지 않았고 승객들의 명단에도 없었지만, 호아킨 안디에타는 12월에 출항한 것으로 기록되어 있었다. 그는 엘리사가 자기들을 따돌리기 위해 이름을 바꿨을지도 모른다고 생각하고는, 다시 그녀의 인상착의를 갖고 알아봤지만 엘리사를 본 사람은 아무도 없었다. 아직 어린애에 불과한 젊은 처녀가 혼자서, 아니면 인디오 여자 한 명만 데리고 여행했다면 그 즉시 사람들의 눈길을 끌었을 것이라는 게 사람들의 말이었다. 게다가 가볍게 사는 여자들이나 선장과 상인의 아내들만 어쩌다 한 번씩 가기 때문에, 아주 극소수의 여자들만 샌프란시스코에 간다고 했다.

"로즈, 아무 흔적도 남기지 않고는 배에 탈 수가 없어."

선장이 치밀하게 알아본 다음에 결론을 내렸다.

"그럼 안디에타는?"

"그 아이 어머니가 너한테 거짓말을 한 건 아니었어. 그의 이름은 명단에 있었어."

"그 아이가 대영제국 수출입 회사의 물건들을 빼돌렸어. 분명히 다른 방법으로는 여비를 마련할 수가 없어서 그랬을 거야. 제레미는 자기가 찾고 있는 도둑놈이 엘리사의 애인이라는 걸 몰라. 그리고 큰오빠가 영원히 몰랐으면 좋겠어."

"로즈, 너는 그 많은 비밀들이 지겹지도 않니?"

"그럼 어떻게 했으면 좋겠어? 내 인생은 진실이라고는 하나도 없는 위선 덩어리야. 제레미는 돌같이 단단한 사람이야. 오빠도 나만큼 큰오빠를 잘 알잖아. 엘리사는 어떻게 하지?"

"나는 내일 캘리포니아로 떠나. 증기선에 이미 짐을 다 실었어. 사람들 말처럼 거기에 여자들이 몇 없다면 엘리사를 찾는 건 쉬울 거야."

"그걸로 충분하지가 않아! 존!"

"그럼 더 좋은 생각이 있어?"

그날 밤, 저녁 식사 때 미스 로즈는 엘리사를 찾기 위해 모든 방법을 총동원해야 한다며 다시 한 번 더 강조했다. 제레미는 여동생이 끈질기게 물고 늘어지는데도 모른 척하며, 안타까워하는 말 한 마디도 하지 않았다. 단지 사회적으로 추문을 일으킨 것에 대해 짜증만 내면서 엘리사 때문에 그런 난리를 피울 가치도 없다고 딱 잘라서 말했다.

"이렇게 신경만 곤두세워서 좋을 것 하나 없어. 좀 진정해라. 그 아이를 찾아서 뭐 하겠다는 거야? 찾더라도 이젠 우리 집 문지방은 절대 못 넘어."

제레미가 통고했다.

"오빠한테는 엘리사가 아무 의미도 없어요?"

미스 로즈가 제레미를 나무랐다.

"그 문제가 아니야. 엘리사는 되돌이킬 수 없는 실수를 저질렀고, 그 결과에 대한 책임을 져야 해."

"내가 거의 20년 동안 그랬던 것처럼?"

얼음장 같은 침묵이 식당 안을 감돌았다. 아무도 그 일에 대해 터놓고 이야기한 적이 없었으며, 제레미는 자기가 존한테 입도 뻥끗하지 않았기 때문에, 존이 로즈와 그 테너 가수 사이에 일어난 일을 알고 있는지조차 몰랐다.

"로즈, 무슨 이야기를 하는 거니? 나는 너를 용서하고 받아 주었어. 네가 나를 원망할 건 아무것도 없다."

"나한테는 그렇게 너그러우면서, 왜 엘리사한테는 그럴 수가 없는 거예요?"

"왜냐하면 너는 내 동생이고, 나는 너를 보호해야 할 의무가 있으니까."

"엘리사는 내 딸과 마찬가지예요, 제레미!"

"그렇지만 네 딸은 아니다. 우리는 그 아이한테 아무런 의무가 없어. 그 아이는 우리 가족이 아니야."

"우리 가족이에요!"

미스 로즈가 소리질렀다.

"그만해!"

선장이 접시들과 컵들이 출렁거릴 정도로 테이블을 세차게 내리치면서 끼어들었다.

"제레미, 우리 가족이야. 엘리사는 우리 가족이에요."

미스 로즈가 양손으로 얼굴을 가린 채 흐느끼면서 말했다.

"엘리사는 존의 딸이에요……."

그러고 나서 제레미는 동생들에게서 그들이 지난 16년 동안 숨겨 왔던 비밀을 듣게 되었다. 제레미는 평소 인간의 감정은 모두 초월한 듯 절제심이 강하고 과묵한 편이었다. 그런 그가 난생 처음으로 폭발했다. 46년 동안 완벽한 영국인답게 살아오면서 겉으로 내뱉지 못했던 말들을 한꺼번에 모두 터뜨린 것이다. 그는 분노와 수치심으로 치를 떨며 동생들을 한없이 원망했다.

"내가 얼마나 바보였으면! 하나님 맙소사! 거짓말투성이인 이 집에서, 한 지붕 아래 살면서, 아무것도 눈치를 채지 못했다니! 내 동생들만큼은 점잖은 사람들이고 우리 사이에는 적어도 기본적인 신뢰는 있다고 생각했는데! 그런데 알고 보니, 있는 건 거짓말과 위선뿐이었어! 나한테 더 얼마나 많은 걸 감쪽같이 숨겼는지 알 게 뭐야? 그렇지만 이건 해도 너무해! 왜 나한테 진작에 이야기하지 않았던 거야! 내가 그렇게 괴물처럼 보일 정도로 뭘 그렇게 잘못했다는 거야? 나를 이렇게 골탕 먹여도 되는 거야? 둘 다 내 등골만 빼먹었으면서도 나를 감쪽같이 따돌리고 무시했어! 나를 속이는 게 따돌리고 무시하는 거지 뭐야! 돈 낼 때만 내가 필요하지! 평생 그래 왔어. 어렸을 때부터 너희들은 늘 내 등 뒤에서 비웃었어……."

로즈와 존은 변명할 말 한마디 찾지 못하고 벙어리처럼 가만히 그 원망을 다 받아야만 했다. 제레미도 제 풀에 지쳐 더 이상 아무 말 하지 않게 되자, 식당 안에는 긴 침묵만이 그들 셋을 무겁게 짓누르고 있었다. 세 사람 모두 지쳐 있었다. 난생 처음으로 그들은 예의범절이라는 가면 없이 솔직하게 마주 앉아 있었다. 다리가 셋 달린 테이블처럼, 그들 사이의 어설프고 불안했던 균형이 마침내 박살나고 만 것이었다.

그렇지만 제레미가 흥분을 가라앉히면서 그의 얼굴에도 평소의 그 건방지고 예측 불가능한 무표정이 되돌아왔다. 그는 이마로 흘러내린 앞머리를 다시 쓸어 올리고는, 삐뚤어진 넥타이를 바로 매었다. 그제야 미스 로즈가 일어나, 소파 뒤쪽으로 다가가 그의 어깨에 한 손을 얹었다. 그건 미스 로즈가 그에게 내색할 수 있는 유일한 애정 표현이었다. 그녀는 오빠의 눈을 감히 바라보지도 못했다. 그녀는 자기에게는 아빠와 다름없었던, 과묵하고 우울하며 늘 깊은 고독에 빠져 있는 큰오빠에게 짙은 연민을 느끼며 가슴이 아파 왔다. 자기가 오빠에 대해서는 진짜 아는 게 아무것도 없었으며, 거기에 대해서는 평생 한 번도 이야기해 본 적도 없었다는 걸 그제야 깨달았다.

16년 전, 1832년 3월 15일 아침, 마마 프레시아는 정원에 나갔다가 신문지로 뒤덮인 평범한 마르세유 비누 상자를 보게 되었다. 뭐가 들어 있는지 궁금해서 들여다보러 갔다가, 신문지를 걷어 낸 순간 갓난아이를 보게 된 것이었다. 그녀는 소리를 지르며 집 안으로 뛰어 들어갔고, 잠시 후에 미스 로즈가 갓난아이를 보러 나왔다. 그때 그녀 나이 스무 살이었고, 복숭아처럼 젊고 아름다웠다. 그녀는 엘리사가 기억하거나 상상하던 것처럼, 연수정 색깔의 드레스를 입고 머리카락이 바람에 휘날리고 있었다.

두 여자는 비누 상자를 들어 바느질 방으로 갖고 들어가, 신문지를 치우고 털 조끼로 대충 둘둘 싸인 갓난아이를 꺼내 들었다. 아침에 찬바람이 불어 쌀쌀했는데도 아이가 몸도 따뜻하고 곤히 잠들어 있는 걸 보고는, 밖에서 오래 있었던 건 아니라고 추측했다. 미스 로즈는 마마 프레시아에게 깨끗한 담요하고 임시로 기저귀를 만들 이불 홑청하고 가위를 가져오라며 내보냈다. 마마 프레시아가 돌아왔을 때에는, 조끼는 사라진 뒤였고 아이는 미스 로즈의 품에 안겨 벌거벗은 채 울고 있었다.

"단번에 그 조끼를 알아보았어요. 그 전 해에 내가 손수 존에게 떠 줬던 것이었어요. 조끼는 오빠도 알아볼 수 있을 것 같아 내가 숨겼어요."

미스 로즈가 제레미에게 설명했다.

"존, 엘리사의 어머니는 누구니?"

"이름을 기억할 수가 없어……."

"이름이 뭔지도 몰라! 세상에 아비 없는 자식들을 몇 명이나 만들고 다니는 거니, 대체?"

제레미가 소리 질렀다.

"항구에서 만난 여자였어. 칠레 여자였는데 꽤 예뻤던 걸로 기억해. 그 후 다시는 보지 못해서 임신한 줄도 몰랐어. 로즈가 2년이 지난 다음에 나한테 그 조끼를 보여 줬을 때서야, 그때 날씨가 제법 추워서 해변에서 그 여자한테 입혀 주었다가 돌려받는 걸 잊어버렸던 게 생각났어. 제레미, 원래 선원들의 삶은 그런 거야. 이해해 줘. 내가 몹쓸 인간이라 그런 게 아니라……."

"너는 취해 있었어."

"그럴 수도 있었겠지. 엘리사가 내 딸이라는 걸 알았을 때 애 어머니를 찾으려고 했지만 이미 자취를 감추고 없었어. 죽었을지도 모르지. 나도 모르겠어."

"다 이유가 있어서 그 여자는 우리가 아이를 맡아서 길러야 한다고 생각한 거예요, 제레미. 그리고 나는 엘리사를 기른 걸 한 번도 후회한 적이 없었어요. 우리는 그 아이에게 사랑도 줬고, 풍요로운 생활과 교육도 베풀었어요. 어쩌면 애 어머니는 아무것도 줄 수가 없었을 거예요. 그래서 애 아빠가 누구라는 걸 알아볼 수 있게 엘리사를 조끼에 감싸 데려다 놓은 거예요."

미스 로즈가 부연 설명을 했다.

"그게 다야? 때 묻은 조끼? 그것으로는 절대 아무것도 증명하지 못해! 애 아빠는 누구든 될 수 있어. 그 여자는 아주 지능적으로 아이를 떼어 낸 거야."

"제레미, 오빠가 그렇게 나올까 봐 겁났던 거예요. 바로 그래서 오빠한테는 지금까지 이야기하지 않았던 거예요."

미스 로즈가 대답했다.

타오 치엔과 헤어진 후 3주 동안, 엘리사는 혼자 여행하지 않고 다섯 명의 광부들과 함께 아메리칸 강가에서 금을 찾았다. 사크라멘토를 떠나던 날, 그녀는 사금광을 찾아 떠나는 칠레인 집단과 합류했다. 그들은 타고 갈 말과 노새들을 샀지만, 말에 대해 아는 사람이 아무도 없어, 멕시코 농장주들이 짐승들의 나이와 결함을 교묘하게 숨긴 말들을 완전히 속아서 샀다. 말들과 노새들의 털을 물감으로 칠하고 약을 먹인 형편없는 것들이라, 타고 간 지 몇 시간도 지나지 않아 힘을 잃고 절룩거리며 다리를 질질 끌기 시작했다. 사람들마다 연장과 무기, 양철 그릇을 한가득 싣고 갔기 때문에 그 서글픈 카라반은 쇳조각들이 부딪히는 시끄러운 소리 속에 아주 천천히 전진할 수밖에 없었다. 사람들은 중간중간에 물건들을 버려야 했으며, 그 물건들은 지나가는 길에 흔히 볼 수 있는, 무덤을 표시한 십자가들 옆에 버려졌다.

엘리사는 엘리아스 안디에타라는 이름으로 자신을 소개했다. 형 호아킨을 찾으라는 어머니의 부탁을 받고서 칠레에서 방금 도착해, 자기 임무를 완수할 때까지 캘리포니아를 샅샅이 뒤질 각오가 되어 있다고 소개했다.

"어이, 코흘리개, 몇 살이나 먹었어?"

사람들이 그에게 물었다.

"열여덟이요."

"꼭 열네 살 같다. 금을 찾기에는 너무 어리지 않나?"

"나는 열여덟 살 먹었고, 금을 찾으러 다니는 게 아니에요. 형 호아킨을 찾고 있을 뿐이에요."

엘리사가 반복해서 말했다.

칠레 사람들은 활기가 가득한 젊은이들이었다. 그들은 소문에서처럼 길거리마다 금으로 포장되어 있지 않다는 걸 깨닫기 시작했지만, 그래도 고향을 등지고 그렇게까지 멀리 모험을 떠날 때의 흥분과 열정은 그대로 간직하고 있었다. 엘리사는 처음에는 그들의 얼굴을 제대로 볼 수가 없어, 늘 눈 바로 위까지 모자를 푹 눌러 썼다. 그렇지만 남자들은 자기들끼리는 거의 보지 않는다는 걸 곧 알게 되었다. 그들은 엘리사가 사내아이라 여기고는, 그녀의 몸매나 목소리, 습관을 이상하게 생각하지 않았다. 그들은 각자 자기 일에 바빠서 엘리사가 그들과 함께 오줌을 싸지 않는다는 것도 눈치 채지 못했다. 그리고 시원하게 목욕할 수 있는 물구덩이를 만나게 되어도, 그들은 모두 벌거벗고 들어가는데, 엘리사는 목욕하면서 동시에 빨래도 할 수 있다는 핑계를 대며 모자도 벗지 않고 그대로 옷을 입은 채 물속으로 들어가는 것도 이상하게 생각하지 않았다.

한편 깨끗한 것도 문제가 되지 않았다. 며칠 안에 엘리사도 그들 못지않게 지저분해지고 땀 범벅이 되었다. 엘리사는 더러우면 모두 똑같은 부류가 된다는 걸 깨달았다. 사냥개처럼 예민한 그녀의 코로도 다른 사람들과 자신에게서 나는 냄새를 구분할 수가 없게 되었던 것이다. 엘리사는 두툼한 바지 천 때문에 가랑이 사이가 다 헐었다. 그리고 장시간 말을 타 본 적이 없어, 두 번째 날에는 엉덩이에 불이 난 것 같아 한 발자국도 제대로 내디딜 수가 없었다. 그렇지만 다른 사람들도 다 도시 사람들이라, 그녀처럼 아파서 쩔쩔매며 다녔다. 덥고 건조한 기후와 갈증, 피곤, 끊임없는 모기 떼들의 습격 때문에 그들은 곧 농담할 기운도 없어졌다. 그릇들만 딸랑거리는 가운데 그들은 시작도

하기 전부터 후회를 하며, 아무 말 없이 앞으로 나아갔다.

그들은 제대로 정착해서 본격적으로 금을 찾기 위해, 몇 주 동안 적당한 장소들을 물색하고 다녔다. 그사이 엘리사는 그것을 호아킨 안디에타를 찾을 수 있는 기회로 이용했다. 사람들이 준 정보도 별 도움이 되지 않았으며, 지도도 제대로 표시가 되어 있지 않아 아무 소용이 없었다. 그래서 금이 좀 있을 법한 곳을 찾아가면 벌써 그전에 수백 명이나 되는 광부들이 몰려든 후였다. 한 사람당, 사방 100발자국에 해당하는 땅을 차지할 권리가 있었다. 매일 그곳에서 일하면서 자기 자리를 표시해 두었다가, 자리를 비울 때는 연장들을 놔두고 갔다. 그렇지만 열흘 이상 자리를 비우게 되면 다른 사람들이 그 땅을 차지해, 그 사람의 명의로 등록할 수 있었다. 기간 전에 남의 땅을 차지하거나 훔치는 게 가장 큰 범죄였으며, 그 죄는 광부들이 판사, 배심원, 집행인 역할까지 도맡는 약식 재판 뒤에 교수형이나 매질로 처벌됐다.

그들은 사방에서 칠레 사람들 무리를 만날 수 있었으며, 옷차림과 억양으로 얼른 알아볼 수 있었다. 그러면 서로 반가워서 반색을 하며 포옹을 한 후, 마테 차나 소주, 육포를 나눠 먹으면서 자기들의 힘든 사연을 생생하고도 실감나게 이야기했다. 때로는 별을 바라보며 향수에 젖어 노래도 불렀다. 그렇지만 그 다음 날 아침이 되면 다정하게 작별 인사를 나눌 겨를도 없이 서둘러 헤어져야 했다.

엘리사는 그중 몇몇은 옷맵시나 대화 내용에서 산티아고의 귀한 집 자제들이라는 걸 알 수 있었다. 몇 달 전만 해도 프록코트에 에나멜을 칠한 부츠, 새끼 양가죽 장갑, 기름칠을 한 머리를 하고 다녔을 귀족에다가 멋쟁이였을 것이다. 그렇지만 사금광에서는 함께 나란히 어깨를 맞대고 일하는 다른 촌스럽고 천박한 사람들과 거의 구별이 되지 않았다. 계층간의 차별과 선입견은 광산의 혹독한 현실과 접하면서 연기처럼 사라졌다. 그렇지만 인종간의 증오는 사라지지 않았으며, 그 증오는 걸핏하면 싸움으로 크게 번졌다.

다른 히스패닉 계열에 비해 사람 숫자도 훨씬 많고 성격도 다혈질인 칠레 사람들은 외국인들의 증오를 한 몸에 받았다. 엘리사는 샌프란시스코에서 호주 사람들 한 무리가 칠레 부락을 습격해 전쟁을 방불케 하는 싸움을 벌였다는 이야기를 들었다. 사금광들에서는 시골 일꾼들을 데리고 온 여러 칠레 회사들이 운영되고 있었다. 그들은 봉건 세습 제도하에 대대로 쥐꼬리만 한 임금을 받고 일하는 소작인들로, 그들이 발견하는 금은 자기들의 것이 아닌, 주인님의 것이라는 게 전혀 이상하지 않은 사람들이었다. 그렇지만 양키들의 시각에서 보면, 그건 단순한 노예제도였다. 미국 법은 개인에게 유리하게 되어 있었다. 각 개인의 소유지는 자기가 일할 수 있는 만큼의 공간에 해당되었다. 그래서 칠레 회사들은 더 많은 토지를 확보하기 위해 일꾼들 각자의 이름으로 명의를 이전해서 법을 농락했던 것이다.

셔츠를 입고 바지를 부츠 안으로 집어넣고 권총 두 자루를 찬 다양한 국적의 백인들, 솜을 두른 두툼한 재킷에 헐렁한 바지를 입은 중국인들, 엉덩이가 훤히 들여다보이는

다 떨어진 군복을 입은 인디오들, 흰 면 옷에 챙이 넓은 모자를 쓴 멕시코인들, 짧은 판초에 칼과 담배, 화약, 돈을 집어넣을 수 있는 넓은 가죽 벨트를 찬 남미인들, 반짝이는 실크 벨트를 차고 맨발로 다니는 샌드위치 섬 사람 등, 그곳은 다양한 인종 전시장이었다. 얼굴색과 문화, 종교, 언어는 모두 달랐지만 단 하나 금에 대한 집착 때문에 그곳에 모인 것이었다. 엘리사는 한 사람씩 붙잡고 호아킨 안디에타에 대해 묻고는, 동생 엘리아스가 그를 찾고 있다는 소문 좀 돌게 해 달라고 부탁했다. 엘리사는 그 지역 깊숙이 들어가면 갈수록, 그곳이 얼마나 거대한 곳이며 정처 없이 떠돌아다니는 5만 명의 외지인들 속에서 자기 연인을 찾는다는 게 얼마나 어려운 일인지 실감하게 되었다.

마침내 지친 그들 일행은 정착하기로 결정했다. 그들은 엘리사의 말과 노새 두 마리만 끌고 찜통 같은 더위 속에서 아메리칸 강이 흐르는 계곡에 도착했다. 나머지 짐승들은 오다가 모두 죽어 버렸다. 그곳에는 소나무와 떡갈나무밖에 없고 땅은 말라서 갈라져 있었지만, 산에서부터는 맑고 거센 물살이 바위 사이로 거침없이 흘러 내려와 계곡 사이를 칼처럼 날카롭게 후벼 파며 지나갔다. 양쪽 강가에서는 사람들이 나란히 몇 줄로 늘어서서 고운 모래를 파 항아리에 채운 다음, 어린아이의 요람처럼 생긴 도구에 놓고 채를 쳤다. 그들은 머리를 햇빛에 그대로 드러낸 채, 얼음장같이 차가운 물 속에 발을 담그고 젖은 옷을 입은 채 일하고 있었다. 그러고는 무기도 풀지 않은 채 땅바닥에 그냥 드러누워서 자고, 딱딱한 빵과 소금에 절인 고기를 먹고, 강상류에서 수백 명이 금을 채취하느라 오염시킨 물과 이것저것 마구 섞은 술을 마셨다. 그래서 간이 상하거나 미친 사람들도 많았다.

엘리사는 그곳에 온 지 얼마 안 돼서, 두 사람이나 콜레라로 쓰러져 끈끈한 땀으로 뒤범벅이 된 채 죽어 가는 것을 보았다. 엘리사는 끓이지 않은 물은 절대 마시지 못하게 했던 타오 치엔의 식견이 새삼 고마웠다. 그래서 아무리 목이 말라도, 텐트를 치는 오후가 될 때까지 기다렸다가 홍차나 마테 차를 끓여서 마셨다. 누군가 금 덩어리를 발견하고 좋아서 날뛰는 함성이 가끔 들려왔다. 그렇지만 대부분의 사람들은 아무 쓸모도 없는 수 톤의 모래 알갱이들 사이에서 금 조각 몇 그램을 분리하는 것으로 만족해야 했다.

몇 달 전만 해도 깨끗한 물 아래서 반짝이는 비늘 모양의 금 조각들을 볼 수 있었지만, 지금은 인간의 끝없는 욕심으로 자연이 많이 노해 있었다. 산더미처럼 쌓아 놓은 흙더미와 돌들, 깊이 파 놓은 구덩이들, 물의 흐름이 바뀐 강들과 훼손된 강어귀들, 셀 수도 없이 많이 파 놓은 물구덩이들로 오염된 물, 옛날에는 숲이었던 곳에서 채취된 수천 그루의 통나무들로 자연은 심각하게 훼손되었으며, 풍경은 옛날과는 많이 다른 모습이었다. 금을 찾으려는 사람들로 인해, 자연은 거인들이 밟고 지나간 자리처럼 무참하게 짓밟혔다.

엘리사는 그곳에 머무를 생각은 없었지만 많이 지쳐 있었고, 혼자서 정처 없이 말을 타고 떠돌아다닐 엄두도 나지 않았다. 그녀의 동료들은 광부들이 일렬종대로 선, 그 맨 끝에 한 조각의 땅을 얻었다. 그곳은 이제 막 생기기 시작한 작은 마을에서 꽤 멀리 떨어진 곳이었다. 그 마을에는 기본적인 욕구를 채워 줄 수 있는 술집과 상점들이 있었다. 그들의 이웃 사람들은 술도 엄청나게 많이 마시고 일도 열심히 하는 세 명의 오리건 사람들이었다. 그들은 방금 도착한 이웃들에게 인사를 하는 데 시간을 낭비하지 않았다. 오히려 그 반대로, '지저분한 놈들'은 미국 땅을 개척할 수 없다는 걸 즉각적으로 상기시켜 주었다. 칠레 사람들 중 한 명이 그 땅은 인디오들의 땅이기 때문에 그들도 그곳의 주인은 아니라는 논리로 그들에게 맞섰다. 다른 사람들이 끼어들어 말리지 않았더라면 큰 싸움으로 번질 뻔했다.

끊임없이 들리는 삽질하는 소리와 말뚝 박는 소리, 물소리, 굴러 내리는 바위 소리, 가끔씩 사람들이 질러 대는 욕지거리 외에 다른 소리는 아무것도 들리지 않았다. 하늘은 맑았고 월계수 이파리 냄새가 바람결에 실려 왔다. 칠레 사람들은 지쳐서 땅바닥에 그냥 쓰러졌다. 그사이 가짜 엘리아스 안디에타는 커피를 준비하기 위해 작은 모닥불을 지피고 말에게 물도 먹였다. 측은한 마음에 다른 노새들한테도 물을 주고, 편히 쉴 수 있도록 짐도 내려 주었다.

엘리사는 피곤해서 눈앞이 흐려졌으며, 무릎이 후들거려 제대로 걸을 수도 없었다. 그제야 그런 모험을 떠나기에 앞서 원기부터 회복해야 한다고 경고하던 타오 치엔의 말이 일리가 있다고 생각했다. 그녀는 사크라멘토에 판자와 천막으로 어설프게 지은 그 움막집을 떠올렸다. 그 시간이면 타오 치엔이 명상을 하고 있거나, 아니면 먹을 갈아 붓으로 아름다운 글씨를 쓰고 있을 것이다. 하지만 미스 로즈의 조용한 바느질 방이나 늘 온기가 감도는 마마 프레시아의 부엌은 별로 그립지 않은 게 이상해서 엘리사는 살포시 웃었다. 그녀는 혹독한 태양에 그슬리고 물집이 잡힌 자기 손을 바라보면서, 내가 엄청 많이 변했구나 하며 한숨을 내쉬었다.

그 다음 날, 엘리사는 동료들의 심부름을 해 주러 상점에 갔다. 자기들이 갖고 있는 나무통보다 훨씬 더 능률적인 요람 모양의 도구와 생필품을 사기 위해서였다. 사실 마을이라고 부를 수도 없는 그 마을에 단 하나 있는 거리는 오물 범벅인 흙탕길이었다. 통나무와 판자로 지은 오두막집인 그 상점이 독신 남성들만 사는 그 지역 사회의 중심지였다. 그곳에서는 물건을 되는 대로 다 팔았으며, 술과 음식도 팔았다. 밤에 광부들이 술을 마시러 오면, 바이올린 연주자가 멜로디로 흥을 돋구었다. 그때 몇몇 남자들이 여자의 역할을 맡겠다는 표시로 허리춤에 손수건을 두르면, 남자들이 돌아가면서 그들을 밖으로 데리고 나와 춤을 추었다. 몇 마일 근방에서는 여자가 한 명도 없었지만, 이따금씩 창녀들을 잔뜩 싣고 노새들이 끄는 마차가 지나가기도 했다.

상점 주인은 유타 주에 아내를 세 명이나 둔, 수다스럽고 인심 좋은 모르몬교도였다. 그는 자기 종교로 개종하는 사람들에게는 돈도 빌려 주었다. 술을 팔면서도 술을 마시면 안 된다며 설교를 늘어놓는 금주가였다. 엘리사가 그에게 호아킨 안디에타에 대해서 물어보았을 때, 그 상점 주인은 자기가 호아킨이라는 사람을 알며 성도 안디에타였던 것 같다고 대답했다. 그렇지만 벌써 옛날에 그곳을 지나갔으며, 어느 쪽으로 갔는지는 말할 수 없다고 했다. 소유권 문제를 놓고 미국인들과 스페인인들이 한판 붙었을 때, 그도 그 싸움에 연루되어서 기억하고 있다고 했다. "칠레 사람? 그럴지도 모르지." 상점 주인은 그가 스페인어를 사용했다는 것만 확실히 기억하고 있었다. "멕시코인일 수도 있지. 내가보기에 '지저분한 놈들'은 다 똑같아." 하고 말했다.

"결국에는 어떻게 됐나요?"

"미국인들이 그 땅을 차지하고 다른 사람들은 떠나야 했지. 그거야 뻔한 거 아닌가? 호아킨하고 다른 남자 한 명은 여기 상점에서 이삼 일 더 머물렀어. 내가 저기 구석에다가 담요를 깔아 놓고 쉬라고 했지. 심하게 두들겨 맞아서 좀 나을 때까지 말이야. 나쁜 사람들은 아니었어. 당신 형이 기억나. 검은 머리에 눈이 크고, 제법 잘생긴 청년이었지."

"맞아요, 바로 그 사람이에요."

엘리사는 터질 듯이 마구 뛰는 가슴을 진정시켜야 했다.

3부
1850~1853

엘도라도

사람들이 흥분으로 아우성치는 가운데, 남자들 네 명이 양쪽에서 두 명씩 두꺼운 밧줄을 잡아당기며 곰을 끌어냈다. 그들은 곰을 모래 한가운데까지 끌어내, 길이 20피트짜리 쇠사슬로 곰의 다리 하나를 기둥에다가 묶었다. 곰이 곧 세상이 끝날 것 같은 분노로 으르렁거리며 할퀴고 물어대면서 몸부림을 쳤기 때문에, 묶었던 밧줄을 다시 푸는 데만 15분이 걸렸다. 그 곰은 600킬로그램 이상 나가는 듯했고, 짙은 밤색 털을 가졌으며, 애꾸눈에다가 등 쪽에는 옛날 싸움에서 얻은 상처 자국들과 벗겨진 자국이 몇 군데 있었다. 그렇지만 아직은 젊은 놈으로, 누렇고 큼지막한 이빨들이 나 있는 그 커다란 입 가득히 끈끈한 침이 고여 있었다. 곰은 뒷발로 짚고 앉아서 무시무시한 발톱을 휘두르며 헛손질을 하면서, 절망 가득한 몸부림으로 쇠사슬을 끌어당기며 성한 한쪽 눈으로 사람들을 둘러보았다.

그곳은 몇 달 만에 떠돌이들에 의해 임시변통으로 순식

간에 지어진 벽촌이었다. 그래서 캘리포니아의 거의 모든 멕시코 마을에서 볼 수 있는 투우장은 없었다. 말들을 길들이고 노새들을 가두어 놓기 위한 넓고 탁 트인 원형 모양의 토지 위에, 관중들을 받을 수 있도록 나무 계단을 만들어 판자로 대충 지은 그런 투우장이었다.

11월의 그날 오후, 하늘은 금세라도 비가 퍼부을 듯 꾸물꾸물한 잿빛이었다. 그렇지만 날씨는 춥지 않았고 땅은 말라 있었다. 울타리 뒤에 있던 수백 명의 구경꾼들은 곰이 울부짖을 때마다 한목소리로 짓궂은 야유를 퍼부어 댔다. 수놓은 흰색 드레스를 입고, 담배를 느릿느릿 한 모금씩 천천히 빨아 대는 젊은 멕시코 여자 여섯 명이 유일한 여자들이었다. 그 여자들은 곰 못지않게 인기가 좋아 남자들이 "올레!" 하고 소리를 지르며 인사를 건넸다. 그러는 동안 내기를 걸기 위해 가져온 금 주머니들과 술병들이 손에서 손으로 전해졌다. 노름꾼들은 도시에서 입는 양복에 야리야리한 조끼까지 걸치고, 넓은 넥타이를 메고, 실크 모자를 쓰고 있었다. 그들은 촌스럽고 머리가 산발인 대부분의 사람들 사이에서 눈에 띄었다.

악사 세 명이 광부들이 즐겨 부르는 노래들을 바이올린으로 연주했다. 그들이 광부들의 애창곡인 「오 수잔나」를 시작하자마자, 여장을 한 털복숭이 광대 두 명이 사람들의 야한 농담과 박수갈채 속에서 재주를 넘으면서 투우장 한 바퀴를 뺑 돌았다. 그들이 재주를 넘을 때마다 치마가 들춰지면서 털이 숭숭한 다리와 팬티가 그대로 드러났으며, 관중들은 동전 세례와 박장대소로 그들의 노고를 치하했다. 광대들이 물러나고 장엄한 나팔소리와 북소리가 울려 퍼지면서 싸움의 시작을 알리자, 곧 흥분한 관중들의 우렁찬 함성 소리가 뒤따라 메아리쳤다.

엘리사는 군중들 속에 묻혀, 신기하기도 하고 끔찍하기도 한 기분으로 경기를 지켜보았다. 그녀는 순식간에 몇 배로 불어날지도 모른다는 희망으로, 수중에 있던 얼마 안 되는 돈을 몽땅 내기에 걸었다. 세 번째 나팔소리가 울려퍼지자, 나무 문이 열리면서 시커멓고 윤기가 자르르 흐르는 젊은 소 한 마리가 씩씩거리며 들어왔다. 그 순간 계단에는 불가사의한 적막이 감돌았다. 그러고는 곧 "올레!" 하는 짧은 함성으로 짐승을 맞아들였다.

황소는 커다란 야생 뿔이 달린 머리를 당당하게 치켜들고는, 당황했는지 잠시 멈춰 섰다. 놈은 바짝 긴장한 채 거리를 가늠하면서, 곰이 으르렁대는 소리로 그의 관심을 끌 때까지 앞발로 계속 모래만 파헤치고 있었다. 상대방 적수는 그놈을 보고는 묶여 있던 기둥에서 몇 발자국 떨어진 곳에 서둘러 웅덩이 하나를 파고는 그 위에 납작하게 엎드렸다. 관중들의 함성 소리에 소는 목덜미를 숙이고는, 근육에 잔뜩 힘을 주고 모래와 먼지바람을 일으키면서 달려들었다. 소는 분노에 눈이 멀어 헉헉거리며, 코에서는 김을 내뿜고 주둥이에서는 침을 흘리며 달려들었다.

곰은 가만히 앉아서 소를 기다리고 있었다. 소가 곰의 등을 뿔로 들이받음과 동시에, 그 두꺼운 털이 시뻘겋게 물들었지만 곰은 꿈쩍도 하지 않았다. 소는 군중들의 야유와 욕지거리를 받으며 당혹스러운 표정으로 경기장을 한 바퀴 천천히 돌았다. 그러고는 곰을 뿔로 떠밀어 낼 작정으로 다시 바닥을 긁어 대기 시작했다. 그렇지만 곰은 여전히 쭈그리고 앉아, 기회를 볼 때까지 눈 하나 깜짝하지 않고 가만히 소의 공격을 참아 냈다. 그러더니 정확하게 일격을 가해 소의 코를 작살냈다. 소는 피를 철철 흘리면서 고통으로 몸부림치더니 방향감각을 잃어 제대로 조준도 못하면서 곰을 들이박기 시작했다. 그래도 곰을 엉덩이 밖으로는 끌어내지 못하고 들이박기만 할 뿐이었다.

그러다가 갑자기 곰이 몸을 일으켜 소의 목을 껴안으면서 목덜미를 잔인하게 물어뜯었다. 쇠사슬이 닿는 범위 내에서 그 두 마리 짐승은 한데 엉겨 붙어 한참을 몸부림쳤다. 그 사이 모래는 피로 범벅이 되었으며, 계단 위에서는 사람들의 함성 소리가 사방으로 울려 퍼졌다. 마침내 소는 곰에게서 벗어나 몇 발자국 뒤로 물러났다. 놈은 다리에 힘이 풀려 비틀거렸으며, 살가죽은 빨갛게 물이 들어 흑요석처럼 반짝거렸다. 그러다가 무릎을 꿇고는 풀썩 앞으로 고꾸라졌다. 그 순간 거대한 함성 소리가 곰의 승리를 반겨 주었다. 두 명의 기수가 경기장 안으로 들어와 소의 양 미간을 총으로 쏘고는 뒷발을 묶어 끌고 나갔다. 엘리사는 속이 매슥거리는 가운데, 출구 쪽으로 향했다. 마지막 남아 있던 40달러마저 몽땅 잃어버렸던 것이다.

1849년 여름과 가을, 그 몇 달 동안 엘리사는 남쪽에서 북쪽으로, 마리포사에서 다우니빌까지 갔다가 다시 돌아오면서, 그 넓은 라베타마드레 지역을 돌아다녔다. 그녀는 갈수록 점점 더 희미해지는 호아킨 안디에타의 자취를 쫓아 험한 산이나 깊은 강도 가리지 않고 찾아다녔다. 심지어 시에라 네바다 산기슭까지 올라갔었다. 처음에는 호아킨 안디에타에 대해서 물어보아도, 그런 이름을 들었거나 비슷하게 생긴 사람을 봤다는 사람들이 몇 없었다. 그렇지만 연말이 가까워지면서 그의 모습은 점차 실체를 갖춰 갔으며, 엘리사로 하여금 더 열심히 찾아다닐 수 있는 힘을 북돋아 주었다. 엘리사는 호아킨 안디에타의 동생 엘리아스가 그를 찾아다닌다는 소문이 돌도록 했다. 그 몇 달 동안 그 소문이 메아리가 되어 다시 그녀에게로 되돌아온 적도 몇 번이나 되었다. 그녀가 호아킨이라는 사람에 대해 물어보면, 자기소개도 하기 전에 그녀가 호아킨의 동생임을 알아보는 사람들도 더러 있었다.

그 험준한 지역에서는 샌프란시스코에서 오는 우편물들이 몇 달씩 지체되었으며, 신문은 몇 주씩 걸려야 도착했다. 그렇지만 입에서 입으로 전해지는 소문만큼은 확실했다. 어떻게 호아킨이 자기를 찾는다는 걸 듣지 못하는 걸까? 형제가 없으니 엘리아스라는 사람이 누군지 궁금해야 할 것이며, 그리고 머리가 조금만 돌아간다면 그 이름을 자기 이름과 연관시킬 수도 있다고 생각했다. 그렇지만 자기가 왔으리라고는 꿈에도 생각을 못한다 하더라도, 적어도 누가 자기 동생 행세를 하고 다니는지 궁금해서라도 알아볼 것이라고 생각했다.

엘리사는 밤이면 이 생각 저 생각으로 제대로 잠을 이룰수가 없었다. 호아킨의 길고 긴 침묵은 그의 죽음 또는 그가 나타나고 싶어 하지 않는다는 것을 의미했다. 이 두 가지로밖에는 설명이 되지 않는 현실을 놓고, 엘리사는 늘 마음이 무겁고 심란했다. 타오 치엔이 암시했던 것처럼, 만일 그가 진짜 자기로부터 도망 다니는 것이라면? 엘리사는 하루 종일 말을 타고 다니다가, 밤에는 카스티야 망토를 이불로, 부츠를 베개로 삼아 옷도 벗지 않은 채 그냥 땅바닥 아무 데서나 쓰러져 잤다. 이제는 불결함이나 땀 때문에 불편하지도 않았으며, 식사도 아무 때나 되는 대로 먹었다. 단, 물은 반드시 끓여서 마실 것과 양키들의 눈은 절대 보지 않을 것, 그 두 가지만 각별히 신경을 써서 주의했다.

그즈음에는 금을 찾으러 온 사람들이 십만 명 이상이 되었으며, 계속해서 줄기차게 오고 있었다. 그들은 라베타마드레 곳곳에 흩어져, 산을 움직이고, 강의 흐름을 뒤바꿔 놓고, 숲을 훼손하고, 바위를 박살내고, 수 톤의 모래를 옮기고, 엄청나게 큰 웅덩이를 파면서 세상을 확 뒤집어놓았다. 태초부터 그대로 간직되어 오던 조용하고 전원적이었던 그곳 풍경은, 금이 발견되면서 끔찍한 악몽이라도 꾼 듯 비참한 모습으로 바뀌었다.

엘리사는 늘 피곤에 절어 살았지만, 이젠 어느 정도 원기도 회복하고 두려운 것도 없었다. 그러면서 가장 부적절한 순간에 다시 생리가 시작되었다. 남자들하고 같이 있으면서 표를 내지 않기가 어려웠기 때문에 좀 곤란했다. 그렇지만 자신의 몸이 드디어 완치되었다는 증거라서 감사한 마음까지 들었다. '당신의 침이 나를 치료했어요, 타오. 미래에 아이를 가질 수 있겠지요.' 하고 엘리사는 더 이상 부연 설명이 없어도 타오가 이해할 것이라는 믿음으로 편지를 썼다.

엘리사는 무기를 사용할 줄도 모르고, 그걸 사용할 필요도 없길 바라면서도, 한순간도 무기를 떼어 놓지 않았다. 딱 한 번 인디오 아이들이 지나치게 가까이 다가와 위협을 느꼈기 때문에 그 아이들을 쫓아내기 위해 허공에 대고 총을 쏜 적은 있었다. 그렇지만 고작 다섯 발자국 정도 떨어진 데서도 노새를 맞출 수 없는 총 실력이기 때문에 그 아이들과 제대로 맞붙었다면 큰 봉변을 당했을 것이다.

총 쏘는 실력은 나아지지 않았지만, 사람들 눈에 띄지 않고 감쪽같이 사라지는 재주는 훨씬 더 나아졌다. 엘리사는 사람들의 주의를 끌지 않고 다른 중남미 사람들과 뒤섞여 마을로 들어갈 수 있었다. 그곳에서는 자기처럼 생긴 아이는 눈에도 띄지 않았던 것이다. 그녀는 페루 억양을 흉내 내 익혔으며, 멕시코 억양은 완벽에 가깝게 구사했다. 그렇게 해서 사람들의 친절이 필요할 경우에는 그들 동포처럼 행세했다. 그리고 영국식 영어도 미국식 영어로 바꾸고, 양키들 사이에서 인정을 받기 위해 필수적으로 알아야 할 욕지거리 몇 마디도 익혀 두었다. 엘리사는 자기가 그들처럼 말하면 대접을 받는다는 걸 깨달았다. 그렇지만 괜한 변명은 하지 말고, 가급적 말은 적게 하고, 아무것도 부탁하지 말고, 자기가 먹을 건 자기가 일해서 벌고, 싸움에 휘말리지 말고, 소노라에서 산 작은 성경을 꼭 쥐고 다니는 게 가장 중요했다. 아무리 거친 사람들이라도 그 책에는 미신에 가까운 경의를 느꼈던 것이다.

사람들은 오후에는 성경을 읽는, 여자 같은 목소리에 수염도 나지 않은 그 아이를 이상하게 생각했다. 그렇지만 대 놓고 비웃지는 않았다. 오히려 몇 사람들은 그녀의 보호자가 되어, 누가 됐든지 그녀를 비웃는 사람이 있으면 흠뻑 혼내 줄 각오까지 되어 있었다. 고대 그리스신화에 나오는 영웅들처럼 부를 찾아서 떠난 그 거칠고 고독한 남자들도, 알고 보면 따뜻하고 질서를 사랑하는 사람들이었다. 그들은 몸이 아프거나, 폭력과 술에 절어 힘을 잃을 때 특히 더 연약한 모습을 드러냈다. 낭만적인 가요들을 부르면서 눈시울을 적셨고, 잠시나마 고향 집에 대한 그리움을 달래 줄 수 있는 사과 파이 한 조각을 먹기 위해서라면 얼마가 됐든 지불할 사람들이었다. 그들은 아이가 있는 집 근처에 가기 위해 멀리서도 찾아왔으며, 무슨 기적을 바라보듯 그 아이를 조용히 바라보았다.

엘리사는 친구 타오에게 편지를 썼다.

타오, 걱정하지 말아요. 나 혼자서는 여행하지 않아요. 그건 아마 미친 짓일 거예요. 최근 몇 달 동안 도적 떼들이 기승을 부리기 때문에 큰 무리를 지어서 무장을 하고, 정신 바짝 차리고 다니지 않으면 큰일 나요. 인디오들은 생긴 건 무시무시해도, 오히려 평화적이에요. 그렇지만 의지할 데 없이 혼자 다니는 사람을 보면 인디오들도 말과 무기와 부츠까지, 값이 나갈 만한 것은 몽땅 털어 가요. 나는 다른 여행자들하고 함께 다녀요. 이 동네 저 동네로 물건을 팔러 다니는 장사꾼들, 새로운 광맥을 찾아 떠도는 광부들, 농장 가족들, 사냥꾼들, 그리고 캘리포니아를 공략하기 시작한 사업가들과 부동산 중개업자들, 노름꾼들, 총잡이들, 변호사들, 다른 여러 어중이떠중이들. 보통 이런 사람들이 함께 여행할 때 그래도 제일 잘 통하고 인심도 좋은 부류들이에요.

또 전도사들도 많이 만나요. 대개 젊은 사람들로, 그들은 마치 신들린 사람들 같아요. 남의 죄를 사하고자 그 거친 황야를 3000마일씩 떠돌아 다니려면 얼마나 믿음이 좋아야 할까, 한번 생각해 봐요. 그들은 다혈질적인 열정으로 의기가 충천해서 자기 고향을 떠나지요. 하나님이 늘 곁에 계시기 때문에 길 가다가 만날 위험이나 불행에 대해서는 아무 걱정도 없이, 그리스도의 말씀을 이 험한 곳까지 전파할 생각으로요. 그들은 광부들을 '금을 찾아 떠난 어린 양들'이라고 불러요. 타오, 당신도 성경을 읽어 봐야 해요. 그렇지 않으면 크리스천들을 절대 이해하지 못할 거예요.

이 전도사들은 물질적인 어려움 앞에서는 끄떡없어요. 그렇지만 엄청난 탐욕의 위력 앞에서는 무기력해져서 갈기갈기 찢겨진 영혼으로 죽음을 맞는 사람들도 많아요. 아직 순수한, 방금 도착한 사람들을 보면 힘이 나요. 그렇지만 하나님한테 버림을 받고 이 캠프 저 캠프 힘들게 떠돌아다니는 사람들과 마주치면 가슴이 아파요. 그들은 세차게 내리쬐는 뜨거운 태양빛 아래, 심한 갈증에 허덕이며 광장이나 술집에서 입에 거품을 물고 설교하지요. 모자도 벗지 않은 채, 관심도 없이 듣는 사람들 앞에서요. 그렇지만 그들도 5분이 지나면 술집 여자들하고 한데 뒤엉켜 술에 떡이 되지요.

타오, 한 떠돌이 극단을 알게 되었어요. 그들은 무언극이나 야한 노래, 촌스러운 익살극을 연기하면서 그 근방 마을들을 떠돌아다니며 사람들을 웃기는, 불쌍하고 가난한 사람들이에요. 나는 그들과 함께 몇 주를 돌아다니면서 쇼에도 합류했어요. 피아노를 구하게 되면 내가 연주해 주기도 해요. 그리고 피아노가 없을 때에는 극중의 여자 역할을 해요. 사람들은 내가 여자 역할을 기막히게 잘한다고 모두 놀라지요. 그렇지만 나 스스로가 너무 혼란스러워서 그들과 헤어졌어요. 내가 남장을 한 여자인지, 여장을 한 남자인지, 아니면 자연의 돌연변이인지 너무 혼란스러워서요.

엘리사는 집배원과 친해져, 기회가 될 때마다 그와 함께 길을 떠났다. 그는 여행을 빨리 했으며 여러 군데 아는 곳도 많았기 때문에, 호아킨 안디에타를 찾아낼 사람이 있다면 바로 그 집배원일 것이라는 생각을 했던 것이다. 그 남자는 광부들에게 우편물을 전해 주고, 은행에 맡길 금 자루를 가지고 돌아갔다. 그도 삽 한번 잡아 보거나 말뚝 한번 박아 본 적 없이, 황금 열풍으로 꿈에 부풀어 온 사람들 중의 하나였다. 그는 샌프란시스코로 편지를 전해 주는 데 2달러 50센트를 받았으며, 집에서 오는 소식에 목말라 있는 광부들의 애타는 심정을 이용해 편지를 전해 주는 데 금 1온스를 요구하는 식으로 떼돈을 벌었다. 손님들도 남아돌았으며, 다른 선택의 여지가 없기 때문에 가격을 불평하는 사람들도 없었다. 광부들은 우편물을 찾거나 금을 맡기러 수백 마일 떨어진 곳까지 가기 위해 광산을 떠날 수가 없었던 것이다.

엘리사는 가급적 우편집배원인 찰리와 함께 길을 떠나려고 했다. 그는 이야기보따리가 하나 가득인 자그마한 남자로, 짐을 잔뜩 실은 노새를 끌고 다니면서 멕시코 마부들과 함께 경쟁했다. 그는 악마도 겁내지 않는 위인이지만, 누가 자기 이야기를 듣는 걸 좋아했기 때문에 동행하는 걸 마다하지 않았다. 엘리사는 그를 주의 깊게 보면 볼수록, 그도 자기처럼 남장을 한 여자라는 확신이 들었다. 찰리는 태양에 그슬린 피부를 가졌으며, 담배도 질겅질겅 씹으며 피우고, 깡패들처럼 말도 험하게 하고 총을 손에서 놓거나 장갑을 벗는 일이 없었다. 그렇지만 한번 그의 맨손을 볼 기회가 있었는데, 그의 손은 여자 손처럼 하얗고 자그마했던 것이다.

엘리사는 자유에 흠뻑 도취되었다. 그녀는 소머스 가문의 저택 안에서 아무런 변화도 없이 늘 갇혀서만 살아왔었다. 그곳에서는 시간이 늘 쳇바퀴 돌 듯 돌았으며, 창문 너머로 수평선을 바라볼 수도 없을 정도였다. 그녀는 바른 예절 교육과 관습에만 꽁꽁 묶여 지냈던 것이다. 코르셋과 일상생활, 사회규범, 두려움에 얽매여 처음부터 다른 사람을 즐겁게 하고, 남자에게 선택되기 위한 교육만을 받아왔다. 그러고는 늘 두려움에 사로잡히곤 했다. 하나님과 예측할 수 없는 그의 심판에 대한 두려움, 정부에 대한 두려움, 양부모에 대한 두려움, 질병과 나쁜 소문에 대한 두려움, 모르는 것에 대한 두려움, 다른 환경에 대한 두려움. 집 울타리를 벗어나면 길 밖에 도사리고 있을 위험에 대한 두려움, 여자라는 나약한 신분에 대한 두려움, 순결에 대한 두려움, 진실에 대한 두려움이 늘 그녀를 따라다녔다.

그녀의 삶은 눈 가리고 아웅하는 식의 달콤한 삶이었다. 적절한 침묵과 굳은 비밀, 질서와 규율이 빚어 낸 삶인 것이다. 그리고 그 삶의 목표는 순결이었다. 그렇지만 이제는 그 말의 의미조차 혼란스러웠다. 창고에서 호아킨 안디에타에게 자신을 넘겨주면서 세상 사람들의 눈에는 주워 담을 수 없는 큰 실수를 범하게 되었지만, 자신의 시선에서 보면 사랑은 모든 걸 정당화시켜 주었다. 엘리사는 자기가 사랑이라는 그 감정으로 인해 무엇을 얻게 되었는지, 무엇을 잃게 되었는지 혼란스러웠다. 그녀는 애인을 만나, 평생 그의 노예가 되겠다는 마음가짐으로 칠레를 떠났다. 그리고 그렇게 함으로써 복종에 대한 갈증과 소유에 대한 열망을 잠재울 수 있으리라 믿었다.

그렇지만 이제는 자기 양 어깨에 새로 돋아난 날개를 무시할 자신도 없었다. 그녀는 애인과 함께했던 시간을 후회하지 않았으며, 그 때문에 그런 곤혹을 치러야 했던 것도 부끄럽지 않았다. 오히려 그 반대로, 자기 자신이 순식간에 갑자기 강해진 느낌을 받았다. 그리고 스스로 결단을 내리고 그에 대한 대가를 치를 자신도 생겼다. 이제는 누구한테도 당당했다. 자기가 실수를 범했다면 그건 가족을 잃고, 배 밑바닥에 갇혀 아이를 잃고, 미래에 대한 불확실로 두려움에 떨면서 그 고생을 했던 걸로 벌은 충분히 받았다고 생각했다. 그녀는 자신의 임신 사실을 알고 나서 사방이 꽉 막혀서 어디서도 희망을 찾을 수 없었을 때, 일기장에다가 이제 자기는 행복할 권리가 없다고 적었다. 그렇지만 지난 몇 달 동안, 캘리포니아의 황야를 말을 타고 돌아다니면서 자기 자신이 콘도르처럼 훨훨 날아다니고 있다는 느낌을 받았다.

어느 날 아침, 엘리사는 말이 히힝 대는 소리와 얼굴에 내리쬐는 아침 햇살을 받으면서 잠에서 깨어나, 자기 주변을 둘러싸고 있던 자연 경관에 도취되어 그전에는 한 번도 경험해 본 적이 없었던 크나큰 행복을 느꼈다. 수백 명의 경호원들처럼 자기가 잠든 사이 곁에서 지켜 준 높다란 거목들과 잔잔하게 펼쳐진 구릉지대들, 저 멀리 단풍이 든 산 정상들을 바라보면서 전과는 전혀 다른 행복을 느낄 수 있었다. 이제는 놀란 쥐새끼처럼 늘 가슴을 죄여 왔던 그런 무서운 느낌도 없었다. 모든 두려움은 그 지역 일대의 엄청난 장관에 주눅이 들어 스스로 자취를 감춰 버렸다. 엘리사는 위험에 처할 때마다 용기를 얻었으며, 이제는 두려움에 대한 공포에서도 벗어났다.

타오. 나는 이제 내 안에서 새로운 힘을 발견했어요. 어쩌면 옛날부터 내 안에 있었던 것이지만, 아직까지는 그 힘을 써야 할 필요가 없어서 몰랐던 건지도 몰라요. 타오, 옛날의 나를 어느 길목에서 잃어버렸는지 모르겠어요. 나도 이제는 이곳 강가와 수려한 산등성이에 지천으로 널려 있는 수많은 모험가들 중의 하나예요. 그들은 자존심이 강한 사람들이에요. 하늘 아래 자기들보다 높은 사람이 없다고 생각하고, 그 누구에게도 고개를 숙이지 않아요. 모두가 평등하다고 생각하는 것이지요. 나도 그들처럼 당당하고 싶어요. 어떤 사람들은 어깨에 금 자루를 메고 의기양양해서 다니고, 또 어떤 사람들은 실망과 빚만 잔뜩 지고 의기소침해서 다니지요. 그렇지만 모두 자기 자신을 자기 운명의 주인으로 생각하고 있어요. 자기가 밟고 있는 그곳 땅과 미래의 주인으로 생각하는 것이지요. 그들은 자기 자신만의 존엄성을 갖고 있어요. 그런 느낌을 알고 난 후에는, 나는 미스 로즈가 원하던 그런 요조숙녀로 되돌아갈 수가 없어요. 함께 사랑을 나누던 그 귀중한 시간에 호아킨이 왜 자유에 대해서 나한테 그렇게 열심히 말했는지 이제야 알 것 같아요. 바로 이런 것이었어요……. 바로 이런 벅찬 감정, 이런 광명이었던 거예요. 호아킨과 사랑을 나누던 그 짧은 순간만큼이나 행복한 느낌이에요. 타오, 당신이 그리워요. 이곳에는 내가 보고 느낀 걸 함께 이야기할 친구가 없어요. 남장을 해서 특히 말에 주의를 해야 하기 때문에 이 고독을 함께 나눌 친구가 없어요. 나는 사람들한테 씩씩한 사내처럼 보이려고 일부러 미간을 잔뜩 찡그리고 다녀요. 남자처럼 구는 것도 보통 곤역이 아니에요. 그렇지만 여자처럼 구는 건 더 큰 곤욕일 거예요.

엘리사는 이곳저곳을 떠돌아다니며 그곳에서 태어난 사람 못지않게, 험난한 그곳 지형을 훤히 꿰뚫게 되었다. 어디든 찾아갈 수 있었으며, 거리도 잘 계산할 수 있게 되었다. 독이 있는 뱀과 독이 없는 뱀을 구별하게 되었으며, 선한 사람들과 질이 나쁜 사람들도 구별할 수 있었다. 구름의 형태로 날씨를 예측할 수 있었으며, 그림자의 각도로 시간도 알 수 있게 되었다. 그리고 곰이 나타나면 어떻게 해야 하는지, 총을 맞지 않고 어떻게 외딴 집에 접근할 수 있는지 터득하게 되었다. 결국에는 쓸모가 없어져 버릴 복잡한 광산 기구들을 질질 끌고 막 도착한 젊은이들과 마주칠 때도 있었다. 또 때로는, 몇 달 동안 헛일만 하고 빈털터리가 되어 산에서 내려오는 남자들과 마주칠 때도 있었다. 그렇지만 그중에서도 가장 잊을 수 없었던 것은 경고 표지판이 내걸린 떡갈나무에 매달려 새들의 먹이가 된 시체와 마주쳤을 때였다……

엘리사는 떠돌아다니면서 미국인, 유럽인, 몽고인, 멕시코인, 칠레인, 페루인을 보았다. 그리고 십장의 명령에 따라 아무 말 없이 길게 한 줄로 늘어서서 다니는 중국인들도 보았다. 십장은 그들과 같은 민족인데도 그들을 노예처럼 다루고 착취했다. 그들은 어깨에 큰 주머니 하나를 메고 다녔으며, 늘 가벼운 신발에 익숙해 있어 발이 묵직한 것을 참지 못했기 때문에 장화는 손에 들고 다녔다. 중국 사람들은 근검절약하는 사람들로, 아무것도 없이 살았으며 가능한 한 지출을 적게 했다. 그들은 부츠도 큰 것으로 사는 게 더 남는 건 줄 알고 늘 큰 것으로 샀다. 그러고는 큰 것이나 작은 것이나 가격이 같다는 걸 알고는 아연실색을 할 정도였다.

엘리사는 이제 본능적으로 위험도 피할 수 있게 되었다. 그리고 타오 치엔이 충고했던 것처럼 계획을 세우지 않고 하루하루를 살아가는 법도 배웠다. 엘리사는 가끔 타오 치

엔 생각을 했으며, 편지도 계속해서 썼다. 그렇지만 편지
들은 사크라멘토로 우편물을 가지고 갈 사람이 올 때만 보
낼 수 있었다. 그가 아직 그곳에 살고 있는지도 정확히 몰
랐기 때문에, 그건 마치 병에 편지를 담아 바다에 띄우는
것과 다를 바 없었다. 그리고 확실하게 알고 있는 주소는
중국 식당 주소밖에 없었기 때문에 그곳으로 보냈다. 틀림
없이 편지가 도착한다면 그곳에서 알아서 전해줄 것이라고
믿었던 것이다.

엘리사는 타오 치엔에게 그곳의 아름다운 자연 경관과 더
위, 갈증에 대해서 말했다. 굽이굽이 펼쳐진 산등성이들,
아름드리 떡갈나무들, 길쭉하게 쭉쭉 뻗어 오른 소나무들,
금가루가 반짝이고 바닥이 보일 정도로 맑고 얼음장같이
차가운 강물, 깍깍 울며 하늘 위를 날아다니는 야생 거위
들, 사슴 떼들, 덩치 큰 곰들, 광부들의 비참한 생활과 일
확천금의 허상을 이야기했다. 그리고 누런 금가루를 쫓아
인생을 낭비할 필요가 없다는, 그 둘이 이미 알고 있던 진
실도 이야기했다. 엘리사는 타오의 대답도 미리 알고 있었
다. 헛된 사랑을 쫓아 인생을 낭비할 필요가 없다는 게 그
의 대답일 것이다. 그렇지만 엘리사는 이제 와서 멈출 수
가 없어서 계속 강행군을 할 수밖에 없었다. 호아킨 안디
에타에 대한 기억도 점차 아른해지기 시작했다. 그 탁월한
기억력으로도 확실하게 애인의 모습을 기억할 수가 없었던
것이다. 호아킨 안디에타라는 사람이 실제로 있었는지, 진
정 그들이 사랑을 하긴 했는지, 창고에서의 밤들이 자기의
상상력이 만들어 낸 헛된 망상이 아니라는 걸 확신하기 위

해서는 연애편지들을 읽어 봐야 했다. 그렇게 엘리사는 고독한 사랑이 주는 달콤한 고통을 되새김질해 보았다.

엘리사는 타오 치엔에게 여행 중에 알게 된 사람들과 소노라에 정착한 멕시코 이민자들 집단에 대해서도 편지에 자세히 썼다. 소노라는 길거리에서 뛰어 노는 아이들과 여자들이 있는 유일한 동네였다. 그 여자들은 엘리사가 자기들과 같은 여자라고는 전혀 의심도 못하고 허름한 자기 집에 기꺼이 맞아준 인심 좋은 사람들이었다. 그리고 그 해 가을에 사금광을 찾아 대서양 해안에서부터 태평양 해안까지 대륙을 횡단해서 온 수천 명의 미국 젊은이들도 만났다. 새로이 도착한 사람들은 대충 4만 명 정도로 추산되었으며, 그들 모두 눈 깜짝할 사이에 부자가 되어 금의환향할 일확천금의 꿈을 안고서 온 사람들이었다. 그들은 '49세대' 사람들이라고 불리었으며, 그 이름은 금세 유명해져서 1849년 전후에 도착한 모든 사람들을 가리키는 명칭이 되었다. 동부에는 마을 전체가 남자 하나도 없이, 여자들과 아이들, 죄수들만 남게 되었다.

광산에서는 여자들을 거의 볼 수 없지만, 그 비참한 생활도 마다하지 않고 남편을 따라온 용감한 여자들도 몇 있어요. 여자들은 아이들이 전염병이나 사고로 죽어도, 울음을 꾹 삼키며 아이들을 묻고, 그 어떤 어려움에도 절대 흔들리지 않고 뜨거운 태양 아래 묵묵히 일만 계속해요. 여자들도 치마를 걷어올리고, 금을 찾으러 물속으로 뛰어든답니다. 그렇지만 남의 옷을 빨거나 과자를 구워 파는 게 더 생산적이라는 걸 깨달은 여자들도 있지요. 그런 여자들은 남편들이 한 달 동안 사금광에서 등골이 빠지게 일해서 번 돈보다 훨씬 더 많은 돈을 일주일만에 번답니다. 외로움에 절은 남자들은 여자들 손으로 반죽한 빵이라면 열 배 더 비싸게 주고라도 기분 좋게 사 먹어요. 그렇지만 내가 엘리아스 안디에타의 옷을 입고 판다면 몇 센트도안 줄 거예요, 타오. 남자들은 여자를 가까이에서 보기 위해서라면 몇 마일도 마다 않고 달려올 위인들이지요. 만일 여자가술집 앞에서 햇볕을 쬐면서 앉아 있다면 몇 분도 채 안 돼서무릎 위에 금 자루가 잔뜩 쌓일 거예요. 치마만 걸쳤다 하면사족을 못 쓰는 남자들의 선물 공세가 펼쳐지거든요.

그리고 가격은 천정부지로 계속 오르기 때문에, 광부들은갈수록 점점 더 가난해지고 상인들은 갈수록 더 부자가 되지요. 절망이 극에 달할 때에는 계란 한 개에 1달러를 주고 사서, 마마 프레시아가 가르쳐 준 대로, 브랜디 한 방울에 소금, 후추를 쳐서 날 것으로 먹기도 해요. 그건 절망을 극복할 수있는 확실한 처방이에요. 조지아에서 온 청년을 한 명 알게 되었는데, 미쳐 버린 불쌍한 사람이에요. 사람들은 그가 처음부터 그랬던 건 아니라고 하더군요. 연초에 금 광맥을 발견해서, 숟가락으로 9000달러 정도의 금을 바위에서 긁어 냈는데, 그걸오후 한나절 노름판에서 다 날렸다는 거예요.

아아 타오, 내가 얼마나 목욕을 하고 싶은지, 얼마나 당신과 함께 마주 앉아 차를 마시며 이야기를 나누고 싶은지, 당신은 아마 상상도 못 할 거예요. 깨끗한 옷으로 갈아입고, 미스로즈가 선물한 귀걸이를 하고 싶어요. 내가 그래도 못생긴 얼굴은 아니고, 또 남자가 아니라는 걸 당신에게 보여 줬으면 하는 마음에서지요. 우리가 나중에 만나게 되면 당신에게 자세하게 이야기해 주기 위해, 나한테 일어난 일들을 모두 꼼꼼히 일기장에 적고 있어요. 언젠가 우리가 만날 수 있으리라는 것만큼은 적어도 확신이 있거든요.

가끔 미스 로즈도 생각하고, 또 얼마나 나한테 화가 나 있을지도 생각해 봐요. 그렇지만 호아킨을 만날 때까지는 내가 어디에 있는지 그 누구도 알아서는 안 되기 때문에 그전에는 편지를 쓸 수가 없어요. 미스 로즈는 내가 무엇을 보고 들었는지 알게 된다면 아마 그 자리에서 까무러치고 말걸요. 제레미 삼촌은 이곳이 악의 소굴이라고 말할 거예요. 이곳은 무법천지예요. 그리고 노름과 술, 창녀촌과 같은 죄악만 들끓는 곳이지만, 그래도 나한테는 이 나라가 백지 같아요. 내 삶을 새롭게 쓸 수 있는 백지 말이에요. 내가 원하는 대로 무엇이든 할 수 있어요. 그리고 당신만 빼고는 나를 아는 사람도 아무도 없기 때문에 나는 뭐든지 될 수 있고 또 새롭게 태어날 수도 있어요.

이곳에는 주인이나 하인의 차별이 없이, 일하는 사람들만이 존재해요. 자기 흑인종을 위해 신문사나 학교, 교회에 재정을 지원할 수 있을 정도로 충분한 금을 모아 캘리포니아에서부터 노예제도 철폐를 위해 싸우는 노예들을 본 적도 있어요. 자기 어머니의 자유를 산 사람도 보았고요. 그 가련한 여자는 병들고 늙어서 이곳에 왔지만, 음식을 팔면서 닥치는 대로 돈을 벌어서, 농장도 한 채 구입하고, 일요일에는 말 네 필이 끄는 마차를 타고 실크 옷을 입고 교회에 간답니다. 타오, 많은 흑인 선원들이 금뿐 아니라, 이곳에서 유일하게 자유도 구할 수 있기 때문에 배를 이탈했다는 거 알아요? 샌프란시스코에서 창살 너머로 고개를 내밀고 있던, 당신이 가리켰던 그 중국 노예 여자들 생각이 나요. 그 여자들은 내 마음속 깊이 무겁게 각인되어 영 잊혀지지가 않아요. 이곳에서도 창녀들의 생활은 비참하기 짝이 없어요. 자살하는 여자들도 있어요. 남자들은 몇 시간씩 기다려서 새로 온 여선생한테는 정중하게 인사를 하지만, 살롱 여자들한테는 거칠게 대해요. 그 여자들을 뭐라고 부르는지 알아요? '더러운 비둘기들'이라고 해요.

타오, 자살하는 인디오들도 많아요. 인디오들은 어디에서도 환영받지 못해요. 그래서 늘 굶주림과 좌절 속에 빠져 있어요. 아무도 그들을 고용하지 않아요. 그러고는 나중에 그들을 떠돌이라고 몰아세우고는 강제 징역에 끌고 가곤 해요. 시장들은 죽은 인디오 한 명당 5달러를 지불해요. 그래서 사람들은 재미삼아서 인디오들을 죽이고, 심지어는 머리털 가죽을 벗기기도 해요. 그걸 무슨 영광처럼 수집해서, 안장에 걸고 다니는 양키들도 적잖고요. 인디오들과 함께 살기 위해 떠나는 중국인들도 있어요. 아마 당신도 이건 관심이 많을 거예요. 그들은 멀리 떠나 아직 사냥감이 있는 북쪽 숲 속 깊숙이 들어간대요. 그런데 사람들 말로는 이제 숲에 버팔로도 얼마 남아 있지 않대요.

엘리사는 곰 싸움에서 돈 한 푼 없는 빈털터리가 되어서 나왔다. 그 전날부터 한 끼도 먹지 못했기 때문에 배가 고파서 미칠 것만 같았다. 그래서 다음에는 굶은 채로는 절대 돈을 몽땅 내기에 걸지 않겠노라고 다짐하고 또 다짐했다. 이젠 더 팔 것도 없어 어떻게 살아남아야 할지 막막한 상태로 이틀을 보냈다. 그렇지만 일자리를 찾으면서, 생각보다 돈을 버는 게 그렇게 어렵지만은 않다는 사실을 깨닫게 되었다. 어떤 경우에서건 돈을 지불해 줄 수 있는 남자를 찾는 것보다는 훨씬 더 나았던 것이다. 미스 로즈는 옆에서 자기를 보호하고 먹여 살릴 수 있는 남자가 없는 여자는 불행하다고 귀에 못이 박히도록 강조했었다. 하지만 엘리사는 늘 그렇지만은 않다는 것을 깨달았다. 엘리사는 엘리아스 안디에타 행세를 하면서 여자 옷차림으로도 얼마든지 할 수 있는 일자리들을 구했다. 일꾼이나 카우보이로 일하는 것은 불가능했다. 연장을 사용할 줄도, 오랏줄을 맬 줄도 몰랐으며, 삽을 들 힘도, 송아지를 길들일 힘도 없었다. 그렇지만 그녀가 할 수 있는 일들도 얼마든지 많이 있었다.

그날 엘리사는 전에도 여러 번 그랬던 것처럼 펜대를 들었다. 편지를 대필한다는 생각은 그녀의 친구인 집배원의 훌륭한 아이디어였다. 술집에서 할 수 없을 때에는, 광장 한복판에 카스티야 망토를 펼쳐 놓고 그 위에 잉크병하고 종이를 올려 놓고는 목청 높여 자기 일을 선전했다. 많은 광부들은 막힘 없이 글을 읽거나, 자기 이름을 서명할 줄 몰랐다. 그들은 평생 편지 한 통도 쓰지 않았지만, 멀리 떨어져 있는 가족들과 유일하게 접할 수 있는 우편물들이 도착하길 간절하고도 애타게 기다렸다. '퍼시픽 메일' 증기선은 우편물들을 잔뜩 싣고서 2주에 한 번씩 샌프란시스코에 도착했다. 사람들은 증기선이 수평선 위로 모습을 드러내기도 전에 우체국 앞으로 달려가 줄을 섰다. 우체국 직원들이 그 수많은 우편물 자루들을 마치 복권을 추첨하듯이 꺼내 주는 데는 열 시간에서 열두 시간이 걸렸지만, 하루 종일 기다려도 지루해하는 사람은 아무도 없었다. 그리고 우편물은 그곳에서 광산이 있는 곳까지 다시 몇 주가 더 지체되었다.

엘리사는 영어와 스페인어로 서비스를 제공하여, 편지들을 읽고 답장을 해 주었다. 손님이 식구들에게 자신의 생존 여부와 안부를 전하는 데 단 두 마디, 궁색한 표현도 떠오르지 않아 쩔쩔맬 때에는 엘리사가 인내심을 갖고 차근차근 물어본 다음, 적어도 한 쪽 정도는 더 채울 분량의 근사한 이야기를 만들어 냈다. 편지 한 통당, 길이에 상관없이 2달러씩 받았다. 그렇지만 손님한테는 절대 떠오르지 않았던 다정한 문구 몇 마디를 덧붙여 주면 상당한 팁을 받곤 했다. 편지를 들고 와서 읽어 달라고 하는 사람들도 있었다. 그럼 엘리사는 그때도 마찬가지로 그 불쌍한 사람이 다정한 말 몇 마디를 듣고 위안을 얻을 수 있도록, 그럴싸하게 편지를 읽어 주었다. 지구 반대편에서 기다리는 데 지친 아내들은 남편이 외로움에 절어 속병이 났다는 것도 모르는 채, 주로 불평이나 원망, 종교적 충고만 늘어놓기가 일쑤였다.

어느 서글픈 월요일 날, 한 보안관이 엘리사를 찾아와 사형 집행을 받을 죄수의 마지막 말을 받아쓰도록 부탁한 적이 있었다. 죄수는 위스콘신 출신의 젊은이였는데 그날 아침에 말을 훔친 죄로 붙잡힌 것이다. 열아홉 살을 채운 지 얼마 되지 않았는데도, 그 젊은이는 안색 하나 변하지 않고 엘리사에게 마지막 인사를 불러 주었다. '사랑하는 어머니, 이 소식을 전해 듣고도 건강하시길 바라요. 밥하고 제임스한테 제가 오늘 교수형에 처해진다고 전해 주세요. 잘 있어요. 테오도르가.'

엘리사는 불쌍한 어머니의 충격을 좀 덜어 주고자 완곡하게 표현하려 했지만, 보안관은 괜히 알랑거리는 이야기를 쓸 시간이 없다며 잘라 말했다. 몇 분 후에 정직한 시민들 몇 명이 죄수를 마을 가운데까지 끌고 가, 그의 목에 밧줄을 걸어 말에 앉히고는 떡갈나무 가지에다가 그 줄을 매달았다. 그러고는 말의 엉덩이를 세차게 한 번 걷어차자, 테오도르는 일체 아무런 의식도 없이 나뭇가지에 매달려 힘없이 축 늘어졌다. 처음으로 목격한 장면은 아니었다. 적어도 그 형벌은 빠르고 간결했다. 그렇지만 피고인이 다른 인종이면 처형을 하기에 앞서 심한 매질을 가했다. 그녀가 아무리 멀리 떨어져 있어도, 고통에 절은 죄수의 비명과 신난 구경꾼들의 함성은 몇 주씩이나 그녀의 귓가에서 떠나지 않고 맴돌았다.

그날 엘리사가 술집에서 대필 사업을 할 수 있는지 물어보고 있을 때, 사람들의 왁자지껄한 소리가 그녀의 관심을 끌었다. 곰 싸움이 끝나고 나서 사람들이 막 몰려 나오는데 마을에 딱 하나밖에 없는 길로, 북을 치는 인디오 꼬마를 선두로 노새들이 끄는 마차들이 들어오는 것이었다. 흔히 볼 수 있는 그런 마차는 아니었다. 천막이 울긋불긋 칠해져 있었으며, 천장에서부터 요란한 술 장식과 털 장식, 중국식 등불들이 매달려 있었다. 서커스 동물들처럼 꾸며 놓은 노새들은 방울들이 달린 희한한 탬버린도 달고 있었다.

첫 번째 마차 마부석에는 가슴이 어마어마하고 덩치가 큰 여자가 남자 옷에 해적들의 파이프를 물고 앉아 있었다. 날름날름한 늑대 가죽을 뒤집어쓴 덩치 큰 남자가 두 번째 마차를 몰고 있었다. 그는 삭발한 머리에 큰 고리를 귀에 차고, 마치 전쟁에 나가는 사람처럼 중무장을 하고 있었다. 각 마차마다 객차가 하나씩 달려 있었으며, 그곳에는 나머지 배우 단원들이 타고 있었다. 그들은 싸구려 비로드에 엉망으로 금수가 놓여진 옷을 입고, 화장을 진하게 한 젊은 여자 네 명으로, 놀라서 몰려든 사람들에게 손짓으로 마구 키스를 퍼부어 댔다. 마차의 정체가 파악되자 놀라움도 금세 진정되었다. 좋아서 외치는 환성과 허공에 쏘아 대는 총성으로 그날 오후 내내 마을은 왁자지껄한 분위기였다.

그때까지 '더러운 비둘기들'은 일체 다른 여자들의 경쟁 없이 독보적인 존재였다. 그렇지만 마을마다 초창기 가족들과 전도사들이 정착하면서는 상황이 바뀌었다. 전도사들이 불 지옥에 가서 영원히 벌을 받는다는 협박으로 사람들의 마음을 뒤숭숭하게 흔들어 놓았던 것이다. 한편 아이러니컬하게도 교회 건물이 부족한 관계로, 악이 판을 치는 살롱에서 예배가 열리기도 했다. 사람들은 자기들이 지은 죄와 방종을 생각해서 목사에게 설교를 듣는 그 한 시간 동안에는 술을 팔지 않았고, 카드도 서랍 안에 보관했으며, 야한 그림들도 뒤집어 걸었다. 창녀들은 한 시간 후면 모두 정상으로 돌아오리라는 위안으로, 2층 발코니에 서서 그 악담을 고스란히 뒤집어썼다. 사업만 망하지 않는다면 몸값을 내는 사람들이 그걸로 돈을 받는다고 뭐라고 해도 상관이 없었다. 그건 그 여자들의 죄가 아니라, 그 여자들을 유혹한 사람들의 죄인 것이다.

그렇게 정숙한 여자들과 제멋대로 사는 여자들 사이에 분명한 경계가 이루어졌다. 당국에 뇌물을 주고 모멸감을 참는 데도 한계를 느낀 여자들은 짐을 싸서 다른 데로 떠났다. 그렇지만 결국 다른 곳에서도 매번 똑같은 상황이 반복되었다. 그렇기 때문에 떠돌아다니면서 서비스를 제공한다는 생각은 아내들과 종교인들의 공격을 피할 수 있다는 장점을 갖고 있었다. 게다가 두 배로 값을 받을 수 있는 먼 곳까지도 갈 수 있었다. 사업은 순풍에 돛을 단 듯 번창했지만, 벌써 겨울 문턱에 들어서 있었다. 곧 눈이 내리면 길도 다니기가 어려워지기 때문에, 그 카라반도 마지막으로 몇 번 더 여행을 하고 나면, 한곳에 자리를 잡고 정착해야 했다.

마차들은 거리를 한 바퀴 빙 돌아 마을 출구에 가서 섰으며, 그 뒤로는 술과 곰 싸움으로 한껏 흥이 오른 남자들이 긴 행렬을 이루며 따라갔다. 엘리사도 가까이에서 새로운 볼거리를 구경하기 위해 그곳으로 향했다. 엘리사는 편지를 써 달라고 할 손님들이 없으리라 생각하고는 달리 저녁거리를 구해야겠다고 생각했다. 하늘이 맑게 개어 있어서, 몇 사람들이 자청해서 노새들을 풀어 주고, 무거운 피아노를 내리는 걸 도와주었다. 사람들은 마담의 명령하에 피아노를 풀밭 위에 내려 놓았다. 그 여자는 '무시무시한 조'라는 엄청난 이름으로 사람들에게 알려져 있었다. 순식간에 장소가 마련되어 테이블이 준비되고, 럼주 술병들과 벌거벗은 여자들이 그려진 포스터들이 마술처럼 나타났다. 『프랑스에서도 가장 화끈한 장면들로 넘치는 침실의 로망스』라는, 해적판으로 출간된 책도 두 상자나 있었다.

그 책은 권당 10달러였다. 무시무시한 조의 설명에 의하면, 그 책을 읽으면 원할 때마다 흥분될 수 있고, 또 친구들에게 빌려줄 수도 있기 때문에 거저나 다름없으며, 진짜 여자들을 사는 것보다 훨씬 더 경제적이었다. 그녀가 그걸 입증이라도 하려는 듯 한 단락을 읽자, 사람들은 마치 무슨 종교 계시라도 듣는 것처럼 무덤과도 같은 침묵을 지켰다. 그 단락을 다 읽고 나자, 사람들은 깔깔거리며 야한 음담패설을 늘어놓았으며, 순식간에 상자에는 단 한 권의 책도 남아 있지 않았다.

그사이 밤이 저물어, 사람들은 횃불을 피워 파티의 흥을 돋구었다. 마담이 부르는 술값은 어마어마했지만, 여자들하고 춤을 추는 건 그 술값의 4분의 1밖에는 되지 않았다. "누구 이 개지랄 같은 피아노를 칠 줄 아는 사람 있나?" 하고 그녀가 물었다. 그때 배를 쪼르륵거리고 있던 엘리사는 두 번 생각할 것도 없이 일어나, 미스 로즈를 생각하며 제대로 조율도 되지 않은 피아노 앞에 앉았다. 그녀는 열 달 동안 한 번도 피아노를 쳐 보지 않은 데다가 음감도 그다지 좋지 않았다. 그렇지만 쇠막대기를 등에 대고, 벨기에 교수한테 손등을 맞아 가면서 몇 년 동안 연습한 게 허사는 아니었다. 그녀는 미스 로즈와 선장이 음악회 때 이중창으로 부르던 야한 노래들 중의 한 곡을 연주했다. 운명이 거세게 휘몰아쳐 모든 게 뒤틀리기 전 그 순수했던 시절에 연주하던 곡이었다. 엘리사는 자기가 엉망으로 피아노를 쳤는데도, 사람들이 열광적으로 환호하는 데 깜짝 놀랐다. 다시 2분도 안 되어 거친 바이올린 연주까지 합세해서 춤의 흥이 한결 더 돋우어졌다. 남자들은 임시로 만든 무대에 네 명의 여자들을 서로 앞다퉈 끌어냈다. 늑대 털을 뒤집어쓴 괴물같이 생긴 남자가 엘리사의 모자를 벗겨 피아노 위에 올려 놓았다. 그가 너무나도 단도직입적이고 노골적으로 올려 놓았기 때문에 감히 그의 요구를 무시하려는 사람은 아무도 없었으며, 모자는 순식간에 팁으로 가득 찼다.

마차 한 개는 다용도로 쓰였으며, 마담과 그녀의 양자인 북을 치던 꼬마의 침실도 되었다. 다른 마차에는 나머지 여자들이 비좁기는 했지만 함께 지냈다. 그리고 마차에 딸린 두 개의 객차들은 침실로 쓰였다. 각 침실마다 총 천연색 스카프로 꾸며졌고 색이 바래고 좀이 슬기는 했지만 아직도 화려한 페르시아 양탄자가 깔려 있었다. 그 안에는 사방으로 모기장이 빙 둘러쳐진 침대 한 개와 금색 프레임이 달린 거울, 도자기 세면기와 세면도구 세트, 램프가 달린 촛대가 있었다. 연극 무대와 같은 이러한 실내 장식은 남자들을 더욱 흥분시켰으며, 먼 길을 오느라 먼지가 타고 오랜 사용으로 많이 망가졌는데도 감쪽같았다.

여자 두 명이 음악에 맞춰 춤을 추고 있는 사이, 다른 여자 두 명은 전속력으로 마차 안에서 열심히 장사를 했다. 마담은 카드를 기막히게 잘 다루었다. 그녀는 늘 입에 파이프를 문 채 노름 테이블에 경계를 늦추지 않으면서도, 아가씨들의 몸값을 선불로 받는 것도 잊지 않았다. 그러면서도 럼주도 팔고 축제 분위기처럼 흥을 돋우기도 했다. 엘리사는 외우고 있던 노래들을 연주했다. 결국 레퍼토리가 다 떨어져 처음 곡부터 다시 쳤지만 그걸 눈치 챈 사람은 아무도 없었다. 엘리사는 피곤으로 눈앞이 흐려질 때까지 계속 반복해서 쳤다. 엘리사가 피곤해하는 기색을 본 거인이 잠깐의 휴식 시간을 알렸다. 그는 모자 안에 들어 있던 돈을 챙겨 피아니스트의 주머니에 넣어 주었다.

그러고는 엘리사의 팔짱을 끼고 거의 끌고 가다시피 첫 번째 마차로 데리고 가서 럼주 한잔을 그녀의 손에 쥐어 주었다. 엘리사는 기절할 듯한 표정으로 술을 거절했다. 빈속에 술을 먹으면 뒤통수를 세차게 얻어맞는 것과 다를 바 없었다. 그제야 그가 상자들과 물건들이 어지럽게 널려 있는 곳을 뒤져 빵 한 조각과 양파 몇 조각을 꺼내 주자 엘리사가 부들부들 떨며 얼른 받아먹었다. 엘리사는 다 먹고 나서야 시선을 들어 그를 바라보았다. 그는 가죽옷을 입은 덩치로 엄청 높은 곳에서부터 그녀를 내려다보고 있었다. 이 세상에서 가장 하얗고 고른 이빨을 드러내 놓은 채 순진한 미소로 환하게 웃고 있었다.

"여자 얼굴처럼 곱상하게 생겼네."

그가 말하자 엘리사가 못마땅한 표정을 지었다.

"나는 엘리아스 안디에타요."

그녀가 총싸움을 벌여서라도 사나이의 이름을 지키겠다는 비장한 표정으로 총에 손을 갖다 대며 대답했다.

"나는 악당 바발루야."

"착한 바발루도 있나요?"

"있었지."

"어떻게 되었습니까?"

"나랑 만났지. 너는 어디 사람이냐?"

"칠레 사람이에요. 형을 찾아다니고 있어요. 호아킨 안디에타라는 이름 들어본 적이 있어요?"

"아무 데서도 들어 본 적이 없는데. 그렇지만 네 형 물건이 실하다면 언젠가는 반드시 우리를 찾아올 거다. 무시무시한 조의 여자들을 모르는 사내들이란 없으니까."

사업

　존 소머스 선장은 샌프란시스코 만에 포춘호를 정박시켰다. 그렇지만 그 어떤 용감한 사람이라도 물에 뛰어들어 해안까지 헤엄쳐서 갈 수 없도록 바닷가에서 멀리 떨어진 곳에 정박시켰다. 선원들이 헤엄을 치려 한다면 상어한테 잡아먹히지 않더라도, 물이 차갑고 급류가 세기 때문에 바닷물 속에서 채 20분도 안 돼 휩쓸려 떠내려가 죽을 것이라고 미리 경고해 두었다. 이번이 얼음을 채워서 온 두 번째 항해였으며 이제는 훨씬 더 해 볼 만했다. 그는 골든게이트의 좁은 운하로 들어서기 전에 럼주 여러 병을 따서 선원들에게 인심 좋게 나눠주었다. 그러고는 그들이 술에 취하자, 권총 두 자루를 꺼내 그들에게 들이대고는 바닥에 엎드리라고 위협했다. 발파라이소에서 승선한 승객들이 놀라 지켜보는 앞에서, 부선장이 그들의 발에 족쇄를 채웠다. 승객들은 무슨 일이 일어났는지 영문을 몰라 당혹스러운 표정으로 첫 번째 갑판에서부터 그 장면을 지켜보았다.

그사이 로드리게스 데 산타크루스 형제가 부둣가에서부터 보낸 보트들이 도착해, 승객들과 증기선의 귀한 화물들을 실어 날랐다. 그런 후에 선원들은 자기들 월급의 두 배나 되는 진짜 금화와 은화를 보너스로 받고 푸짐하게 술 대접까지 받은 다음, 출발 직전이 되어서야 족쇄에서 풀려날 수 있었다. 거의 모두가 계획하고 왔던 것처럼 금을 찾아 육지로 도망칠 수가 없어, 그걸로 그 실망을 다 보상할 수는 없었지만, 그래도 어느 정도의 위안은 되었다. 첫 번째 항해 때도 똑같은 방법을 사용해서 좋은 성과를 거뒀었다. 존 선장은 자기 배가 황금 열풍에도 불구하고 버려지지 않은 몇 안 되는 상선 중의 하나라며 우쭐했다. 사람들이 이야기하는 것처럼 창녀와 프란시스 드레이크 사이에서 태어났다는 이 영국 해적한테는 감히 그 어느 누구도 거역할 수가 없었다. 도망치려는 선원이 있다면 기필코 그의 가슴에 나팔총을 겨눌 사람이라는 걸 의심하는 사람은 아무도 없었다.

샌프란시스코 부둣가에는 발파라이소에서부터 파울리나가 보낸 물건들이 차곡차곡 쌓여 갔다. 계란, 생치즈, 칠레 여름에 수확한 야채들과 과일들, 버터, 사과주, 생선, 해물, 최상급의 햄 가공품, 소고기, 즉시 요리할 수 있도록 속을 채워 양념까지 된 온갖 종류의 가금류가 바로 그 물건들이었다. 파울리나는 연유를 넣어 만든 파스텔과 패스트리뿐 아니라, 원주민 음식들 중 가장 서민적인 음식을 수녀들에게 부탁해서 만들게 한 다음, 푸른 얼음을 넣은 냉동 창고에 얼려서 가져가게 했다. 처음으로 보낸 물건들은 사흘도 채 안 되어 동이 났으며, 남편 형제가 다른 사업들을 내팽개치고 그 얼음 사업에만 전념해야 할 정도로 상당히 전망이 있는 사업이 되었다.

얼음 덩어리들은 항해 중에 천천히 녹았지만, 아직도 많이 남아 있어 선장은 돌아가는 길에 파나마에서 그 얼음을 고가로 팔 생각이었다. 첫 번째 항해 때의 성공이 워낙 엄청나 침묵을 지키기가 거의 불가능했기 때문에, 칠레 사람들이 배에 얼음을 싣고 항해했다는 소식은 금세 사방에 쫙 퍼졌다. 사람들은 곧 회사를 설립해, 알래스카의 빙산을 가지고 같은 사업을 벌이려 했지만, 선원들과 물건의 신선도 면에서 칠레와는 경쟁도 되지 않았다. 그래서 파울리나는 당분간 별다른 경쟁자 없이 그 노른자 사업을 계속할 수 있었으며, 사업을 더 확장하기 위해 두 번째 증기선도 구입했다.

소머스 선장의 외설 서적들도 눈 깜짝할 사이에 다 팔렸다. 그렇지만 로드리게스 데 산타크루스 형제의 손을 거치지 않고 신중하게 팔아 해치웠다. 많은 도시에서 이런 책들이 검열에 걸려 압수되어 사람들이 보는 앞에서 모두 태워졌기 때문에, 선장은 가급적 사람들의 입에 오르내리지 않도록 신중을 기했다. 유럽에서는 고가의 고급 서적으로 출간되어 귀족들이나 수집가들 사이에서 은밀하게 유통되었다. 그렇지만 일반 사람들을 대상으로 출간한 책이 더 많은 이익을 가져다주었다. 책은 영국에서 인쇄되어 얼마 안 되는 돈에 비밀리에 팔렸지만, 캘리포니아에서는 오십 배도 더 되는 가격에 팔 수 있었다. 사람들이 이런 종류의 소설에 열광하는 것을 보고는, 광부들 대부분이 신문 제목만 간신히 읽을 정도라는 점을 감안해 선장은 거기에다가 그림까지 덧붙일 생각을 하게 되었다. 결국 사람들이 원하는 건 그것 하나였기 때문에, 이미 런던에서는 아주 자세하게 묘사된 야한 장면들까지 곁들인 책들을 찍는 작업에 들어갔다.

그날 오후, 존 소머스는 샌프란시스코의 최고급 호텔의 살롱에서 로드리게스 데 산타크루스 형제들과 함께 저녁 식사를 했다. 그들은 몇 달 전 금을 찾아 나섰을 때의 털복숭이 혈거인의 모습은 흔적도 없이 사라지고, 본래의 점잖은 신사 모습으로 돌아와 있었다. 부는 그곳에 있었다. 무식한 사람들처럼 열심히 일해 봤자 떼돈을 버는 건 아니었다. 세련되게 차려입고, 손에 위스키 한잔을 쥐고 호텔의 가죽 소파에 앉아 거들먹거리며 할 수 있는 깔끔한 거래에서 부가 생겼다.

1848년 말에 그들이 데리고 왔던 다섯 명의 칠레 광부들에다가, 가난하고 복종적인 시골 농부들 80명이 더 합류했다. 그들은 광산에 대해서는 아무것도 몰랐지만, 금세 일을 익혔고 명령에 복종하고 절대 반항하지 않는 사람들이었다. 형제들은 그들을 충직한 감독들에게 맡겨 아메리칸 강가에서 금을 채취하게 하고는, 자신들은 운송 사업에 전념했다. 그들은 샌프란시스코에서 사크라멘토까지 항해할 수 있는 배 두 척과 사금광까지 물건들을 실어 날라 상점들을 거치지 않고 직접 팔 수 있도록 노새 200마리를 구입했다. 도망친 노예였던 그 경호원이 알고 보니 숫자 감각이 놀랄 정도로 뛰어나, 지금은 그가 회계를 도맡고 있었다. 그 역시 양키들의 불만에도 불구하고, 부잣집 도련님처럼 근사하게 빼입고, 손에 위스키 한잔과 시가를 들고 사업 미팅에 참가했다. 양키들은 도저히 그의 얼굴색을 용납할 수 없었지만 그와 거래하지 않을 수가 없었다.

"사모님께서 다음 포춘호의 항해 때에는 아이들과 하녀들, 개까지 데리고 함께 오시겠다는 말씀을 전해 달라고 하셨습니다. 호텔에서는 묵을 생각이 없으니까 거처할 곳을 미리 염두에 두라고 하시더군요."

선장이 펠리시아노 로드리게스 데 산타크루스에게 알렸다.

"아니, 지금 제정신이야! 황금 열풍은 이제 곧 끝날 테고, 그러면 이 도시는 2년 전의 깡촌으로 되돌아갈 텐데. 벌써 금의 품귀 조짐이 나타나고 있어요. 이제 바윗덩어리만 한 금 덩어리들은 발견되지 않아요. 다 끝나고 나면 누가 캘리포니아를 쳐다보기나 하겠습니까?"

"처음 이곳에 왔을 때에는 난민 수용소 같았어요. 그렇지만 지금은 제대로 된 도시로 탈바꿈했지요. 솔직히 한순간에 사라질 것 같지는 않습니다. 이 도시는 태평양을 통해 들어올 수 있는 서부의 관문이에요."

"파울리나도 편지에 그렇게 쓰기는 했습니다."

"펠리시아노, 계속 네 아내의 충고를 따르도록 해라. 사업 감각이 특출나잖니."

그의 형이 끼어들었다.

"게다가 사모님을 막을 수도 없지 않습니까. 무슨 일이

있어도 다음 항해 때는 저와 함께 오실 겁니다. 사모님이
포춘호의 주인이라는 건 잊어서는 안 되지요."

선장이 미소를 머금으며 말했다.

샌프란시스코에서 누릴 수 있는 얼마 안 되는 사치 중의
하나인 태평양산 생굴 요리가 나왔다. 그러고는 파울리나
가 보낸 음식물들 중 호텔에서 즉시 사들인, 아몬드를 넣
은 멧비둘기 요리와 설탕에 절인 배가 나왔다. 적포도주도
칠레산이었으며 샴페인은 프랑스산이었다. 칠레인들의 얼
음 배가 도착했다는 소식이 전해지기가 무섭게, 그 도시에
있는 모든 레스토랑과 호텔들에는 음식이 떨어지기 전에
신선한 요리를 먹고 싶어 몸살이 나 몰려든 사람들로 북새
통을 이루었다.

그들은 커피와 브랜디를 마시면서 시가를 피우고 있었
다. 그때 누군가 나타나, 하마터면 존 소머즈 선장이 손에
들고 있던 잔을 놓칠 정도로 세차게 그의 어깨를 내리쳤
다. 고개를 돌려 보니 다름 아닌 제이컵 토드였던 것이다.
가난하고 비참한 상태로 영국에 내려 준 이후로는 3년도 더
넘게 그를 보지 못했었다. 이곳에서 그를 볼 수 있으리라고
는 꿈에도 생각을 못했을 정도로 너무나 뜻밖이라, 선장은
한참이 지나서야 그를 알아보았다. 게다가 옛날의 가짜 선
교사의 모습은 오간 데 없고, 지금은 전형적인 양키의 모
습이었다. 몸무게가 줄고 머리카락이 많이 빠져 있었으며
양쪽으로 길러 내린 구레나룻이 그의 얼굴에 포인트를 주
었다. 그는 약간 끼는 듯한 체크무늬 정장에, 뱀가죽 부츠
를 신고, 평범하지 않은 버지니아풍의 흰색 모자를 쓰고

있었다. 그리고 재킷 주머니 네 군데에서는 연필들과 수첩들, 신문지들이 삐죽이 튀어나와 있었다.

그들은 옛 친구들처럼 세찬 포옹으로 반갑게 인사를 나누었다. 제이컵 토드는 샌프란시스코에 온 지 5개월째 되었으며, 황금 열풍에 대한 기사를 써서 영국과 보스턴, 뉴욕 신문에 정기적으로 글을 싣고 있었다. 그는 절대 은혜를 저버리지 않은 펠리시아노 로드리게스 데 산타크루스의 도움으로 이곳까지 오게 되었다. 펠리시아노는 훌륭한 칠레인답게 절대 은혜를 잊지 않았던 것이다. 물론 모욕도 잊지 않지만 말이다. 그는 토드가 영국에서 비참하게 산다는 걸 알고는, 캘리포니아만큼 다시 시작하기에 적합한 곳은 없다는 메모와 함께 그에게 돈과 뱃삯을 보냈었다.

제이컵 토드는 1845년에 어느 정도 건강도 회복하고 의기도 충천해져서, 존 소머스 선장의 배에서 내렸다. 그는 발파라이소에서의 불미스러웠던 기억을 잊고, 몸과 마음을 다 바쳐 자기 나라에다가 그동안 오랫동안 꿈꿔 왔던 유토피아 공동체를 실현할 생각이었다. 그는 메모들이 한가득 들어 있는 두꺼운 수첩을 늘 가지고 다니면서, 공동체에 대해서는 아주 세세한 것까지도 꼼꼼히 연구하고 계획을 세워 두었다. 그는 정부나 경찰, 종교가 없는 완벽히 평등한 체제하에, 자유로운 남녀들이 이상적인 인류애로 뭉치기 위해 많은 젊은이들이——나이 많은 사람들에게는 관심도 없었다.——힘들고 괴로운 일상을 저버리고 대거 참가할 것을 확신했다. 실험 대상에 오를 수 있는 강력한 후보들이 선뜻 나서지는 않았지만, 결국 몇 달 만에 그 공동체를 함께 시도할 각오가 된 두세 명의 후보자들을 구하게 되었다.

그 공동체는 시끄러운 세상사와 뚝 떨어진 곳에 자리 잡아야 했고, 그들이 필요한 것을 모두 만족시켜 줘야 했기 때문에, 그 비싼 계획을 재정적으로 지원할 스폰서와 넓은 대지를 구하는 게 급선무였다. 제이컵 토드는 아일랜드에 어마어마한 토지를 소유하고 있는, 약간은 맛이 간 한 귀족과 접촉을 시작했다. 그런데 그때 발파라이소에서의 그의 추문들이 런던에까지 소문이 도는 바람에, 그는 개망나니보다 못한 놈으로 내몰려 아예 그의 숨통까지 조여 왔던 것이다. 런던에서도 모든 문이 닫혔으며 친구들도 모두 잃게 되었다. 제자들과 귀족도 그를 혐오하게 되었으며, 유토피아의 꿈은 물 건너가게 되었다.

제이컵 토드는 다시 한 번 더 술에 빠져 위안을 얻으려 했으며, 옛날의 그 불미스러웠던 기억으로 다시 고통받아야 했다. 옛 친구로부터 구원의 소식이 도착했을 때, 그는 싸구려 하숙집에서 쥐처럼 궁색한 삶을 살아가고 있었다. 그는 두 번 생각할 것도 없었다. 다시 새롭고 찬란한 운명을 시작할 각오로, 성을 바꾸고 미합중국을 향한 배에 몸을 실었다. 그는 자기가 꿈꿔 왔던 계획을 다시 실현할 수 있는 기회가 올 때까지 수치를 묻고 익명 속에서 사는 게 유일한 목표였다. 일자리를 구하는 게 가장 다급했다. 연금도 거의 바닥이 났고, 놀고먹으며 편안하게 살던 시절은 이제 끝이 났다. 그는 뉴욕에 도착하자마자 두어 군데의 신문사를 찾아가 캘리포니아 특파원으로 자청하고 나섰다. 그러고는 마가야네스 해협을 지나 다시 발파라이소를 밟을 용기가 나질 않아, 파나마 해협을 통해 서부로 가는 길을 택했다. 발파라이소에 가면 아직도 개망신을 당할 테며, 아름다운 미스 로즈가 더럽혀진 자기 이름을 다시 듣게 될 게 분명했기 때문이었다.

캘리포니아에서는 그의 친구인 펠리시아노 로드리게스 데 산타크루스가 샌프란시스코에서 가장 오래된 신문사에서 일자리를 구해 주고, 그가 자리를 잡는 데 많은 도움을 주었다. 제이컵 토드는 이제 제이컵 프리몬트라는 이름으로 난생 처음 일을 시작하게 되었으며, 일이 자기 적성에 맞다는 걸 발견하고는 스스로도 놀랐다. 그는 인디오들의 대학살을 위시해서, 지구촌의 곳곳에서 온 이민자들, 상인들의 엄청난 투기, 재판도 없이 순식간에 치러지는 광부들의 처형 방법, 일반화된 범죄 행위 등에 대해 그의 관심을 끄는 건 모두 파헤치며 그 지역 일대를 돌아다녔다.

하마터면 그는 자기가 쓴 기사 때문에 목숨을 잃을 뻔한 적도 있었다. 몇몇 노름판에서는 표시를 해 놓은 주사위들과 기름칠을 한 카드, 물을 탄 술, 마약, 매춘이 자행되고 있다는 사실을 은밀한 경로를 통해 확실하게 알게 되었다. 그리고 여자들이 의식을 잃을 때까지 술을 먹여 1달러에 원하는 남자들 모두에게 강간을 하도록 내버려 둔다는 사실도 밝히게 되었다. 그러고는 '이 모든 행위는 그런 악행을 근절시켜야 할 당국의 보호를 받고 있다.'라는 기사로 결론을 맺었다. 그 순간부터 그는 갱들과 경찰들, 정치꾼들 모두에게 쫓기는 몸이 되었으며, 어느 정도 사건이 진정될 때까지는 한두 달 동안 사라져 있어야 했다. 물의도 많이 일으켰지만 그의 기사들은 비교적 정기적으로 신문에 실렸으며, 권위 있는 대변자로까지 인정받게 되었다. 그는 친구인 존 소머스 선장에게 익명성을 즐기려 하니까 유명세를 얻게 되었다고 말했다.

저녁 식사를 다 마치고 나서 제이컵 프리몬트는, 바라볼 수는 있지만 절대 만질 수는 없는 중국 여자의 쇼를 보여 주겠다며 친구들을 초대했다. 그 중국 여자는 아이 토이란 이름을 가졌으며, 남편과 함께 배에 몸을 실었다. 남편은 나이가 많은 상인이었지만 천만다행으로 바다 한가운데서 죽어 그녀를 자유롭게 풀어 주었다. 그녀는 눈물로 과부의 설움을 달래느라 시간을 낭비하진 않았다. 오히려 남은 항해를 즐겁게 보내기 위해 상당히 너그러운 선장의 연인이 되어, 샌프란시스코에 내릴 때에는 돈도 많고 의기양양해 있었다. 그녀는 사람들이 음란한 시선으로 자기를 바라보는 걸 느끼고는, 그걸로 돈을 벌어야겠다는 기막힌 발상을 하게 되었다. 그러고는 방 두 개를 빌려 가운데 벽에 구멍 몇 개를 뚫고는, 금 1온스씩 받고 그 구멍으로 구경할 수 있도록 했다.

친구들은 흔쾌히 제이컵 프리몬트를 따라 나섰다. 그들은 몇 달러만 쥐어 주면 줄을 서지 않고 맨 먼저 입장할 수 있었다. 담배 연기가 자욱한 비좁은 방으로 안내되어 갔더니, 그곳에서는 열댓 명의 남자들이 빼곡이 서서 벽에 코를 박고 있었다. 사춘기 소년들 같은 머쓱한 기분으로 불편하게 뚫린 구멍을 통해 안을 들여다보았더니, 다른 방에는 허리에서 발끝까지 양쪽으로 야하게 터진 비단 기모노를 입은 아름답고 젊은 여자가 있었다. 기모노 밑으로는 맨살이었다. 구경꾼들은 그녀의 부드러운 몸의 일부분이 살짝살짝 드러나는 미세한 움직임이 있을 때마다 신음을 토해 냈다. 존 소머스와 로드리게스 데 산타크루스 형제들은 왜 저리도 절박한 절실함으로 여자를 바라는 건지 믿어지지가 않아 배꼽을 잡으며 웃었다. 그곳에서 펠리시아노 형제와 헤어진 다음, 선장은 기자와 함께 마지막으로 한잔 더 했다. 제이컵의 여행과 모험에 대해서 간략하게 듣고 난 다음, 선장은 그를 믿고 털어 놓기로 결심했다.

"발파라이소에서 우리 남매들과 함께 살았던 엘리사라는 아이를 기억하나?"

"그럼, 당연하지요."

"그 아이가 1년 전에 가출을 했는데, 여기 캘리포니아에 있을 거라는 확신이 드네. 나도 그 아이를 찾아보려고 애를 쓰기는 했지만 엘리사는 물론, 엘리사와 비슷하게 생긴 사람에 대해 들어봤다는 사람도 없네."

"홀몸으로 이곳에 온 여자들은 창녀들밖에는 없어요."

"이곳에 왔다면 어떻게 왔는지는 모르겠네. 단 한 가지, 확실한 것은 호아킨 안디에타라는 칠레 청년인 애인을 찾으러 떠났다는 걸세……."

"호아킨 안디에타! 그 청년을 압니다. 칠레에 있을 때 친구였어요."

"그는 쫓기는 몸이야. 도둑질을 했지."

"그럴 리가. 안디에타는 아주 고결한 청년이에요. 사실 자존심이 너무 세고 명예심도 투철해서 그 청년한테는 가까이 다가가기가 어려웠지요. 그런데 엘리사와 그 청년이 애인 사이라는 말인가요?"

"나는 그 청년이 1848년 12월에 캘리포니아로 떠났다는 것만 알고 있네. 그리고 두 달 있다가 엘리사가 잠적했고. 내 동생은 엘리사가 안디에타를 따라왔다고 믿고 있지만, 나는 그 아이가 흔적도 없이 어떻게 여기까지 올 수 있는지 상상이 안 가네. 자네가 북쪽 캠프촌이나 마을들이 있는 곳으로 자주 다니니까 좀 알아볼 수 없을까 해서……."

"선장, 해 볼 수 있는 데까지 다 해 보겠습니다."

"우리 남매와 나는 자네한테 너무 고맙네, 제이컵."

엘리사 소머스는 무시무시한 조의 카라반과 함께 남았다. 그곳에서 그녀는 피아노를 치면서 마담과 함께 팁을 반반씩 나눠 가졌다. 엘리사는 파티의 흥을 돋울 수 있는 미국 노래 책과 라틴 노래 책을 각각 한 권씩 샀다. 그러고는 그다지 많지는 않았지만 한가로울 때마다 인디오 아이에게 글 읽는 방법을 가르쳐 주고, 자질구레하고 잡다한 일들을 도우면서 요리도 했다. 그 극단 단원들의 말처럼, 그들은 어디서고 그렇게 맛있는 식사를 먹어 본 적이 없었다. 엘리사는 늘 똑같은 마른 육포와 콩 요리, 베이컨으로 때마다 다른 맛깔 나는 요리를 즉흥적으로 만들어 냈다. 엘리사는 마마 프레시아의 칠레 요리에 멕시코 양념을 첨가해 훌륭한 결과를 얻어 냈다. 그녀는 기름과 밀가루, 저장된 과일만으로도 케이크를 만들었다. 그렇지만 계란과 우유까지 구하게 되면 그녀의 상상력은 맘껏 부풀어 올라

실로 기막힌 요리가 탄생했다.

악당 바발루는 남자가 요리를 하면 안 된다는 주의였지만, 이 피아니스트가 요리를 하면 제일 먼저 달려와 정신없이 게걸스럽게 먹어치웠다. 그러고는 더 이상 일체 아무런 비난도 가하지 않고 입을 다물었다. 그 거인은 밤에 보초를 서는 데 익숙해져서 낮에는 대부분 다리를 쩍 벌리고 늘어지게 잠을 잤다. 그렇지만 음식 냄새가 그의 개 코에 닿기만 하면 벌떡 일어나 부엌에서 서성거리며 눈치를 살폈다. 그는 지칠 줄 모르는 식욕을 가지고 있어, 아무리 돈이 많아도 그 엄청난 배를 양껏 채울 수는 없었다.

그들은 가짜 엘리아스 안디에타를 칠레 젊은이라고 불렀다. 그 칠레 젊은이가 오기 전까지는 그가 사냥한 사슴을 길게 반으로 갈라, 굵은소금 한 줌을 뿌려 새까맣게 탈 때까지 불 위에 올려 놓는 게 가장 기본적인 요리법이었다. 그렇게 이틀에 한 번씩은 사슴 고기를 먹을 수 있었다. 그렇지만 피아니스트의 요리를 접한 이후 입이 고급이 된 다음에는 그는 거의 매일 사냥을 나가 가장 맛난 사냥감들을 잡아와 껍질까지 벗겨 깨끗이 손질한 다음 엘리사에게 넘겨주었다.

길을 떠날 때면 엘리사는 그녀의 비쩍 마른 말을 타고 카라반 선두에서 앞장을 섰다. 그녀의 말은 생긴 건 볼품없이 불쌍하게 생겼지만, 순수 혈통의 밤색 말 못지않게 늠름했다. 그녀는 아무 소용도 없는 장총을 말안장에 차고, 북을 치는 어린 꼬마아이를 말 궁둥이에 태웠다. 엘리사는 남장을 하고 있는 게 너무 편해서, 나중에라도 자신이 다시 여자 옷을 입을 수 있을지 궁금할 정도였다. 그러나 한 가지만큼은 확실했다. 호아킨 안디에타와 결혼하는 날에도 절대 코르셋은 입지 않으리라는 것이었다. 강가에 도착하면 여자들은 물통에 물을 한가득 채워 목욕도 하고 빨래도 했다. 아무도 보지 않는 곳에서 몰래 목욕하기 위해 갈수록 더 그럴싸한 변명거리를 만들어내야 했기 때문에, 엘리사에게는 그때가 가장 곤혹스러웠다.

무시무시한 조는 광활한 서부에서 자신의 운명을 개척하고자 했던, 펜실베이니아 출신의 씩씩한 네덜란드 여자였다. 그녀는 카드와 주사위에 천부적인 자질을 가지고 있었으며, 위험이 따르는 놀이라면 사족을 못 썼다. 그녀는 매춘을 사업화해서 사람들이 이야기하는 것처럼 '금을 찾아서' 라베타마드레를 떠돌아 다닐 생각을 할 때까지는 내기를 걸면서 먹고살았다. 무시무시한 조는 피아니스트 젊은이가 게이라고 확신하고 있었다. 그래서 어린 인디오 꼬마한테 가졌던 연민 같은 것을 엘리사에게서도 느꼈다. 그녀는 아가씨들이 엘리사를 갖고 농담을 하거나, 바발루가 짓궂은 별명을 부르는 것을 절대 용납하지 않았다. 남자가 여자의 몸으로 태어난 게 자기 잘못이 아닌 것처럼, 턱에 수염 하나 없이 태어나 여자처럼 생긴 것도 그 불쌍한 청년의 잘못은 아니었다. 그건 아무 이유도 없이 사람을 골탕먹이려는 신의 가혹한 장난이었다.

그녀는 인디오 부족을 몽땅 전멸시켜 버렸던 양키 정찰대원들에게 30달러를 주고 어린아이를 샀다. 그 당시 아이는 네 살에서 다섯 살로, 기생충이 득시글대는 배가 뽈록 튀어나온 해골에 불과했었다. 그렇지만 몇 달 동안 억지로 먹이고 분노를 가라앉히도록 길들이고 난 다음에는 한 뼘이나 자라, 진지하고 신비스러운 표정에 인내심이 강한 전형적인 전사의 모습을 갖추었다. 아이는 처음에는 분을 삭이지 못해 손에 들어온 것은 무엇이든지 닥치는 대로 찢고, 마차 바퀴에다가 계속 자기 머리를 찧어 댔었다. 무시무시한 조는 나중에라도 절대 복수를 잊지 말라고, '부족 없는 톰'이라고 이름을 지어 주었다. '이름은 그 이름을 지닌 실체와 떼려야 뗄 수가 없다.'라고 인디오들은 말했으며, 조도 그렇게 믿고 있었다. 그래서 자기 성도 그렇게 갖다 붙인 것이었다.

카라반의 '더러운 비둘기들'은 미주리 출신의 두 자매와 에스테르, 아름다운 멕시코 여자 한 명, 이렇게 네 명이었다. 미주리 출신의 두 자매는 육지를 통해 긴 여행을 떠났다가 도중에 가족을 모두 잃어버렸다. 그리고 에스테르는 열여덟 살로, 자기에게 심한 매질을 가하던 광신도 아버지에게서 도망쳐 나왔으며, 멕시코 여자는 백인 아버지와 인디오 어머니 사이에서 태어난 혼혈이지만 백인 행세를 하고 다녔다. 세간에 전해지는 바에 의하면, 프랑스 여자들이 훨씬 능숙하기 때문에 그녀는 부주의한 사람들을 살짝 속이기 위해 불어 몇 마디씩을 배워 두었다. 모험가들과 불량배들이 모인 사회지만 인종차별은 여전히 존재해서, 백인들은 까무잡잡한 피부를 가진 혼혈은 받아들이지만, 흑인과 섞인 혼혈은 무시했다.

그 네 여자들은 무시무시한 조와 만나게 된 걸 행운으로 여기며 고마워했다. 에스테르만 전력이 없는 유일한 여자였다. 그렇지만 다른 여자들은 샌프란시스코에서 이미 일한 바 있었기 때문에 창녀들의 비참한 실상을 잘 알고 있었다. 그 여자들은 고급 살롱은 근처에도 가 보지 못한 채, 심한 구타와 질병, 마약, 포주들의 횡포를 참고 견뎌야 했다. 그리고 무지하고 무식한 처방으로 수없이 많은 성병들을 치료하고, 불임이 될 정도로 유산을 해야 했다. 그렇지만 불임이 된 걸 한탄하기보다는 오히려 다행으로 여겨야 했다. 조가 그런 무지막지한 세상에서부터 그 여자들을 구출해 멀리 데리고 온 것이었다.

금단현상으로 힘들고 괴로운 시간을 버텨야 했지만, 조는 그 여자들을 마약과 알코올중독에서부터 벗어나게 도와주었다. 게다가 조는 여자들을 착취하려 들지 않고 정당하게 대우했기 때문에 여자들도 그녀를 어머니처럼 따르고 좋아했다. 바발루의 섬뜩한 모습 때문에 손님들은 여자들을 함부로 막 대하거나, 술에 취해 추근대지도 못했다. 그 여자들은 그곳에서는 먹는 것도 잘 먹었다. 게다가 마차를 타고 떠돌아다니는 건 건강을 위해서도, 생활의 활력을 위해서도 좋은 자극이 되었다. 드넓은 구릉 지대와 숲에서 그 여자들은 마음껏 자유로운 느낌이었다. 그 여자들의 삶에서는 만만하거나 낭만적인 건 아무것도 없었지만 그 여자들이 원한다면 돈을 조금 모아서 어디든지 떠날 수 있었다. 그럼에도 불구하고 이 작은 인간 집단이 옛날에 그들이 가졌던 가족과 많이 비슷했기 때문에 아무도 떠나려 하지 않았다.

무시무시한 조의 아가씨들 또한 비쩍 마른 몸에 피리같이 가느다란 목소리를 가진 젊은 엘리아스 안디에타를 게이라고 확신하고 있었다. 그래서 여자들은 아무렇지도 않게 그의 앞에서 옷도 벗고, 목욕도 하고, 허물 없이 이야기하면서 그를 여자처럼 대했다. 여자들이 너무나도 자연스럽게 대해 줘서, 엘리사도 남자로서의 자신의 신분을 잠깐씩 망각할 때도 있었다. 그렇지만 바발루가 늘 남자로서의 신분을 망각하지 않도록 일깨워 주었다. 그는 자기가 책임 지고 이 비리비리한 청년을 늠름한 남자로 바꿔 놓아야겠다고 잔뜩 별렀다. 그러고는 늘 엘리사의 곁에서 지키고 있다가, 그녀가 다리를 모으고 앉거나 전혀 남성답지 않은 포즈로 짧은 단발머리를 뒤로 넘기면 즉시 면박을 주었다. 바발루는 엘리사에게 총을 청소하고 기름칠하는 법을 가르쳐 주었다. 그렇지만 조준하는 법을 가르칠 때는, 총부리를 잡아당길 때마다 두 눈을 꼭 감아 버리는 엘리사 때문에 인내심을 잃어버리곤 했다.

그는 엘리아스 안디에타의 성경을 보고 전혀 아무런 감동도 받지 않았다. 오히려 정반대로, 엘리아스가 게이라는 신분을 정당화하기 위해 그걸 내세운다고 의심했다. 그는 엘리아스가 빌어먹을 전도사가 될 생각이 없다면 뭐하려고 그런 멍청한 걸 읽느냐는 생각이었다. 차라리 남자로서의 기분을 느낄 수 있도록 외설 서적들을 읽는 게 훨씬 낫다는 것이었다. 그는 간신히 자기 이름을 적을 수 있는 정도였고, 글도 어렵사리 떠듬떠듬 읽었다. 그렇지만 죽어도 그 사실을 인정하려 들지 않았다. 시력이 나빠서 글자가 잘 보이지 않아서 그렇다는 변명만 늘어놓았다. 그렇지만 100미터도 더 떨어진 곳에서 달아나는 산토끼는 단 한 방에 토끼의 양 미간을 맞출 정도였다.

그는 칠레 젊은이에게 철 지난 신문들이나 무시무시한 조의 에로틱한 소설들을 큰소리로 읽어 달라고 자주 부탁했다. 그는 야한 장면들보다는 낭만적인 분위기에 더 깊은 감동을 받아 더 열심히 읽어 달라고 했다. 유럽 어느 나라의 귀족 남자와 평민 여자 사이의 뜨거운 사랑이라는, 늘 똑같은 내용이었다. 그리고 가끔은 그 정반대일 때도 있었다. 한 귀부인이 정직하고 자존심 강한 한 시골 청년에게 미친다는 내용도 있었다. 이 소설들에서는 여자들은 한결같이 아름답고, 남자들은 늘 변치 않는 열정을 갖고 있었다. 전반적인 내용은 화끈하고 낯부끄러운 이야기들이었지만, 그곳에서 10센트에 파는 다른 포르노 소설들과는 달리, 이 소설들에는 줄거리가 있었다.

엘리사는 그것보다 더한 것도 많이 봐 온 사람처럼 전혀 아무렇지도 않은 듯 큰 소리로 읽어 내려갔다. 반면에 그녀의 주변에 빙 둘러앉아 있던 바발루와 세 명의 비둘기들은 두근거리는 가슴을 억제해 가며 들어야 했다. 에스테르는 그런 행위를 직접 하는 것보다 묘사하는 게 더 큰 죄라고 믿었기 때문에 책을 읽을 때에는 참석하지 않았다. 엘리사는 양 귓불이 화끈하게 닳아오를 정도였지만, 그 야한 이야기들이 전혀 뜻밖의 우아한 문체로 씌어져 있다는 건 인정할 수밖에 없었다. 심지어 몇몇 구절에서는 다름 아닌 미스 로즈의 문체가 연상되기도 했다.

무시무시한 조는 육체적인 사랑에는 조금도 관심이 없었기 때문에 그런 책을 읽는 것도 지겨워했다. 그녀는 부족없는 톰의 순진한 귀에 그 책에서 나오는 단어는 한 마디도 들어가지 못하도록 신경을 썼다. "나는 이 아이를 인디오 추장으로 만들려고 키우는 거지, 창녀들의 포주로 만들려고 키우는 게 아니야."라고 말하곤 했다. 그리고 아이를 남자답게 키우겠다는 노력의 일환으로, 아이가 자기에게 할머니라고 부르는 건 절대 용납하지 않았다.

"제기랄, 나는 그 누구의 할머니도 아니야! 나는 무시무시한 조란 말이야. 알아듣겠니, 이 빌어먹을 코흘리개야?"

"네, 할머니."

시카고에서 전과자였던 악당 바발루는 황금 열풍이 휘몰아치기 훨씬 전에 걸어서 대륙을 횡단했다. 그는 인디오 말을 할 줄 알았으며, 떠돌이 서커스의 단원에서부터 샌프란시스코 부둣가의 짐꾼까지 먹고살기 위해서는 해 보지 않은 게 없었다. 그는 서커스에서 말 한 마리를 머리 위로 번쩍 들기도 했고, 모래를 잔뜩 실은 마차를 이빨로 끌기도 했다. 그러다가 샌프란시스코에서 무시무시한 조의 눈에 들어 카라반에 합류하게 되었다. 그는 혼자서 여러 명의 남자 몫을 해내었으며, 그가 옆에 있으면 든든했다. 둘이 함께라면 몇 번 그랬던 것처럼 그 어떤 경쟁자들도 물리칠 수 있었다.

"칠레 젊은이, 너도 강해져야 해. 안 그러면 사람들이 너를 묵사발로 만들 거야."

그는 엘리사에게 충고했다.

"나도 지금 네가 보는 것처럼 늘 이랬다고는 생각하지 말아. 나도 옛날에는 너처럼 마르고 비실비실했었어. 그렇지만 역기를 들기 시작하고 나서는, 이 근육을 봐, 이제는 그 누구도 나한테 감히 덤비지를 못하지."

"바발루, 당신은 키가 2미터도 더 넘고 무게도 황소만큼 나가잖아요. 나는 당신처럼 될 수가 없어요!"

"덩치는 아무 상관이 없어. 두 쪽 불알이 중요한 거지. 하긴, 내 건 늘 컸었는데도 사람들이 비웃는 건 마찬가지였지."

"누가 당신을 비웃었다고 그래요?"

"모두, 심지어 우리 어머니까지도. 지금은 저세상에서 편히 쉬고 계시지만. 아무도 모르는 비밀 하나를 너한테만 말해 줄게……."

"정말이요?"

"착한 바발루라는 사람 기억해? ……내가 바로 그 착한 바발루였어. 그렇지만 20년 전부터는 악당 바발루가 되었고 그게 나한테는 훨씬 더 잘 어울리는 것 같아."

더러운 비둘기들

12월이 되자 느닷없이 겨울이 찾아와 산등성이 자락에 내려앉으면서, 수천 명의 광부들은 금을 포기하고 마을로 내려가 봄을 기다려야 했다. 욕심 많은 개미들이 사방 여기저기를 할퀴고 지나간 자리 위로 눈이 부드러운 망토처럼 살포시 내렸다. 그리고 그때까지 땅속에 남아 있던 금은 자연의 침묵 속에 오랜만의 긴 휴식을 취할 수 있게 되었다.

무시무시한 조는 라베타마드레 여러 곳에 새로 생긴 작은 마을들 중의 하나로 카라반을 이끌고 가서, 그곳에서 겨울을 날 수 있는 창고 하나를 빌렸다. 그녀는 노새들을 팔아 커다란 나무 목욕통 한 개, 화덕 한 개, 난로 두 개, 천 조각들과 비와 추위에는 필수적인 러시아 부츠들을 샀다. 그녀는 창고 안의 곰팡이를 다 긁어 낸 다음, 커튼을 쳐서 방을 만들고, 천장이 딸린 침대와 금 프레임이 쳐진 거울, 피아노를 들여놓았다. 그러고는 곧바로 사교계의 중심인 술집들과 상점, 대장간을 향해 선전하러 나갔다. 마을에는 신문처럼, 한 장에 여러 소식을 담아 알리는 소식통이 있었다. 대륙을 건너면서 질질 끌고 온 낡은 인쇄기로 찍어 내는 것이었다. 조는 자기 사업을 제대로 선전하기 위해 그 신문을 이용했다.

그곳에서는 여자들 외에도 쿠바산과 자메이카산 최고급 럼주와 '화끈한' 책들, 노름 테이블도 제공되었다. 사실 최고급 럼주는 영혼까지 뒤흔들어 놓을 싸구려 독주들을 섞은 칵테일이었지만 조에 의해서 쿠바산과 자메이카산의 최고급 럼주로 둔갑한 것들이었다. 손님들은 즉시 몰려들었다. 그곳에도 다른 사창가가 있었지만, 늘 새로 생긴 것이 더 환영을 받기 마련이었다. 다른 곳의 마담은 경쟁자들에게 온갖 악담을 퍼부으며 선전포고를 해 왔지만, 무시무시한 조와 악당 바발루의 섬뜩한 커플에게 대 놓고 맞서지는 못했다.

창고 안에 임시로 쳐진 커튼 뒤에서는 시시덕거리는 소리가 들렸으며, 사람들은 피아노 소리에 맞춰 흥에 겨워 춤을 추었고, 마담의 감시하에 테이블 위에서는 꽤 많은 돈이 오갔다. 마담은 자기 지붕 아래서는 자기 이외에는 그 누구의 속임수나 싸움질을 절대 용납하지 않았다. 엘리사는 몇 달 동안 힘들게 번 돈을 하루아침에 다 날리고, 그들을 홀랑 벗기는 데 일조를 했던 여자들의 품에 안겨 처량하게 우는 남자들을 보았다.

광부들은 곧 조와 친해졌다. 그녀는 해적같이 생긴 험악한 외모에도 불구하고, 어머니와 같은 따뜻한 마음을 지녔다. 그리고 그해 겨울의 상황들이 그녀의 따뜻한 모성애를 발휘하도록 해 주었다. 이질 전염병이 돌아 마을 절반이 무너지고, 여러 명의 사망자가 났던 것이다. 멀리 떨어진 오두막집에서 누군가 사경을 헤매고 있다는 소식만 들렸다 하면, 조는 대장간에서 말 두 마리를 빌려 그 불쌍한 사람을 구하러 바발루와 함께 달려갔다. 주로 대장간 주인도 그들과 함께 동행했다. 그는 매춘업은 용납하지 않지만, 늘 남을 도와줄 자세가 되어 있는, 정말 사람 좋은 퀘이커교도였다.

조는 환자에게 억지로라도 먹을 것을 먹이고, 깨끗하게 씻겨 주고, 빨래도 해 주고, 멀리 떨어져 있는 가족들에게서 온 편지를 100번째로 다시 읽어 주면서 환자를 위로해 주었다. 그사이 바발루와 대장장이는 눈을 치우고, 물을 떠오고, 장작을 잘라 난로 옆에다가 쌓아 놓았다. 환자의 상태가 심각하면 조는 그를 담요에 둘둘 잘 말아, 자루처럼 자기 말 위에 옆으로 싣고는 집으로 데려갔다. 그러면 그곳에서는 여자들이 간호사들 못지않은 정성으로 환자를 간호했다. 여자들은 자기들이 착한 일을 할 수 있는 기회가 온 것에 대해 흡족해했다. 탈수가 일어나지 않도록 환자에게 설탕물을 몇 리터씩 마시게 하거나, 그들이 깨끗하고 따뜻하게 쉴 수 있도록 배려해 주고, 괜히 높은 열 때문에 정신이 이상해지지 않도록 비는 것 외에는 달리 많은 것을 해 줄 수도 없었다.

죽는 사람들도 있었고, 거의 대부분 다시 살아나는 데만 해도 몇 주씩 걸렸다. 그 혹독한 겨울과 과감히 맞서, 아무리 멀리 떨어진 오두막집이라도 기꺼이 가는 사람은 조 딱 한 사람밖에 없었다. 그래서 주로 그녀가 유리 동상이 된 시신들을 발견하곤 했다. 그렇지만 모두가 병들어 죽은 시신들은 아니었다. 비참한 굶주림과 고독, 우울증에 시달리다가 더 이상 참을 수가 없어 입에 총을 들이대고 자살한 사람들도 있었다. 한두 번은 창고 바닥이 병자들로 가득 차, 아가씨들도 환자들을 돌보느라 짬을 낼 수가 없어 가게 문을 닫아야 할 때도 있었다.

무시무시한 조가 네덜란드 파이프를 입에 물고 나타나, 화통을 삶아 먹은 듯이 크고 다급한 목소리로 전도사처럼 도움을 청하면 그 마을의 보안관도 벌벌 떨어야 했다. 그녀를 거절할 수 있는 사람은 아무도 없었다. 못된 짓으로 마을의 이름을 먹칠하는 불량배들도 그녀에게만큼은 고분고분했다. 그 마을에는 제대로 된 병원 하나 없었으며, 딱 한 명뿐인 의사는 지칠 대로 지쳐 있었다. 그래서 그녀가 자연스럽게 비상 대책을 마련하게 된 것이다. 운 좋게 목숨을 건진 사람들은 그녀에게 큰 빚을 지고는, 모두 그녀의 숭배자가 되었다. 그렇게 해서 그해 겨울에, 조의 창고에 화재가 났을 때 모두가 온정의 손길을 뻗어 도울 수 있는 그런 끈끈한 정이 생기게 된 것이다.

대장장이는 제임스 모튼이란 사람으로, 정말 몇 안 되는 선한 사람의 전형이었다. 그는 인류 전체에 대한, 심지어 자기와는 다른 생각을 가진 적들에게까지도 진실한 사랑을 갖고 있었다. 그는 사람들이 몰라서 잘못을 저지르는 것이지, 일부러 못돼서 그런 것이라고는 생각하지 않았다. 그 자체가 천박한 짓을 할 위인이 못 되었기 때문에, 다른 사람들도 그런 천박한 짓을 할 수 있다고는 상상도 못하는 사람이었다. 그래서 다른 사람들의 잘못은 믿음과 사랑의 빛으로 고칠 수 있는, 잠깐 삐뚤어진 성격의 문제라고 생각했다.

그는 오하이오 주의 오랜 전통을 가진 퀘이커교도였다. 그곳에서 그는 형제들과 함께 비밀 결사에 가담해 도망친 노예들을 숨겨 주고, 그들이 자유를 찾아 캐나다로 떠날 수 있도록 도와주었다. 그의 활동은 곧 노예제도 찬성자들의 분노를 사게 되었으며, 어느 날 밤 한 무리가 그의 농장으로 몰려와 불을 지르게까지 되었다. 그렇지만 그들의 종교는 절대 무저항을 강요하기 때문에 그의 가족은 무기도 잡아 보지 못한 채 속수무책으로 가만히 바라보고만 있어야 했다. 그 후 모든 가족은 고향을 떠나 뿔뿔이 흩어졌지만, 인류애로 뭉친 노예 철폐론자 조직의 일원으로 늘 긴밀한 연락은 취하고 있었다.

제임스는 금을 찾는 게, 아무것도 생산하지 않고 또 사람들에게 봉사를 하는 것도 아니기 때문에 돈벌이로는 좋은 직업이 아니라고 생각했다. 부는 영혼을 비천하게 만들고, 삶을 복잡하게 하며, 불행을 초래한다고 믿고 있었다. 게다가 금은 연장을 만들 수도 없는 아무 짝에도 쓸모 없는 금속이었다. 그는 사람들이 왜 그렇게 금에 목을 매는지 이해할 수가 없었다. 그는 키도 크고 건장한 청년이었다. 게다가 숱이 많은 밤색 수염에 천사와 같은 눈망울, 수도 없이 많은 화상 자국들이 찍힌 두툼한 팔을 가진 그의 모습은 용광로의 불빛을 받은 불카누스 신의 화신이었다. 마을에는 퀘이커교도가 세 명밖에 없었다. 그들은 열심히 일하고 가족을 중요시했으며, 늘 자신들의 삶에 만족하는 사람들이었다. 유일하게 맹세를 하지 않는 사람들이었고, 술은 입에도 대지 않았고 사창가에는 근처에도 가지 않았다. 그들은 조용히 자기들끼리 정기적으로 모여 예배를 보았으며, 늘 성경의 말씀을 몸으로 실천해서 보여 주었다. 그사이, 그들은 자기들 공동체에 합류하기 위해 동부에서부터 친구들이 도착하기를 인내심을 갖고 기다렸다.

제임스는 전염병에 걸린 불쌍한 사람들을 도와주기 위해 무시무시한 조의 창고를 드나들면서 그곳에서 에스테르를 알게 되었다. 그는 그녀를 찾아가 돈을 완불하면서도, 그냥 그녀의 옆에 앉아 이야기만 하다가 돌아올 뿐이었다. 제임스는 왜 그녀가 그런 삶을 택하게 되었는지 이해할 수가 없었다.

"아버지의 매질과 지금의 삶 중에서 하나를 택하라면 나는 지금의 삶을 택하겠어요. 지금 내가 누리고 있는 이 삶이 수천 배는 더 나은 걸요."

"아버지는 왜 당신을 때렸지요?"

"아버지는 내가 세상을 악으로 물들이고 죄를 뿌리고 다닌다고 그러셨어요. 이브가 유혹하지 않았다면 아담은 아직까지도 에덴 동산에서 살고 있을 것이라고 믿고 계셨어요. 어쩌면 아버지 말이 옳았을지도 모르지요. 보세요. 내가 어떻게 먹고사는지……."

"에스테르, 다른 일들도 많아요."

"제임스, 생각보다 그렇게 나쁜 직업은 아니에요. 나는 두 눈을 딱 감고 아무 생각도 하지 않아요. 단 몇 분만 참으면 금세 지나가는 걸요."

파란 많은 직업임에도 불구하고, 에스테르는 아직까지도 20대의 청순함을 유지하고 있었으며, 다른 아가씨들과는 달리 행동거지가 신중하고 조용해 뭔가 특별한 매력이 있었다. 그녀는 요염한 것과는 거리가 멀었다. 오히려 소처럼 우직한 얼굴에 시골 여자처럼 손도 거칠고 몸도 통통했다. 다른 비둘기들에 비하면 제일 못생긴 축에 들었지만 그녀의 피부는 탱탱하게 윤기가 흘렀고 시선은 부드러웠다.

대장장이는 자기가 언제부터 에스테르의 꿈을 꾸게 되었는지 알 수가 없었다. 용광로의 불꽃 사이에서도, 뜨겁게 달아오른 쇳덩어리에서도, 맑게 개인 하늘에서도 그녀가 보였던 것이다. 결국 그는 자기 가슴을 무겁게 짓눌러 숨이 탁 막히게 하는, 뭔가 어렴풋한 그 존재를 계속 모른 척할 수가 없었다. 자기가 창녀와 사랑에 빠지리라고는 생각도 못했으며, 그건 최대의 비극이었다. 하나님이나 공동체 사람들의 눈으로 보면 절대 이해할 수가 없는 일이었다. 제임스는 땀흘려 노동을 함으로써 그 유혹을 물리치고자 대장간에만 파묻혀 미친 사람처럼 일만 하기도 했다. 몇 날 며칠 밤은 새벽녘까지 망치 두드리는 소리가 밤새 울려 퍼지기도 했다.

엘리사는 고정된 주소가 생기자마자 사크라멘토에 있는 중국 음식점으로 타오 치엔에게 편지를 보냈다. 엘리아스 안디에타라는 새로운 이름이 생겼다는 것도 알려주었으며,

이질을 치료할 수 있는 충고도 부탁했다. 전염되지 않기 위한 치료법으로 그녀가 알고 있는 유일한 방법은 칠레에 있었을 때 마마 프레시아에게서 배웠던 것으로, 날고기 덩어리를 배꼽에 올려 놓고 빨간색 모로 감싸서 묶어 놓는 방법 딱 한 가지였다. 그렇지만 그다지 좋은 결과는 나타나지 않았다.

엘리사는 타오 치엔이 미치도록 그리웠다. 가끔 잠결에, 부족 없는 톰이 타오 치엔이라 생각하고는 아이를 꼭 껴안고 새벽을 맞을 때도 있었다. 그렇지만 아이에게서 나는 연기 냄새가 그녀를 현실로 끌어 내렸다. 타오의 신선한 바다 향을 대신할 사람은 아무도 없었던 것이다. 그들을 갈라놓는 거리는 몇 마일 되지 않는 짧은 거리였지만, 궂은 날씨 때문에 길은 험하고 위험했다. 엘리사는 전에 자주 그랬던 것처럼 집배원을 쫓아다니며 계속해서 호아킨 안디에타를 찾아볼까도 생각해 보았지만, 적당한 기회를 기다리는 동안 그새 몇 주가 지나갔다.

엘리사가 단지 겨울 날씨 때문에 계속 계획을 미뤘던 것은 아니었다. 그즈음 라베타마드레 남쪽에 있는 양키 광부들과 칠레인들 사이의 긴장이 위험 수치에까지 올랐던 것이다. 외국인들이 너무 많은 것에 불만을 품은 양키들이 그들을 쫓아내기 위해 뭉쳤지만 외국인들도 호락호락 물러나지는 않았다. 처음에는 무기를 들고 대항했으며, 나중에는 판사 앞에까지 나가게 되었고, 판사도 그들의 권리를 인정해 주었다. 그렇지만 판사의 판결은 사건을 진정시키기는커녕 오히려 불난 집에 기름을 들이붓는 격이 되어, 결

국 여러 명의 칠레인들이 형장에서 사라지거나, 절벽 낭떠
러지로 떨어지는 개죽음을 당해야 했으며, 살아남은 사람
들은 도망쳐야 했다. 그러고는 많은 멕시코인들이 그랬던
것처럼, 그들도 약탈을 일삼는 도적 떼들이 되어 보복하려
했다. 엘리사는 라틴 계열이라는 이유 하나만으로 무슨 엉
뚱한 죄목을 뒤집어쓰고 봉변을 당할지 모르기 때문에 괜
히 위험을 자초할 필요는 없다고 생각했다.

1850년 1월 말에는 사상 최악의 혹한이 몰아닥쳤다. 감히
집 밖으로 나가려는 사람들도 없어 마을 전체는 개미 그림
자 한 마리 얼씬거리지 않았다. 그러다 보니 열흘이 지나도
록 창고를 찾아오는 손님이 한 명도 없었다. 날씨가 어찌나
추웠던지, 늘 난로를 켜 놓는데도 새벽녘에는 세수대야에
고여 있던 물까지 얼어붙었다. 그리고 몇 날 밤은 새벽에
동태처럼 얼어죽는 다른 동물들처럼 되지 않도록 엘리사의
말을 집 안으로 들여놓아야 했다.

여자들은 침대 하나에 두 명씩 잤으며, 엘리사는 아이와
함께 잤다. 그녀는 아이에게 집착에 가까운 정을 주었으
며, 아이도 역시 그녀를 따르고 좋아했다. 극단에서는 엘
리사 말고는 조가 유일하게 아이에게 극진하게 대해 주었
다. '언젠가 나도 부족 없는 톰처럼 강하고 용감한 아들을
가지게 될 거예요. 그렇지만 훨씬 더 명랑한 아이였으면
좋겠어요. 이 아이는 절대 웃지 않아요.' 하고 타오 치엔
에게 편지에다가 쓰기도 했다.

악당 바발루는 밤에는 잠을 잘 줄을 몰랐다. 그는 러시
아 부츠에 낡은 가죽 옷을 입고 담요를 양 어깨에 걸치고

는, 창고 끝을 오가며 밤새 어둠 속에서 보냈다. 면도하는 것을 그만두자, 재킷과 똑같은 짧은 늑대털이 머리 위로 한 움큼 자라 있었다. 에스테르가 귀밑까지 덮는 노란 오리 색깔의 털모자를 떠 줘서, 그걸 쓰면 마치 어린 괴물 같았다. 그러던 어느 날 새벽에 들릴락 말락 하게 누군가 문 두드리는 소리가 들렸다. 바발루는 태풍 소리와 문 두드리는 소리를 구별할 정도로 밝은 귀를 가지고 있었다. 그가 손에 권총을 쥐고 문을 살짝 열어 보니, 뭔가 눈 위로 쓰러져 있었다. 그는 놀라서 얼른 조를 불러, 문까지 날려 보낼 정도의 엄청난 위력을 가진 바람과 싸우며 둘이서 함께 낑낑거리며 그를 끌어서 안까지 간신히 데리고 들어왔다. 거의 온몸이 얼어붙은 남자였다.

다시 그 남자의 정신을 되돌려 놓는 게 쉽지만은 않았다. 바발루가 그의 몸을 비비며 마사지하고 입에 브랜디를 부어 넣는 사이, 조는 여자들을 깨워 난로의 불을 더 지피고, 욕조를 채울 물을 데웠다. 그러고는 그 남자가 조금씩 되살아나, 몸의 시퍼런 기운도 많이 사라지고 말도 몇 마디 할 수 있을 때까지 그를 욕조 안에 담가 놓았다. 그는 코와 발, 손에 온통 동상이 걸려 있었다. 그는 소노라의 멕시코 농사꾼으로, 다른 사람들처럼 캘리포니아의 금을 찾으러 온 사람이라고 말했다. 잭이라는 양키 이름을 가졌지만, 틀림없이 그의 본명은 아닐 것이었다. 사실 그 집에 있는 다른 사람들도 본명을 쓰는 사람은 아무도 없었다.

그 후 몇 시간 동안에도 그는 몇 번이나 죽음의 문턱을 오갔다. 그렇지만 더 이상 손쓸 수도 없다고 아예 포기하고 나자, 그가 다시 저세상에서부터 돌아와 술 몇 방울을 꿀꺽 삼키는 것이었다. 드디어 눈보라가 좀 잠잠해진 8시경에 조가 바발루에게 의사를 데리고 오라고 지시했다. 그때까지 꼼짝도 못하고 물고기처럼 그렁그렁한 숨소리를 내쉬고 있던 멕시코인은 그 말을 듣자마자, 두 눈을 번쩍 뜨고는 "안 돼!" 하고 느닷없는 괴성을 질러 모든 사람을 깜짝 놀라게 했다. 자기가 그곳에 있다는 걸 아무도 알면 안 된다는 것이었다. 그가 너무나도 간곡하게 부탁해서 사람들은 감히 그의 말을 거역할 엄두도 내지 못했다. 많은 설명이 필요없었다. 문제가 있는 게 틀림없었으며, 아마 도망자라면 광장에 교수대가 있는 그 마을을 가장 나중에, 어쩔 수 없을 때가 되어서야 피난처로 택했을 것이다. 혹독하게 몰아친 눈보라 때문에 할 수 없이 그 마을 가까이까지 오게 된 게 분명했다. 엘리사는 아무 말 하지 않았지만, 그 남자의 반응이 과히 놀랄 만한 것도 아니었다. 그에게서는 악한 냄새가 물씬 풍겼던 것이다.

사흘이 지나자 잭은 어느 정도 몸을 추스렸다. 그렇지만 코끝이 떨어져 나갔고, 손가락 두 개가 썩어 들어가기 시작했다. 의사를 부르자고 아무리 설득해도 소용이 없었다. 교수대에 매달려 죽는 것보다는 조금 썩어 문드러지는 게 낫다는 게 그의 이야기였다. 무시무시한 조는 식구들을 창고 다른 쪽 끝에 모아 놓고는, 나지막한 목소리로 손가락을 잘라 내야 한다고 말했다. 모든 눈이 일제히 악당 바발루에게로 쏠렸다.

"나? 꿈도 꾸지 마!"

"바발루, 빌어먹을 새끼, 뭘 그렇게 쫄고 그러냐!"

조가 버럭 성을 내며 소리 질렀다.

"조, 그럼 네가 해. 나는 그런 데는 소질 없어."

"사슴을 토막 낼 수 있으면 이것도 잘할 수 있어. 손가락 두 개가 뭐 그리 대수야?"

"짐승하고 사람은 엄연히 다른 거야."

"세상에! 믿을 수가 없어! 너희들 앞에서 이런 소리 해서 미안하지만, 이 개새끼는 나한테 그런 하찮은 것도 해줄 수 없는 빌어먹을 새끼 아니야! 내가 저를 위해서 얼마나 많은 걸 해 주었는데! 배은망덕한 놈 같으니!"

"미안해, 조. 나는 사람은 해친 적이 없어……."

"지금 무슨 이야기 하는 거야? 너 옛날에 살인자 아니었어? 그래서 감옥에도 가지 않았어?"

"소를 훔쳐서 간 거였어."

거인이 결국에는 창피해서 울먹거리며 고백했다.

"내가 할게요."

엘리사가 창백하지만 단호한 표정으로 말했다.

모두 믿을 수 없다는 표정으로 그녀를 바라보았다. 그 수술을 하기에는 칠레 젊은이를 시키느니 차라리 부족 없는 톰이 더 제격이라 생각했던 것이다.

"잘 드는 칼하고 망치, 바늘, 실하고 깨끗한 천이 필요해요."

바발루는 부끄러움과 괴로움으로 몸서리치며 양손으로 머리를 감싼 채 바닥에 주저앉았다. 그사이 여자들은 조용히 아무 말 없이 필요한 절차들을 준비했다. 엘리사는 사크라멘토에서 타오 치엔의 곁에서 총알을 빼내고, 상처를 꿰매며 배웠던 기억을 다시 더듬어보았다. 그때 눈 깜짝하지 않고 할 수 있었다면 지금도 잘할 수 있으리라 생각하고, 단호한 결정을 내렸던 것이다. 타오의 말에 의하면 가장 중요한 것은 출혈을 막고 감염되지 않게 하는 것이었다. 그가 절단 수술을 하는 것은 보지 못했다. 그렇지만 양쪽 귀가 잘려서 온 불쌍한 사람들을 치료할 때, 지구촌 다른 곳에서는 똑같은 죄로 양손과 양발을 자른다고 이야기를 한 적이 있었다. "형 집행인은 순식간에 도끼를 휘둘러대. 그렇지만 뼈가 잘린 부위는 깔끔하지." 하고 타오 치엔이 말했었다. 그는 엘리사에게 에바나이저 홉스 박사의 처방을 설명하기도 했었다. 에바나이저 홉스 박사는 전쟁터의 부상자들을 상대로 경험이 많았으며, 타오에게 어떻게 해야 하는지 가르쳐 주었다. '그나마 이번에는 손가락 두 개뿐이라서 천만 다행이야.' 하고 엘리사는 생각했다.

무시무시한 조는 환자가 의식을 잃을 때까지 진탕 술을 먹였다. 그사이 엘리사는 칼을 빨갛게 달구어 소독을 했다. 그녀는 잭을 의자에 앉히고는, 위스키를 부어 놓은 대야에다가 손을 담그게 했다. 그러고는 썩은 손가락 두 개를 따로 벌려, 테이블 끝 쪽에 올려 놓게 했다. 그녀는 마마 프레시아의 주문을 웅얼거리고는 마음의 준비를 끝낸 다음, 여자들에게 환자를 꽉 붙잡으라는 무언의 신호를 보냈다. 그녀는 손가락 두 개 위에 칼을 대고는 망치로 한 번 정확하게 내리찍었다. 칼날이 쑥 들어가면서 뼈가 깨끗하게 잘려나간 다음, 칼날은 탁자에 깊이 박혔다. 잭은 뱃속 깊은 곳에서부터 흘러나온 묵직한 신음을 토해 냈다. 그렇지만 술에 고주망태가 되어 있어서 엘리사가 상처 부위를 꿰매고 에스테르가 붕대로 감는데도 전혀 아무런 의식도 없었다. 수술은 몇 분 만에 끝이 났다. 엘리사가 구역질을 참으며 잘려나간 손가락들을 한동안 보고 있는 사이, 여자들은 잭을 침대에다가 도로 갖다 눕혀 놓았다. 수술이 진행되는 동안 가능한 한 멀리 떨어져 있던 악당 바발루가 손에 아기 모자를 든 채 수줍게 다가왔다.

"칠레 젊은이, 넌 진짜 남자야."

그가 놀라서 감탄을 마지않으며 나지막하게 중얼거렸다.

3월에 엘리사는 아무 말 없이 조용히 열여덟 번째 생일을 맞이했다. 바발루가 100마일 주변에 있는 남자라면 결국에는 누구든지 그곳에 오고 말 거라고 이야기했던 것처럼, 언젠가는 그녀의 호아킨도 그 문 앞에 나타나리라 믿으며 기다렸다. 멕시코인 잭은 며칠 만에 회복해서, 손가락이 아물기도 전에 아무도 모르게 야반 도주를 했다. 워낙 기분 나쁜 타입이라, 오히려 모두 그가 떠나 준 것을 좋아했다. 그는 거의 아무 말도 하지 않았으며, 누가 조금만 뭐라고 했다 하면 금세라도 덤벼들 기세로 늘 긴장해서 신경을 바짝 곤두세우고 있었다. 그는 자기가 큰 은혜를 입었는데도 별로 고마워하는 내색도 하지 않았다. 오히려 정반대로, 술에서 깨어나 총을 쏠 수 있는 손가락 두 개가 잘려나간 걸 알고는, 자기 손을 못 쓰게 만든 개자식은 죽여 버리겠노라며 온갖 악담과 협박을 늘어놓으며 길길이 날뛰었다. 그때 바발루도 인내심의 한계를 느껴, 그를 인형처럼 번쩍 집어들고 노려보면서, 폭발하기 일보 직전일 때의 부드러운 목소리로 말했다.

"악당 바발루, 내가 그랬다. 무슨 문제 있어?"

잭은 열이 가라앉기도 전에 비둘기들을 품에 안겨 즐기려 했다. 그렇지만 공짜로 그에게 몸을 내줄 생각은 추호도 없었기 때문에 모두 한 목소리로 그를 거절했다. 그가 동태가 되어서 나타났던 날 밤에 욕조에 집어넣기 위해 옷을 벗기면서 확인했듯이, 그의 주머니는 텅 비어 있었다. 무시무시한 조는 손가락을 잘라내지 않았더라면 팔 한쪽을 잃어버렸거나, 목숨을 잃었을지도 모르는 일이기 때문에, 자기 지붕 아래 쓰러진 걸 하늘에 고마워하라며 그에게 구차하게 설명까지 해 주었다. 그가 나쁜 사람이라는 것은 한눈에 봐도 알 수 있었기 때문에 엘리사는 부족 없는 톰을 그 작자 가까이 가지 못하게 하고는, 자기 혼자서 식사도 먹여 주고, 붕대도 갈아 주었다.

바발루도 그를 참지 못했다. 그래서 집 안에 있을 때에는 그에게 말도 걸지 않았다. 바발루는 아가씨들을 자기 친누이처럼 생각했기 때문에, 잭이 음란한 말로 괜히 수작을 걸거나 하면 그가 더 성질을 부렸다. 그에게는 근친상간과도 같았기 때문에 아무리 절박한 상황이라도 아가씨들과는 잠자리를 갖지 않았다. 정 못 견딜 때에는 다른 사창가로 갔으며, 칠레 젊은이에게도 그럴 리는 없겠지만, 계집애 같은 나쁜 습관을 청산하고 나면, 자기처럼 하라는 충고를 했다.

엘리사는 잭에게 수프를 먹여 주면서 호아킨 안디에타에 대해 물어보기로 마침내 결심했다.

"무리에타?"

그가 미심쩍은 표정으로 되물었다.

"안디에타."

"나는 모르는 사람인데."

"어쩌면 같은 사람일 수도 있어요."

엘리사가 조심스럽게 말했다.

"그 사람을 왜 찾는데?"

"내 형이에요. 형을 찾기 위해서 칠레에서부터 왔어요."

"네 형이 어떻게 생겼는데?"

"키는 별로 크지 않은 편이고, 머리카락하고 눈은 까매요. 얼굴은 나처럼 하얗고요. 그렇지만 우린 닮지는 않았어요. 훤칠하고 근육이 있는 편이에요. 용감하고 열정적이고요. 그가 이야기하면 모두 조용히 가만히 있어요."

"그럼 호아킨 무리에타네. 그렇지만 그는 칠레인이 아니야. 멕시코인이지."

"확실해요?"

"확실하다고는 할 수 없지만 무리에타를 보면 네가 찾고 있다고 이야기해 주지."

그 다음 날 밤 잭은 떠났고, 그에 대해서는 더 이상 아무것도 알 수 없었다. 그렇지만 2주 후에 2파운드짜리 커피 자루가 창고 문 앞에서 발견되었다. 얼마 후 엘리사가 아침 식사를 준비하게 위해 그 자루를 열어 보았더니, 그 안에는 커피가 아니라 금가루가 들어 있었다. 무시무시한 조의 이야기에 의하면, 그해 겨울 자기가 돌보아 줬던 병든 광부들 중 누군가 갖다 놓았을 거라는 것이었다. 그렇지만 엘리사는 잭이 고맙다는 표시로 갖다 놓았을 것이라는 확신이 들었다. 그 남자는 누구에게든 신세를 지고는 못 배기는 타입이었다.

일요일에 그들은 한 광부를 죽인 살인자를 찾아 나서기 위해 보안관이 정찰대를 조직하고 있다는 것을 알게 되었다. 그 광부는 혼자서 겨울을 났던 오두막집에서 시체로 발견되었다. 가슴은 아홉 번이나 칼에 찔렸으며 두 눈은 다 파헤쳐 나간 채 발견되었던 것이다. 그가 가지고 있던 금은 흔적도 없이 사라졌으며, 극악무도하게 죽인 걸로 봐서 사람들은 인디오들을 범인으로 몰아세웠다. 무시무시한 조는 괜히 골치 아픈 일에 휘말리기 싫어서, 금 2파운드를 떡갈나무 밑에 묻어 놓고는, 식구들에게 입 단속을 시켰다. 조는 손가락이 잘린 멕시코인이나 커피 자루에 대해서는 농담으로라도 일체 아무 말도 하지 말라고 철저히 교육시켰다.

그 후 두 달 내내, 정찰대들은 여섯 명의 인디오들을 죽이고는, 그보다 더 급한 문제들이 산적해 있었기 때문에 곧 그 사건을 잊어버렸다. 그러고는 인디오 추장이 나타나 그들에게 점잖게 해명을 요구하자 그 역시 죽여 버렸다. 인디오나 중국인, 흑인, 흑인과의 혼혈은 법정에서 백인을 모함하는 증언을 할 수가 없었다. 모두가 나서서 추장에게 린치를 가하려 했지만, 제임스 모튼과 그 마을의 다른 세 명의 퀘이커교도들이 유일하게 그들에게 맞서 대항했다. 그들은 자기 종족을 살상하지 말라는 성경 구절을 외치면서, 무기도 들지 않은 채 그 인디오 주변을 둥그렇게 에워쌌다. 그렇지만 많은 사람들과의 몸싸움에서는 밀려날 수밖에 없었다.

엘리사의 생일을 아는 사람이 아무도 없었기 때문에 그녀에게 생일을 축하하지는 못했다. 그렇지만 어찌 됐든 3월 15일 그날 밤은 그녀에게는 물론, 다른 사람들에게도 두고두고 기억에 남을 밤이 되었다. 손님들이 다시 창고로 돌아왔으며, 비둘기들은 정신없이 분주했다. 칠레 젊은이는 신나게 피아노를 두들겨 댔으며, 조는 떼돈을 벌어들였다. 어쨌든 그 해 겨울이 그렇게 나빴던 것만은 아니었다. 전염병으로 인한 최악의 상황은 이미 진정이 되었으며, 침대에는 남아 있는 환자들도 없었다.

그날 밤에는 여섯 명의 광부들이 적당히 술을 마시고 있었고, 밖에는 세찬 바람이 불어 소나무가 가지째 찢겨져 나가고 있었다. 그러고는 11시경에 그 불 지옥이 시작되었던 것이다. 아무도 어떻게 화재가 시작되었는지 설명할 수는 없었지만, 조는 늘 다른 쪽 마담을 의심했다. 목재들은 폭죽처럼 신나게 불이 붙어 번졌으며, 순식간에 커튼과 실크 숄, 침대 모기장까지 타 들어가기 시작했다. 모두 무사히 도망쳤으며, 심지어 담요 하나씩은 뒤집어쓰고 나올 여유도 있었다. 엘리사는 그녀의 소중한 편지들이 들어 있는 양철 통도 챙겨서 나왔다. 불길과 연기가 금세 창고를 휩쓸었으며, 10분도 채 안 되어 창고는 모닥불처럼 활활 타올랐다. 거의 벌거벗다시피 한 여자들은 술 취한 손님들 옆에 서서,

완전 속수무책으로 불 구경을 할 수밖에 없었다.

그제야 엘리사는 그곳에 있던 사람들을 일일이 세면서 둘러보다가, 부족 없는 톰이 없다는 것을 알고는 경악했다. 아이는 둘이 함께 쓰는 침대에서 잠들어 있었던 것이다. 엘리사는 정신없이 에스테르의 어깨 위에 걸쳐 있던 실크숄을 빼앗아 머리에 뒤집어쓰고는, 불길에 휩싸인 얇은 나무 칸막이를 그냥 밀치고 안으로 뛰어 들어갔다. 그리고 그 뒤를 잇따라 바발루도 뛰어 들어갔다. 바발루는 엘리사가 왜 불구덩이 속으로 뛰어 들어가는지 영문을 몰라, 들어가지 말라며 소리지르다가, 곧 그녀의 뒤를 따라서 들어갔던 것이다.

엘리사는 아이의 두 눈이 잔뜩 겁에 질려 있으면서도, 침착하게 연기 속에서 서 있는 걸 발견했다. 아이에게 담요를 씌우고 안고 나가려 했지만, 아이가 너무 무거웠다. 그러고는 계속 기침이 나면서 앞으로 고꾸라졌다. 그녀는 무릎을 꿇고 쓰러지면서 톰에게 밖으로 달려 나가라고 앞으로 밀쳤지만, 아이는 그녀 곁에서 꼼짝도 하지 않았다. 그 순간 바발루가 나타나 한쪽 팔에 한 명씩 짐짝을 안은 듯 들고, 밖에서 기다리고 있던 사람들의 환호성을 받으면서 뛰어나오지 않았더라면, 두 사람 다 재가 되었을 것이다.

"이놈아! 그 안에서 뭐하고 있었어?"

조는 인디오 아이를 껴안아 키스하고, 숨을 제대로 쉴 수 있도록 등을 두드려 주면서 아이를 나무랐다.

나중에 보안관의 말에 의하면 창고가 외진 데 떨어져 있어, 그나마 마을 전체가 불길에 휩싸이지는 않았다는 것이었다. 그 일대에서 워낙 화재가 흔하게 일어났기 때문에 그는 화재에는 경험이 많았다. 불이 나자 대장장이를 선두로 열댓 명의 자원봉사자들이 불을 끄러 달려왔다. 그렇지만 그때는 이미 늦었다. 그들은 엘리사의 말만 간신히 구해 냈을 뿐이었다. 처음 몇 분간은 모두가 얼이 빠져 있어서 아무도 그녀의 말을 생각해 내지 못했다. 그때까지도 말은 두려움에 미쳐 날뛰며 창고에 묶여 있었다.

무시무시한 조는 그날 밤 전 재산을 몽땅 잃어버렸다. 그리고 사람들은 그때 처음으로 그녀의 약한 모습을 보게 되었다. 그녀는 아이를 품에 안고는 눈물을 참지 못한 채, 자신의 파멸 과정을 지켜보았다. 그러고는 모두 다 타고 연기에 그슬린 재만 남게 되자, 눈썹과 속눈썹이 그슬린 바발루의 큰 가슴에 얼굴을 파묻었다. 천하무적이라 생각했던 이 여장부의 약한 모습 앞에, 네 명의 아가씨들도 모두 속치마 바람으로 머리는 산발한 채 몸을 벌벌 떨며 한 목소리로 울음을 터뜨렸다.

그렇지만 불꽃이 채 꺼지기도 전에 끈끈한 단결력이 발휘되어, 한 시간도 안 되는 시간에 모두 임시 거처를 마련할 수 있었으며, 성금 모음도 시작되었다. 마을에 있는 집들과 조가 이질에서 구해 주었던 한 광부의 집이 제공되었던 것이다. 극단의 세 남자들인 칠레 젊은이와 바발루, 아이는 대장간에서 그날 밤을 보냈다. 제임스 모튼은 늘 불기가 있는 화로 옆에다가 매트리스 두 개를 깔고는 두툼한 이불을 내주었다. 그러고는 아침이 되자 목사의 아내가 정성껏 준비한 맛있는 아침 식사를 손님들에게 대접했다. 그 목사는 일요일마다 두 곳 사창가에서 자행되고 있는 뻔뻔한 악의 행위에 대해 핏대를 세우며 목청 높여 고발했었다.

"지금은 잘잘못을 따질 때가 아니에요. 이 불쌍한 하나님의 자식들이 추위에 떨고 있잖아요."

목사의 아내가 토끼 요리와 초콜릿 한 항아리, 계피 과자를 들고 대장간에 나타나면서 한 말이었다.

그러고는 그 목사 부인이 나서서, 그때까지도 속치마 바람으로 있던 비둘기들을 위해 옷을 구하러 마을을 돌아다녔다. 그리고 다른 여자들도 넉넉한 마음으로 응해 주었다. 여자들은 마담들하고는 상종도 하지 않으려 했지만, 무시무시한 조와는 전염병이 돌 때 조금씩 신세를 졌기 때문에 그녀를 존중하게 되었던 것이다. 그렇게 네 아가씨들은 자기들 힘으로 다시 화려한 장신구들을 달 수 있을 때까지는, 한동안 목부터 발끝까지 다 덮는 정숙한 복장으로 다녀야 했다.

불이 나던 날 밤, 목사 부인은 부족 없는 톰을 자기 집으로 데려가려 했지만, 아이는 바발루의 목을 꼭 붙잡고 놓지 않았다. 인간의 힘으로는 도저히 아이를 떼어 놓을 재간이 없었다. 거인은 칠레 젊은이와 아이를 한쪽 팔에 한 명씩 꼭 껴안고는, 잠을 이루지도 못한 채 몇 시간을 보냈다. 그는 대장장이가 놀라서 자기를 바라보는 게 꽤나 언짢았다.

"여보쇼. 이상한 생각 하지 마쇼. 나는 게이가 아니요."

그는 화가 나서 투덜거렸지만, 그래도 잠들어 있던 두

사람을 절대 놓지 않았다.

그들은 광부들이 모은 성금과 떡갈나무 밑에 묻어 두었던 커피 자루로 편하고 적당한 집 한 채를 구할 수 있었다. 그래서 무시무시한 조는 이번 기회에 떠돌이 생활을 청산하고, 아예 그곳에 정착할 생각까지 하게 되었다. 다른 마을들은 광부들이 금을 찾아 다른 곳으로 떠나고 나면 이내 사라져 버리고 말았지만, 이곳은 갈수록 번창한다고 생각했던 것이다. 심지어는 자기 이름을 좀 더 점잖은 이름으로 바꿀 생각까지도 했다. 겨울이 끝나면 새로운 모험가들이 물밀듯이 산등성이 위로 밀려들 테며, 다른 마담은 미리 그에 대한 준비까지 마쳐 두었다. 대장장이가 에스테르를 데리고 갈 게 분명했기 때문에, 무시무시한 조에게는 아가씨들이 세 명밖에 없었지만, 어떻게든 해결할 수는 있을 것이다. 그녀는 선한 행위로 사람들에게 어느 정도 인정을 받았기 때문에 다시 그걸 잃고 싶지는 않았다. 파란만장했던 그녀의 삶에서 처음으로 한 공동체에서 인정을 받은 것이었다. 그건 펜실베이니아에서 같은 네덜란드인들 사이에서 느꼈던 정보다 훨씬 더 끈끈한 느낌이었으며, 한곳에 뿌리를 내리고 정착한다는 생각도 그녀의 나이를 감안해 볼 때 과히 나쁜 것만은 아니었다. 그녀의 계획을 알게 된 순간, 엘리사는 호아킨 안디에타——아니면 무리에타——가 봄에도 나타나지 않으면, 친구들과 헤어져 계속 그를 찾아 떠나야겠다고 결심했다.

실망

가을이 끝나 갈 때쯤 타오 치엔은 엘리사의 마지막 편지를 받았다. 그 편지는 지난 몇 달 동안 여러 사람들의 손을 거쳐 샌프란시스코까지 오게 된 것이었다. 그는 4월에 사크라멘토를 떠났다. 그 도시에서의 겨울이 너무나 지루했으며, 어쩌다 한 번씩 드문드문 오는 엘리사의 편지들과 린의 영혼이 찾아오기를 바라는 바람, 그리고 또 다른 종이와의 우정이 유일한 낙이었다. 그는 서양의학 서적들을 구해, 한 줄씩 친구에게 번역해 주는 힘들고 더딘 작업을 기쁜 마음으로 했다. 그렇게 둘은 함께 자기들의 의학과는 너무나도 판이한 지식을 흡수하게 되었다. 그들은 서양의학에서는 약초들에 대한 지식이 거의 없고, 미리 몸을 보해서 병을 예방하는 방법이나 몸의 에너지인 기에 대한 지식이 없다는 걸 알게 되었다. 그렇지만 다른 면에서는 동양의학보다 훨씬 앞서 있었다.

그는 친구와 함께 동서양의 의학을 비교하고 토론하면서

나날들을 보냈다. 그렇지만 공부만으로는 충분한 위안이 되지 못했다. 그래서 고립된 생활과 고독이 견디기 힘들어, 자신의 판잣집과 약초를 키우던 정원을 버리고, 적어도 자기 나라 말을 들을 수 있고 음식도 마음껏 먹을 수 있는, 중국인들이 경영하는 호텔로 이사했다. 그의 손님들 대부분이 극빈자들이었고, 또 가끔씩은 공짜로 치료를 해 줬어도, 얼마간의 돈은 모을 수 있었다. 그는 엘리사만 돌아온다면 좋은 집에 살아야겠다고 마음먹었다. 그렇지만 혼자 있는 동안에는 호텔에 있는 것으로도 충분했다.

다른 종이는 중국에 젊은 아내를 주문해서 데리고 와, 미국에서 완전히 정착해서 살 생각이었다. 비록 외국인 신분이긴 하지만 그곳에서는 자기 나라에서보다 훨씬 더 풍족한 삶을 누릴 수 있었던 것이다. 타오 치엔은 그에게 전족이 중요하지 않다는 것을, 특히 많이 걸어다녀야 하는 미국에서는 아무 쓸모도 없다는 것을 누누이 강조했다. 게다가 양키들은 인형처럼 발이 작은 여자들을 보고 비웃을 게 틀림없었다. "중개인한테 잘 웃고 건강한 여자를 소개시켜 달라고 하시오. 그 외에는 다 필요없소." 하고 타오는 영원히 잊을 수 없는, 이 세상에서의 허망했던 린의 그 짧은 삶을 생각하면서 그에게 충고했다. 린이 차라리 엘리사처럼 건강한 발과 폐를 가졌더라면 훨씬 더 행복했을 것 같았다.

그의 아내는 헤매고 다니는 게 분명했다. 이 낯선 땅에서는 어디로 와야 할지 모르는 것 같았다. 타오 치엔은 몇 시간씩 명상을 할 때마다, 그리고 시를 쓸 때마다 아내를 간절히 불러 보았지만, 이제 린은 꿈속에서조차 나타나지 않았다. 마지막으로 아내와 함께 있었을 때가 배의 창고 안에서, 머리를 곱게 단장하고 초록색 비단 옷을 입고 나타나 엘리사를 구해 달라고 했던 그날이었다. 그렇지만 그때만 해도 배가 페루를 지나갈 때였고, 그 이후로도 많은 산과 바다를 건넜고 시간이 흘렀기 때문에 린이 찾아오지 못하고 헤매고 있는 게 틀림없었다. 타오는 자기를 찾지 못한 채 그 넓은 미지의 대륙에서 헤매고 있을 린의 영혼을 상상해 보았다. 다른 종이의 제안으로 그는 상하이에서 도착한 지 얼마 되지 않은 한 화가에게 린의 초상화를 그려 달라고 부탁했다. 화가는 문신과 그림을 그리는 데 있어서는 정말 천부적인 자질을 가지고 있었다. 그렇지만 타오에게 꼼꼼하게 이야기를 듣고 린을 그대로 그렸지만, 결과적으로 그녀의 청초한 아름다움은 제대로 재현하지 못했다. 타오 치엔은 그 초상화를 가지고 작은 제단을 하나 만들고는, 그 앞에 앉아 그녀의 영혼을 불렀다.

타오는 예전에는 축복이고 사치처럼 느껴졌던 고독이 지금은 왜 그렇게 견딜 수 없을 정도로 힘든 것이 되었는지 이해가 가지 않았다. 몇 년 동안 선원 생활을 하면서 가장 불편했던 점은 평정이나 침묵을 즐길 수 있는 혼자만의 공간이 없다는 것이었다. 그렇지만 그런 공간을 누릴 수 있는 지금은, 누군가가 곁에 있었으면 하고 간절히 바랄 뿐이었다. 하지만 이제는 아내를 주문으로 불러낸다는 생각이 말도 안 되는 것 같았다. 옛날에도 한 번 그들 조상들의 영혼들이 그에게 완벽한 아내를 구해 주었지만, 그런 행운의 이면에도 끔찍한 불행이 도사리고 있다는 걸 깨달은 것이었다. 이미 남녀간의 진정한 사랑을 경험한 타오로서는 아무리 작은 발과 좋은 성격을 가진 여자가 아내가 된다고 해도 다시는 순수했던 그 시절로 돌아갈 수 없을 것 같았다. 그 어떤 여자도 린을 대신할 수는 없었으며, 그는 영원히 린의 추억 속에서만 살아야 할 것 같았다. 그는 하녀나 첩도 원하지 않았다. 그의 성(姓)을 물려주고 무덤을 돌보게 하기 위해서는 자식들이 필요했지만, 그런 필요성도 그를 설득시키지는 못했다.

그는 친구에게 그런 심정을 설명하려 했지만, 그 고통을 제대로 표현할 수 있는 단어가 없어 자꾸 말만 뒤엉켰다. 딱 한 번 타오가 친구에게 자신의 감정을 털어놓았을 때, 그 친구의 말이, 여자는 부려 먹고 대를 잇고 쾌락을 위해서만 쓸모가 있을 뿐이지, 학식 있고 교양 있는 남자에게 이야기 상대가 되지 않는다는 것이었다. 중국에서는 주위를 한 번만 대충 둘러보아도 그 친구의 이야기가 틀린 것이 아니었다. 그렇지만 미국에서는 부부 관계가 달랐다. 우선, 적어도 드러내고 첩을 가진 사람은 아무도 없었다. 혼자 사는 남자들만 우글거리는 그 땅에서 타오 치엔이 알게 된 몇 안 되는 서양 사람들의 가족들을 보면 달라도 너무 달랐다. 겉에서 볼 때도 아내를 평등하게 대해 주는데, 둘이서만 있을 때는 어떻게 대해 줄지 상상이 가지 않았다. 그 경이로운 나라에서 풀어야 할 다른 많은 불가사의들처럼, 그것도 앞으로 풀어야 할 하나의 수수께끼였다.

엘리사가 보내기 시작한 편지들은 중국 식당으로 왔다.

중국 사회에서는 모두가 타오 치엔을 알고 있었기 때문에 편지는 곧 그의 손에 전달되었다. 타오에게는 세세하게 묘사된 그 긴 편지들이야말로 최고의 동반자였다. 그는 여자와의 우정이, 그것도 다른 문화권의 여자와의 이런 우정이 가능하리라고는 꿈에도 생각해 보지 못했기 때문에 엘리사가 그립다는 게 내심 놀라웠다. 엘리사는 늘 남자 옷을 입고 있었지만, 타오에게 그녀는 완벽한 여자처럼 보였다. 그래서 다른 사람들이 아무런 의심 없이 그녀가 남자라는 걸 받아들인다는 게 의아할 뿐이었다. '남자들끼리는 서로 보지도 않아요. 그리고 여자들은 내가 여성스러운 남자라고 생각해요.' 하고 그녀가 한 편지에 썼다.

반면 타오에게 엘리사는 발파라이소, 어부들의 오두막집에서 그가 코르셋을 벗겨 주었던 흰 드레스를 입은 여자아이였으며, 배의 지하 창고에서 자신의 보호에만 전적으로 의지했던 환자였고, 천막집에서의 그 추운 밤에 자기를 꼭 껴안고 자던 따뜻한 몸이었고, 요리를 하면서 즐겁게 흥얼거리던 목소리였고, 환자들을 치료할 때 진지한 표정으로 자기를 도와주던 얼굴이었다. 그녀가 볼품없이 비쩍 마르고 동안인데도, 이제는 소녀가 아닌 여자로 보였다. 그는 엘리사가 머리를 잘랐을 때 어떤 모습이었는지 상상해 보다가, 그녀의 머리카락을 간직하지 않은 게 후회가 되었다. 그때도 잘 간수하고 싶은 마음은 있었지만, 괜한 감상주의에 빠질 것 같아 접어두었던 것이다. 그렇지만 지금 그 머리카락을 가지고 있었더라면, 적어도 그걸 보면서 그 특별한 여자친구가 곁에 있는 것처럼 생생하게 느낄 수 있을 것 같았다.

그는 명상할 때마다, 그녀를 죽음과 불행으로 내몰 수 있는 잡생각으로부터 구해 줄 수 있는 좋은 기를 불어넣어 주었다. 나쁜 생각을 자꾸 하게 되면 결국에는 불행해지고 만다는 것을 그는 너무나 잘 알고 있었던 것이다. 그는 가끔 엘리사의 꿈을 꾸다가 땀 범벅이 된 채 새벽을 맞이했다. 그러면 일어나서, 알 수 없는 미래를 보기 위해 주역의 괘들을 가지고 점을 쳐 보았다. 그 애매한 메시지들 속에서도 엘리사는 산을 향해 계속 행군하는 것으로 나타났고, 그러면 타오는 그나마 안심이 되었다.

1850년 9월에 캘리포니아가 미합중국의 주로 편입되었을 때, 타오도 그 요란한 거국적 축하 행사를 구경했다. 이제 미국은 대서양에서부터 태평양에 이르는, 전 대륙에 걸친 대국이 되었다. 그 당시에는 금으로 인한 열풍도 사그라져서, 사람들은 집단적으로 큰 실망 속에 빠져 있을 때였다. 타오는 고향으로 돌아갈 배를 타기 위해 차례를 기다리는 병들고 가난한 광부들을 수도 없이 많이 보았다. 신문에서는 돌아가는 사람들이 9만 명 이상이 될 것이라고 추정했다. 이제는 선원들도 배를 이탈하지 않았다. 오히려 정반대로, 떠나고 싶어 하는 사람들을 모두 태울 충분한 배가 없었다. 광부 다섯 명당 한 명 꼴로, 강에 빠져 죽거나 병들어 죽거나 얼어 죽었다. 살인당한 사람들도 많았으며, 머리에 총을 쏴서 자살한 사람들도 많았다.

몇 달 전에는 배에 몸만 싣고 도착하는 외국인들도 있었지만, 이제는 나무통이나 삽 한 자루, 장화 한 켤레만 달랑 들고 모험을 떠나도 상관없을 정도로 금이 많지는 않았다. 혼자서 금을 채취하던 시절은 끝이 나고, 그 대신 거대한 물줄기로 산을 반 토막 낼 수 있는 강력한 장비를 갖춘 큰 회사들이 설립되었다. 광부들은 수당을 받고 일하게 되었으며, 기업가들이나 돈을 벌어 큰 부자가 될 수 있었다. 기업가들은 '49세대'의 모험가들만큼이나 일확천금의 꿈을 가지고 있었지만, 그들보다 훨씬 더 영악했다. '레비'라는 성을 가진 유태인 재봉사 못지않게 영악했던 것이다. 그 유태인은 거의 모든 노동자들이 작업복처럼 입었던, 두꺼운 천에 두 줄로 징을 박은 바지를 만든 사람이었다. 많은 사람들이 떠나는 와중에도, 중국인들은 개미 떼들처럼 조용히 그리고 꾸준히 도착했다. 가끔 타오 치엔은 친구 종이에게 신문을 번역해 주었다. 친구는 자기와 공감대가 많다며, 제이컵 프리몬트라는 사람의 기사를 특히 좋아했다.

'금을 찾아왔던 수천 명은 패자가 되어 자기 고향으로 돌아가고 있다. 그들은 황금 양털을 찾지 못했고, 그들의 오디세이는 비극으로 막을 내렸다. 그렇지만 많은 사람들은 이제 다른 곳에서도 살 수가 없기 때문에 가난해도 그냥 이곳에 남았다. 이 황량하고 아름다운 곳에서 보낸 그 2년 동안 사람들은 진짜 사나이가 되었다. 캘리포니아에서만 맛볼 수 있는 위험과 모험, 건강과 활력은 이젠 그 어디에서도 만날 수가 없다. 금이 제 기능을 발휘하기는 한 것 같다. 금은 이 지역을 정복할 사람들을 끌어들여 약속의 땅으로 탈바꿈시켜 놓은 것이다. 그건 확실한 사실이다⋯⋯.' 하고 프리몬트는 기사에 썼다.

그렇지만 타오 치엔에게는 미국이 욕심 많은 물질 만능 주의의 표상이고, 무조건 빨리 돈을 벌려는 집착을 가진 성질 급한 사람들의 천국이었다. 그곳에는 영혼을 살찌울 수 있는 건 아무것도 없었다. 반면 폭력과 무지만이 판을 쳤다. 타오 치엔은 27년이라는 삶 동안 많은 것을 보아 왔지만, 사람들이 너무 해이하게 생활하고 아무렇지도 않은 듯 범죄를 저지르는 건 상당히 거슬렸다. 그는 그런 비행이 판을 치는 곳은 결국 자기 스스로의 죄악이 파 놓은 수렁에 빠져 파멸할 수밖에 없을 것이라고 생각했다. 미국에서는 자신이 그토록 바라던 평화를 찾을 수가 없을 것 같았다. 정말이지, 학자가 되고 싶어 하는 사람에게는 적당한 곳이 아니었다. 그렇다면 왜 이곳이 그토록 끌린단 말인가? 타오는 이곳 땅을 밟는 많은 사람들처럼 자기도 이 땅에 혼을 뺏기지 않으려고 안간힘을 썼다. 그는 홍콩으로 돌아가려고 했다. 아니면 영국에 있는 친구인 에바나이저 홉스를 찾아가 함께 공부하고 의술을 익힐 생각이었다. 리버티호에 납치된 이후로 몇 년 동안 그는 영국 의사 친구에게 몇 통의 편지들을 썼지만, 늘 항해하느라 떠돌아 다녔기 때문에 결국 발파라이소에서 존 소머스 선장이 그 친구의 편지를 받아 전해 줬을 때인 1849년 2월까지 답장 한 통 받지 못했다. 그 편지에서 에바나이저 홉스는 자기가 진짜 하고 싶은 것은 아직 의학계에서는 잘 알려지지 않은 심리 치료 분야지만, 런던에서는 외과 의술에만 전념하고 있다고 이야기했다.

중국인들은 샌프란시스코를 가리켜 '큰 도시'를 뜻하는 '다이파오(大都)'라고 불렀다. 타오 치엔은 그곳에서 한동안 일을 한 다음, 자기가 보낸 마지막 편지에 에바나이저 홉스가 금세 답장을 하지 않으면 중국으로 가는 배를 탈 생각이었다. 그는 1년도 채 안 되는 시간에 샌프란시스코가 몰라보게 변모한 걸 보고는 놀라움을 금치 못했다. 예전에 그가 보았던 소란스러운 판잣집들과 천막들 대신에 잘 정비된 거리들과 몇 층짜리 건물들을 갖춘 조직적이고 풍요로운 도시가 자리 잡고 있었던 것이다. 3개월 전에 일어난 엄청난 화재로 몇 구역이 몽땅 타 버렸기 때문에, 사방에서 새 집들을 짓고 있었다. 간혹 아직까지도 불에 그을린 건물들의 잔재가 눈에 띄었지만 화재의 열기가 채 식기도 전에 사람들은 손에 일제히 망치를 들고 새 집들을 짓기 시작했다.

베란다와 발코니가 딸린 고급 호텔, 카지노, 바, 레스토랑, 호화 마차가 눈에 띄었으며, 창백한 안색에 남루한 옷을 입은 각지 각국에서 몰려든 사람들도 무지기수였다. 그 중에서 몇 안 되는 멋쟁이들의 실크 모자들이 눈에 확 뜨였다. 그 외에는 모두 건달 분위기로 수염이 덥수룩하고 지저분한 사람들이었다. 그렇지만 그곳에서는 보이는 게 전부가 아니었다. 부둣가의 막일꾼도 라틴아메리카 귀족이 될 수가 있었으며, 마부도 뉴욕의 변호사가 될 수도 있었다. 험악하게 생긴 사람들이라도 몇 분만 이야기하다 보면 배운 것도 많고 섬세한 사람이라는 것이 드러날 때도 있었다. 주로 그들은 조금만 기회가 주어졌다 하면, 두 눈에 눈물이 그렁그렁한 채 얼른 주머니에서 꼬깃꼬깃 접은 아내의 편지를 꺼내 보여 주었다. 그리고 그 정반대일 때도 있었다. 화려하게 치장을 한 멋쟁이가 잘 빠진 옷 안에 개망나니 기질을 숨겨 놓을 때도 있었다.

타오 치엔은 시내를 돌아다니며 구경하면서도 학교는 보지 못했다. 반면 웅덩이를 파거나, 벽돌을 나르거나, 노새를 몰거나, 구두를 닦으면서 어른 못지않게 일하는 아이들은 많이 보았다. 그렇지만 역시 아이들이라, 바닷바람만 좀 세차게 불었다 하면 연을 날리러 얼른 높은 곳으로 올라갔다. 나중에서야 거의 대부분의 아이들이 고아들로, 먹고 살아남기 위해 패거리를 지어, 먹을 걸 도둑질하고 다닌다는 걸 알게 되었다. 아직도 여자들은 흔치 않았다. 여자가 길에 나서면, 그녀가 지나갈 때까지 교통이 마비되곤 했다.

만으로 들어오는 배들의 국적을 알리는 깃발들을 매달고, 신호를 보내는 텔레그래프 언덕 아래쪽에는 몇 구역에 걸쳐 여자들이 많이 몰려 있는 큰 동네가 있었으며, 그곳은 호주와 독일, 뉴질랜드 깡패들이 장악하고 있는 홍등가였다. 타오 치엔도 그들에 대한 이야기를 들어, 해가 지고 난 다음에는 중국인 혼자서 갈 곳이 못 된다는 것을 알고 있었다. 그는 상점들을 기웃거리며 영국에서 봤던 것과 거의 똑같은 상품들이 진열되어 있는 것을 보았다. 모두, 심지어 쥐를 잡을 수 있는 고양이들까지 바다를 통해서 들어왔으며 이곳에서는 한 마리씩 사치품처럼 고가로 팔렸다. 만에 버려진 채 숲을 이루었던 범선들의 숫자는 거의 10분의 1로 줄어 있었다. 많은 배들이 뜯겨서 집을 짓는 데 쓰이거나, 가라앉거나, 아니면 호텔이나, 술집, 감옥, 심지어는 정신병 수용소로 용도가 변경되어 사용되고 있었다. 그 정신병 수용소는 주로 헤어나올 길 없는 알코올중독에 걸려 패가망신한 불쌍한 사람들이 죽으러 오는 곳이었다. 그렇지만 미친 사람들은 그 전에 벌써 나무에 묶어 놓았기 때문에 모두가 그곳에 오는 건 아니었다.

타오 치엔은 차이나타운으로 가서, 그들 동포들이 샌프란시스코 심장부에 완벽한 도시를 세워 놓았다는 소문이 사실임을 직접 확인했다. 그곳에서 사람들은 만다린어와 광둥어로 말했으며, 간판은 전부 중국어로 씌어 있었고, 사방에 중국 사람들밖에는 보이지 않았다. 중국 본토에 가고 싶었던 염원을 이룬 것과 다를 바 없었다. 그는 깨끗한 호텔에서 묵으면서, 긴 여행을 떠날 충분한 여비가 모여질 때까지 필요한 시간 동안만 의사로서의 일을 하기로 했다. 그렇지만 이 도시에 남아야 할 일이 생기면서 중국으로 돌아가려던 그의 계획은 무산되었다. "나는 내가 가끔 꿈꿔 왔던 것처럼 산속 깊은 절에 들어가 한가롭게 보낼 수가 없었어. 휴전도 없는 끝없는 전쟁을 벌여야 하는 게 내 평생의 업인가 봐." 하고 많은 세월이 흐른 후에, 자기 과거를 되돌아보며 그동안 살아왔던 길을 확실하게 볼 수 있고 또 앞으로 남은 길을 볼 수도 있게 되었을 때, 그가 내린 결론이었다. 그러고는 몇 달 후, 그는 여러 사람들의 손을 거쳐 너덜너덜해진 엘리사의 마지막 편지를 받게 되었다.

파울리나 로드리게스 데 산타크루스는 시중드는 사람들에게 둘러싸여, 아흔세 개의 가방을 가지고 포춘호에서 여왕처럼 우아하게 내렸다. 얼음을 실은 존 소머스 선장의 세 번째 여행은, 그는 물론 다른 승객들과 선원들 모두에게 끔찍한 고문이었다. 파울리나는 모두에게 그 배가 자기 배라는 걸 확실하게 인식시켜 주었으며, 마치 그걸 입증이라도 하려는 듯 선장의 말을 어기고, 자기 임의대로 선원들에게 명령을 내렸다. 그녀는 심지어 멀미도 하지 않았다. 코끼리 같은 튼튼한 위장 덕택에 오히려 식욕이 늘어 별다른 고생도 없이 항해를 견딜 수 있었다.

　그녀의 아이들은 유모들이 눈도 떼지 않고 돌보는데도 복잡한 배 안에서 사라지기 일쑤였다. 그리고 아이들이 사라질 때마다, 아이들이 물에 빠진 줄 알고 놀란 어머니가 울고불고 난리를 피우는 바람에 사이렌을 울리면서 배를 세워야 했다. 선장은 만에 하나 아이들이 물에 빠졌다면 이미 태평양의 파도가 집어삼켜 버렸기 때문에 포기해야 한다고, 최대한 깊은 배려를 하면서 조심스럽게 파울리나에게 설명했다. 그렇지만 파울리나는 바다에 구명보트를 띄우도록 명령했다. 결국 어디선가 아이가 나타났으며, 비극이 일어난 지 몇 시간 만에 겨우 항해를 계속할 수 있었다. 그러다가 하루는 성질 사나운 그녀의 삽살개가 배에서 미끄러져 여러 사람들이 보는 앞에서 바다 한가운데로 떨어진 적이 있었다. 그렇지만 모두 침묵을 지켰다.

　샌프란시스코 부둣가에는 그녀의 남편과 시아주버님이 식구들과 트렁크들을 실어 나를 마차와 달구지들을 한 줄로 대기시켜 놓고 기다리고 있었다. 그녀를 위해서 새로 지은 저택은 빅토리아풍의 우아한 집으로, 모두 영국에서 상자째 가지고 와서 설계도를 보고 조립한 집이었다. 벽지와 가구들, 하프, 피아노, 샹들리에, 심지어 도자기 조각품과 집에 걸 풍경화도 모두 수입한 것이었다. 그렇지만 파울리나의 마음에는 들지 않았다. 칠레에 있는 대리석으로 지은 그녀의 대저택에 비하면, 벽에 기대면 금세라도 푹 꺼져 버릴 것 같은 인형의 집 같았던 것이다. 그렇지만 소름끼치는 그 도시를 한번 휙 둘러보아도 상황을 대충 파악할 수 있었기 때문에 달리 선택의 여지가 없었다.

"펠리시아노, 우리 이곳에서 살아요. 이곳은 처음에 도착한 사람들이 시간이 흐르면서 귀족이 될 수 있는, 그런 곳이에요."

"당신은 칠레에서 벌써 귀족이잖아."

"나는 그렇지만 당신은 아니에요. 내 말 들어요. 이 도시는 태평양 연안에서도 제일 중요한 도시가 될 거예요."

"깡패들과 창녀들이 세운 도시!"

"바로 그거예요. 그들이 가장 존경받길 열망하는 사람들이에요. 크로스 가문보다 더 존경받는 가문은 없을 거예요. 양키들이 당신의 진짜 성을 제대로 발음할 수 없다는 게 안타까워요. 크로스는 치즈 만드는 사람의 이름인데. 그렇지만 모든 걸 다 가질 수는 없는 거니까……."

존 소머스 선장은 실컷 먹고 마시면서 파울리나와 함께 했던 5주를 말끔히 잊기 위해 그 도시에서 제일 좋은 최고급 레스토랑으로 향했다. 그는 새로 출간된, 그림까지 곁들여진 외설 서적들을 몇 상자 가지고 왔다. 먼젓번 소설들의 성공은 실로 어마어마한 것이었다. 그는 동생 로즈가 다시 소설을 쓸 수 있도록 빨리 기운을 차리기를 바랐다. 엘리사가 없어진 이후로는 슬픔에 잠겨 다시는 펜을 잡지 못했던 것이다. 그도 많이 변했다. 제기랄, 나도 늙었나 보군 하고 괜히 향수에 젖어 심란해지면 스스로 놀라서 이렇게 말하곤 했다. 그는 계획했던 것처럼 딸을 영국으로 데리고 가서 함께 즐길 시간조차 없었다. 심지어 자기가 아버지라는 것도 밝히지 못했다.

그는 수많은 거짓들과 비밀들이 지긋지긋했다. 15년 전에 동생 로즈가 지겨워서 죽지 않기 위해 심심풀이로 제레미 몰래 야한 소설들을 쓰고 있었으며, 그 작품들을 런던에서 출간하고 싶다고 고백했었다. 런던은 빅토리아 여왕 시대 때 엄격한 도덕 관념으로 숨통이 막힐수록, 매춘이나 변태 클럽들과 함께 외설 서적 시장이 급성장하고 있었다. 칠레의 멀고 먼 촌 동네에서, 딱 한 번 있었던 그 유일한 사랑을 수천 번도 더 넘게 되새기고, 과장하고, 완벽하게 만들면서 그 기억을 유일한 영감의 원천으로 삼아, 누런 나무책상 앞에 앉아, 동생은 '익명의 귀부인'이라는 예명으로 꾸준하게 소설들을 써 왔다. 이미 그 장르에서는 고전이 된 사드 후작의 그림자가 간혹 언뜻 비치는, 그 열정적인 이야기들을 여자가 썼으리라 의심하는 사람은 아무도 없었다. 존 선장이 하는 일은 원고를 편집자에게 넘겨 주고, 책이 팔리는 걸 확인해서 이익금을 챙겨 동생을 위해 런던 은행에 저금하는 것이었다. 동생 로즈가 자기 딸을 거둬들이고 비밀을 지켜 준, 그 엄청난 은혜에 자기 나름대로 보답하는 길이었다.

엘리사……. 엘리사가 제 어머니를 많이 닮은 건 확실하지만 그녀의 어머니를 제대로 기억할 수가 없었다. 자기에게서는 모험에 대한 열정만 물려받은 게 틀림없었다. 어디에 있는 걸까? 누구와 함께? 로즈는 엘리사가 애인을 쫓아 캘리포니아로 떠났다고 주장하지만, 시간이 흐를수록 설득력이 없었다. 지금은 제이컵 프리몬트라는 이름으로 활동하는 그의 친구 제이컵 토드가 사람을 시켜서 엘리사를 찾아보았지만 샌프란시스코에는 오지 않은 게 확실하다고 했다.

프리몬트는 선장을 만나 저녁 식사를 한 다음, 홍등가의 한 술집에서 벌어지는 음란한 쇼를 보러 가자며 그를 초대했다. 전에 벽에 뚫린 구멍으로 보았던 중국 여자인 아이 토이가 지금은 사창가를 경영하고 있으며, 아주 우아한 살롱도 하나 갖고 있다고 선장에게 귀띔해 주었다. 그 살롱에는 동양 최고의 미녀들이 나오는데, 그중에는 열한 살도 채 되지 않은 영계들도 있으며, 어떤 변덕도 다 들어줄 수 있도록 잘 훈련받은 여자들이 있는 곳이라고 했다. 그렇지만 지금 그들이 가는 곳은 거기가 아니라, 터키 하렘의 댄서들이 있는 곳이라고 했다.

얼마 후에 그들은 휘황찬란한 대리석과 윤이 나는 청동으로 실내를 꾸며 놓고, 괴물들에게 쫓기는 신화에 나오는 요정들의 그림들을 달아 놓은 2층 건물 안에서 담배를 피우며 술을 마시고 있었다. 다양한 인종의 여자들이 손님들의 시중을 들고 있었다. 그 여자들은 보기에도 섬뜩한 옷을 입고 무장을 한 포주들의 감시를 받으며, 술도 따르고, 노름 테이블에서 딜러 역할도 하고 있었다. 살롱 양쪽 옆에 있는 밀실에서는 오가는 돈의 액수가 상당했다. 그곳에는 정치가나 판사, 상인, 변호사, 범죄자 등 모두 노름에 미쳐 하룻밤에 수천 달러를 거는 엄청난 노름사들이 모여들었다.

이스탄불에서 진짜 배꼽춤을 보았던 선장에게는 터키 여자들의 쇼가 실망 그 자체였다. 어설프게 춤을 추는 그 여자들은 틀림없이 그 도시에 온 지 얼마 되지 않은 시카고 출신의 창녀들일 것이라고 추측했다. 구경 온 사람들의 대부분은 지도에서 터키가 어디에 있는지 찾아내지도 못할 무식한 광부들이었기 때문에, 옷도 제대로 걸치지 않고 궁둥이나 흔들어 대는 그 후궁들 앞에서 미쳐 날뛰며 열광했다.

선장은 따분해져서 노름 테이블이 있는 곳으로 갔다. 그곳에서는 한 여자가 믿어지지 않을 정도로 날렵하게 몬테 카드들을 나눠 주고 있었다. 다른 여자가 그에게 다가와 팔짱을 끼며 귓속말로 2차를 가고 싶다며 속삭여, 그가 뒤돌아서 그 여자를 바라보았다. 통통하고 천하게 생겼지만 밝고 명랑한 표정을 가진 남미 여자였다. 그는 전부터 샌프란시스코에 올 때마다 머물렀던 고급 살롱에서 밤을 보낼 생각이었기 때문에 거절하려고 했다. 그런데 바로 그때 그녀의 앞가슴으로 시선이 갔는데, 그녀는 터키석이 달린 금 브로치를 하고 있는 것이었다.

"이거 어디서 났어!"

선장이 그녀의 양 어깨를 붙잡고 두 차례 거칠게 흔들며 소리 질렀다.

"이건 제 거예요! 제가 산 거란 말이에요."

그녀가 놀라서 더듬거리며 말했다.

"어디서!"

그는 포주들 중의 한 명이 올 때까지 계속 그녀를 쥐고 흔들었다.

"손님, 무슨 일입니까?"

그가 협박조로 물었다.

선장은 여자를 원한다는 시늉을 하고는, 2층 방으로 거의 질질 끌고 가다시피 그녀를 데리고 갔다. 그는 커튼을 치고는, 그녀가 침대 위로 벌렁 나자빠질 정도로 뺨 한 대를 세차게 후려 갈겼다.

"그 브로치가 어디서 났는지 사실대로 이야기하지 않으면 네 이빨을 몽땅 날려 버릴 테니까 알아서 해. 알아들었어?"

"훔친 건 아니에요. 맹세할 수 있어요. 누가 준 거예요."

"누가 너한테 그걸 준 거지?"

"제가 말씀 드려도 믿지 못하실 거예요……."

"누구냔 말이야!"

"옛날에, 배에서 한 여자아이가 줬어요……."

아수세나 플라세레스는 정신이 나가서 미쳐 날뛰는 그 사람에게 다 털어 놓고 이야기할 수밖에 없었다. 그녀는 배 밑에 숨어서 가다가, 태평양 한복판에서 아이를 유산해 다 죽어 가던 불쌍한 여자아이를 돌보는 대가로 중국인 요리사가 자기에게 그 브로치를 준 것이라고 털어놓았다. 그녀가 이야기하면 할수록, 선장의 분노는 경악으로 바뀌었다.

"그 여자아이는 어떻게 되었지?"

존 소머스는 양손으로 머리를 감싼 채, 넋이 나가 물었다.

"그건 저도 몰라요."

"제발 그 아이가 어떻게 되었는지 이야기 좀 해 줘. 내가 이렇게 간절하게 사정할게."

그가 여자의 치마 위에다가 돈 다발을 내려놓으면서 애원했다.

"당신은 누구예요?"

"그 아이의 아빠요."

"출혈이 심해서 죽었어요. 그래서 저와 중국 요리사가 바다에다가 시신을 내던졌어요. 맹세해요. 그게 사실이에요."

아수세나 플라세레스는 망설이지 않고 대답했다. 그녀는 그 기구한 팔자의 여자아이가 쥐처럼 배 밑에 몰래 숨어서 세상을 반 바퀴 돌아 그곳까지 간신히 왔는데, 자기가 그녀의 아빠한테 일러서 그 뒤를 쫓게 한다면, 그것만큼 비열한 짓도 없을 것이라고 생각했던 것이다.

엘리사는 이런 일 저런 일을 하면서 시간만 보내다가 그 마을에서 여름까지 보내게 되었다. 우선, 악당 바발루가 이질로 심한 경련을 일으켰던 것이다. 전염병이 거의 통제

되었다고 생각하고 있었기 때문에 그 충격은 실로 엄청난 것이었다. 두 살짜리 사내아이가 죽은 것만 빼 놓고는, 지난 두 달 동안 그리 심각한 경우는 없었다. 그 아이는 외지 사람들과 모험가들이 지나는 길에 들르다 생긴 그 마을에서 처음으로 태어나고 죽은 아이였다. 그 아이는 이 마을에 상당한 의미를 부여해 주었다. 이제 그 마을은 교수대가 있는 캠프촌으로 단순히 지도상에 나타나 있는 그런 곳이 아니라, 그곳에서 생을 살다가 마감한 누군가의 작은 무덤이 있는 크리스천들의 공동묘지까지 갖추어진 진짜 마을이 된 것이다.

창고가 병원으로 쓰이는 동안에는 모두 전염병으로부터 기적적으로 무사했었다. 조는 전염에 대해 믿지 않았으며, 모두 제 운에 달린 것이라고 말했다. "세상은 전염병으로 우글거려. 전염병에 걸리는 사람들도 있고, 안 걸리는 사람들도 있는 거지." 그래서 그는 별다른 주의도 하지 않았다. 그녀는 의사의 상식적인 충고들도 아예 싹 무시해 버렸으며, 투덜거리며 마지못해 마실 물만 끓여먹었을 뿐이었다. 그 후, 제대로 된 집으로 이사를 가서는 모두 안전하다고 믿었다. 그 전에도 병에 걸리지 않았다면 지금에 와서는 더더욱 걸릴 일이 없을 것이라고 믿었던 것이다. 바발루가 병에 걸린 지 며칠 만에, 무시무시한 조, 미주리의 자매들, 아름다운 멕시코 여자까지 병에 걸렸다. 모두 심한 설사를 앓고 열이 펄펄 끓었으며, 쉴 새 없이 몸을 떨었다. 바발루가 몸을 떨면 집 전체가 흔들릴 정도였다. 그때 제임스 모튼은 주일에만 입는 정장을 입고 정식으로 에스테르에게 청혼하러 나타났다.

"아이, 여보게. 어떻게 때를 못 맞춰도 그렇게 못 맞추나!"

무시무시한 조는 깊은 한숨을 내쉬었다. 그렇지만 너무 아파서 반대할 힘조차 없었다. 결국 그녀는 그렇게 한숨만 내쉬면서 결혼을 허락해 주었다.

에스테르는 새 출발을 하면서 아무것도 가져가고 싶지 않았기 때문에, 쓰던 물건들을 동료들에게 나눠주었다. 그러고는 별다른 절차 없이, 극단에서 유일하게 성한 사람들인 부족 없는 톰과 엘리사의 호위를 받으며 그날 당장 결혼식을 올렸다. 신랑 신부가 지나가자, 거리 양쪽으로 그녀의 옛날 손님들이 두 줄로 늘어서, 허공에 총을 쏘아 대며 열광적으로 축하해 주었다. 에스테르는 대장간에 살림을 차렸다. 그녀는 그 대장간을 진정한 가정으로 만들고 과거는 말끔히 잊으려 했다. 그렇지만 환자들에게 따뜻한 음식과 깨끗한 옷을 가져다주기 위해 잠깐씩 짬을 내서 매일 조의 집을 찾아왔다. 엘리사와 부족 없는 톰은 할 수 없이 다른 집안 식구들을 돌보아야 했다.

마을의 의사는 필라델피아 출신의 젊은이로, 상류 지역에서 광부들이 내다버린 오물들 때문에 물이 오염되어 있다고 벌써 몇 달째 주장해 오고 있었지만, 그의 말을 듣는 사람은 아무도 없었다. 결국 의사는 조의 집을 격리시켰다. 돈 들어올 데가 막히기는 했지만, 콩 자루와 설탕 봉지, 담배, 사금 주머니, 은 몇 달러와 같이 문 앞에 아무도 모르게 갖다 놓는 선물들과 에스테르 덕분에 그나마 굶어 죽지는 않았다. 친구들을 돕기 위해 엘리사는 어렸을 때 마마 프레시아에게서 배웠던 처방들과 사크라멘토에서 타오 치엔에게서 배웠던 민간요법들을 써 보았다. 그들은 한참 동안이나 비실거리고 정신을 못 차리고 다니기는 했지만, 결국 한 명씩 점차 회복되어 갔다. 악당 바발루가 제일 심하게 앓았다. 워낙에 거구였던 그가 병 때문에 살이 빠지자, 문신까지도 형태가 일그러질 정도로 살이 축 늘어졌다.

그즈음 그 지역 신문에, 칠레 사람인지 멕시코 사람인지 정확한 건 모르지만 하여간, 호아킨 무리에타라는 한 악당에 대한 짤막한 기사가 실렸다. 그는 라베타마드레 전 지역을 통해 점차 악명을 떨쳐 가고 있었다. 그 당시 금이 나오는 지역에서는 폭력이 난무하고 있었다. 사람들은 일확천금의 꿈이 운명의 장난처럼 덧없으며, 극히 극소수의 사람들에게만 행운이 돌아간다는 걸 깨닫고는 이루 말할 수 없이 절망했다. 미국인들은 외국인들이 탐욕스러운 사람들로, 자기 나라의 발전에는 전혀 아무런 기여도 하지 않은 채, 자기들 뱃속만 채운다며 몰아세웠다. 미국인들은 술을 먹고 난폭해졌으며, 멋대로 적용되는 형벌 제도의 모순에 의해 철저히 보호받고 있었다. 마치 자기들이 절대 권력을 쥐고 흔드는 것과 같은 착각에 빠져 들 정도였다. 양키들이 다른 인종을 해친 범죄는 절대 처형받지 않았다. 더 심한 경우에는, 백인 죄수는 자기가 직접 배심원들을 고를 수도 있었다.

인종적 적대심은 맹목적인 증오로까지 바뀌었다. 멕시코

인들은 전쟁에서 자기들이 영토를 잃었다는 걸 인정하지 않았으며, 자기들 목장이나 광산에서 쫓겨나야 하는 걸 용납하지 않았다. 중국인들은 조용히 침묵을 지키며 온갖 폭행을 참아 냈다. 그들은 떠나지 않고, 벼룩의 간만큼이라도 계속해서 꾸준히 금을 채취했다. 그렇지만 티끌 모아 태산이라고, 아무리 적은 양이라도 조금씩조금씩 모으다 보니, 많은 돈을 거머쥘 수 있게 되었다. 황금 열풍이 터졌을 때 제일 먼저 이곳에 왔던 수천 명의 칠레인들과 페루인들은 그런 상황에서는 계속해서 자기 꿈을 이루고자 하는 게 무의미하기 때문에 고향으로 돌아가고자 결심했다.

1850년, 그해 캘리포니아 의회는 백인들을 보호하는 차원에서 광산 채취에 해당되는 세금 법안을 통과시켰다. 노예처럼 일하지 않는 한, 흑인들과 인디오들은 해당이 되지 않았다. 외지인들은 20달러씩 세금을 내고 매달 토지소유 등기를 갱신해야 했지만, 현실적으로는 거의 실행이 불가능한 것이었다. 법을 지키기 위해서는 대도시까지 몇 주씩 걸리는 여행을 해야 했지만, 그들은 도저히 사금광을 떠날 수가 없었던 것이다. 그렇지만 그렇게 하지 않으면 보안관들이 광산을 몰수하여 미국인에게 넘겨주었다. 그 법의 집행자들은 정부에 의해서 임명되었으며, 세금과 벌금에서 그들의 월급이 충당되었다. 결국 부패를 조장하기에는 안성맞춤이었다.

1848년 전쟁이 종식되면서 체결한 조약에 의하면, 멕시코인들도 미합중국 시민에 준하는 권리를 가지고 있었지만, 법은 피부가 가무잡잡한 외국인들에게는 불리하게 작용하였다. 그러고는 또 다른 법령이 발표되어 멕시코인들에게 더 불리하게 되었다. 대대로 살았던 목장의 소유권은 샌프 란시스코 법정에 가서 비준을 받아야만 한다는 것이었다. 그 절차는 몇 년씩 걸리는 것이었으며, 비용도 엄청나게 들었다. 게다가 대부분 그 절차를 맡은 판사들이나 경찰들은 예전에 그들의 광산을 탈취했던 그 당사자들이기도 했다.

법이 그들을 보호하지 않는다는 게 확연하게 드러나자, 몇몇은 악당의 역할을 자청하며 아예 법 밖으로 퉁겨져 나갔다. 옛날에는 소를 훔치는 것으로 만족했던 사람들은 이제 광부들과 혼자 여행하는 사람들을 공격했다. 몇몇 도당들은 극악무도한 걸로 명성을 날리기도 했다. 그들은 도둑질뿐 아니라, 사람들을 죽이기에 앞서 괴롭게 고문하는 걸 즐기기도 했다. 특히 한 악당은 유난히 잔인한 것으로 유명했다. 그는 다른 여러 범죄들도 지었지만, 특히 두 미국 젊은이를 끔찍하게 죽인 걸로 지목받고 있었다. 시신들은 칼을 던지는 표적이 되었던 흔적들과 함께 나무에 묶인 채 발견되었다. 혀도 모두 잘려나가 있었으며, 눈도 다 튀어나와 있었다. 그리고 그들이 천천히 죽도록, 그들을 버리고 떠나기 전에 살 껍질까지 벗겨 놓았던 것이다. 그 범인은 '손가락 세 개 잭'이라는 사람으로, 호아킨 무리에타의 오른팔이라고 했다.

그렇지만 그런 야만스러운 행동만이 판을 치는 것은 아니었다. 도시들도 발전했고, 새로운 마을들도 생겨났으며, 가족들이 정착하고, 신문사들과 극단, 오케스트라도 태어났다. 은행, 학교, 교회도 세워졌으며, 거리도 정비되었고,

통신 수단도 훨씬 더 좋아져, 마차들과 우편물 서비스도 정기적으로 오고 갔다. 여자들이 도착했으며, 그와 함께 질서와 도덕을 열망하는 사회가 피어났다. 이제는 초창기의 혼자 사는 남자들과 창녀들의 난투장이 아니었다. 법이 지배했으며, 일확천금의 열병 때문에 잠시 잊혀졌던 문명도 되돌아왔다.

마을 이름의 명명식은 음악 밴드와 퍼레이드까지 동원되어 장중하게 치러졌다. 무시무시한 조는 난생 처음으로 여자 옷을 입고, 다른 식구들과 함께 그 의식에 참가했다. 도착한 지 얼마 되지 않은 아내들은 화장한 여자들을 못마땅하게 보았지만, 조와 그녀의 아가씨들이 전염병이 도는 동안에 많은 사람들의 목숨을 구해 주었기 때문에 그들의 영업 행위는 그냥 눈감아 주었다. 그렇지만 다른 사창가에는 전쟁을 선포했다. 하지만 아직도 남자 아홉 명당 여자가 한 명 꼴이기 때문에 다 부질없는 짓이었다. 연말에 제임스 모튼은 황소들이 끄는 마차들을 타고 대륙을 횡단해서 그곳까지 온, 퀘이커교도 다섯 가족을 반갑게 맞아들였다. 그렇지만 그들은 금을 찾으러 온 게 아니라, 그 어마어마한 미개척지에 대한 매력 때문에 온 것이었다.

엘리사는 앞으로 어떻게 해야 할지 갈피를 잡지 못했다. 호아킨 안디에타는 그 당시 혼란스러운 상황 속에서 자취도 없이 사라지고 말았다. 그러고는 그 대신, 똑같은 인상착의에 비슷한 이름을 가진 악당이 떠오르기 시작했다. 그렇지만 엘리사는 그를 자기가 사랑했던 그 고결한 젊은이와 동일시할 수가 없었다. 그녀가 유일한 보물로 아직까지 고이 간직하고 있는 그 열정적인 편지들을 쓴 사람이 그렇게 엄청나게 끔찍한 범행들을 저지른 사람과 동일 인물이 될 수가 없었던 것이다. 그녀가 사랑했던 남자는 손가락 세 개 잭과 같이 포악무도한 사람하고는 절대 어울릴 사람이 아니라고 믿었다.

그렇지만 호아킨이 말도 안 되는 이야기들을 횡설수설하면서, 수천 가지 다른 가면들을 쓰고 자기 앞에 나타나는 밤에는 그런 믿음도 물거품처럼 사라지고 말았다. 그녀는 악몽 속에서 헛소리 하는 혼령들에게 쫓기다가, 온몸을 떨면서 꿈에서 깨어났다. 이제는 어렸을 때 마마 프레시아에게서 배웠던 것처럼, 마음대로 꿈속을 오고 갈 수도 없었으며, 머릿속이 어수선해서 꿈속에서의 장면들이나 상징들도 해석할 수가 없었다.

그녀는 일기장에다가 지치지 않고 써 내려갔다. 계속 쓰다 보면, 결국에는 그 이미지들이 무언가 의미를 얻을 수 있을 것이라는 희망을 갖고 썼던 것이다. 그녀는 확실한 의미를 찾으면서 연애편지들을 한 자 한 자씩, 몇 번을 곱씹으며 읽어 보았다. 그렇지만 결과는 더 혼란스러울 뿐이었다. 그 편지들만이 자기의 애인이 존재했었다는 유일한 증거가 되었으며, 엘리사는 완전히 미치지 않기 위해 더 그 편지들에 매달리며 집착했다. 그를 계속 찾아야 한다는 괴로움에서 벗어나기 위해, 아무것도 하지 않고 멍한 채 무기력하게만 있고 싶은 유혹도 강하게 느꼈다. 그녀는 모든 게 혼란스러웠다. 창고 안에서의 포옹도, 배 밑바닥에서 갇혀 지냈던 그 몇 달도, 핏덩어리가 되어 그녀 곁을 떠났던 어린아이도 모두 사실 같지가 않았다.

에스테르가 대장장이와 결혼해서 갑자기 수입의 4분의 1이 줄어들었고, 다른 사람들이 이질로 몇 주씩 몸져 드러눕는 바람에, 경제적 상황이 급작스럽게 나빠져 조는 집을 팔 생각까지 심각하게 고려해야 했다. 그렇지만 자기 아가씨들이 경쟁 마담을 위해 일하도록 내버려둘 수도 없었다. 그 여자들은 벌써 지옥 같은 생활을 경험했으며, 조는 그 여자들을 다시 그런 삶으로 내몰 수가 없었고 그러고 싶지도 않았다. 그새 아가씨들에게 흠뻑 정이 들었던 것이다. 조는 여자의 몸에 억지로 남자를 구겨 넣은 건, 하나님의 실수도 보통 큰 실수가 아니라고 늘 생각했다. 마찬가지로 주책 없이 아무 때나, 느닷없이 불쑥 샘솟는 모성 본능과 같은 그런 느낌도 이해할 수가 없었다. 그녀는 부족 없는 톰을 끔찍이 돌보았다. 그렇지만 자기는 하사관처럼 그를 기르는 것이라며 누누이 강조하면서 응석은 일체 받아 주지 않았다. 게다가 아이는 자기 조상들처럼 강인하게 자라야만 했다. "괜히 어리광을 받아 주다 보면 남자답지 않게 돼." 하고 엘리사가 아이를 품에 안고 칠레의 옛날이야기를 해 주고 있으면, 조는 늘 그런 주의를 주었다.

새삼 비둘기들에게 그런 정을 느끼다 보면 일에 방해가 돼도 보통 방해가 되는 게 아니었다. 게다가 더 골치 아프게, 아가씨들도 조의 그런 감정을 눈치 채고는 그녀를 어머니라고 불렀다. 조는 그 애칭만 들었다 하면 분통이 터지고 흥분이 돼서, 절대 그렇게 부르지 말라며 으르렁거렸다. 그렇지만 아가씨들은 그 말은 귓등으로도 듣지 않았다. "제기랄, 우리는 계약상의 관계일 뿐이야. 더 이상 어떻게 확실히 말해야겠니? 너희들이 일하는 동안에는 돈도 벌게 해 주고, 먹여 주고 재워 주고 보호도 해 준다. 그렇지만 병이 들었다거나, 슬슬 꾀를 피운다거나, 주름살이나 흰머리가 나는 날에는 끝이야. 다른 여자들로 바꾸는 건 누워서 떡 먹기야. 세상은 너희 같은 여자들 천지야."

그렇지만 그러고 난 다음에는 제정신이 박힌 포주라면 절대 용납하지 않을 그런 따뜻한 마음이 우러나오면서 그녀를 더 심란하게 만들었다. 악당 바발루는 "네가 사람이 좋아서 그런 골치 아픈 일이 생기는 거야." 하며 약올렸다. 정말 그랬다. 조가 생면부지인 환자들을 돌보며 그 귀중한 시간을 허비하는 동안, 마을의 다른 마담은 병에 걸린 사람은 자기 근처에는 오지도 못하게 했다. 그렇게 조는 갈수록 빈털터리가 되었다. 반면 다른 마담은 갈수록 피둥피둥해지고, 머리도 금발로 물들이고, 애인도 그녀보다 열 살 어린, 운동선수 체격에 이빨을 다이아몬드로 박은 러시아 청년으로 두고, 사업도 확장했다. 주말만 되면 광부들이 한 손에는 돈을 들고, 다른 한 손에는 모자를 들고 그녀의 가게 문 앞에서 장사진을 이루었다. 아무리 밑바닥까지 내려온 여자라 하더라도 남자가 모자를 쓴 채 자신을 상대하는 건 용납하지 않았기 때문이다.

조는 이젠 그 직업이 전망이 없다고 주장했다. 법의 보호를 받을 수도 없고, 하나님도 자기들은 젖혀 놓았고, 또 시간이 흐를수록 혼자서 외롭고 가난하게 늙는 것밖에는 남지 않는다는 것이었다. 조는 노름과 외설 서적 판매 사업은 계속하면서, 남의 빨래를 해 주고 핫케이크를 구워서 팔아 볼까 생각했다. 그렇지만 아가씨들은 고생만 죽어라 하고, 돈도 얼마 벌리지 않는 그런 구질구질한 일을 하면서 돈을 벌려고는 하지 않았다.

"애들아, 이 직업은 사람이 할 게 못 돼. 그러니까 공부를 해서 선생이 되든지. 너희들이 알아서 하고 제발 내 속은 그만 썩여!"

조는 서글프게 한숨을 내쉬었다.

악당 바발루도 포주의 어깨 노릇을 하는 데 넌덜머리가 나 있었다. 게다가 한곳에 정착해서 사는 삶도 지긋지긋했고, 무시무시한 조가 변해도 너무 변했기 때문에 이제는 함께 계속 일한다는 것도 별 의미가 없었다. 그녀가 그 직업이 싫어졌다면, 자기가 그녀 곁에 남아 있을 이유가 없었던 것이다. 그는 심란할 때면 칠레 젊은이에게 털어놓고 이야기했다. 그러면 두 사람은 황당무계한 계획들을 세워 독립하자며 이마를 맞대고 시간을 보냈다. 떠돌이 쇼 단을 만들자는 이야기도 했다. 곰 한 마리를 사서 권투를 연습시킨 다음, 이 마을 저 마을을 떠돌아다니면서 용감하다고 자부하는 사람들을 상대로 피 튀기는 싸움을 붙여 보자는 것이었다.

바발루는 모험을 쫓아 떠돌아다니는 걸 좋아했다. 그렇기 때문에 엘리사는 호아킨 안디에타를 찾아다니기에는 그와 함께 여행을 떠나는 것도 괜찮을 것이라고 생각했다. 무시무시한 조와 함께 있으면서 요리하고 피아노를 치는 것 이외에는 별로 하는 일도 없었다. 엘리사도 한가하게 있는 게 지겨웠다. 떠돌아다니면서 누렸던 그 광활한 자유를 다시 만끽하고 싶었던 것이다. 그렇지만 그 사람들과 흠뻑 정이 들었고, 부족 없는 톰과 헤어질 생각을 하면 가슴이 메어지는 것 같았다. 아이는 이제 책도 줄줄이 읽었으며, 글씨도 제법 잘 썼다. 엘리사가 나중에 자라서, 조가 원하는 것처럼 총으로 복수하는 대신, 인디오들의 권리를 대변할 수 있는 변호사가 될 수 있도록 공부하라고 설득했던 것이다. "그렇게 되면 너는 훨씬 더 강한 전사가 될 수 있고, 양키들도 너를 두려워할 거야." 하고 아이에게 말하곤 했다. 아이는 아직도 웃지는 않았다. 그렇지만 한두 번, 엘리사가 그의 곁에 앉아 머리를 쓰다듬어 줄 때면 분노한 인디오 아이의 얼굴 위로 작은 미소가 언뜻 스쳐 지나가기도 했다.

12월의 어느 수요일, 오후 3시에 타오 치엔이 무시무시한 조의 집에 나타났다. 부족 없는 톰이 문을 열어 그 시간에는 비어 있는 살롱 안으로 안내한 다음, 비둘기들을 부르러 갔다. 조금 후에 아름다운 멕시코 여자가 칠레 젊은이가 빵을 반죽하고 있는 부엌에 나타나, 엘리아스 안디에타를 찾는 중국인이 왔다고 알려주었다. 그렇지만 엘리사는 너무 일에만 몰두해 있었고, 노름판에서 시뻘겋게 충혈된 눈들이 한데 뒤엉켜서 나타난 간밤의 꿈자리 때문에 뒤숭숭해 있어 그녀의 말을 제대로 듣지도 못했다.

"어느 중국인이 너를 기다리고 있다니까."

멕시코 여자가 다시 이야기했다. 그 순간 엘리사의 심장은 노새한테 한 차례 세차게 걷어차인 것 같았다.

"타오!"

엘리사는 소리를 지르고는 정신 없이 뛰쳐나갔다.

그렇지만 살롱에 들어서는 순간, 옛 친구를 한눈에 알아볼 수 없을 정도로 180도 달라진 남자만 한 명 눈에 띄었다. 이젠 말총머리도 없었다. 짧게 자르고 기름을 발라 뒤로 넘긴 헤어스타일에, 둥근 안경테를 쓰고, 검은색 양복 정장에 단추가 세 개 달린 조끼와 늘씬한 바지를 입고 있었다. 한 팔에는 외투와 우산이 들려 있었고, 다른 팔에는 실크 모자가 들려 있었다.

"세상에! 타오! 대체 무슨 일이에요?"

"미국에서는 미국 사람처럼 옷을 입어야지."

그가 살짝 웃었다.

타오 치엔은 샌프란시스코에서 세 명의 깡패들에게 공격을 받았었다. 그가 허리춤에서 칼을 꺼내기도 전에, 그들이 '굼벵이들'을 골탕 먹이려고 단순히 재미삼아 그를 순식간에 내리친 것이었다. 그는 정신을 차려보니 오물 투성인 지저분한 골목길에 쓰러져 있었다. 그런데 말총머리가 잘려져 목에 휘감겨 있는 것이었다. 그때 타오 치엔은 앞으로는 계속 머리를 짧게 자르고 양키들처럼 입고 다니기로 결심했다.

그의 그런 모습은 늘 사람들이 북적대는 차이나타운에서도 한눈에 띄는 것이었다. 그렇지만 밖에서는 훨씬 더 사람 대접을 받았고, 전에는 들어가지도 못했던 곳도 출입할 수 있다는 걸 깨닫게 되었다. 아마 샌프란시스코에서는 그런 모습을 한 중국인으로는 그가 유일할 것이다. 말총머리는 신성한 것이었다. 그런 그 머리를 자른다는 건 중국에 돌아가지 않고 미국에 완전히 정착하겠다는 결심을 말해 주는 것이었다. 그건 황제는 물론, 조국, 조상들을 배신하는 것이었다. 그렇지만 그의 복장과 머리 모양은 확실한 기적도 일으켰다. 즉, 그로 인해 미국이라는 세계와 접할 수 있었던 것이다.

엘리사는 그에게서 눈을 뗄 수가 없었다. 친해지기 위해서는 다시 처음부터 시작해야 할 정도로 너무나도 낯설었던 것이다. 타오 치엔은 평소대로 그녀에게 여러 번 몸을 숙이며 인사했다. 엘리사는 몸이 달아올라 한아름에 달려가 그를 꼭 껴안고 싶은데도 감히 그럴 수가 없었다. 그의 곁에서 많은 밤을 지냈지만 잠결에서 말고는 서로 몸이 닿은 적은 거의 없었다.

"당신이 머리 위에서 발끝까지 완전히 중국 사람이었을 때가 훨씬 더 보기 좋았던 것 같아요, 타오. 지금은 당신을 못 알아보겠어요. 당신 냄새를 좀 맡게 해 줘요."

엘리사가 그에게 청했다.

먹이를 보고 킁킁대는 강아지처럼 엘리사가 그의 냄새를 맡는 동안 그는 꼼짝도 하지 않고 가만히 있었다. 결국 엘리사는 그에게서 옛날과 같은 은은한 바다 향을 맡을 수 있었다. 그는 짧은 머리와 점잖은 정장으로 훨씬 더 나이가 들어 보였다. 이제는 예전의 젊은이다운 경쾌한 분위기는 없었다. 살이 빠져 키가 더 커 보였으며, 밋밋한 그의 얼굴에서 광대뼈가 두드러져 보였다. 엘리사는 금세라도 전염

될 듯한 환한 미소와 단아한 이빨들이 생각나, 기분 좋게 그의 입을 바라보았다. 그렇지만 관능적인 그의 입술은 보지 않았다. 엘리사는 그의 시선에서 뭔가 어두운 표정을 읽을 수 있었다. 그렇지만 안경 때문에 그럴 것이라고 생각했다.

"타오, 당신을 보니까 너무 좋아요!"

엘리사의 두 눈이 글썽거리며 눈물이 맺혔다.

"네 주소가 없어서 더 일찍 올 수가 없었어."

"지금의 이 모습도 좋아요. 묘지기 같지만 아주 근사해요."

"지금 내가 하는 일이 바로 그거야, 묘지기."

그가 환한 미소를 띠었다.

"네가 이곳에서 산다는 걸 알게 되었을 때 나는 아수세나 플라세레스의 예언이 맞아떨어졌다고 생각했어. 언젠가는 너도 자기들처럼 될 거라고 말했었잖아."

"피아노를 치면서 먹고산다고 편지에다가 설명했잖아요."

"믿을 수가 없어!"

"왜요? 당신은 내가 피아노 치는 걸 한 번도 보지 않았잖아요. 그렇게 못 치는 것도 아니에요. 벙어리에 귀머거리 중국인 행세도 했는데 피아니스트 칠레 남자 행세도 못할 건 없지요."

타오 치엔은 근 몇 달 동안 이렇게 기분 좋았던 적이 없어서, 내심 놀라며 소리 내어 웃었다.

"네 애인은 찾았어?"

"아니요. 이제는 어디서 찾아야 할지도 모르겠어요."

"어쩌면 이제는 찾을 필요도 없을지 모르지. 나랑 같이 샌프란시스코에 가자."

"나는 샌프란시스코에서 할 게 아무것도 없어요."

"그럼 여기서는? 이제 벌써 겨울이 시작됐어. 한 2주만 있으면 길이 얼어붙어서 다니지도 못하게 되고, 이 마을도 고립될 거야."

"당신의 바보 동생 노릇 하는 게 얼마나 지겨운 건데요, 타오."

"샌프란시스코에서는 할 일이 부지기수야. 이제 곧 알게 될 거야. 남장할 필요도 없어. 이제는 여자들도 아주 많단다."

"중국으로 돌아가겠다는 당신 계획은 어떻게 됐어요?"

"늦춰졌지. 아직은 갈 수가 없어."

싱송 걸즈

1851년 여름, 제이컵 프리몬트는 호아킨 무리에타와 인터뷰하기로 결심했다. 악당들과 화재 사건은 당시 캘리포니아에서 가장 관심이 높은 주제였고, 늘 사람들을 겁에 질리게 하고 언론을 분주하게 만들었다. 범죄가 판을 쳤으며, 같은 패거리들을 구하는 데 혈안이 된 악당들에게 매수당한 경찰들의 부패는 심각한 지경에까지 이르렀다. 샌프란시스코 대부분 지역을 초토화시킨 끔찍한 화재가 있은 후, 1848년에 금의 존재를 사방에 알렸던 모르몬 교도인 바로 그 샘 브레넌을 선두로, 분노한 시민들이 주축이 되어 감시 위원회가 결성되었다.

소방수들은 물차들을 밧줄에 연결시켜 언덕 위 아래로 끌어올리며 동분서주했지만, 그들이 건물에 도착하기도 전에 세찬 바람이 불어닥치면서 불길은 이미 옆 건물로 옮겨간 후였다. 화재는 호주 건달들이 자기들에게 상납하지 않으려던 한 상인의 가게에 석유를 붓고 불을 지르면서 시작되었다. 그런데도 관계 당국이 무관심하게 대처하자 감시 위원회는 스스로 해결책을 찾기로 결정했다. 신문마다 대 서특필이었다.

'1년 내에 이 도시에서 도대체 몇 건의 범죄가 발생했단 말인가? 그리고 그 범죄로 인해 처형을 받거나 교수대에 오른 사람은 누구란 말인가? 얼마나 많은 사람들이 총에 맞고, 칼에 찔리고, 두들겨 맞았으며, 또 그걸로 인해 처벌을 받았단 말인가? 우리는 사형을 허용하지 않는다. 그렇지만 성난 군중이 자신을 보호하기 위해 무슨 일을 저지를지 누가 안단 말인가?'

바로 이 사형 제도가 군중들의 해결책이었다. 감시원들은 바로 활동으로 들어가, 첫 번째 용의자를 교수대에 세웠다. 하루가 다르게 감시 위원회 위원들의 숫자가 늘어났으며, 그들은 두 눈에 쌍심지를 켜고 열심히 활동했다. 그제야 악당들도 처음으로 주눅이 들어 훤한 대낮에는 활동을 삼갔다. 그런 폭력과 복수의 살벌한 분위기 속에서, 호아킨 무리에타란 인물이 상징처럼 두각되었던 것이다. 제이컵 프리몬트가 그를 유명하게 만들었다. 그는 선정적인 기사들로 히스패닉계에게는 영웅을, 양키들에게는 악마를 탄생시켰던 것이다. 제이컵은 호아킨 무리에타에게 많은 숫자의 패거리들과 천재적인 군인의 자질을 부여했다. 호아킨 무리에타는 관계 당국들도 속수무책으로 만드는 경합 전으로 싸움을 벌인다고 이야기했다. 그는 재빠르게 동에 번쩍 서에 번쩍 나타나, 그의 제물이 될 사람들을 순식간에 덮친 다음 흔적도 없이 사라졌다가, 곧바로 100마일 떨어진 곳에 나타나 또 다른 공격을 가한다고 했다. 마술을 부리지 않고는 도저히 설명할 수도 없는 일이었다.

프리몬트는 한 사람이 아닌, 여러 사람이 호아킨 무리에타의 행세를 하고 다닐지도 모른다고 생각했지만, 괜히 그의 전설에 흠집을 낼 수도 있는 일이었기 때문에 아무 말도 하지 않았다. 대신 그에게 '캘리포니아의 로빈 후드'라는 호칭을 붙여 주었다. 그러면서 그것은 곧바로 인종 싸움으로까지 확대되었다. 양키들에게는 무리에타가 지저분한 히스패닉계 중에서도 가장 혐오스러운 인물이었다. 그리고 그가 자기들 종족을 도와주기 위해 양키들을 훔치는 것이기 때문에 멕시코인들이 그를 숨겨 주고, 무기도 제공해 주고, 식량도 대 주고 있다고 의심했다. 전쟁 중에 멕시코는 텍사스 주의 많은 부분과 애리조나 주, 뉴멕시코 주, 네바다 주, 유타 주, 콜로라도 주의 절반과 캘리포니아 주를 잃었다. 그렇기 때문에 멕시코인들에게는 양키들에게 맞서 싸우는 것이 곧 애국 행위였다.

주지사는 범죄자를 영웅으로 만드는 경솔한 짓은 하지 말라며 언론에 주의를 주었다. 그렇지만 호아킨 무리에타라는 이름은 이미 사람들의 상상력을 있는 대로 부풀려 놓았다. 프리몬트에게는 열대여섯 통의 편지들이 도착했다. 그리고 그중에는 그 악당과 결혼하기 위해 배를 타고 지구 절반을 돌아서 왔다는 워싱턴의 젊은 처녀도 있었다. 그리고 사람들은 길을 가다가 프리몬트를 세워 놓고는, 그 유명한 호아킨 무리에타에 대해 자세히 물어보기도 했다. 프리몬트는 그를 한 번도 본 적이 없으면서도, 스페인 귀족의 외모에

투우사의 용기를 지닌 늠름한 젊은이로 묘사했다. 그리고 뜻밖으로 그가 라베타마드레에 있는 그 어떤 광산보다 더 매장량이 풍부한 금광을 발견했다고 했다.

프리몬트는 호아킨이라는 인물이 실재로 존재한다면 그의 전기를 쓰고 싶었다. 그리고 그런 인물이 상상 속의 인물에 불과하다면 소설로 쓰고 싶었다. 작가로서 그가 할 일은 단순히 대중들의 기호에 맞는 영웅을 만들어 내면 되는 것이었다. 프리몬트는 캘리포니아도 그곳 나름의 신화와 전설이 필요하다고 생각했다. 캘리포니아는 인디오들과 멕시코인들, 캘리포니아인들이 가지고 있던 이전의 역사를 말끔히 지워 버리고 싶어 안달이 난 미국인들을 위해 새롭게 막 태어난 주였다. 광활한 토지와 외로운 사나이들의 땅, 폭력과 탐욕에 그대로 노출되어 있는 이 땅에 악당만큼 더 제격인 영웅이 어디 또 있겠는가?

그는 필요한 것만 가방에 집어넣고, 충분한 양의 공책들과 연필들을 챙겨, 자기 책의 주인공이 될 호아킨 무리에타를 찾아서 길을 떠났다. 위험할 수도 있다는 생각은 전혀 해 보지도 않았다. 그는 영국인이자 기자다운 건방진 생각으로, 자기는 어떤 위험에도 무사할 수 있다고 철썩같이 믿고 있었다. 게다가 이제는 여행도 어느 정도는 편하게 할 수 있었다. 그가 조사를 하고자 하는 마을들마다 연결되는 정규 마차들도 있었고 길도 생겼다. 이제는 그가 막 리포터의 일을 시작해 노새의 등에 올라타고 터무니없이 엉망인 지도책 하나만 달랑 들고, 드넓은 구릉지대 일대와 숲 속을 정처없이 헤매고 다니던 그 옛날이 아니었다. 그 지도책만 믿다 보면 다람쥐 쳇바퀴 돌 듯이 뱅뱅 돌아야만 했다. 그는 여행을 하면서 그 지역 일대가 많이 변했다는 걸 알 수 있었다. 금으로 돈을 번 사람은 얼마 없었지만 멀리서부터 찾아온 모험가들 덕분에 캘리포니아는 문명화되어 있었다. 황금 열풍이 없었다면 서부의 정복은 족히 200년은 걸렸을 것이라고, 프리몬트는 자기 공책에 적어놓았다.

호아킨 무리에타와 관련된 에피소드에는 열여덟 살짜리 어린 광부의 이야기와 같은, 흥미진진한 이야깃거리들이 끊이지 않았다. 그 아이는 오랜 세월 고생 끝에 만 달러를 모아, 오클라호마 고향으로 돌아가 부모님들에게 농장을 사드릴 생각이었다. 그는 어느 화창한 날, 지금까지 애지중지 모아 왔던 돈 자루를 어깨에 짊어지고, 네바다 산맥의 산등성이를 따라 사크라멘토를 향해서 내려가고 있었다. 그때 정확하지는 않지만, 멕시코인들인지 칠레인들인지, 포악무도한 도적 떼가 나타나 그를 습격했다. 그들이 나무판자 위에다가 스페인어로 '양키들은 죽어라'라고 겁도 없이 새겨 놓고 떠났기 때문에, 그들이 스페인어를 한다는 건 확실했다. 그들은 아이를 때리고 물건을 훔치는 것으로는 성이 풀리지 않았던지, 아이를 벗겨서 나무에 묶어 놓고는 온몸에 꿀을 발라 놓았다. 이틀 후, 지나가던 정찰대가 그를 발견했을 때에는, 모기들이 그의 살갗을 다 파먹어 버린 후여서, 경악 그 자체였다.

프리몬트는 살롱에서 일하던 호세파라는 아름다운 멕시코 여자의 비극적 결말을 이야기해 선정성 높은 언론인으로서의 자질을 유감없이 발휘하기도 했었다. 기자는 독립기념일에 다우니빌이란 동네에 들어가, 한 상원의원 출마자가 주축이 되어 흥청망청하는 축하 행사에 참가했었다. 한 술 취한 광부가 호세파의 방으로 억지로 밀고 들어와 그녀가 강하게 저항하는데도 고집을 피우다가, 수렵용 칼로 심장 한가운데를 찔린 것이었다. 제이컵 프리몬트가 도착했을 때에는 시신이 미합중국 국기에 덮여 테이블 위에 눕혀져 있었고, 멕시코인들에 대한 적대감으로 더욱 분노한 2000명의 광분자들이 호세파를 교수형시키라며 난리였다.

그 여자는 사람들의 아우성이 자기와는 상관도 없다는 듯 아무렇지도 않게 담배를 피우고 있었다. 그녀는 피범벅이 된 흰 블라우스를 입고 있었으며, 철저히 경멸한다는 표정으로 남자들의 얼굴을 한 명씩 훑어보았다. 그녀는 그 남자들이 자기를 죽이고 싶어하면서도, 동시에 자기와 한 번 섹스를 즐기고 싶어 한다는 걸 알고 있었다. 그래서 더욱 그들이 경멸스러웠던 것이다.

한 의사가 용기를 내서, 호세파는 정당방위로 그를 죽인 것이었으며 그녀를 처형하게 되면 뱃속에 있는 아이까지 죽이게 되는 것이라고 설명하면서 호세파의 편을 들었다. 그렇지만 사람들은, 입을 다물지 않으면 그도 같이 교수형에 처하겠다며 으름장을 놓았다. 겁에 질린 의사 세 명이 억지로 끌려와 호세파를 진찰하고는, 모두 그녀가 임신하지 않았다는 진단을 내렸다. 그리고 그 진단을 근거로, 임시 법정은 몇 분 만에 그녀에 대한 재판을 마쳤다. "이 '지저분한 종족들'은 그냥 총으로 쏴서 죽이면 안 됩니다. 그들에게는 정당한 심판을 내려 법의 울타리 안에서 교수형시켜야 합니다." 하고 배심원들 중 한 명이 의견을 내놓았다.

프리몬트는 가까이에서 사형을 본 적이 없어, 그녀의 사형 장면을 흥분된 문장으로 생생하게 묘사했다. 호세파는 오후 4시에 처형장이 마련되어 있는 다리로 끌려갔다. 그렇지만 그녀는 사람들을 당당하게 뿌리치고 혼자서 교수대 위로 올라갔다. 그 아름다운 여인은 복사뼈 있는 곳까지 치마를 걷어올리고는, 사람들의 도움 없이 혼자서 위로 올라가 목에 밧줄을 매었다. 그러고는 곱게 땋아 내린 검은 머리를 잘 매만지고는 "잘 있어요, 여러분."이라며 용감한 한마디로 작별 인사를 대신했다. 그런 그녀의 모습은 기자를 당혹스럽게 만들었으며, 여러 사람들을 부끄럽게 했다. '호세파는 죄를 지어서 죽은 게 아니라, 멕시코 여자이기 때문에 죽었다. 그녀는 캘리포니아에서 처음으로 사형당한 여자이다. 얼마 있지도 않은 여자들을 그런 식으로 보내다니!' 프리몬트는 이렇게 기사를 끝맺었다.

제이컵 프리몬트는 호아킨 무리에타의 흔적을 쫓아서 여러 곳을 돌아다니면서, 이제는 학교와 도서관, 교회, 공동묘지까지 갖춘 마을들이 많이 정착되었음을 알 수 있었다. 그렇지만 사창가와 감옥 하나만 달랑 있어서, 별다른 문화혜택을 누리지 못하는 마을들도 있었다. 살롱은 거의 마을마다 하나씩은 있었으며, 그 마을 사교계의 중심지였다. 제이컵 프리몬트는 주로 살롱에서 사람들을 만나 물어보면서, 약간의 진실과 엄청난 거짓말을 섞어서 호아킨 무리에타의 일생——아니면 전설——을 짜 맞추어 갔다.

술집 주인들은 그를 성질 고약한 스페인 사람으로 묘사했다. 그는 검정색 비로드가 섞인 가죽 옷을 입고, 큼지막한 은 박차를 차고, 허리에는 큰 칼을 꽂고, 여태 본 적이 없는 아주 늠름한 준마를 타고 다닌다고 했다. 그는 부하들을 데리고 요란한 박차 소리를 내면서 당당하게 술집 안으로 들어와, 주인에게 은화 몇 달러를 내밀면서 그곳에 있는 사람들 모두에게 술 한잔씩 돌리라고 명령한다는 것이었다. 감히 그 술잔을 거절하는 사람은 아무도 없었으며, 아주 용감한 사람들까지도 악당의 날카로운 시선 아래 주눅이 들어, 아무 말도 하지 못하고 조용히 술을 마신다고 했다.

그렇지만 정찰대들은 그를 멋있게 미화하지 않았다. 그는 어떤 극악무도한 짓도 서슴지 않고 저지를 수 있는 일개 살인마에 불과했다. 그는 '지저분한 종족들'이 보호해 주기 때문에 늘 법의 그물망에서 빠져나올 수 있다는 것이었다. 칠레 사람들은 그를 키요타라는 마을에서 태어난 자기 동포라고 생각했다. 그는 친구들에게 의리가 있으며, 은혜는 절대 잊어버리지 않는 사람이기 때문에 그를 도와주면 손해는 보지 않는다고 했다. 반면 멕시코인들은 그가 소노라 출신으로, 그가 복수 때문에 악당이 되긴 했지만, 뼈대 있는 명문가의 자손이며 배운 사람이라고 했다.

노름꾼들은 그를 몬테의 달인으로 묘사했다. 그렇지만 그가 카드를 칠 때마다 기막히게 운이 좋고, 또 툭하면 손에 칼을 쥐고 흔들기 때문에 가급적 그와는 상대를 하지 않으려고 했다. 백인 창녀들은 호아킨 무리에타가 젊고,

잘생기고, 인심 좋은 데다가 준마처럼 지칠 줄 모른다는 소문이 있기 때문에 그에 대한 호기심으로 애가 닳았다. 그렇지만 히스패닉계 여자들은 그를 기다리지 않았다. 호아킨 무리에타는 자기 애인에 대한 정절을 지키기 위해 팁은 엄청나게 많이 줄지는 몰라도, 절대 자기들과 잠자리를 갖지 않는다는 것이었다.

호아킨 무리에타는 중간 키의 검은 머리에, 숯처럼 이글거리는 눈을 가진 사람으로 묘사되었다. 그는 부하들에게 존경받고, 어려운 상황에도 절대 굴복하지 않고, 적에게는 용감하고 여자들에게는 매너 좋은 사람으로 그려졌다. 그렇지만 그가 전형적인 범죄자형으로 생겼다는 사람들도 있었다. 그의 얼굴 한가운데로 무시무시한 상처 자국이 나 있으며, 착하다거나 점잖고 우아하게 생긴 것과는 거리가 멀다는 것이었다. 제이컵 프리몬트는 악당으로서의 그의 이미지에 가장 걸맞은 이야기들만 선별해서, 자기 이야기에 반영시켰다. 그렇지만 언젠가 그 주인공과 얼굴을 맞대고 맞닥뜨렸을 경우, 말꼬리를 흐려 말을 바꿀 수 있을 정도로 가급적 애매모호하게 써 내려갔다.

프리몬트는 여름 네 달 동안 어디에서고 호아킨 무리에타의 그림자도 밟아 보지 못한 채, 정처 없이 떠돌아다니기만 했다. 그렇지만 여러 버전의 이야기들을 짜깁기해서 환상적이고도 영웅적인 그의 일대기을 완성시켰다. 그는 자신의 실패를 인정하고 싶지가 않아, 자정에서 새벽닭이 우는 그사이에 산속 동굴이나 숲 속에서 별빛을 받으며 짧게 몇 번 만났다는 엉터리 기사를 썼다. 결국 누가 그걸

부인할 수 있단 말인가? 마스크를 쓴 남자들이 그의 눈을 가리고 말에 태워서 갔기 때문에, 그들을 알아볼 수는 없었지만 그들이 스페인어로 말한다고 했다.

제이컵 프리몬트는 몇 년 전에 칠레에서, 한 번도 가 본 적이 없는 티에라델푸에고에 사는 파타고니아의 인디오들을 묘사할 때 써먹었던 그 거침없는 언변으로 이제는 낭만적인 악당을 만들어 냈다. 그는 자기가 탄생시킨 인물이 점차 좋아졌으며, 자기가 진짜 그를 알고 있다는 착각에까지 빠질 정도였다. 심지어 굴 속에서 비밀리에 만났다는 이야기가 실제로 있었던 일이며, 그 도망자가 자신의 일대기를 써 달라고 직접 자기에게 부탁했다는 생각까지 들었다. 호아킨 무리에타는 자신을 핍박받는 히스패닉 인종들의 보복자로 생각하고 있었기 때문에, 캘리포니아의 새로운 역사에 호아킨 무리에타라는 인물과 그가 이야기하고자 했던 명분을 대변해 줄 그 누군가가 필요하다고 생각해, 자기에게 부탁한 것이라고 믿었다. 언론을 위한 이야깃거리는 거의 없었다. 그렇지만 제이컵 프리몬트가 이번 겨울에 쓸 소설을 위한 이야깃거리는 충분히 마련되었다.

1년 전에 샌프란시스코에 도착한 타오 치엔은 몇 달에 걸쳐 사람들과 필요한 접촉을 하며 종이 노릇을 할 수 있도록 알아보았다. 돈이 얼마 있긴 했지만, 빠른 시간 내에 그걸 세 배로 불릴 생각이었다. 사크라멘토의 중국인 부락에는 700명의 남자들과 아홉 명에서 열 명의 창녀들이 있었다. 그렇지만 샌프란시스코에는 수천 명의 강력한 고객들이 있었다. 게다가 바다를 끊임없이 왕래하는 배들도 많아, 그 도시에는 담수가 없다는 이유로 하와이나 중국으로 빨랫감을 보내는 돈 많은 사람들도 있었다. 그렇기 때문에 그도 별다른 어려움 없이 광저우로 약초들과 처방전들을 주문할 수도 있었다. 그 도시에는 함께 환자들을 돌보고 의학 지식을 공유할 수 있는 중국 의사들이 몇 있었기 때문에 사크라멘토에서처럼 혼자 고립되어 있지 않아도 되었다. 그는 돈을 모아야 했기 때문에 따로 자기 의원을 개업할 생각은 없었다. 그래서 이미 자리를 잡은 다른 종이와 동업할 생각이었다.

그는 호텔에 짐을 푼 다음, 낙지처럼 사방으로 뻗어 내린 그 지역 일대를 둘러보러 나갔다. 이제 그곳은 튼튼한 건물들과 호텔, 레스토랑, 세탁소, 아편장, 사창가, 시장, 공장까지 갖춘 하나의 성곽이었다. 전에 선원들에게 필요한 물건들만 팔았던 곳에는 동양 골동품들과 자기, 칠보, 보석, 비단, 상아를 파는 가게들이 들어섰다. 그곳은 주로 거상들이 오는 곳으로, 중국인뿐 아니라, 물건들을 가져다가 다른 도시에 갖다 파는 미국인들도 몰려들었다. 물건들이 어지럽게 진열되어 있었지만, 수집가들의 눈에 들 만한 좋은 물건들은 밖에 진열되어 있지 않고, 중요 고객들만을 위해 따로 창고에 보관되었다. 몇몇 가게들은 뒷방에 노름방을 차려 놓고, 큰 돈을 걸고 노름하는 노름꾼들을 위해 따로 비밀 영업을 했다. 일반 사람들의 호기심과 관계 당국의 감시를 피해 영업되는 그 테이블에서는 상상도 할 수 없는 거액의 돈이 오갔으며, 그곳에서 불법 거래가 진행되면서 일종의 권력이 형성되었다.

미국 정부는 중국인들을 일체 간섭하지 않았다. 중국인들은 자기들만의 세상에서, 자기 나라 말을 하며, 옛날부터 전해지는 자기들만의 관습과 법을 가지고 살았다. '굼벵이들'은 어디에서도 환영받지 못했다. 양키들은 캘리포니아를 꽉꽉 메우고 있는 반갑지 않은 외국인들 중에서도 중국인들을 가장 천박한 인종으로 여겼으며, 그들이 잘사는 걸 눈꼴사나워 했다. 양키들은 그들을 악착같이 착취했으며, 길거리에서 습격하고, 훔치고, 가게와 집에 불을 지르고, 잔인하게 살해했다. 그렇지만 그 어느 것도 중국인들을 겁주지는 못했다.

중국인들 사이에는 다섯 개의 조직들이 있었다. 모든 중국인들은 그곳에 도착하자마자 이들 조직들 중에 한 군데에는 가입해야 했다. 그래야 그들의 보호도 받고, 일자리도 얻고, 또 죽으면 시신이 중국으로 돌아갈 수 있도록 조치도 취할 수 있었다. 타오 치엔은 가급적 조직에 가입하지 않으려 했지만 이젠 어쩔 수 없이 가입해야 했다. 그래서 광저우 사람들이 제일 많이 가입한 조직을 택했다. 그들은 곧 타오 치엔을 다른 종이들과 연결시켜 주고는 규율을 알려주었다. 무엇보다 비밀 엄수와 충성이 가장 중요했다. 그 지역에서 일어나는 일들은 그곳 밖으로는 절대 새어 나가면 안 된다는 것이었다. 사람의 목숨이 오고 가는 중요한 상황에서도 절대 경찰들을 찾아가면 안 되었다. 갈등은 차이나타운 안에서 해결되어야 했으며, 그걸 위해서 조직이 존재하는 것이었다. 모두의 공동의 적은 늘 양놈들이었다.

타오 치엔은 광저우에서 살았을 때의 엄격한 관습과 계급, 속박에 다시 구속되었다. 이틀 정도 지나자 그의 이름을 모르는 사람이 없을 정도가 되었으며, 그가 돌볼 수 있는 이상의 환자들이 몰려들기 시작했다. 그때 그는 동업자를 찾을 필요가 없다는 결정을 내렸다. 자기 진료실을 열면 생각했던 것보다 짧은 시간에 돈을 벌 수 있다고 생각했던 것이다. 그는 한 중국 레스토랑 위층에 방 두 개를 빌려, 하나는 진료실로 쓰고, 하나는 살림할 수 있는 곳으로 사용했다. 그러고는 창문에 간판을 내걸고, 심부름도 하고 환자들도 받을 수 있는 젊은이를 조수로 한 명 들였다. 그리고 처음으로 환자들의 병력을 기록하는 에바나이저 홉스의 시스템도 도용했다. 그때까지는 자신의 기억력과 영감만 믿었지만, 환자들의 숫자가 많아지다 보니 환자 각자의 처방을 기록할 수 있는 병력이 필요했던 것이다.

초가을 어느 오후, 가능한 한 빨리 와 달라는 메모와 주소가 적힌 종이쪽지를 가지고 조수가 들어왔다. 타오 치엔은 낮 진료를 마치고 그곳을 향했다. 울긋불긋한 용 형상들과 종이 장식으로 덮인 2층 건물인, 그 목재 건물은 차이나타운에서도 한가운데에 위치하고 있었다. 두 번 볼 것도 없이 사창가임을 알 수 있었다. 문 양쪽으로는 창살이 쳐진 큼지막한 창문들이 있었으며, 그곳으로 여자들은 아직도 앳된 얼굴들을 내밀고 광둥어로 손님들을 부르고 있었다. "이곳으로 오세요. 아주 예쁘고 어린 중국 여자아이들이 있답니다. 하시고 싶은 것은 무엇이든지 다 하실 수 있어요." 그러고는 백인 손님들과 각지 각국의 선원들을 위해 엉터리 영어도 반복해서 지껄였다. 그 여자들은 가슴을 내보이며, 지나가는 사람들을 음란한 표정으로 유혹했다. "보는 데는 2달러, 만지는 데는 4달러, 하는 데는 6달러예요." 그렇지만 아직도 앳된 아이들이라 그는 마치 끔찍한 연극을 보는 것 같았다.

타오 치엔은 그런 여자들을 수없이 많이 봐 왔으며, 그 거리도 매일 지나쳐 다녔다. 섹시하게 손님들을 부르는 '싱송 걸즈'의 소리가 늘 그의 귓전에서 맴돌면서 그의 여동생을 떠올리게 했다. 그 아이는 어떻게 되었을까? 그럴 리는 없겠지만 아직까지도 살아 있다면 스물세 살이 되었을 것이다. 가난한 창녀들 중에서도 제일 비참한 창녀들은 아주 어린 나이부터 일찍 시작해서 열여덟 살까지 사는 여자들이 거의 없었다. 스무 살이 될 때까지도 그 비참한 일생을 끝내지 못했다면 여자들은 이미 할머니가 되어 있었다. 타오 치엔은 잃어버린 그 여동생에 대한 기억 때문에 중국 사창가는 갈 수가 없었다. 정 참을 수가 없을 때에는 다른 인종들의 여자들이 나오는 곳을 찾아갔다.

새까맣게 염색을 한 머리에, 숯으로 눈썹을 그려 섬뜩하게 생긴 노파가 문을 열어 주며 광둥어로 인사했다. 노파는 타오가 같은 조직 사람이라는 걸 확인하고는 안으로 안내했다. 악취가 풍기는 복도를 따라 여자들의 침실들이 있었다. 몇몇 여자들은 종아리에 사슬이 채워진 채 침대에 묶여 있었다. 타오는 복도 끝 어둠침침한 곳에서 바지를 추키며 나오는 두 남자들 옆을 스치고 지나갔다. 노파는 방들과 계단들이 미로처럼 꼬불꼬불 엉긴 곳을 따라 그를 데리고 들어갔다. 그들은 한참을 가다가, 좀이 슬어 삐거덕거리는 계단을 따라 어둠 속으로 내려갔다. 노파가 타오에게 잠깐 기다리라고 해서, 그는 영원과도 같았던 그 짧은 순간을 그 어둠침침하고 시커먼 구멍 속에서 기다려야 했다. 근처 길거리의 소음들이 묵직하게 들려왔다. 그때 뭔가 찍 하는 소리가 들리면서 그의 종아리를 스치고 지나가는 게 느껴졌다. 그가 놀라서 발길로 냅다 걷어찼는데, 쥐나 다른 동물인 것 같았다.

노파가 촛불 하나를 들고 돌아와, 자물쇠로 채워 놓은 문 앞에 이를 때까지 그 끔찍한 복도를 따라 또 한참을 가야 했다. 노파는 주머니에서 열쇠를 꺼내 한참 자물쇠와 씨름을 하고 나서야 간신히 문을 열었다. 그녀는 촛불을 들어 창문 하나 없는 그 방안을 비추었다. 바닥에서 몇 인치 떨어지지 않은 나지막한 나무 침상이 그 방안의 유일한 가구였다. 끔찍한 악취가 그의 얼굴 위로 확 덮쳐 왔다. 그들은 코와 입을 비틀어 막고 안으로 들어서야만 했다. 침상 위로는 웅크리고 누워 있는 자그마한 육신과 텅 빈 그릇, 불이 꺼진 기름 램프 하나가 놓여 있었다.

"저 여자애를 살펴봐 주시오."

노파가 타오에게 말했다.

타오 치엔은 그 여자의 몸을 돌려 보았지만, 이미 뻣뻣하게 굳어 있었다. 열세 살 정도의 어린아이였다. 뺨에는 루즈 자국이 두어 군데 묻어 있었으며, 팔과 다리는 상처투성이였다. 옷이라고는 얇은 남방 하나가 전부였다. 뼈만 앙상한 건 사실이었지만, 굶거나 병들어 죽은 것은 아니었다.

"독을 마셨어요."

그는 주저하지 않고 말했다.

"그럴 리가!"

노파는 아주 재미있는 이야기를 들은 것처럼 깔깔대며 웃었다.

타오 치엔은 사망 증명서에 자연사로 서명을 해야만 했다. 노파가 복도 쪽으로 나가 두어 번 짤막하게 징을 치자 남자 한 명이 곧 나타나더니 시신을 자루에 담아 어깨에 메고는 아무 말도 하지 않고 밖으로 나갔다. 노파는 종이의 손에 20달러를 쥐어 주고는, 또 다른 미로를 따라 한참을 가다가 그를 문 앞까지 데려다주었다. 나와보니 들어갈 때와는 다른 거리였다. 그는 정신을 차릴 때까지 한참을 있다가 간신히 집으로 돌아갔다.

다음 날 타오 치엔은 다시 그 집을 찾아갔다. 그곳에는 전날과 마찬가지로, 두 가지 언어로 손님들을 부르며 울긋불긋한 화장을 한 얼굴에 두 눈이 게슴츠레하게 풀린 어린 여자들이 있었다. 그는 10년 전에 광저우에서 창녀들을 상대로 의술 연마를 시작했었다. 그는 스승의 금침을 연습하기 위해 그 여자들의 육신만 빌렸을 뿐, 단 한 번도 그들의 영혼에 대해서는 생각해 보지 않았다. 그 여자들은 어쩔 수 없는 이 세상의 비극으로, 조물주의 실수로, 전생의 잘못을 갚고 업을 씻기 위해 고통받는 비참한 존재로만 여겨졌을 뿐이었다. 그 여자들이 불쌍하기는 했지만 그게 그들의 운명이라고 생각했다. 그 여자들은 시장의 닭장 속에 갇힌 암탉들처럼, 아무런 선택의 여지도 없이 작은 골방에 처박혀 죽음만 기다리고 있을 뿐이었다. 그게 그들의 운명이었으며, 세상은 그렇게 어지럽게 돌아가고 있었다.

그는 그 거리를 수천 번도 더 넘게 지나쳤지만, 그 창문들이나 창살 뒤로 내민 얼굴들과 손들은 한 번도 눈여겨보지 않았다. 그는 그 여자들이 노예와 같은 처지라고 막연하게만 생각했다. 그렇지만 중국에서는 거의 모든 여자들이 마찬가지 운명이었다. 부모나 남편, 애인을 잘 만나서 잘사는 여자들이나 밤낮 뜨거운 햇살 아래 주인 밑에서 일하는 여자들이나, 모두 그 여자들과 같은 신세였다. 그렇지만 그날 아침, 타오 치엔은 평소와 같은 무관심으로 그 여자들을 바라볼 수가 없었다. 뭔가 마음속에서 변화가 일었던 것이다.

타오 치엔은 전날 밤 한숨도 자지 않았다. 그는 사창가에서 나오자마자 공중 목욕탕으로 향해, 병든 자들의 어둡고 나쁜 사기(邪氣)를 씻어 내고, 그를 무겁게 짓누르던 그 엄청난 불쾌함을 벗어 던지기 위해 한참을 욕조에 몸을 담그고 있었다. 그는 집에 도착해서 조수를 보내고는, 몸과 마음을 정화하기 위해 재스민 차를 준비했다. 몇 시간 동안 아무것도 먹지 않았지만 밥 생각은 없었다. 그는 옷을 벗고는, 향과 초를 켜고 맨 바닥에 가부좌를 틀고 앉아 죽은 여자의 영혼을 위해 기도를 올렸다. 그러고는 다시 꼼짝도 하지 않은 채 몇 시간을 명상에 잠겼다. 드디어 거리의 소음들과 식당에서 풍기는 음식 냄새들로부터 벗어나, 그의 영혼만의 무와 침묵의 공간 속으로 침잠할 수 있었다.

　그는 얼마 동안이나 애절하게 린의 영혼을 부르고 또 불렀는지 알 수가 없었다. 마침내 그 멀고 깊은 신비한 곳에 머물러 있던 린의 영혼도 자기를 애절하게 부르는 소리를 듣고는 천천히, 아주 천천히 그의 부름에 응해 왔다. 린은 옅은 숨소리처럼 천천히 그리고 가볍게 그의 곁으로 다가왔다. 처음에는 그녀의 존재가 거의 느껴지지 않았지만, 차츰 더 짙게 느껴지면서, 마침내 타오도 확실하게 그녀를 느낄 수 있게 되었다. 방 안에서가 아니라 자신의 가슴속에서 린을 느낄 수 있었다. 그녀는 평온하게 잠들어 있는 그의 심장 한가운데에 있었던 것이다. 타오 치엔은 눈도 뜨지 않고 움직이지도 않았다. 같은 자세로 몇 시간을 그대로 가만히 있었다. 그는 육신에서 분리되어, 린과 완벽하게 영혼의 교신을 이루며 환하게 빛나는 공간을 떠돌아 다녔다. 새벽녘에 두 사람은 절대 다시는 헤어지지 않으리라는 걸 다시금 확인한 다음, 린이 부드럽게 작별 인사를 했다.

　그러고 나서 스승님이 알 수 없는 미소를 머금은 채 다가왔다. 노망이 들기 전의 한참 때의 모습이었다. 해가 떠서 온 동네가 깨어나, 조수가 조용히 문을 두드리는 소리가 들릴 때까지 스승은 타오와 함께 남아 그의 질문에 일일이 응해 주었다. 타오 치엔은 좋은 꿈을 꾸고 잘 자고 일어난 사람처럼 기분이 상쾌해졌다. 그는 몸을 일으켜 옷을 입고 난 다음, 문을 열어 주었다.

　"진료실 문을 닫아라. 오늘은 다른 볼일이 있어 환자들을 보지 않을 거다."

타오가 조수에게 말했다.

그날 타오 치엔이 알아낸 사실들이 그의 운명을 뒤바꿔 놓았다. 창살 뒤에 있던 여자들은 중국에서 온 소녀들이었다. 대부분 길에서 주워 오거나, 금산에 데리고 가서 결혼 시켜 주겠다는 약속을 하고 그들 부모에게 돈을 주고 사서 데리고 온 소녀들이었다. 중개업자들은 첩을 바라는 부자들의 특별한 부탁이 있을 때를 제외하고는, 인물이 출중한 어여쁜 아이들이 아니라 튼튼하고 값이 싼 아이들을 골라 데리고 왔다.

벽에 구멍을 뚫어서 구경거리를 제공하는 대가로 돈을 벌었던, 그 사업 수완이 좋은 아이 토이라는 여자가 샌프란시스코에서 젊은 여자들을 제일 많이 수입하는 최대 큰손이었다. 그녀는 사창가 몇 개를 연쇄점으로 운영하고 있었다. 성적(性的) 노예들은 결국 얼마 살지도 못하기 때문에 그녀는 아주 어린 여자아이들만 골라서 사들였으며, 또 어릴수록 길들이기도 훨씬 좋았다. 그녀는 점점 더 부유해지고 유명해졌다. 돈궤에 돈이 흘러 넘쳤으며, 노후를 위해 중국에 대궐 하나도 사 두었다. 아이 토이는 자신이 중국인들뿐 아니라 영향력 있는 미국인들과도 줄이 닿아 있어 후원자들이 가장 많은 동양 최고의 마담이라고 우쭐댔다. 그녀는 정보를 빼 오도록 아가씨들을 훈련시키기 때문에 권력 있는 남자들의 신상 비밀들과 정치적 음모들, 약점들을 꿰뚫고 있었다. 그렇게 해서 뇌물을 주다가 통하지 않으면 곧장 협박으로 들어갔다. 주지사에서부터 제일 말단에 있는 사람들까지 모두 약점이 잡혀 있었기 때문에 감히 그녀의 말을 거역하는 사람은 없었다. 그렇기 때문에 여자 노예들을 실은 배가 아무런 법적 물의도 일으키지 않고 훤한 대낮에도 샌프란시스코 부두로 버젓이 들어올 수 있었던 것이었다.

그렇지만 아이 토이만이 유일하게 그런 거래를 하는 것은 아니었다. 그 업종은 금광 못지않게 캘리포니아에서 가장 안전하고 확실한 돈벌이였다. 지출도 얼마 되지 않았고, 아가씨들의 몸값은 거저나 다름없었다. 게다가 여자들은 배 밑바닥에 차곡차곡 쌓여서 실려왔다. 그래서 여자들은 자기들이 어디로, 왜 가는지도 모르는 채 몇 주나 되는 긴 여행을 단지 살아남기 위해 버텨야 했으며 앞으로 해야 할 일에 대한 교육을 받을 때만 잠깐씩 햇빛을 볼 수 있었다. 항해 기간 동안 선원들이 그 여자들을 맡아서 훈련시켰던 것이다. 그렇기 때문에 샌프란시스코에 도착했을 때에는 그 여자들은 마지막으로 남아 있던 순수함조차 말끔히 잃어버린 뒤였다.

이질이나 콜레라, 영양실조로 죽는 여자들도 있었고, 바닷물로 목욕시키기 위해 갑판 위로 올라왔을 때 바다로 뛰어든 여자들도 있었다. 그 외 간신히 살아남은 여자들은 영어라고는 한마디도 못했고, 낯선 땅에서 누구 하나 의지할 사람이 없었기 때문에 꼼짝없이 갇힌 신세가 되었다. 뇌물을 받은 이민국 직원들은 여자들의 외형을 보고도 눈감아 주고는, 입양이나 결혼 위조 증서에 읽어 보지도 않은 채 도장을 찍어 주었다. 부둣가에서는 심장 대신에 시커먼 돌

덩어리가 들어 있는 늙은 창녀가 나와서 그 여자들을 맞아들였다. 늙은 창녀는 소를 몰 듯 새로 온 여자들을 회초리로 채찍질하면서, 여자들에게 굶주린 남자들이 보는 앞에서 시내 한가운데까지 몰고 갔다. 그 여자들은 차이나타운의 문턱을 넘어서자마자, 비밀 방들과 가짜 복도들, 꼬불꼬불한 계단들, 가짜 문들과 이중 벽들로 얽힌 복잡한 지하 미로 속으로 들어가 영원히 자취를 감추었다. 그곳에서 일어나는 일들은 '황인종들의 일'이었기 때문에 백인 경찰들은 절대 개입하지 않았다. 그들은 변태들뿐인 그들 인종의 일에는 개입할 필요도 없다고 생각했다.

여자들은 역설적이게도 '여왕의 침실'이라고 불리는 그 어마어마한 지하 세계에서 자신의 운명에 맞서야 했다. 하룻밤을 쉬게 한 다음, 여자들을 목욕시켜 먹을 것을 주고, 또 때로는 술을 사발째 들이마시게 해서 정신을 혼미하게 했다. 그러고는 경매 시간이 되면 그 여자들을 홀딱 벗겨, 상상을 초월할 정도의 별의별 인간 말종들이 잔뜩 와서 대기하고 있는 방 안으로 데리고 들어갔다. 그들은 여자들을 만져 보고, 이빨을 검사하고, 자기들 멋대로 아무 데나 손가락을 쑤셔 집어넣고, 그러고 나서 마지막으로 주문을 했다. 몇몇 여자들은 고급 사창가나 부자들의 첩으로 팔리기도 했다. 튼튼한 여자들은 중국인 노동자들이나 광부들, 농부들의 손으로 넘어가, 길지도 않은 그들 남은 여생 내내 죽어라 일만 해야 했다. 그리고 대부분은 차이나타운의 사창가에 남았다.

늙은 창녀들이 새로 온 여자들의 교육을 맡았다. 여자들은 돈을 받을 때 속지 않도록 동과 금을 구별하는 법부터 배웠다. 그리고 손님들을 끌어들이는 법과 손님들의 요구가 아무리 고통스럽고 모멸스러운 것이라도 아무 불평 없이 그들을 만족시켜 주도록 훈련받았다. 여자들은 순전히 구색만 갖춘 법적 절차상의 계약서에 읽지도 않고 서명을 해야 했다. 계약서에는 5년간으로 되어 있었지만, 평생 자유로울 수 없도록 치밀한 계산이 되어 있었다. 병이 들어서 하루를 쉴 때마다 계약 기간에서 2주씩 연장되었으며, 도망치려다가 걸리면 평생 노예로 살아야 했다. 여자들은 통풍도 되지 않는 쪽방에 갇혀서 생활했다. 말이 방이지, 두꺼운 커튼으로 분리만 되어 있는 방들이었다. 여자들은 배 밑에 갇혀서 노 젓는 죄수들처럼 죽을 때까지 그곳에 갇혀서 일을 해야 했다.

그날 아침, 타오 치엔은 린과 스승의 영혼들과 동행하여 그곳으로 향했다. 블라우스도 제대로 걸치지 않은 10대 소녀가 그의 손을 붙잡고는 더러운 짚방석이 깔려 있는 커튼 뒤로 데리고 들어갔다. 여자는 손을 내밀고는 먼저 돈부터 요구했다. 여자는 6달러를 받고는 다리를 벌리고 드러누워 천장만 뚫어져라 바라보았다. 눈동자가 풀려 있었으며 숨소리도 거칠었다. 타오는 그녀가 마약에 중독되어 있음을 알 수 있었다. 그는 여자의 옆에 앉아, 블라우스를 내리고는 머리를 쓰다듬으려 했다. 그렇지만 여자가 소리를 지르며 금세라도 달려들어 물어뜯을 기세로 이빨을 드러낸 채 몸을 웅크렸다.

타오 치엔은 뒤로 물러나, 차분한 목소리로 그녀가 진정

될 때까지 여자에게는 손끝 하나 대지 않고 한참을 광둥어로 이야기했다. 그러면서 최근에 생긴 그 여자의 멍 자국들을 살펴보았다. 마침내 여자는 언어 감각을 잃어버린 사람처럼 몸짓으로 그의 질문에 더듬거리며 대답하기 시작했다. 그렇게 해서 타오는 그녀가 어떻게 갇혀 지내는지 대충 알게 되었다. 그곳에서는 날짜를 센다는 것 자체가 무의미하기 때문에, 그녀는 자기가 얼마나 오랫동안 그곳에 있었는지 정확히 알지 못했다. 그렇지만 아직도 중국에 두고 온 가족들을 불쌍할 정도로 생생하게 기억하고 있는 것으로 봐서는 온 지 얼마 되지 않은 게 분명했다.

타오 치엔은 대충 시간이 되었을 것이라고 생각하고는 커튼 뒤에서 물러 나왔다. 전날 그를 맞아 들였던 노파가 문 앞에서 기다리고 있었지만 그를 아는 척은 하지 않았다. 타오 치엔은 그곳에서 나와 술집들이나, 노름방과 아편방 등을 찾아다니며 물어보았다. 그러고는 마지막으로 차이나타운의 다른 의사들도 찾아가 알아보았다. 그렇게 그는 조금씩 퍼즐 조각을 맞추듯 이야기들을 짜맞추어 갔다.

어린 싱송 걸즈는 병이 들어 영업을 할 수 없게 되면, 그가 전날 있었던 비밀 방들이 있는 '병원'으로 실려가, 물 한 잔에 차가운 밥 한 덩어리, 몇 시간 불빛을 밝힐 수 있는 기름 램프와 함께 그곳에 내동댕이쳐졌다. 그러고 나서 그 문은 며칠 후에 죽음을 확인하러 들어갈 때만 다시 열렸다. 그때까지도 살아 있다면 그들이 알아서 처치했으며, 다시 햇빛을 본 여자들은 아무도 없었다. 그날은 평소 그들과 거래하던 종이가 부재중이었기 때문에 타오 치엔을 부른 것이었다.

그 불쌍한 여자들을 도와줘야겠다는 생각은 그의 생각이
아니었다. 그건 린과 스승의 생각이었다고, 아홉 달 후에
타오 치엔이 엘리사에게 그렇게 말했다.

"캘리포니아는 자유로운 땅이에요, 타오. 여기에는 노예
가 없어요. 미합중국 당국을 찾아가 봐요."

"모두가 자유를 누리는 것은 아니야. 미국인들은 장님에
귀머거리야, 엘리사. 그들 눈에는 그 여자들이 미친 사람
들이나 거지, 개처럼밖에 보이지 않아."

"중국인들은 개의치 않나요?"

"나 같은 몇몇 사람들한테는 중요하지. 그렇지만 범죄
조직과 맞서 목숨을 걸려는 사람은 아무도 없어. 대부분의
사람들은 중국에서도 몇 세기 동안 그런 제도가 있어 왔는
데, 새삼스럽게 지금 이곳에서 일어나고 있는 일들을 왈가
왈부할 필요가 없다고 생각하지."

"세상에 잔인하기도 하지!"

"그건 잔인한 게 아니야. 단지 우리나라에서는 인간의
목숨이 가치가 없어. 사람이 너무 많은 것이지. 게다가 제
대로 먹일 수도 없을 정도로 아이들이 계속 태어나고 있으
니."

"하지만, 타오, 당신은 그 여자들을 함부로 대하지 않았
어요……."

"안 그랬지. 린과 네가 여자들에 대해서 나한테 많은 것
을 가르쳐주었어."

"어떻게 할 거예요?"

"네가 나한테 금을 찾으라고 했을 때 네 말을 들었어야 했어. 생각나? 내가 부자라면 그 여자들을 몽땅 사들일 텐데."

"하지만 당신은 지금 부자가 아니잖아요. 게다가 캘리포니아에 있는 금 전부로도 그 여자들을 몽땅 사들이지는 못할 거예요. 그렇지만 그런 거래는 막아야 해요."

"그건 불가능하지. 그렇지만 네가 나를 도와준다면 몇 명은 구할 수 있을 거야……."

타오 치엔은 엘리사에게 지난 몇 달 동안 열한 명의 여자들을 구해 주었지만 그중에서 두 명만 살아남았다고 이야기했다. 그의 방법은 위험하기만 하고, 효율적인 것도 아니었다. 그렇지만 달리 다른 방도가 없었다. 그는 병들어 다 죽어가는 여자들을 자기에게 넘겨주는 대가로, 아가씨들이 병들거나 임신하면 공짜로 치료해 주겠다고 자청하고 나섰다. 그는 늙은 창녀들에게 뇌물을 먹여, 싱송 걸즈 중의 한 명이 '병원'으로 보내질 때, 그때 자기에게 연락해 달라고 부탁했다. 그러면 그는 연락을 받고 조수와 함께 나타나, 다 죽어 가는 여자를 들쳐 업고 데려 왔다.

그에게 물어보는 사람들도 거의 없었지만, 타오 치엔은 "실험을 위해서."라는 핑계를 대고 그들을 데리고 왔다. 이젠 다 죽어 가는 여자라 아무 짝에도 쓸모가 없었으며, 변태인 그 의사가 알아서 대신 처치해 준다니 오히려 속이 시원했던 것이다. 그 거래는 양쪽 모두에게 이로운 것이었다. 타오 치엔은 병자를 데리고 가기 전에 사망 증명서를 넘겨주고는, 나중에 골치 아픈 문제를 막기 위해 여자의 서명이 적힌 계약서도 받아왔다. 아홉 명의 여자들은 대부분 어떻게 손쓸 수도 없을 정도라, 그의 역할은 단지 마지막 몇 시간 동안 돌봐 준 것에 불과했다. 그렇지만 두 명은 회생할 수 있었다.

"그 여자들을 어떻게 했어요?"

엘리사가 물었다.

"둘 다 내 방에 있어. 아직도 많이 쇠약해. 그리고 한 명은 반쯤 정신이 나가 있어. 하지만 곧 나아질 거야. 내가 너를 찾으러 오는 동안 조수가 그 여자들을 돌보고 있어."

"그렇군요."

"그 여자들을 더 이상 숨겨서 데리고 있을 수가 없어."

"중국에 있는 식구들한테 돌려보낼 수도 있지 않아요?"

"그건 안 돼! 다시 노예로 팔릴 거야. 그 여자들은 이 나라에서만 구원을 받을 수 있어. 하지만 어떻게 받을 수 있을지, 그건 나도 모르겠어."

"관계 당국이 도와주지 않는다면, 착한 사람들이 도와줄 수 있을 거예요. 교회나 선교사들을 찾아가요."

"크리스천들이 중국 창녀들을 거들떠나 보겠어?"

"타오, 인간에 대한 믿음이 왜 그렇게 적어요?"

엘리사는 타오에게 무시무시한 조와 함께 차를 마시고 있으라고 해 놓고는, 부엌으로 가서 방금 막 구워 낸 빵을 싸서 대장장이를 찾아갔다. 제임스 모튼은 반쯤 벗다시피 한 채 가죽 앞치마를 두르고 머리를 수건으로 싸매고는, 화덕 앞에서 땀을 뻘뻘 흘리며 일하고 있었다. 안은 참을 수 없을 정도로 끔찍하게 더웠으며 연기와 후끈하게 달궈진 쇠 냄새가 진동했다. 그곳은 바닥이 그냥 땅바닥인 목재 창고로 이중문이 달려 있었지만, 여름이고 겨울이고 일할 때는 늘 열어 두었다.

앞쪽에는 손님들을 맞이할 수 있는 커다란 테이블이 있었고, 뒤쪽에는 화덕이 있었다. 벽과 천장에는 작업에 필요한 도구들과 모튼이 만든 연장들과 굽쇠들이 매달려 있었다. 그 뒤쪽으로 사다리가 놓여 있어서 침실로 쓰이는 다락방으로 올라갈 수 있었으며, 그곳에는 손님들한테 보이지 않도록 커튼이 쳐져 있었다. 아래층에 있는 가구는 목욕할 수 있는 커다란 항아리와 의자가 두 개 딸린 탁자 한 개가 전부였다. 벽에 걸려 있는 미합중국 국기와 탁자 위에 컵에 담겨져 있는 들꽃 세 송이가 유일한 실내 장식이었다.

에스테르는 산처럼 부풀어 오른 배를 웅켜잡고 땀 범벅이 되어 뒤뚱거리면서 잔뜩 쌓인 옷들을 다림질하고 있었다. 그렇지만 숯을 넣은 무거운 다리미를 들어올릴 때마다 흥겨운 콧노래가 절로 나왔다. 남편의 사랑과 임신으로 에스테르는 훨씬 더 아름다워 보였으며, 얼굴에서는 평화가 흘러넘쳤다. 그녀는 남의 옷을 빨아 주었으며, 그건 모루와 망치로 일을 하는 남편의 일 못지않게 힘든 일이었다. 일주일에 세 번 달구지 하나 가득히 더러운 옷을 싣고 강가로 가서, 거의 하루 온종일 쭈그리고 앉아 비누칠하고 솔질을 했다. 해가 좋으면 바위 위에 옷들을 널어서 말렸지만, 거의 대부분은 젖은 옷을 가지고 돌아와 곧 풀을 먹이고 다림질을 해야 하는 힘든 과정을 거쳐야 했다. 제임스 모튼이 고된 일이라며 아무리 말려도 에스테르는 막무가내였다. 그녀는 아이가 그런 곳에서 태어나는 것을 원치 않았다. 그래서 온 가족이 마을에 있는 집으로 이사갈 수 있도록 한 푼 한 푼 악착같이 모았다.

"칠레 청년!"

에스테르가 소리를 지르며 나와서 엘리사를 반갑게 포옹했다.

"아이고, 이게 얼마 만이야."

"에스테르, 너무 예뻐졌어! 사실 제임스를 보러 왔는데."

엘리사가 에스테르에게 빵을 건네주면서 말했다.

제임스는 연장을 내려 놓고는 수건으로 땀을 닦고 나서, 엘리사를 데리고 뜰로 나갔다. 잠시 후에 에스테르가 레몬주스 세 잔을 가지고 나와 그들과 자리를 함께했다. 오후는 선선했으며 하늘에는 구름이 끼어 있었다. 그렇지만 아직 겨울이 들이닥칠 기미는 보이지 않았다. 막 잘라 낸 풋풋한 짚 냄새와 축축한 땅 냄새가 바람결에 상큼하게 실려 왔다.

호아킨

1852년 겨울에 캘리포니아 북부 주민들은 복숭아, 자두, 포도, 옥수수, 수박, 멜론 등을 맛볼 수 있었던 반면 뉴욕, 워싱턴, 보스턴 등 그 외 미국 주요 도시들의 주민들은 겨울인 관계로 여름철 과일은 구경도 하지 못했다. 파울리나의 배들이 칠레에서부터 남반구의 여름철 과일들을 푸른 얼음 덩어리에 담아 신선하게 실어 날랐던 것이다. 이제는 아무도 복숭아 한 개에 3달러, 계란 한 줄에 10달러를 지불하지 않았지만, 그래도 그 사업이 남편과 시아주버님의 금광 사업보다는 훨씬 더 수익성이 좋았다. 로드리게스 데 산타크루스의 형제가 고용해서 사금광에 정착한 칠레 노동자들은 양키들 때문에 10분의 1로 그 숫자가 줄어들었다. 양키들은 그들 칠레인들에게서 몇 달 동안 채취한 금을 빼앗고, 감독들을 목매달고, 여러 명을 불태우거나 귀를 잘라서 금광에서 쫓아냈다. 그 사건은 여러 신문들에도 실렸는데 특히 그 끔찍했던 자세한 상황은, 아버지의 고통과 죽

음을 목격했던 한 감독관의 아들인 여덟 살배기 소년에 의
해서 생생하게 알려졌다.

파울리나의 배들은 런던 연극과 밀라노 오페라, 마드리
드 사르수엘라 극단을 데리고 와 발파라이소에서 잠깐 공
연을 하게 한 다음, 곧 이어 북쪽으로 항해를 했다. 관람
표는 몇 달 전부터 이미 다 팔렸으며, 공연이 있는 날에는
최고급 정장으로 잔뜩 멋을 부린 샌프란시스코 최상류층이
극장으로 몰려들어, 작업복을 입은 거친 노동자들과 어깨
를 나란히 하고 앉아서 보았다. 돌아갈 때도 배들은 빈 배
로 돌아가지 않았다. 미국산 밀가루와, 황금 열풍이 진정
되고 나서 고향을 떠날 때만큼이나 빈털털이가 되어 다시
돌아가는 여행객들을 칠레로 실어 날랐다.

샌프란시스코에는 나이 든 사람들만 빼놓고는 없는 게
없었다. 건장하고, 시끌벅적하고 강한 젊은이들이 대부분
의 인구층을 형성하고 있었다. 금은 20대 모험가들을 그
지역으로 끌어들였다. 그렇지만 파울리나가 예언했던 것처
럼 열병은 식었지만, 도시는 다시 예전의 벽촌으로 돌아가
지 않았다. 오히려 정반대로, 세련된 문화 도시로 급성장
했다. 파울리나에게 딱 맞아떨어지는 분위기였다. 그녀는
위선이 넘치는 칠레 사회와는 너무나도 다른 그 신흥 사회
의 자유와 방종, 요란스러움이 마음에 들었다. 그녀는 자
기 아버지가 판사 행세를 하는 부패에 찌든 건달과 황녀처
럼 차려입은 과거가 의심스러운 프랑스 여자와 함께 한 테
이블에 앉아야 한다면 가히 어떤 표정을 지을지, 상상만
해도 마냥 통쾌하기만 했다. 그녀는 부유한 저택의 두툼한

벽과 창살이 쳐진 창문 안에 갇혀서, 남의 이야기나 하나님의 벌이 무서워 과거에 연연하며 살았었다. 그렇지만 캘리포니아에서는 아무도 과거나 체면 따위는 이야기하지도 않았다. 오히려 정도에서 벗어난 행동이 더 큰 환영을 받았으며, 잘못을 숨기고 이야기하지 않으면 잘못한 것도 없었다.

파울리나는 아버지가 미리 읽어 볼 것이라는 걸 알면서도, 언니들과 동생들에게 그 황홀한 나라에 대해 편지들을 썼다. 그 나라에서는 과거를 깨끗이 숨긴 채 새 출발을 할 수 있으며, 눈 깜짝할 사이에 백만장자도, 거지도 될 수 있는 황홀한 곳이었다. 미국은 기회의 땅으로, 모든 것이 개방되어 있고 관대한 사회였다. 과거를 깨끗이 지우고 일할 각오로, 가난과 핍박에서부터 도망쳐 온 수많은 사람들이 골든 게이트를 통해 물밀 듯이 들어왔다. 쉽지만은 않겠지만, 그들 자손들은 미국의 시민들이 될 것이다. 모두 자식들은 자기들보다 더 풍요롭고 행복한 삶을 누릴 수 있을 것이라는 희망을 가질 수 있다는 게, 그 나라에서 제일 신기하고도 좋은 점이었다.

'농업이야말로 캘리포니아에서는 진짜 금이야. 거대한 지평선 너머까지 들판이 광대하게 펼쳐져 있고, 이곳에서는 모두 축복을 받은 듯 금세 잘 자라. 샌프란시스코는 화려한 도시로 변모했어. 그렇지만 아직도 변방의 성격은 잃지 않았지. 그리고 나는 그게 너무 좋아. 샌프란시스코는 아직도 자유사상가들, 몽상가들, 영웅들, 깡패들의 요람이야. 지구촌 각지에서 사람들이 몰려들었기 때문에 거리마다 별의별 말이 다 들리고, 오대륙의 음식 냄새가 진동을 하고, 다양한 인종 전시장 같아.'라고 편지에 썼다.

샌프란시스코는 이제 남자들만 홀로 외롭게 사는 삭막한 캠프촌이 아니었다. 여자들도 몰려들었으며 그와 함께 사회도 변했다. 여자들은 금을 찾아 나선 모험가들 못지않게 기가 센 여자들이었다. 황소들이 끄는 마차를 타고 대륙을 횡단하기 위해서는 강한 정신력이 필요했으며, 그 여자 개척자들은 그런 정신력을 갖추고 있었다. 그들은 자기 어머니나 언니, 여동생들처럼 우는 소리나 하는 여자들이 아니었다. 그곳에서는 아마존의 여전사들만 살아남을 수 있었다. 여자들은 용감무쌍한 남자들과 매일 지칠 줄 모르고 고집스럽게 싸우면서 그들 성격을 과시했다. 그 여자들을 약한 성이라고 이야기하는 사람들은 아무도 없었으며, 남자들은 여자들을 자기들과 동등한 사람으로 대우했다. 그 여자들은 다른 곳에서는 여자들에게 금기시된 일들도 마다하지 않고 나서서 열심히 했다. 여자들도 금을 찾아 나섰으며, 카우보이로 일도 했고, 노새들을 몰고, 현상금이 걸린 악당들을 잡으러 나섰고, 노름방, 레스토랑, 세탁소, 호텔을 운영했다. '여기 여자들은 자기 이름으로 토지를 소유하고, 사고 팔 수도 있으며, 내키면 이혼도 할 수 있어. 펠리시아노도 나한테 서툰 짓만 했다 하면, 그 즉시 홀딱 벗겨서 땡전 한 푼 없이 쫓아낼 테니 조심 좀 해야 할 거야.'하고 파울리나는 편지에 농담까지 했다. 그리고 캘리포니아에는 쥐, 이, 무기, 악과 같이 없어도 될 것까지 골고루 다 갖추고 있다는 말도 빼놓지 않았다.

'사람들은 과거에서 벗어나 새롭게 출발하기 위해 서부로 오지만, 세 살 버릇 여든 살까지 간다는 말도 있듯, 평소 제 버릇은 절대 버리지 못한다.'라고 제이컵 프리몬트가 신문에 쓴 적이 있었다. 그리고 그 가장 좋은 예는 바로 자기 자신이었다. 그는 이름을 바꾸어 기자로 변신하고 양키처럼 옷을 입고 다녔지만, 아무 소용이 없었다. 그는 여전히 예전과 똑같은 사람이었다. 발파라이소에서의 선교 사업 사기 건은 과거의 일이었지만, 지금은 또 다른 거짓말을 만들어 내고 있었다. 그리고 예전처럼, 그가 만들어 낸 거짓말이 점점 그의 통제를 벗어나 불거지면서 그의 발목을 붙잡기 시작했다.

호아킨 무리에타에 대한 그의 기사는 언론마다 대서특필되었으며, 매일 그의 말을 뒷받침해 주는 새로운 증인들이 나타났다. 열댓 명이나 되는 사람들이 그를 본 적이 있다고 주장했으며, 그가 만들어 낸 가공 속의 인물과 똑같은 인상착의를 증언해 주었다. 프리몬트는 모든 게 혼란스러웠다. 차라리 그 이야기를 만들어 내지 않았더라면 하는 후회까지 들었다. 그래서 칠레에서처럼 개망신을 당하기 전에, 공개적으로 자기가 한 말을 취소하고, 자기가 사기 친 것을 고백하고 사라져 버릴까도 여러 번 생각했다. 그렇지만 그걸 실천으로 옮길 용기는 없었다. 그는 명성과 인기에 눈이 멀어, 아직도 제정신을 차리지 못했던 것이다.

제이컵 프리몬트가 만들어 낸 이야기는 통속소설의 특색들을 골고루 갖추고 있었다. 호아킨 무리에타는 올바르고 정직한 젊은이로, 애인과 함께 스태니스로 사금광에서 일하고 있었다. 하지만 그가 잘사는 꼴을 못 본 미국인들이 그에게서 금을 빼앗고 실컷 두들겨 패고 난 다음, 그가 보는 앞에서 애인을 강간했다. 그 불쌍한 연인에게는 도망치는 길밖에는 다른 길이 없었으며, 결국 금광에서 멀리 벗어나 북쪽을 향해 길을 떠났다. 그들은 숲과 깨끗한 강에 둘러싸인 전원에 조그만 땅을 일구며 농부로 정착했다. 그렇지만 다시 양키들이 몰려와 그들의 것을 모두 빼앗아 다시 먹고살아야 할 방법을 찾아야 했기 때문에, 그곳에서도 평화는 오래가지 못했다.

얼마 후에 호아킨 무리에타는 몬테 노름꾼이 되어 칼라베라스에 나타났으며, 애인은 소노라에 있는 부모의 집에 머물며 결혼 준비를 했다. 그렇지만 그 젊은이는 어디에서도 편히 쉴 운명이 아니었다. 양키들이 그에게 말을 훔쳤다는 죄를 뒤집어씌우고는, 아무런 법적 절차도 거치지 않은 상태에서, 그를 나무에 묶어 광장 한복판에서 잔인하게 매질을 가했던 것이다. 자존심 강한 젊은이에게는 공개 망신이 가장 견디기 힘든 일이었으며, 그때부터 그는 마음을 독하게 먹었다. 얼마 후에 양키 한 명이, 요리하려고 토막낸 닭고기처럼 잘린 채 발견되었다. 사람들은 시신 조각들을 모은 후, 그 남자가 무리에타를 채찍으로 때렸던 남자라는 사실을 알게 되었다. 그 이후 몇 주 동안 무리에타에게 매질을 하는 데 가담했던 남자들이 한 명씩 살해되었으며, 각기 다른 방법으로 고문당해서 죽은 채 발견되었다. 제이컵 프리몬트는, 잔인한 사람들이 사는 그곳 땅에서도 그렇게 잔인한 건 여태 보지 못했을 것이라는 기사를 썼다.

그리고 그후 2년 동안 그 악당의 이름은 사방에서 들려 왔다. 그의 패거리는 소와 말을 훔치고, 마차를 공격하고, 광산에서 일하는 광부들과 길 가던 여행자들을 습격하고, 정찰대들에게 도전하고, 방심하고 돌아다니는 미국 사람들은 눈에 닥치는 대로 죽이고, 대 놓고 법을 비웃고 다녔다. 캘리포니아에서 일어나는 극악무도한 범죄 사건들은 몽땅 무리에타의 짓이 되어 버렸다. 하지만 그곳 지형은 무리에타가 도망가기에 편리했다. 숲에는 낚시감과 사냥감이 풍부했으며, 숲과 구릉지대, 구덩이, 높게 자란 목초지 투성이라, 몇 시간을 말을 타고 달려도 흔적 하나 남지 않았다. 또 산속에는 몸을 숨길 수 있는 깊은 동굴들과 추격자들을 따돌릴 수 있는 비밀스러운 지름길들도 많았다. 악당들을 찾아 나섰던 정찰대들은 번번이 빈손으로 돌아오거나, 시체가 되어서 돌아왔다. 제이컵 프리몬트는 그 모든 이야기를 특유의 언변과 논리로 치장하여 이야기했으며, 언제, 어디서, 누가 그런 짓을 했는지 그에게 물어보는 사람 하나 없었다.

엘리사 소머스는 지난 2년 동안 타오 치엔의 곁에서 일하며 샌프란시스코에 머물렀다. 그동안 그녀는 여름마다 호아킨 안디에타를 찾아 나섰다. 옛날과 똑같은 방식으로 다른 여행자들과 합류하여 길을 떠났던 것이다. 처음에는 그를 만날 때까지 여행하거나 아니면 겨울이 시작될 때까지 여행할 생각이었지만 넉 달 만에 지치고 병들어서 돌아왔다. 1852년 여름에 다시 길을 떠났지만 먼젓번과 똑같은 경로를 거치고 난 다음, 무시무시한 조와 제임스, 에스테르를 만나고 나서, 타오 치엔이 보고 싶어 5주 만에 돌아왔다. 무시무시한 조는 확실하게 부족 없는 톰의 할머니가 되어 있었으며, 제임스와 에스테르는 둘째 아이를 기다리고 있었다.

엘리사와 타오 치엔은 결혼한 지 오래된 부부처럼 정신적으로 긴밀한 친밀감을 느꼈으며, 형제처럼 일하고, 편안하게 생활했다. 엘리사는 호아킨 무리에타에 대한 기사는 모두 오려 모아, 어렸을 때 미스 로즈의 시들을 외웠던 것처럼 모두 머릿속에 담아 두었다. 그렇지만 악당의 애인에 대한 이야기는 무시하고 싶었다. "그 여자 이야기는 신문을 더 많이 팔려고 사람들이 지어낸 이야기예요. 사람들이 연애 이야기를 얼마나 좋아하는지 잘 알잖아요." 하고 타오 치엔에게 설명했다. 그녀는 항해사처럼 낡은 지도 위에다가 무리에타가 거쳐 갔던 곳들을 표시했다. 그렇지만 그녀에게 도움이 될 수 있는 자료들은 애매모호하고 모순된 것들뿐이었으며, 그가 거쳐 갔던 경로는 엉망으로 얽히고설킨 거미줄처럼 꼬여 있어, 어디로 향하고 있는 것인지 전혀 알 수가 없었다.

엘리사는 처음에는 그런 무시무시한 범행을 저지른 자가 자기가 찾는 호아킨일 수 있다는 가능성을 완전히 배제했었다. 그렇지만 그 인물은 자신의 기억 속에 자리 잡고 있던 그 젊은이와 너무나 흡사했다. 호아킨 안디에타도 착취에 반항했으며, 늘 불쌍한 사람들을 도와주고자 애썼다. 어쩌면 호아킨 무리에타가 희생자들에게 그런 포악한 짓을 한 게 아니라, 손가락 세 개 잭 같은, 그런 짓을 하고도 남을 그의 부하들의 짓일 것이라고 생각했다.

엘리사는 타오 치엔과 함께 싱송 걸즈를 구출해 내는 위험한 일에 합류했기 때문에, 그 일을 위해서는 사람들의 눈에 띄지 않는 게 필수라, 계속 남장을 하고 지냈다. 3년 반이나 드레스를 입어 보지 못했으며, 미스 로즈나 마마 프레시아, 존 삼촌에 대해서는 아무것도 아는 게 없었다. 그녀는 갈수록 더 불확실해지기만 하는 헛것을 쫓아 천 년을 헤매고 돌아다닌 기분이었다. 호아킨과 몰래 껴안고 밤을 보냈던 그 시절은 벌써 오랜 옛날의 일이었다. 이젠 자기의 감정에 대한 확신도 없었으며, 사랑 때문에 그를 기다리는 것인지, 오기 때문에 기다리는 것인지도 잘 몰랐다.

때로는 일에 몰두해서 몇 주씩이나 그를 생각하지 않고 지낼 때도 있었다. 그렇지만 갑자기 그에 대한 기억이 떠오르면, 그 기억은 그녀를 송두리째 뒤흔들면서 사시나무처럼 떨게 했다. 그러면 그녀는 자기가 왜 그곳에 있는지, 모든 게 혼란스러워진 채 주변을 둘러보았다. '중국인들에게 둘러싸여서 바지를 입고 내가 여기서 뭘 하고 있는 거지?' 안간힘을 써야 그 혼란을 벗어던질 수 있었으며, 그제야 자기가 사랑에 대한 집착 때문에 그곳에 있다는 게 떠올랐다.

엘리사는 호아킨을 찾기 위해서이지, 절대 타오 치엔을 돕기 위해서 그곳에 있는 것은 아니었다. 그녀는 호아킨을 찾기 위해 그 멀리서부터 왔던 것이며, 그와 얼굴을 마주하고 당신은 겨우 흉악무도한 도망자이고 내 청춘을 짓밟아 놓았다는 말만 할 뿐이라도 반드시 그를 찾아내고야 말 것이라고 작정했다. 그래서 세 번이나 그를 찾아 길을 나섰던 것이다. 그렇지만 이제 또다시 그를 찾아 나설 엄두는 나질 않았다. 엘리사는 계속 여행을 하겠다는 결심을 이야기하고자 굳게 마음먹고 타오 치엔의 앞에 나섰지만, 말이 목구멍에서 걸려 아무 말도 할 수가 없었다. 자기 인생에 들어온 이 이상한 관계의 친구를 이제 와서 포기할 수가 없었던 것이다.

"그를 만나면 어떻게 할 건데?"

한번은 타오 치엔이 엘리사에게 물어봤다.

"그 사람을 만나 봐야 내가 아직도 그를 좋아하고 있는지 아닌지 알 수 있을 것 같아요."

"끝까지 못 만난다면?"

"계속 의문 속에서 살겠지요."

엘리사는 친구의 머리 위로, 아직은 때 이른 새치 몇 개가 나 있는 걸 보았다. 때때로 그의 건강하고 짙은 머리카락 사이로 손가락을 집어넣거나, 그의 목 가까이에 코를 대고 그의 은은한 바다 향을 맡고 싶은 유혹이 견딜 수 없을 정도로 강렬하게 들었다. 그렇지만 이제는 한 담요를 덮고 바닥에서 함께 잘 핑계거리도 없었고, 서로 몸을 부딪칠 일은 더욱 없었다.

타오는 지나칠 정도로 일과 공부에만 매달렸다. 그는 늘 아무렇지도 않은 듯 행동하고, 아주 힘들고 어려울 때도 절대 침착을 잃지 않았지만, 엘리사는 그가 얼마나 피곤하고 힘들어하는지 잘 알았다. 그는 겁에 질린 여자를 구해서 안고 들어올 때만 비틀거렸다. 그는 여자가 어떤 상태인지 진찰하고는 엘리사에게 필요한 주의 사항들을 알려 준 다음, 몇 시간이고 방 안에 틀어박혀 꼼짝도 하지 않았다. 엘리사는 그때마다 그가 '린과 함께 있다.'는 결론을 내렸다. 그러고 나면 설명할 수 없는 진한 아픔이 영혼 깊숙한 곳에 박히는 느낌이었다.

타오 치엔은 정말 린과 함께 있었다. 그는 명상의 깊은 침묵 속에서 잃었던 안정을 되찾고 분노와 증오의 유혹에서 벗어나고자 했다. 그는 점차 기억과 욕망, 사고의 그늘에서 벗어나 완전한 무(無)의 상태가 될 때까지 계속 명상에 잠겼다. 그러고는 한동안 아무 존재도 아닌 무의 상태로 있다가 그다음에는 독수리로 변신하여, 차갑고 깨끗한 공기를 가르며 산 정상까지 높이 치솟아 올랐다가 드넓은 창공 위를 훨훨 날아다녔다. 그 위에서부터 그는 넓은 초원과 끝없이 펼쳐진 숲들과 은백색의 강물을 내려다보았다. 그때 그는 하늘과 땅과 완벽한 조화를 이루며 일체가 될 수 있었다. 그가 널따란 날개를 웅장하게 퍼덕이며 구름 침대 위를 장엄하게 날아다니다 보면, 어느덧 린이 그와 함께하고 있었다. 린은 끝없는 창공 위를 멋들어지게 나는 또 한 마리의 독수리가 되어, 그의 옆으로 모습을 드러내었다.

"타오, 당신의 즐거움은 어디에 있나요?"

린이 그에게 물었다.

"린, 세상은 괴로움으로 가득 차 있어."

"괴로움에도 다 나름대로의 정신적인 이유가 있는 거예

요."

"그건 쓸데없는 고통에 불과해."

"현인은 현실을 받아들이기 때문에 늘 즐겁다는 걸 명심하세요."

"그렇다면 악도 받아들여야 한단 말인가?"

"유일한 해독제는 사랑이에요. 아, 그리고 언제 재혼할 거예요?"

"나는 당신과 결혼했어."

"나는 귀신이에요. 타오, 당신을 평생 찾아올 수는 없어요. 당신이 나를 부를 때마다 찾아오는 건 너무나 힘이 들어요. 나는 이제 당신 세상 사람이 아니에요. 재혼해요. 안 그러면 일찍 늙어 버릴 거예요. 게다가 당신은 222가지 사랑의 기술도 알고 있는데, 그것도 다 잊어버릴 것 아니에요."

린은 잊을 수 없는 그 해맑은 미소로 농담까지 던졌다.

그렇지만 결과는 그가 '병원'을 찾아다닐 때보다 훨씬 더 절망적이었다. 다 죽어 가는 여자들을 살릴 수 있는 희망은 거의 없었으며, 살린다고 하더라도 그건 기적과도 같은 일이었다. 반면에 죽기 직전의 여자 한 명을 사 오는 가격이면 열두 명의 여자들을 그 굴욕에서부터 구해 낼 수가 있었다. 그는 얼마나 부자라야만 그 많은 여자들을 구해 낼 수 있을지 생각하면서 자기 자신을 들볶았다. 엘리사는 그가 구해 낸 여자들을 떠올리며 그를 위로해 주었다. 이렇듯 타오와 엘리사는 서로 많은 비밀을 공유하면서 하나로 묶여 있었지만 또 서로 각기 다른 집착에 얽매어 멀리 떨어져 있기도 했다.

호아킨 안디에타의 그림자는 갈수록 희미해져 갔지만, 반면 린의 그림자는 산들바람이나 바닷가에 몰아치는 파도 소리만큼이나 가깝게 느낄 수 있는 것이었다. 타오 치엔이 린을 부를 때마다 그녀는, 이 세상에 있었을 때처럼 늘 웃는 낯으로 달려왔다. 사실 엘리사는 아무것도 눈치 채지 못했지만, 린은 엘리사의 경쟁자가 아니라 그녀를 도와주는 천사였다. 그들의 우정이 사랑과 너무 흡사하다는 것을 맨 먼저 눈치 챈 쪽은 린이었던 것이다. 그래서 그녀의 남편이 그런 부부는 중국이나 칠레, 이 세상 어디에서도 있을 수 없다는 논리로 그녀의 말을 일축하자 린이 다시 웃었다.

"어리석은 말 하지 말아요. 세상은 넓고 인생은 길어요. 과감하게 시작하면 되는 거예요."

"린, 당신은 늘 같은 사람들 사이에서 살았기 때문에 인종차별이 뭔지 상상도 할 수 없어. 여기서는 내가 뭘 하든지, 뭘 알든지 중요하지가 않아. 미국 사람들에게 나는 속물에다가 역겨운 중국인에 불과하고, 엘리사는 '지저분한' 인종일 뿐이야. 그렇지만 차이나타운에서 나는 짧은 머리에 양키 옷을 입은 배신자야. 나는 어디에도 소속되어 있지 않아."

"인종차별은 새로운 게 아니에요. 중국에서 당신과 나는 양키들이 모두 야만인이라고 생각했잖아요."

"여기서는 돈만 있으면 존경을 받아. 그리고 나는 충분히 부자가 될 것 같지가 않아."

"당신이 착각하고 있는 거예요. 사람들은 고귀한 일을 하는 사람을 존경해요. 그 여자들의 눈을 확실하게 들여다보세요."

"당신 충고를 계속 따른다면 나는 골목길에서 총을 맞은 채 발견될 거야."

"시도는 해 볼 만한 거예요. 타오, 당신은 불평이 너무 많아졌어요. 당신 같지가 않아요. 내가 사랑했던 그 용감한 남자는 어디로 간 거예요?"

타오 치엔은 한 줄 한 줄 잘라 내기 쉬운, 수도 없이 가느다란 실가닥들로 자신과 엘리사가 연결되어 있지만, 그 실가닥이 모두 얽히고설켜 단단한 동아줄 같다고 생각했다. 그들은 불과 몇 년 전에 알게 된 사이였지만 함께 과거를 돌아다보고 함께했던 그 수많은 난관들을 더듬어볼 수 있었다. 그리고 서로간에 느끼는 동질감이 인종의 벽도 허물어주었다. "너는 예쁘장하게 생긴 중국 여자 같아." 하고 타오가 지나가는 말로 엘리사에게 이야기한 적이 있었다. 그때 엘리사는 "당신은 잘생긴 칠레 청년 같아요." 하고 즉시 대답했다. 그들은 차이나타운에서는 키 크고 우아하게 생긴 중국인과 볼품없는 스페인 사내아이의 이상한 커플이었다. 그렇지만 차이나타운 밖에서는 샌프란시스코만이 가지고 있는 너무나 다양한 색채 때문인지 그들은 사람들의 눈에 거의 띄지도 않았다.

"엘리사, 평생 그 남자를 기다리고 있을 수는 없어. 그건 황금 열풍만큼이나 미친 짓이야. 기간을 정해 놓고 찾아야 해."

어느 날 타오가 말했다.

"그 기간이 끝나고 나면 내 인생은 어떻게 되는 건데요?"

"네 나라로 돌아갈 수 있지."

"칠레에서는 나 같은 여자는 싱송 걸즈보다 더 못한 대우를 받아요. 당신은 중국으로 돌아갈 거예요?"

"그게 나의 유일한 목표였지. 그렇지만 이젠 서서히 미국이 좋아지기 시작했어. 나도 중국에 가면 다시 넷째 아들밖에는 되지 않아. 그렇지만 여기서는 훨씬 더 좋은 대우를 받지."

"나도 마찬가지예요. 호아킨을 만나지 못한다면 이곳에 남아 레스토랑을 열 거예요. 난 필요한 건 다 갖추고 있어요. 요리법들을 기억할 수 있는 좋은 기억력과 음식에 대한 애착, 뛰어난 미각과 감각, 양념에 대한 해박한 지식……."

"그리고 겸손함."

타오 치엔이 웃었다.

"왜 내 재능을 갖고 겸손해야 하지요? 게다가 내 코는 개 코예요. 뛰어난 후각을 가졌다는 건 좋은 거예요. 음식 냄새만 맡아도 무슨 재료가 들어가 있는지, 어떻게 해야 최고의 맛을 낼 수 있는지 단번에 알 수 있어요."

"중국 음식은 그렇게 못하잖아……."

"당신들은 이상한 것만 먹어요, 타오! 내 레스토랑은 이 도시에서 최고급 프랑스 레스토랑이 될 거예요."

"엘리사, 너한테 한 가지 제안을 할게. 그 호아킨이라는 작자를 1년 내에 찾아내지 못한다면 나랑 결혼하자."

타오 치엔이 이렇게 말하자 둘은 함께 웃었다.

그 대화가 있은 다음부터는 그 둘 사이에 약간의 변화가 있었다. 함께 있고 싶으면서도 둘만 따로 있으면 왠지 어색하고 불편해서 서로 슬슬 피하기 시작했다. 타오 치엔은 엘리사가 방으로 들어가고 나면, 자기도 그 뒤를 따라 들어가고 싶어 괴로웠지만, 수줍기도 하고 그녀를 존중하는 마음에 감히 그럴 수가 없었다. 그는 엘리사가 옛 애인을 잊지 못하고 기억하는 한은 그녀에게 가까이 다가가면 안 될 것 같았다. 그렇지만 한없이 무조건 느슨하게 풀어 놓고 기다릴 수도 없는 노릇이었다. 타오 치엔은 밤의 적막 속에서 사랑에 잠 못 이루며 침대에 누워 시간만 세고 있을 엘리사를 생각했다. 그렇지만 그건 그에 대한 사랑이 아니라, 다른 남자에 대한 사랑일 것이다.

타오는 배에서 엘리사를 돌본 이후로는 엘리사의 벗은 모습을 보지 못했지만, 가장 은밀한 점까지도 세세히 그릴 수 있을 정도로 그녀의 몸에 대해서 샅샅이 알고 있었다. 타오 치엔은 엘리사가 다시 병들면 그녀를 만질 수 있는 핑계거리가 생길 수도 있을 것이라고 생각했다. 그렇지만 곧 그런 생각을 한 자기 자신이 부끄러워졌다. 그들 사이에는 수시로 터져 나오던 웃음과 부드럽고 포근한 정감 대신 팽팽한 긴장감이 감돌았다. 그들은 우연히 스쳐 지나치기만 해도, 깜짝 놀라서 얼른 몸을 떼어 냈다. 그리고 상대방이 곁에 있건 없건, 늘 신경이 곤두서 있어, 괜한 추측과 상상으로 마음이 심란했다. 그들은 함께 앉아서 책을 읽거나 글을 쓰는 대신, 진료실 일이 끝나기가 무섭게 서로 모르는 척 밖으로 나왔다. 타오 치엔은 아픈 환자들을 찾아가거나, 다른 종이들과 진료나 처방에 대해 토의하거나, 서양의학 서적들을 공부하러 방 안으로 들어가서는 꼼짝도 안 했다.

그는 캘리포니아에서 합법적으로 의료 행위를 할 수 있도록 자격증을 따려고 했으며, 그 계획은 엘리사와 린, 스승의 영혼만이 아는 일이었다. 중국에서 종이는 견습생부터 출발하여 계속 혼자서 꾸준히 의술을 익혀 나가는 일이었다. 그래서 의술은 늘 똑같은 진료와 처방만을 반복하면서 몇 세기 동안 변하지 않은 채 그대로 제자리걸음이었다. 훌륭한 의원과 평범한 의원의 차이점은 훌륭한 의원이 처방을 내릴 때 좀 더 많은 영감을 가지고 하며, 손으로 고통을 덜어 줄 수 있는 재주를 지녔다는 것이었다. 그렇지만 양의들은 상당히 엄격하게 공부하고, 그들끼리 늘 교류를 하면서 새로운 지식과 늘 접해 있었으며, 실험할 수 있는 연구실과 시체실을 가지고, 서로 선의의 경쟁을 벌였다.

타오 치엔은 학문이 좋았다. 그렇지만 학문에 대한 그의 열정은 전통에만 얽매여 있는 중국 사회에서는 별로 큰 반응을 얻지 못했다. 그는 늘 최신 과학의 진보에 촉각을 곤두세우고 살았으며, 그에 관한 책들과 잡지들이 나오면 닥치는 대로 사 모았다. 새로운 것에 대한 그의 호기심이 상당히 강했기 때문에, 그는 벽에다가 존경하는 스승의 가르침이었던 '깨우침이 없는 지식은 별 쓸모가 없으며, 정신적인 면이 없는 깨우침은 존재하지 않는다.'라는 말을 써 놓아야 할 정도였다. 그는 스승의 가르침을 잊지 않기 위해 모든 것이 다 학문은 아니라는 말을 늘 중얼거렸다.

어찌 됐든 미국 시민권은 필요했다. 그와 같은 황인종에게는 매우 어려운 일이었지만, 그 나라에서 불법체류자 대접을 받지 않고 살기 위해서는 시민권이 반드시 필요했으며, 그 때문에라도 자격증이 필요했다. 자격증이 있으면 더 쉽게 시민권을 딸 수 있을 것이라고 생각했던 것이다. 서양 사람들은 아시아에서 몇 세기 동안 사용돼 오던 침술이나 약재에 대해 아무것도 아는 게 없었다. 그들은 타오를 일종의 주술사로 생각했다. 남부 농장에서는 흑인 노예들이 병이 나면 수의사를 부를 정도로 다른 인종들에 대한 멸시가 극심했다. 그렇기 때문에 중국인들에 대한 그들의 편견도 다를 수가 없었다. 그렇지만 다른 나라 문화권을 여행하고 거기에 관한 책들을 읽고, 동양 의술의 처방과 천 가지 마약에 관해 관심이 있는 계몽된 의사들도 몇 있었다. 타오 치엔은 영국에 있는 에바나이저 홉스와 계속해서 연락을 취했다. 그들은 서로를 가로막고 있는 거리를 안타까워했다. '치엔 박사, 런던으로 와서 로얄 메디컬 소사이어티에서 침술을 강연해 주시오. 사람들이 모두 입을 딱 벌릴 것이오. 내 장담하오.' 하고 홉스가 그에게 편지를 썼다. 두 사람의 학문이 결합한다면, 사람들이 말하는 것처럼 죽은 자들도 다시 살려 낼 수 있을지 모를 일이었다.

이례적인 한 쌍

혹한이 몰아닥친 겨울에, 차이나타운에 있던 싱송 걸즈 몇 명은 타오 치엔이 어떻게 손쓸 겨를도 없이 폐병으로 죽어 갔다. 그는 여자들의 목숨이 아직 붙어 있었을 때 두어 번 불려 가서 데려올 수 있었지만, 여자들은 고열로 헛소리를 하면서 몇 시간 후에 그의 품에서 죽어 갔다. 그 당시 그의 관심은 샌프란시스코에서 뉴욕까지, 그리고 리오그란데에서 캐나다까지 미국 전역에 퍼져 있었다. 그렇지만 그가 아무리 애를 써도, 그의 노력은 불행이라는 그 드넓은 바다에서는 소금 한 알갱이도 되질 않았다.

타오 치엔은 명의로서 좋은 명성을 얻었지만, 그의 저금과 부자 고객들이 기부한 거액의 돈은 죽음에 임한 어린 여자들을 사들이는 데 모두 들어갔다. 그는 밑바닥 세계에서는 이미 변태로 알려져 있었다. 사람들은 그가 말하는 것처럼 "실험을 하기 위해서" 데리고 간 여자아이들이 한 명도 살아서 나온 걸 보지 못했다. 그렇지만 사실 그의 집

259

안에서 일어나는 일에 관심을 가지는 사람들도 없었다. 종이로는 그가 최고였고, 결국에는 짐승과 다를 바 없는 여자들이니까 추문만 일으키지 않는다면 그 여자들을 상대로 실험한다는 게 그리 큰 문제도 아니었다. 그 일에 대해서 정보를 줄 수 있는 유일한 사람인 그의 충직한 조수는 사람들이 궁금해서 물어보는 말에, 환자들에게 특히 효력이 있는 주인님의 그 특출한 의술은 그 불가사의한 실험의 결과라고 간단히 설명만 할 뿐이었다.

그즈음 타오 치엔은 유니언 광장에서 몇 구역 떨어지지 않은 차이나타운 가장자리에 위치한 좋은 집으로 이사했다. 그곳에서 그는 진료실을 열어 환자들을 돌보고 여자들이 여행할 수 있을 때까지 그들을 숨겨 주었다. 엘리사는 사람들이 간신히 몇 마디 알아들을 수 있을 정도의 아주 기초적인 중국어를 배웠다. 나머지는 손짓과 발짓, 그림, 영어 몇 마디를 섞어서 의사소통을 했다. 그래도 그녀의 노력은 효과가 있어, 의사의 벙어리, 귀머거리 동생 노릇을 하는 것보다는 훨씬 더 나았다. 그녀는 중국어를 쓰고 읽을 줄은 몰랐지만, 냄새로 약을 구별했고, 그리고 좀 더 확실히 해 두기 위해 자기만의 기호로 약병에다가 표시를 해 두었다.

타오 치엔의 금침을 맞기 위해, 기가 막히게 잘 듣는 약초의 처방을 받기 위해, 그리고 위안을 주는 그의 편안한 목소리를 듣기 위해 줄을 서서 기다리는 환자들로 진료실은 늘 북적거렸다. 몇 사람들은 그렇게 해박하고 친절한 사람이 어떻게 시체들과 어린 첩들을 모으는 사람일 수 있는지 의아해했다. 그렇지만 그의 변태의 도가 어느 정도인지 정확하게 아는 사람들도 없었기 때문에 대체적으로 사람들은 그를 존경하는 편이었다. 그는 확실히 친구도 없었지만 적도 없었다. 그의 명성은 차이나타운의 울타리를 벗어났으며, 자기들 지식의 한계가 느껴지면 그에게 의논하러 찾아오는 미국인 의사들도 몇 있었다. 그렇지만 '굼벵이들'의 하나가 그들에게 가르칠 게 있다는 걸 인정하게 되면 공개적으로 망신을 당하는 것이 되기 때문에, 그들은 늘 아무도 모르게 조용히 찾아왔다. 그렇게 해서 그는 도시의 유명 인사 몇 명을 돌보게 되었으며, 그 유명한 아이 토이도 만나게 되었다.

아이 토이는 그가 한 판사의 아내를 고쳤다는 걸 알고는 그를 불러들였다. 그녀는 심한 폐병을 앓고 있었으며 가끔 숨이 막힐 정도로 고통을 받았다. 타오는 처음에는 그녀의 부름에 응하지 않았다. 그렇지만 곧 그녀를 둘러싸고 있는 전설을 자기 눈으로 직접 확인하고 싶었으며, 그녀를 가까이에서 보고 싶은 호기심이 그를 충동질했다. 타오의 눈에 그 여자는 독사였으며 그의 가장 큰 적이었다. 아이 토이에 대한 그의 감정을 잘 아는 엘리사는 황소 두 마리도 너끈히 보낼 수 있는 충분한 양의 쥐약을 가방에 넣어 주었다.

"만일을 위해서……."

엘리사가 설명했다.

"만일을 위해서라니?"

"그 여자가 아주 많이 아프다고 상상해 봐요. 그녀가 고통받는 걸 원치 않는다면, 그걸 원치는 않겠지요? 때로는 죽는 것도 도와줘야 해요……."

타오 치엔은 재미있다는 듯 껄껄 웃었지만 가방에서 그 약병은 도로 꺼내지 않았다. 아이 토이는 화려하게 장식된 '손님 받는 방'에서 그를 맞아들였다. 그곳에서 손님들은 한 번에 천 달러를 내야 하지만 늘 만족해서 돌아갔다. 게다가 늘 그녀가 말하듯이 "가격이 얼마인지 궁금해한다면 이곳은 당신을 위한 곳이 아니에요."였다. 하얗게 풀을 먹인 유니폼을 입은 흑인 하녀가 그에게 문을 열어 주고는 여러 방을 지나 그를 안내했다. 그곳에는 아름다운 여인들이 실크 옷을 입은 채 돌아다니고 있었다. 그 여자들은 더 팔자가 사나운 다른 여자들에 비하면 하루에 식사도 세 끼 하고 목욕도 매일 할 수 있으니 공주 대접을 받는 것이었다. 집은 동양 골동품들과 미국 공예품들로 가득 차 박물관을 연상케 했으며 담배 냄새와 독한 향수 냄새, 마약 냄새가 진동했다. 오후 3시였지만 여러 군데 두꺼운 커튼이 내려져 있었으며, 그 방 안에는 시원한 바람조차 비집고 들어가지 못할 것 같았다.

아이 토이는 가구들과 새장들이 가득 들어차 있는 작은 방에서 그를 맞아들였다. 생각했던 것보다 훨씬 더 자그마한 체구에 젊고 아름다운 여인이었다. 그녀는 화장은 곱게 잘했지만 보석은 지니지 않았으며 간단한 옷을 입고 있었다. 부와 한가로움을 상징하는 손톱도 기르지 않았다. 하얀 신발에 감싸인 그녀의 작은 발이 눈에 띄었다. 그녀는 날카롭고 예민한 시선을 가졌지만 린이 연상되는 부드럽고 달콤한 목소리로 말했다. "제기랄." 타오 치엔은 깊은 한숨을 내쉬었다. 그 한마디로 그는 이미 싸움에서 진 꼴이었다.

그는 자신의 혐오감이나 당혹스러움을 감춘 채, 시치미를 떼고 그녀를 진찰했다. 그는 그녀에게 무슨 말을 해야할지 몰랐다. 그녀의 사업을 책망하는 것은 아무 소용이 없는 짓일 뿐 아니라 위험을 자초해 괜히 자기가 하고 있는 일까지 탄로날 수도 있는 일이었다. 타오는 그녀에게 천식에 필요한 마황과 간을 차갑게 식히는 다른 처방을 내렸다. 그 커튼 안에 갇힌 채 계속해서 담배와 아편을 피우면 폐가 신음할 수밖에 없다며 차갑게 주의를 주었을 뿐이었다. 극약을 하루에 한 숟가락씩 먹으라는 처방을 내릴까 하는 유혹이 밤나방처럼 그의 머릿속을 스쳐 지나가기도 했다. 그렇지만 그는 아직까지도 누군가를 죽이고 싶을 정도로 분노를 느껴 보지 못했기 때문에, 순간적으로나마 그런 생각을 한 자신이 당혹스러워 깜짝 놀랐다. 그는 자기가 하도 서툴게 진료를 해서 그 여자가 다시는 자기를 부르지 않으리라 확신하면서 서둘러 그곳을 빠져나왔다.

"어땠어요?"

엘리사가 그가 도착하는 것을 보면서 물었다.

"아무 일 없었어."

"아니, 어떻게 아무 일이 없을 수 있어요? 폐결핵 같은 것도 앓지 않아요? 안 죽어요?"

"우리 모두는 죽게 되어 있어. 그 여자도 늙으면 죽을 거야. 버팔로처럼 튼튼해."

"대개 나쁜 인종들이 그러더라고."

한편 엘리사는 자신이 인생의 양 갈래 길에 놓여 있으

며, 자기가 선택하는 방향에 따라 남은 인생이 완전히 뒤바뀌리라는 걸 잘 알고 있었다. 타오 치엔의 말이 맞았다. 기간을 정해 놓아야만 했다. 이제는 자기가 사랑을 했었는지 단지 열렬한 열정에 휘말렸었는지 제대로 확신할 수도 없었고, 지금의 현실에서는 그 사랑을 뒷받침해 줄 만한 건 아무것도 없었다. 엘리사는 그 무모한 모험을 떠나기 위해 배에 올랐을 때의 감정을 되살려 보려 했지만 아무 소용이 없었다. 지금의 그녀는 옛날의 엘리사가 아니었다. 그 정신 나갔던 여자아이와는 아무 상관이 없었다. 발파라이소와 창고 방은 먼 옛날의 이야기였으며, 짙은 안개 속으로 사라져 버린 다른 세상의 이야기였다.

엘리사는 호아킨 안디에타의 품에서 단 한 번도 완벽하게 행복을 느껴 보지 못했으면서도, 어떻게 몸과 마음을 다 바쳐 그를 사랑할 수 있었는지 수천 번도 더 넘게 자기 자신에게 되물어 보았다. 그리고 그건 첫사랑의 환상으로밖에는 설명이 되지 않았다. 그가 짐을 풀기 위해 자기 집에 왔을 때 그녀는 이미 마음의 준비가 되어 있었으며, 그 나머지는 본능에 따랐을 뿐이었다. 단순히 강한 힘에 이끌렸을 뿐이었다. 그렇지만 그건 7만 마일 떨어진 곳에서 옛날에 일어났던 일이었다. 그 당시 그녀의 심정이 어땠는지 그에게서 뭘 봤는지는 말할 수가 없었다. 그렇지만 이제 그녀의 마음이 그곳에서 멀어졌다는 것만큼은 확실했다. 이젠 그를 찾는 데 지쳤을 뿐 아니라 마음속 한구석에서는 그를 찾지 않았으면 하고 바랐다. 계속 이런 식으로 망설이면서 혼란스러운 상태로 있을 수는 없는 노릇이었다. 깨끗하게 새로운 사랑을 시작하기 위해서는 호아킨에 대한 마음을 확실히 매듭지어야 했다.

11월 말, 엘리사는 그 애매모호하고 불확실한 상태를 견디다 못해, 타오 치엔에게는 아무 말도 하지 않고, 그 유명한 제이컵 프리몬트를 만나러 신문사를 찾아갔다. 그녀는 여러 신문기자들이 책상 사이를 분주히 오가며 정신없이 일하고 있는 편집실로 안내되었다. 그러고는 사람들이 가리킨, 유리문이 달린 자그만 사무실을 향해 갔다.

엘리사는 빨간 구레나룻을 기른 그 양키가 서류에서 눈을 떼고 자기를 바라봐 주기를 기다리며 책상 앞에 서 있었다. 주근깨가 난 피부에 달콤한 초 냄새를 풍기는 중년의 남자였다. 그가 왼손으로 글씨를 쓰면서 오른손으로 이마를 받치고 있어서 얼굴은 제대로 보이지 않았다. 그렇지만 그 달콤한 초 냄새는 그녀가 어렸을 때의 희미한 옛 추억을 떠올리게 하는, 왠지 낯설지 않은 냄새였다. 엘리사가 냄새를 맡으려고 살며시 그 남자 쪽으로 몸을 기울이자 그가 갑자기 고개를 들었다. 두 사람은 불편한 거리에서 서로를 어색하게 바라보며 깜짝 놀라 얼른 뒤로 물러났다. 세월이 많이 흘렀고 그가 안경도 끼고 구레나룻도 기르고 양키 옷을 입었지만, 엘리사는 냄새로 단번에 그가 누군지 알 수 있었다. 그는 미스 로즈의 영원한 구애자로, 발파라이소에서의 수요 모임이 있을 때마다 빠지지 않고 칼같이 참석하던 바로 그 영국인이었다. 엘리사는 온몸이 얼어붙어 도망칠 수도 없었다.

"청년, 무엇을 도와 드릴까요?"

제이컵 토드가 안경을 벗어 손수건으로 닦으면서 물었다.

엘리사는 많은 말들을 준비해 왔지만 순간적으로 머릿속이 하얘졌다. 그녀는 자기가 그를 알아봤다면 그도 틀림없이 자기를 알아봤으리라는 생각이 들어서 입을 벌린 채 손에 모자를 쥐고 있었다. 그렇지만 그 남자는 다시 점잖게 안경을 쓴 다음 그녀에게는 눈길도 주지 않은 채 똑같은 질문을 반복했다.

"호아킨 무리에타 때문인데요……."

그녀가 더듬거리며 말했다. 목소리가 그 어느 때보다 더 가느다랗게 나왔다.

"그 악당에 대해 아는 이야기가 있나요?"

기자는 즉시 관심을 나타냈다.

"아니요……. 아니에요……. 오히려 어르신한테 여쭤 보러 왔어요. 그를 만나야 해서요."

"청년, 어딘지 낯설지가 않은데……. 혹시 우리 아는 사이였던가요?"

"안 그럴 겁니다."

"칠레 사람인가요?"

"네."

"몇 년 전에 나도 칠레에서 살았지요. 아름다운 나라예요. 무리에타는 왜 만나고 싶은데요?"

"아주 중요한 일 때문이에요."

"당신을 도와주지 못할 것 같군요. 아무도 그가 어디에 있는지 몰라요."

"그렇지만 어르신은 그 사람과 말도 해 보지 않았습니

까!"

"무리에타가 나를 부를 때만 가능하지요. 자기의 무훈담이 신문에 나기를 원할 때만 그가 나한테 연락을 해요. 겸손한 구석은 하나도 없어요. 유명세를 좋아해요."

"어르신은 어떤 언어로 그를 인터뷰하십니까?"

"내 스페인어가 그의 영어보다 조금 더 낫지."

"어르신, 그럼 이것만이라도 말씀해 주세요. 그는 칠레 억양을 가지고 있습니까? 아니면 멕시코 억양을 가지고 있습니까?"

"글쎄 잘 모르겠는데요. 청년, 다시 말하지만 난 당신을 도와줄 수가 없어요."

기자는 이 귀찮은 대화를 끝내기 위해 일어나면서 대답했다. 그 대화가 슬슬 그의 기분을 언짢게 했던 것이다.

엘리사는 간단히 작별 인사를 하고 서둘러 그곳을 빠져나왔다. 제이컵 프리몬트는 엘리사가 시끌벅적한 편집실에서 멀어져 가는 뒷모습을 지켜보면서 뭔가 혼란스러워 생각에 잠겼다. 어디선가 그 청년을 보긴 본 것 같았지만 도무지 생각이 나지 않았던 것이다. 몇 분 후 그를 찾아왔던 손님이 완전히 사라지고 나서야 그는 존 소머스 선장의 부탁이 떠올랐다. 동시에 어렸을 때의 엘리사의 모습이 섬광처럼 그의 머릿속을 스쳐 지나갔다. 그제야 그는 악당의 이름을 호아킨 안디에타와 연관시킬 수 있었으며, 왜 그녀가 그를 찾는지도 이해할 수 있었다. 그는 묵직한 신음을 토해 내며 길거리로 뛰쳐나왔지만 그녀는 이미 사라지고 난 후였다.

타오 치엔과 엘리사 소머스의 가장 중요한 업무는 한밤중에 시작되었다. 어둠 속에서 그들은 목숨을 구하지 못했던 불쌍한 여자들의 시신들을 실어 나르고, 나머지 여자들은 도시의 반대쪽에서 기다리고 있는 퀘이커교도들에게 데리고 갔다. 여자들은 한 명씩 지옥에서 탈출하여 돌이킬 수 없는 모험을 향해 맹목적으로 뛰어들었다. 그 여자들에게는 중국으로 돌아간다거나 가족들과 재회한다는 희망은 이미 없었다. 이젠 평생 자기 나라 말로 이야기할 기회도 없으며, 자기 나라 사람들은 못 보고 죽을 수도 있었다. 그들은 뭔가 일을 배워야 했고 남은 평생 힘들게 죽도록 고생만 해야 했다. 그렇지만 그 어떤 것도 그전의 삶에 비하면 천국이었다.

타오 치엔이 미리 손을 써서 구한 여자들은 훨씬 더 적응을 잘 했다. 그 여자들은 짐짝처럼 차곡차곡 쌓여서 힘든 항해를 견뎌 내고 선원들의 음란하고 야만스러운 행위에 처절할 정도로 시달렸지만 그래도 아직 완전히 망가진 건 아니라 어느 정도 회생의 가능성은 있었다. 그렇지만 '병원'에서 죽음의 문턱에서 구출된 여자들은 절대 두려움을 극복하지 못했다. 그 두려움은 백혈병처럼 마지막 죽는 순간까지도 따라다니며 그들 가슴속을 시커멓게 태울 것이다. 타오 치엔은 시간이 흐르면서 그래도 그 여자들의 얼굴 위로 엷은 미소나마 스쳐 지나갔으면 하고 간절히 바랐다.

여자들은 제대로 힘을 추스르기도 전에 이젠 다시는 강제로 남자들을 상대하지 않아도 되지만 평생 도망다니는 신세가 되었다. 여자들은 도망친 노예들을 도와주는 '언더그

라운드 레일로드'라는 비밀 단체의 회원들의 집으로 보내졌다. 대장장이인 모튼과 그의 형제들도 그 단체에 소속되어 있었다. 그들은 주로 노예 신분으로 도망친 사람들을 받아들여 캘리포니아에 정착할 수 있도록 도와주었다. 그렇지만 이 경우에는 중국 여자들을 범죄 조직과 인신매매단으로부터 보호하기 위해 캘리포니아 밖으로 끌어내 거처를 마련해 주고 먹고살 수 있도록 대책도 세워 줘야 했기 때문에 평소와는 정반대로 일이 진행되었다.

퀘이커교도들은 종교적 열정으로 그 큰 위험을 감수했다. 그들에게 그 여자들은 신이 주시는 시험에 빠져, 인간의 악에 더럽혀진 무고하고 선량한 여인들이었다. 여자들이 가끔 과격하게 발작을 일으키거나 겁에 질려 행동했지만 그래도 그들은 여자들을 기꺼운 마음으로 받아들였다. 그 불쌍한 여자들은 사랑을 받아들일 줄 몰랐다. 그러나 그 선한 사람들의 끈질긴 인내심 덕분에 조금씩 마음을 열어 갔다. 그들은 제일 필요한 간단한 영어 몇 마디를 가르쳐 주면서 미국 관습이 어떤 것인지 대충 설명도 해 주고, 적어도 자신들이 어디에 있는지나 알 수 있도록 지도를 꺼내 보여 주기도 했다. 그들은 악당 바발루가 여자들을 데리러 올 때까지 기다리면서, 여자들이 앞으로 벌어먹고 살 일도 찾아서 가르쳐 주려 했다.

덩치가 거인만 한 바발루는 드디어 자기 적성에 가장 딱 들어맞는 일을 찾아냈다. 그는 지칠 줄 모르는 방랑객이었고, 밤에 잠을 자지 않는 올빼미형이었고, 모험을 사랑하는 사람이었다. 싱송 걸즈는 그가 나타나는 순간 두려움에 떨었으며, 여자들을 보호하고 있던 사람들이 한참을 달래고 달래야 겨우 진정이 되었다. 바발루는 중국 노래와 몇 가지 요술도 배워서 여자들과 친해지고 첫인상의 충격도 완화시키고자 애를 썼지만, 늑대 가죽과 빡빡 깎은 머리, 마술사들이나 하는 커다란 귀걸이와 무시무시한 무기들은 무슨 일이 있어도 절대 포기하지 않았다.

여자들에게 바발루가 악마도 아니고 그들을 잡아먹지도 않을 것이라는 믿음을 주기까지 이틀 정도의 시간이 걸렸다. 그런 후에 바발루가 한밤중에 여자들을 데리고 길을 떠났다. 새벽녘에 다른 피난처에 도착해서 낮에는 휴식을 취할 수 있도록 거리는 미리 잘 계산해 두었다. 그들은 대부분 길을 피해서 허허벌판으로 돌아갔기 때문에 마차는 별 쓸모가 없어 주로 말을 타고 이동했다. 밤에는 곰이나 뱀, 도적 떼, 인디오들도 세상 모든 만물처럼 잠이 들기 때문에 바발루는 길만 확실하게 잘 알고 있다면 밤에 여행하는 게 훨씬 더 안전하다고 생각했다.

넓은 조직망을 갖춘 다른 요원들에게 안전하게 인도된 여자들은 오리건 주의 목장, 캐나다의 세탁소, 멕시코의 도자기 공장 등지로 다시 옮겨 갔다. 거기서 대부분 하녀로 일하게 됐는데 결혼하는 여자들도 없지 않았다. 제임스 모르건이 그들 조직이 구조한 도망자 각각의 신상을 파악하고 있었기 때문에, 타오 치엔과 엘리사는 그를 통해 여자들의 소식을 알고 있었다. 가끔 아주 먼 곳의 주소가 찍힌 봉투가 도착하여 그 봉투를 열어 보면 서툴게 이름이 씌어진 종이와 함께 말린 꽃이나 그림이 들어 있을 때도 있었다. 그

럼 그들은 또 다른 싱송 걸즈가 구원받은 일을 서로 축하하
며 즐거워했다.

가끔 엘리사는 막 구출해 온 여자와 함께 며칠 동안 방
을 써야 할 때도 있었다. 그렇지만 엘리사는 그 여자 앞에
서도 자기가 여자라는 것을 밝히지 않았다. 그녀가 여자인
건 타오 단 한 사람만이 알고 있었다. 엘리사는 그 집에서
도 제일 좋은 방을 쓰고 있었으며, 그 방은 타오의 진료실
을 마주하고 복도 맨 끝에 위치하고 있었다. 두 개의 큼지
막한 창문이 있어 작은 안뜰이 내다보이는 널찍한 방이었
다. 그 안뜰에는 처방을 위한 약초들과 음식에 넣을 허브
들을 키웠다. 타오 치엔과 엘리사는 정말 근사한 정원이
있는 더 큰 집으로 이사를 가는 공상을 자주 하곤 했다.
실용적인 목적을 위해서만이 아니라 눈을 편하게 쉬게 하
고 마음을 즐겁게 해 줄 수 있는 그런 정원을 원했던 것이
다. 그곳에 중국과 칠레에서도 가장 아름다운 나무와 화초
들을 심고, 정자에 앉아서 오후에는 차를 마시고 새벽녘에
는 바다 위로 떠오르는 태양을 감상할 수 있었으면 하고
바랐다.

타오 치엔은 엘리사가 온갖 정성을 들여 집 안을 포근한
가정처럼 꾸미려 한다는 것을 잘 알았다. 그녀는 집 안을
깨끗하게 정돈했으며 꾸준히 방마다 신선한 꽃을 가져다가
화사하게 꾸몄다. 타오 치엔은 찢어지게 가난하게 자랐고,
스승의 집에서는 포근한 가정을 꾸밀 만한 여자의 손길이
없었으며, 린은 집안일을 할 힘도 없을 정도로 늘 쇠약했
기 때문에 예전에는 그런 따스한 정감이 감도는 사치를 누

려 본 적이 없었다.

반면 엘리사는 둥지를 트는 새처럼 본능적으로 집 안을 잘 꾸몄다. 그녀는 일주일에 두 번씩 밤마다 살롱에서 피아노를 치면서 번 돈과 칠레 타운에서 '엠파나다'와 케이크를 팔아 번 돈을 집 안을 꾸미는 데 썼다. 그렇게 커튼과 금실로 수를 놓은 테이블 보, 부엌 그릇과 접시, 자기 컵들도 사들였다. 그녀가 자란 환경에서는 바른 예절이 필수였기 때문에 그녀는 하루에 함께하는 유일한 식사인 점심 식사를 무슨 의식처럼 치렀다. 당연히 접시도 가장 좋은 것들을 사용하였다. 타오가 수고했다고 칭찬하면 좋아서 얼굴을 발그스름하게 붉혔다. 집안일은 혼자 저절로 이뤄지는 것 같았다. 한밤중에 마음씨 좋은 귀신들이 나타나 진료실을 청소하고, 서류들을 정리하고, 타오 치엔의 방으로 살짝 들어와 빨래감도 갖고 나가고, 옷의 단추를 잘 채워 놓고, 솔질을 해서 옷의 먼지를 털어 내고, 책상 위에 있는 장미꽃의 물도 갈아 주는 것 같았다.

"엘리사, 부담되니까 나한테까지 그렇게 신경 쓸 건 없어."

"중국 남자들은 여자들이 시중들어 주는 걸 좋아한다고 했잖아요."

"그건 중국에서의 이야기이지. 그렇지만 나는 평생 그런 행운을 누려 보지 못했어……. 네가 내 버릇을 잘못 들이고 있어."

"내가 바라는 것이 바로 그거예요. 남자들을 길들이기 위해서는 먼저 남자한테 잘해 줘서 거기에 익숙해지게 만들었다가, 말을 안 들으면 일체 아무것도 해 주지 말아 버려서 꼼짝 못하게 하라. 미스 로즈한테서 받은 교육이에요."

"미스 로즈는 독신 아니었나?"

"기회가 없어서가 아니라, 자기가 원해서 혼자 있는 거예요."

"네 말을 안 들을 생각은 없어. 그렇지만 나중에 나 혼자서 어떻게 살지?"

"절대 혼자 살 일은 없을 거예요. 당신은 못생긴 편이 아니니까 당신과 결혼하고 싶어 하는 발 크고 성질 나쁜 여자가 분명 있을 거예요."

엘리사는 그렇게 대답하면 재미있다는 듯 까르르 웃었다.

타오는 엘리사의 방에 놓을 고급 가구들을 사들였다. 그 집에서는 그 방이 유일하게 사치스럽게 꾸며진 방이었다. 그들이 함께 차이나타운을 산보할 때, 엘리사는 중국 전통 가구들의 자태를 감탄하곤 했다. "너무 예쁘긴 한데 정말 무겁겠다. 장식이 너무 달려서 무거울 것 같아." 하고 말했다. 타오가 그녀에게 조각이 새겨진 짙은 색 목재 가구로 침대와 장롱을 사 주었다. 그러고 나면 그녀가 테이블, 의자, 대나무 병풍 등을 골랐다. 그녀는 중국에서처럼 비단 이불이 아니라 유럽 스타일의 침대 시트를 원했다. 수가 놓여진 흰색 마로 된 침대 시트로, 같은 재질의 쿠션도 함께 골랐다.

"타오, 정말 이 돈을 다 지불할 거예요?"

"싱송 걸즈를 생각하고 있는 거야?"

"네."

"네 입으로 그랬잖아. 캘리포니아에 있는 금으로도 그 여자들을 다 살 수는 없다고. 걱정하지 마. 돈은 충분해."

엘리사는 여러 면에서 그를 배려했다. 그녀는 타오의 침묵과 공부 시간을 사려 깊게 존중해 주었으며, 진료실에서 정성껏 그의 일을 도와주었고, 여자들을 구출할 때는 용기도 보여 주었다. 그렇지만 타오 치엔에게 가장 큰 선물은 엘리사의 지칠 줄 모르는 낙관주의였다. 엘리사는 타오가 완전히 지치고 시무룩해져 있을 때에는 기운을 차리라며 힘을 북돋아 주었다. "이렇게 침체해 있으면 기운도 없어지고, 그러면 아무도 도울 수가 없는 거예요. 자 우리 산책이나 나가요. 나는 숲에서 나는 향을 좀 맡고 싶어요. 차이나타운은 간장 냄새만 진동해요."라고 말하고는 그를 마차에 태워 도시 밖으로 나갔다. 그들은 하루 종일 야외에서 머슴처럼 뛰어다니며 모든 시름을 훌훌 털어냈다. 그날 밤 타오는 숙면을 취할 수 있었으며, 그 다음 날에는 다시 활력이 넘쳐 기분 좋게 일어날 수 있었다.

1853년 3월 15일에 존 소머스 선장은 발파라이소 항구에 닻을 내렸다. 그는 이번 항해와 선주의 지나친 요구로 지칠 대로 지쳐 있었다. 최근 그녀의 변덕은 고래 잡는 배만 한 크기의 빙산 덩어리를 칠레 남쪽에서부터 끌고 오라는 데까지 이르렀다. 캘리포니아에서 농업이 자리를 잡기 시작하면서 야채 값과 과일 값이 엄청나게 많이 내렸기 때문에 셔벗과 아이스크림을 만들어서 팔려는 생각이었다. 금은 지난 4년 동안 25만 명의 이민자들을 끌어들였지만 일확천금의 꿈을 꿀 수 있는 노다지는 더 이상 아니었다. 그래도 파울리나 로드리게스 데 산타크루스는 샌프란시스코를 떠날 생각을 하지 않았다. 아직 사회 계층이 형성되지 않았고 모험가들이 일구어 낸 그 도시가 그녀의 드센 기질에 딱 맞아떨어졌던 것이었다. 그녀는 자기가 직접 나서서 미래에 살 저택 공사를 관장했다. 만이 한눈에 내려다보이는 기막힌 절경을 감상할 수 있는 언덕 끝에 위치한 대저택이었다.

파울리나는 네 번째 아이를 기다리고 있었다. 그녀는 어머니와 언니, 동생들이 아이를 지겨울 정도로 끔찍이 받들어 모시는 발파라이소에서 아이를 낳을 생각이었다. 그녀의 아버지는 다행인지 불행인지 뇌출혈을 일으켜 몸의 반쪽이 마비가 되어, 정신도 약간 이상할 정도였다. 그렇지만 불구가 되었다고 해서 아우구스틴 델 바예의 성질이 어디로 간 건 아니었다. 그래도 그나마 죽음이 임박해 옴을 느끼자 지옥을 두려워하게 되었다. 그 수많은 죄들을 어깨에 짊어지고 저세상으로 가려는 것은 좋은 생각이 아니라며, 친척인 추기경이 그의 귀에 못이 박히도록 이야기했던 것이다. 발작처럼 버럭버럭 성질을 내던 것도, 그토록 여자를 밝히던 것도 말끔히 사라졌다. 그렇지만 그건 그가 회개해서라기보다는 몸이 따라 주지 않아서였다. 그는 집에 있는 예배당에서 매일 미사를 보고, 성경의 가르침과 아내가 읽어 주는, 평생 끝나지도 않을 기도문을 고행하는 심정으로 꾹 참고 받아들였다. 그렇지만 아무리 그래도 소작농들과 하인들을 대하는 태도는 변하지 않았으며, 식구들과 다른 사람들을 대할 때도 여전히 폭군처럼 군림하려 했다.

그렇지만 곁에 없는 딸 파울리나에게만큼은 납득이 가지 않을 정도로 갑작스러운 애정을 나타냈다. 자기가 상대하는 사람들의 가문이 아니라고 이름도 기억하지 않았던 그 유태인 자식과 결혼하기 위해 수녀원을 도망쳐 나왔던 그 딸을 그토록 끔찍하게 혐오했었다는 사실조차 잊었던 것이다. 그는 파울리나가 사업에 대한 자질과 자기 기질을 그대로 물려받은 유일한 자식이라며, '사랑하는 딸'이라고 편지에 썼다. 그는 죽기 전에 사랑하는 딸을 한 번만 안아 보고 싶다며 제발 집으로 돌아오라는 애절한 편지를 썼다. 파울리나는 희망에 부풀어, 언니들에게 보내는 편지에 '정말 그 노인네가 그렇게 건강이 나빠?' 하고 물었다. 그렇지만 전혀 그렇지가 않았다. 그는 휠체어에 앉아 다른 사람들을 들들 볶다가 틀림없이 몇 년은 더 살고도 남을 정도로 거뜬했다.

어쨌든 소머스 선장은 이번 여행 때 파울리나를 비롯해 버르장머리없는 아이들, 대책 없이 멀미만 하는 하녀들, 산더미 같은 트렁크들, 아이들의 우유를 댈 소 두 마리, 프랑스 고급 창녀들처럼 귀에 리본을 맨 삽살개 세 마리를 태우고 힘들고 고된 여행을 해야 했다. 그 삽살개들은 첫 번째 항해 때 바다 한가운데에서 빠져 죽은 개를 대신한 것들이었다. 선장에게는 이번 항해가 너무나 길었다. 얼마 안 있다가 파울리나와 그녀의 패거리를 이끌고 다시 샌프란시스코로 돌아갈 생각을 하니 벌써부터 머리가 지끈거렸다. 그는 길고 긴 선원 생활을 해 오면서 처음으로, 은퇴해서 남은 여생을 육지에서 보내 볼까 하는 생각까지 하게되었다. 형 제레미가 부둣가에 나와서 기다리고 있었다. 로즈는 편두통에 시달려 함께 오지 못했다며 그를 데리고 집으로 향했다.

"너도 알다시피, 엘리사 생일 때가 되면 늘 아프잖니. 그 아이의 죽음을 극복할 수가 없나 봐."

제레미가 로즈가 나오지 못한 이유를 설명했다.

"나도 바로 그 점에 대해서 이야기하고 싶은데."

선장이 대답했다.

미스 로즈는 엘리사가 사라지고 난 다음에야 자신이 그녀를 얼마나 사랑했는지 깨달았다. 너무나 뒤늦은 지금에 와서야 모성애에 대한 확신이 찾아왔다. 미스 로즈는 자신이 죽 끓듯 변덕이 심한 애정 때문에 엘리사를 온전히 사랑하지 못하고, 반쪽짜리 애정에 그쳤던 그 세월이 미안하기만 했다. 때때로 자기 일에만 매달려 몰두하다가 엘리사의 존재를 잊을 때도 많았다. 그러다가 생각나서 쫓아가 보면 그 어린 것은 일주일씩이나 마당에서 닭들하고 어울려 놀고 있었던 것이다. 미스 로즈는 친딸을 낳을 수가 없었으며, 그런 그녀에게 엘리사는 자기 배를 앓아서 낳은 친딸과 다를 바 없었다.

엘리사는 거의 17년 동안 그녀의 친구이자 놀이 동무였고, 이 세상에서 유일하게 자기 몸에 손을 댈 수 있는 사람이었다. 미스 로즈의 병은 순전히 외로움에 기인한 것이었다. 민트와 로메로 잎사귀를 넣어 향을 낸 목욕물에 몸을 담그고, 첨벙거리며 행복하게 웃고 즐겼던 엘리사와의 목욕이 그리웠다. 그녀의 머리를 감겨 주던 엘리사의 고사리같이 자그마한 손이 눈앞에 선했다. 그 재주 많은 손으로, 엘리사는 자기의 목도 마사지해 주고, 손톱도 갈아 주고, 머리도 빗겨 주었던 것이다. 밤에는 언제나 아니스 술을 가지고 오는 그녀의 발소리가 들릴까, 귀를 세우고 기다린 적도 있었다. 그녀는 밤에 엘리사가 자기 이마에 저녁 인사로 해 주던 키스를 한 번만이라도 더 받아 보았으면 하고 간절히 바랐다.

미스 로즈는 이제 글도 쓰지 않았고, 전에 그곳 사교계의 중심이었던 음악회도 완전히 그만두었다. 애교도 일체 부리지 않았으며, 모든 걸 체념한 채 그저 나이만 먹어갔다. "내 나이에는 점잖고 냄새만 나지 않으면 돼." 그동안 새 옷 한 벌도 만들지 않았다. 계속해서 그전에 입던 옷을 입었으며, 이젠 유행이 지난 옷들이라는 것도 몰랐다. 바느질 방은 방치되었으며, 이제는 거리에 나갈 때 칠레 여자들처럼 까만 망토를 둘렀기 때문에 그녀가 모아 두었던 구두와 모자들도 상자 안에서 그대로 썩고 있었다. 그녀는 고전 작가들을 다시 읽고 우울한 노래를 피아노로 치면서 시간을 보냈다.

미스 로즈가 아예 작정하고 지루한 생활을 보내는 데는 자신에게 벌주려는 이유도 있었다. 엘리사의 죽음은 잃어버린 지난 40년간의 자신의 삶을, 특히 사랑이 없었던 자신의 삶을 슬퍼하고 원망하기에 좋은 핑계거리가 되었다.

그건 손톱 밑에 가시가 박힌 것처럼 아무도 모르게 끝없이 계속되는 고통이었다. 미스 로즈는 엘리사에게 거짓말을 하면서 키웠던 게 후회가 되었다. 그녀는 자기가 왜 바티스트 포로 된 이불과 말도 안 되는 밍크 담요, 금화가 담긴 바구니 이야기를 만들어 냈는지 납득이 되지 않았다. 차라리 사실대로 말했더라면 더 나을 뻔했었다. 엘리사가 그토록 좋아하던 존 삼촌이 실제로 그녀의 아버지이며, 자기와 제레미는 고모와 삼촌이며, 불쌍해서 데려다 기른 고아가 아니라 소머스 가문의 사람이라는 걸 그녀도 알 권리가 있었다.

미스 로즈는 아이에게 겁주기 위해 고아원까지 끌고 갔던 때를 기억하면서 자기 자신이 끔찍스러웠다. 그 당시 몇 살이었더라? 여덟 살에서 열 살 정도로 아직 어린애였을 때다. 다시 시작할 수만 있다면 완전히 다른 어머니가 될 수도 있을 텐데……. 우선 엘리사가 사랑에 빠졌을 때, 그 아이에게 전쟁을 선포하는 대신 도와주었을 것이다. 만일 자기가 엘리사를 도와주었다면, 엘리사는 아직 살아 있었을 것이라며 한숨을 내쉬었다. 도망치자마자 죽을 수밖에 없었던 것은 다 그녀 책임이었다. 멀리 갈 것도 없이 자기 자신부터 돌아다보고, 그 집안 여자들은 첫사랑에 눈이 멀면 정신을 잃어버린다는 것을 알았어야 했다.

더욱 슬픈 것은 엘리사에 대한 기억을 함께 나눌 사람이 아무도 없다는 것이었다. 마마 프레시아도 그녀와 함께 사라져 버렸고 제레미 오빠는 엘리사 이야기만 꺼냈다 하면 아예 입을 딱 봉하고 방으로 들어가 버렸다. 그녀의 슬픔은 집 안 전체에 감염되었다. 지난 4년간 집안 전체에는 무덤처럼 묵직한 기운이 감돌았으며, 음식의 질도 떨어져 그녀가 영국 과자와 차로 끼니를 때울 정도였다. 쓸 만한 요리사를 구하지 못했으며, 찾아보려고 하지도 않았다. 이젠 집 안을 청소하고 정돈하는 것도 그녀의 관심 밖이었다. 꽃병에는 꽃이 없었고, 정원의 화초들 절반 이상이 돌보지 않아 시들어 버렸다. 계절의 변화에 따라 커튼을 바꾸는 데 신경을 쓰는 사람도 없어서 지난 4년 동안 겨울 내내 살롱에는 여름철 꽃무늬 커튼이 그대로 걸려 있었다.

제레미는 동생을 나무라지 않았다. 다 짓이겨진 과자 부스러기를 갖다줘도 아무 말 하지 않고 먹었으며, 와이셔츠에 다림질이 잘못 되었건 옷에 솔질이 안 되었건 아무 말 하지 않았다. 그는 혼자 사는 여자들이 심각한 우울증에 걸리기 쉽다는 이야기를 들은 적이 있었다. 영국에서는 그 히스테리를 치료할 수 있는 기적 같은 방법이 개발되었다. 쇠를 빨갛게 달궈서 몇 군데 급소를 태우는 방법이었지만, 아직까지도 그런 병에는 성수를 사용하고 있는 칠레에는 그런 획기적인 방법들이 소개되지 않았다. 어찌 됐든 미묘한 문제였기 때문에 로즈 앞에서 거론하기에는 까다로운 이야기였다.

옛날부터도 서로 많은 말을 주고받지 않았기 때문에, 제레미는 동생을 어떻게 위로해 줘야 할지 몰랐다. 배의 밀수품들을 사서 선물하는 것으로 동생의 기분을 맞춰 보려고도 했지만, 여자들에 대해서는 아는 바가 없었기 때문에 곧 옷장 안에 처박히고 말, 이상한 것들만 사 가지고 왔을 뿐이었다. 그는 자기가 소파에 앉아 담배를 피우는 동안, 로즈가 몇 번이나 가까이 다가와 자기 발 밑에 쓰러져 무릎에 고개를 파묻고, 눈물이 마를 때까지 얼마나 울고 싶어했는지 몰랐다. 그렇지만 그들 사이에는 정감이 담긴 말이 오히려 비꼬는 말투나 용서할 수 없는 감상주의처럼 들렸기 때문에 로즈는 늘 마지막 순간에 놀라서 뒤로 물러서고 말았다.

미스 로즈는 늘 슬픔에 잠기고 긴장된 모습이었다. 유일하게 그녀를 지탱해 주고 있는 코르셋을 벗기면 금방이라도 허물어질 것 같았다. 이제는 명랑하고 재기가 넘치던 짓궂은 모습은 일체 남아 있지 않았다. 과감했던 발언이나 반항적이던 모습, 쓸데없이 궁금해하던 호기심도 전혀 없었다. 그녀가 가장 우려하던 대로 변하고 있었다. 바로 빅토리아 시대의 독신녀처럼 변해 가고 있었던 것이다. "변화 때문에 그렇습니다. 그 나이의 여성들은 자주 정신적 균형을 잃습니다." 독일 약제사의 견해였다. 그는 미스 로즈에게 신경 안정을 위한 쥐 오줌풀과 창백한 안색을 지울 수 있는 대구 간 기름을 처방해 주었다.

존 소머스 선장이 새로운 소식을 전하기 위해 형과 동생을 서재로 모이게 했다.

"제이컵 토드라고 기억나?"

"티에라델푸에고에서 선교 활동을 할 거라고 우리한테 사기쳤던 작자?"

제레미 소머스가 물었다.

"바로 그 사람."

"내 기억이 나쁘지 않다면 아마 로즈한테 푹 빠져 있었지."

제레미는 적어도 그 사기꾼이 자기 매제가 되지 않아 다행이라 생각하면서 미소를 지었다.

"그 사람이 이름을 바꿨어. 지금은 제이컵 프리몬트라고 부르는데 샌프란시스코에서 신문기자가 되었어."

"세상에! 그러니까, 미국에서는 어떤 개망나니도 다시 새 출발할 수 있다는 말이 사실이었군."

"제이컵 토드는 충분히 죗값을 치렀어. 재기할 수 있는 기회를 제공하는 나라가 있다는 게 얼마나 멋져."

"그럼 명예는 생각도 안 하니?"

"제레미, 명예가 다는 아니야."

"뭐가 더 있는데?"

"우리한테 제이컵 토드가 왜 중요한 건데? 그 사람 이야기를 하자고 다 모이라고 한 건 아니겠지, 존."

로즈가 바닐라 향을 적신 손수건으로 얼굴을 가린 채 더듬거렸다.

"배를 타기 전에 제이컵 토드, 아니, 프리몬트와 함께 있었어. 그가 샌프란시스코에서 엘리사를 봤다고 확신하더군."

미스 로즈는 난생 처음으로 청천벽력 같은 기분이 들면서 기절하는 줄 알았다. 심장이 터져 나가고, 이마가 폭발해 얼굴이 온통 피범벅이 된 기분이었다. 그녀는 숨이 막혀 한마디도 할 수가 없었다.

"그 남자가 하는 말은 하나도 믿을 수가 없어! 1849년에 배에서 어떤 여자가 엘리사를 만났었고, 그때 확실히 죽었다는 맹세를 했다고 그랬잖아."

제레미 소머스는 서재 안을 큰 발걸음으로 왔다갔다하면서 항의했다.

"그랬지. 그렇지만 그 여자는 창녀였고, 내가 엘리사한테 선물했던 터키석 브로치를 갖고 있었어. 그 여자가 그걸 훔치고는 자신을 보호하기 위해 거짓말을 둘러댔을 수도 있어. 그렇지만 제이컵 프리몬트는 뭐 때문에 나를 속이려고 하겠어?"

"이유는 없지만 태생이 워낙 사기꾼이잖아."

"제발 그만해요."

미스 로즈가 안간힘을 쓰며 간신히 소리를 내서 말했다.

"제일 중요한 건 누군가 엘리사를 보았고, 그 아이가 아직 죽지 않았으며, 우리가 그 아이를 찾아낼 수 있다는 거예요."

"괜한 꿈꾸지 말아라. 만들어 낸 이야기라는 걸 모르겠니? 나중에 가서 그게 만들어 낸 이야기라는 걸 확인하게 되면 너한테는 큰 충격만 안겨 줄 뿐이야."

존 소머스는 제이컵 프리몬트와 엘리사가 만났던 이야기를 그들에게 자세하게 들려주었다. 엘리사가 남장을 하고 있었으며, 프리몬트가 의심도 하지 못할 정도로 엘리사에게 남장이 잘 어울렸다는 이야기도 빠뜨리지 않고 들려주었다. 그러고는 둘이 함께 칠레 타운에 가서 엘리사에 대해 수소문해 보았지만 그곳에서는 그런 이름을 들은 사람도 없었으며, 그녀가 어디에 있는지 말해 줄 수 있는, 말해 주고 싶어 하는 사람도 찾아내지 못했다고 했다. 존 선장은 엘리사가 자기 애인을 만나기 위해 캘리포니아까지 간 건 틀림없지만, 제이컵 프리몬트를 찾아갔던 게 비슷한 이름을 가진 악당에 대해 알아보려고 갔던 것이었기 때문에 뭔가 일이 틀어져서 여태껏 만나지 못한 것 같다고 설명했다.

"그럼 그놈이 틀림없네. 호아킨 안디에타는 도둑놈이야. 칠레를 떠날 때도 도둑질하고 도망친 거였으니까."

제레미 소머스가 중얼거렸다.

엘리사 애인의 정체에 대해서는 더 이상 숨길 수가 없었다. 또한 미스 로즈도 소식을 듣기 위해 호아킨 안디에타의 어머니를 자주 찾아갔던 것도 털어 놓을 수밖에 없었다. 갈수록 더 가난하고 병색이 깊어지는 그 불쌍한 여자는 자기 아들이 죽었다고 믿고 있었다. 그 오랜 침묵을 달리 설명할 길이 없다는 것이었다. 그녀는 1849년 2월 날짜가 찍힌, 아들이 도착한 지 일주일 만에 캘리포니아에서 보낸 편지를 받았었다. 그 편지에는 금광을 찾아가겠다며 자기 계획을 이야기했고, 보름에 한 번씩 반드시 편지를 쓰겠다며 누누이 약속했다고 했다. 그러고는 그 후 아무 편지도 없었다. 자취도 없이 사라져 버린 것이다.

"제이컵 토드가 그런 엉뚱한 상황에서, 남장을 한 엘리사를 알아봤다는 게 이상하지 않아?"

제레미 소머스가 물었다.

"그 사람이 엘리사를 봤을 때는 아직 어린애였을 때야. 그게 벌써 몇 년 전인데? 적어도 육칠 년은 됐을 거야. 게다가 그 사람이 엘리사가 캘리포니아에 있을 것이라고 어떻게 상상이나 할 수 있겠어? 말도 안 돼."

"3년 전에 내가 그 사람한테 그간 있었던 이야기를 해 줬어. 그래서 그 사람도 엘리사를 찾아보겠다고 약속했었고. 토드한테 아주 자세하게 엘리사의 인상착의를 이야기해 줬었어, 제레미. 게다가 엘리사는 얼굴도 별로 변하지 않았잖아. 떠났을 때도 아직 어린애 같았어. 내가 엘리사가 죽었을지도 모른다고 이야기해 줬을 때까지 제이컵 프리몬트는 한참 동안 엘리사를 찾아다녔어. 그리고 지금 다시 나한테 찾아봐 주겠다고 약속했어. 심지어는 사립 탐정까지 고용할 생각을 하고 있었어. 다음 여행 때에는 좀 더 구체적인 소식을 가져오길 바랄게."

"왜 그 일을 깨끗이 잊어버리지 못하는 거지?"

"세상에, 그 아이가 내 딸이니까 그렇지!"

선장이 소리질렀다.

"엘리사를 찾으러 캘리포니아로 가겠어!"

미스 로즈가 벌떡 일어서면서 그들의 말에 끼어들었다.

"너는 아무 데도 못 가!"

마침내 제레미도 폭발했다.

그렇지만 미스 로즈는 이미 밖으로 나간 뒤였다. 미스 로즈에게는 그 소식이 새로이 피를 수혈받은 것 못지않은 효과가 있었다. 그녀는 자기 양딸을 반드시 찾아내고야 말 것이라는 확신이 있었으며, 4년 만에 처음으로 계속 살아가야 할 이유가 생겼다. 그녀는 자기가 예전처럼 힘이 넘쳐 흐른다는 걸 깨닫고는 새삼 놀라웠다. 그 힘은 심장 깊은 곳에 몰래 숨어 도사리고 있다가 옛날처럼 자기를 도와

주러 나타난 것이었다. 하녀들을 불러서 트렁크를 찾으러 창고 방으로 갈 때에는 요술을 부린 것처럼 두통도 감쪽같이 사라졌고, 온몸에서 땀이 났으며, 양 볼에는 생기가 흘러 넘쳐 발갛게 상기되어 있었다.

1853년 5월, 엘리사는 호아킨 무리에타와 그의 부하 손가락 세 개 잭이 순하디 순한 중국인들의 캠프를 습격하여 여섯 명의 목을 잘라 말총머리로 묶어서 마치 멜론 송이처럼 주렁주렁 나무에다가 매달아놓았다는 기사를 신문에서 읽었다. 그의 일당들이 그 일대를 점령하고 있었으며 그 지역에서는 그 누구도 안심하고 돌아다니지를 못했다. 돌아다니려면 많은 사람들이 무리를 지어서 무장을 한 채 다녀야 했다. 그들은 미국인 광부들, 프랑스 모험가들, 유태인 노점상인들과 다른 여러 인종들의 여행객들을 죽였다. 그렇지만 보통 인디오들이나 멕시코인들은 양키들이 죽였기 때문에 그 살벌한 잔악 행위에서 제외됐다.

사람들은 겁에 질려서 대문과 창문을 꼭꼭 걸어 잠갔다. 남자들은 장총을 가지고 보초를 서고, 여자들은 절대 손가락 세 개 잭에게 걸리지 않도록 몸을 숨겼다. 반면에 무리에타는 절대 여자들을 거칠게 대하지 않으며, 자기 패거리의 악당들에게 당하게 될 여자를 구해준 적도 몇 번 있다고 했다. 여관에서는 혹시라도 손님들 중의 한 명이 무리에타일까 봐 여행자들에게 방을 내주기도 꺼려했다. 프리몬트의 기사들이 악당에 대한 낭만적인 이미지를 만들어갔고, 독자들 대부분이 그걸 진짜처럼 받아들였지만, 그를 직접 본 사람은 아무도 없었으며 그의 인상착의는 늘 모순된 것들뿐이었다.

　잭슨에서 그 일당을 잡기 위해 지원자들로 결성된 첫 정찰대가 조직되었다. 그러고는 곧 각 마을마다 복수를 원하는 사람들이 모여들어, 유례를 찾아볼 수 없는 대대적인 인간 사냥이 시작되었다. 스페인어를 할 줄 아는 사람들은 모두 의심의 대상이 되었다. 몇 주 만에 자행된 린치들은 지난 4년 동안에 이루어진 횟수보다 훨씬 많았다. 그리하여 스페인어만 할 줄 알면 모두 공동의 적이 되었으며, 보안관과 정찰대의 화풀이 대상이 되었다.

　무리에타의 패거리가 자신들을 바짝 쫓고 있던 미국 군인들을 따돌리고, 잠깐 사이에 중국인들의 캠프를 공격함으로써 그들의 약을 바짝 올리기도 했다. 군인들도 몇 초 사이로 곧바로 뒤를 따라왔지만 이미 몇 명은 죽어 있었고, 몇 명은 숨이 넘어가고 있었다. 호아킨 무리에타는 동양인들이 거의 덤벼들지 않기 때문에 오히려 그들을 더 흉악무도하게 대한다는 이야기도 있었다. 그래서 '굼벵이들'은 그의 이름만 들어도 사시나무 떨 듯이 벌벌 떨었다. 그렇지만 그 악당이 그 지역의 멕시코 부농들의 협조를 받아 군대를 조직해 반란을 일으키고 스페인어권 부락을 선동하여 미국인들을 다 죽이고 캘리포니아를 멕시코에게 되돌려주거나 아니면 독립된 공화국으로 만들 계획이라는 소문도 끈질기게 나돌았다.

　민심이 걷잡을 수 없이 흉흉해지자, 주지사는 해리 러브 대장과 스무 명의 지원자들에게 3개월 동안 호아킨 무리에타를 잡아오도록 위임하고는, 한 사람당 150달러의 월급을 지불했다. 말을 먹이고 무기와 식량들을 준비해야 하는 걸 감안한다면 많은 돈은 아니었지만 정찰대는 일주일 내로 떠날 준비가 완료되었다. 호아킨 무리에타의 머리에는 천 달러의 현상금이 걸렸다. 그것은 무리에타가 저지른 범행들을 입증할 만한 재판도 없이, 그 사람의 신원도 파악하지 않은 상태에서 사형에 처하는 것이기 때문에, 러브 대장의 임무는 또 다른 린치와 다를 바 없다고 제이컵 프리몬트는 신문에 썼다.

엘리사는 한편으로는 두려우면서도, 또 한편으로는 안도가 되는, 설명할 수 없는 만감의 교차를 느꼈다. 그 사람들이 호아킨을 죽이는 건 원치 않았다. 그렇지만 어쩌면 그들만이 유일하게 그를 찾아낼 수 있는 사람들이었다. 그녀는 불확실 속에서 빠져나오고 싶었다. 맨날 허깨비만 쫓아다니는 데도 지칠 대로 지쳐 있었다. 어찌 됐든 러브 대장이 다른 사람들도 다 실패한 것을 이룰 확률은 거의 없어 보였다. 호아킨 무리에타는 무적 같았다. 총 두 자루로 총알이 다 떨어질 때까지 그의 가슴에 대고 쏘아 댔어도 그는 끄떡도 하지 않고 여전히 칼라베라스 지역 일대를 말을 타고 돌아다닌다고 했다. 그래서 은으로 된 총알만이 그를 죽일 수 있다는 말도 있었다.

"그 야만인이 네 애인이라면 차라리 만나지 않는 게 훨씬 낫겠다."

엘리사가 1년 넘게 스크랩을 해 놓았던 신문 기사들을 보여 줬을 때 타오 치엔이 말했다.

"그 사람이 아닌 것 같아요……."

"네가 어떻게 알아?"

엘리사는 꿈속에서 옛 애인을 자주 보았다. 그때마다 그는 발파라이소에서 서로 사랑했던 그 옛날 그대로, 다 낡은 양복에 올이 풀리기는 했지만 깨끗하고 잘 다림질된 와이셔츠를 입고 있었다. 향긋한 비누 냄새와 땀 냄새를 풍기며 강렬한 두 눈에 슬픔을 가득 담고 나타났다. 그는 옛날처럼 엘리사의 손을 잡고 흥분하면서 민주주의에 대해 이야기했다. 창고에서 가끔 옷을 벗지도 않고 서로 몸을 닿지도 않은 채 커튼 뭉치 위에 나란히 눕기도 했다. 그들 주변으로는 바닷바람이 휘몰아쳐 나무들이 삐걱거리고 있었다. 그리고 호아킨은 꿈에 나타날 때마다 이마에 환한 별을 달고 있었다.

"그게 뭘 의미하는 걸까?"

타오 치엔이 알고 싶어했다.

"나쁜 사람들은 이마에서 빛이 나지 않아요."

"그건 꿈일 뿐이야, 엘리사."

"한 번이 아니에요. 수도 없이 꿨는걸……."

"그렇다면 그 사람이 아닌가 보지."

"어쩌면요. 그렇지만 시간 낭비를 한 건 아니에요."

엘리사는 더 이상 아무 설명도 하지 않은 채 대답했다.

엘리사는 4년 만에 처음으로 다시 자신의 몸을 의식하게 되었다. 생각하고 싶지도 않은 그 1848년 12월 22일에 칠레에서 호아킨 안디에타와 작별한 그 순간부터 그녀의 몸은 뒷전으로 밀려나 있었다. 그러고는 그 남자를 찾겠다는 일념하에 모든 것을, 심지어 자신의 여성성까지도 다 버렸다.

그녀는 자기가 이젠 여자임을 포기하고, 남자도 여자도 아닌 이상한 변태가 된 건 아닐까 걱정되기도 했다.

때때로 엘리사는 사방에서 휘몰아치는 사나운 바람을 그대로 맞으며 구릉 지대와 숲 일대를 말을 타고 질주하면서, 미스 로즈의 충고를 떠올렸다. 미스 로즈는 우유로 세수하고, 도자기 같은 하얀 피부를 절대 햇빛에 노출시키지 않았다. 그렇지만 엘리사는 그런 것까지 신경을 쓸 수가 없었다. 다른 선택의 여지가 없었기 때문에 힘들고 괴로운 것도 다 묵묵히 참아 냈다. 그녀는 자신의 몸도, 자신의 생각이나 기억, 후각, 감각처럼 자신과는 떨어지려야 떨어질 수 없는 부분이라 생각했다. 옛날에는 영혼과 육체를 하나로 생각했었기 때문에 미스 로즈가 영혼에 대해 이야기하면 무슨 이야기를 하는지 이해하지 못했다. 그렇지만 이제는 어렴풋이나마 그 존재에 대해 알 수 있을 것 같았다. 영혼은 절대 변하지 않는 존재이다. 반면에 육체는, 몇 년간 긴긴 겨울잠을 자고 난 후에 깨어나 요구도 많고 다루기도 어려운 무시무시한 괴물 같은 그런 존재였다. 창고에서 잠깐씩 맛보았던 그 뜨거운 욕구가 다시 되살아나기 시작한 것이다.

그때 이후로는 마치 그녀의 일부분이 영원히 깊은 잠에 빠진 듯 사랑이나 육체적 욕구에 대한 열망이 없었다. 엘리사는 애인한테 버림받은 고통과 임신한 두려움, 배 안에서 죽음을 넘나들었던 처절함, 유산의 충격 때문에 그런 것이라고 생각했다. 그리고 그때 너무나도 처절하게 망가졌기 때문에 다시 그런 상황에 처하게 될지도 모른다는 두려움이 더 강하게 작용해 젊음의 욕구를 깨끗이 잠재웠었다. 그녀는 사랑으로 인해 너무 비싼 대가를 치렀으며 사랑은 아예 시작도 하지 않는 게 낫다는 생각이었다. 그렇지만 타오 치엔과 함께했던 지난 2년간 뭔가 내심의 변화가 일어났는지, 이제는 욕망만큼이나 사랑도 무조건 모른 척 피할 수만은 없었다.

엘리사는 남장을 할 수밖에 없는 상황이 버겁기 시작했다. 그녀는 지금 그 순간에도 틀림없이 미스 로즈가 예쁘고 아름다운 드레스를 만들고 있을 바느질 방이 떠올랐다. 그러면서 어렸을 때 바느질 방에서 수를 놓으며 보냈던 한가로운 오후와 5시에 미스 로즈와 함께 그녀의 어머니한테 물려받은 찻잔에 마시던 차, 배에서 몰래 빼돌린 밀수품들을 사면서 돌아다녔던 그 시절에 대한 그리움이 물밀듯이 밀려들었다. 마마 프레시아는 어떻게 되었을까? 부엌에서 뚱뚱한 몸을 뒤뚱거리며 궁시렁대던 그녀의 모습이 눈앞에 선했다. 그녀에게서는 늘 박하 향이 풍겼으며, 상냥한 마녀처럼 늘 손에 국자 하나를 들고 화덕 위에 냄비를 올려놓고 뭔가를 끓이고 있었다. 엘리사는 옛날처럼 여자들끼리 몰려다니며 여자들끼리만 할 수 있는 일을 하고 싶었다. 다시 간절히 여자가 되고 싶었다.

그녀의 방에는 커다란 거울이 없었다. 그래서 자기의 모습을 드러내려고 용을 쓰던 그 여자의 모습을 제대로 들여다볼 수가 없었다. 그녀는 자신의 벌거벗은 모습을 보고 싶었다. 때때로 옛날에 무시무시한 조의 아가씨들에게 큰소리로 읽어주었던 에로 소설들에 등장했던 인물들이 이마에 별을 단 호아킨 안디에타의 모습 위로 오버랩이 되어 나타나는 격정적인 꿈을 꾸다가 열에 들떠 새벽녘에 잠에 서 깰 때도 있었다. 옛날에는 그 묘사들이 그녀에게 별다 른 감흥을 불러일으키지 않아 아무렇지도 않게 책을 읽을 수가 있었다. 그렇지만 지금은 꿈속에서 음탕한 귀신들이 되어 나타나 그녀를 쫓아다니며 괴롭혔다.

그녀는 중국 가구들이 아름드리 한가득 들어찬 방에서, 창문 사이로 희미하게 스며 들어오는 새벽빛을 받으며 뜨 겁게 달궈진 자신의 몸을 홀로 달래었다. 파자마를 벗고, 눈에 들어오는 신체의 부위들을 호기심 있게 바라보면서, 몇 년 전 사랑에 처음 눈을 떴을 때 그랬던 것처럼 자신의 몸을 더듬거리며 만져 보았다. 엘리사는 별로 변한 게 없 음을 확인했다. 훨씬 더 말라 있었지만 더 튼튼해졌다. 손 은 햇빛과 힘든 일로 군살이 배겨 꺼칠했지만 다른 부위는 기억했던 그대로 투명하고 미끈했다. 그렇게 오랫동안 천 에 꽉 싸서 조여 놓았는데도, 가슴은 완두콩만 한 젖꼭지 에 자그마하고 단단한 옛날 그대로라는 게 신기하기만 했 다. 그녀는 지난 네 달 동안 자르지 않고 길렀던 단발머리 를 목덜미까지 오는 길이로 묶어 보았다. 그러고는 두 눈 을 감고 묵직한 머리카락에서 느껴지는 살아 있는 동물적 본능을 만끽하며 좌우로 머리를 흔들어 보았다.

엘리사는 가느다란 허리에서 완만한 곡선을 그리며 이어 지는 허벅지와 엉덩이를 가진, 그 낯선 여인의 모습 앞에 서 당혹스러웠다. 가느다랗고 탄력 있는 머리카락과는 달 리 음부에는 거칠고 꼬불꼬불한 털이 나 있었다. 엘리사는 한쪽 팔을 들어 길이를 가늠하면서 팔 모양새와 손톱을 감상했다. 그리고 다른 손으로는 옆구리에서부터 갈비뼈가 드러난 가슴, 겨드랑이, 팔 부위를 타고 오르며 자신의 몸을 부드럽게 더듬었다. 그녀는 손목과 팔꿈치가 굽어지는 가장 예민한 부위에서 잠시 손길을 멈추고는, 타오도 자기와 마찬가지로 그 부위에 간지럼을 탈까 생각해 보았다.

엘리사는 목과 귀, 눈썹, 입술을 따라 자신의 모습을 더듬어 보았다. 그러고는 손가락 한 개를 입 안으로 집어넣어 한참을 물고 있은 다음 젖꼭지에 갖다 대자, 뜨거운 침이 와 닿으면서 젖꼭지가 바짝 곤두서는 게 느껴졌다. 그러고 나서는 양손으로 엉덩이를 세게 붙잡아 엉덩이 모양새를 가늠해 보고, 곧이어 피부의 감촉을 느끼며 부드럽게 만져 보았다. 그녀는 침대에 앉아 발에서부터 은밀한 부위까지 애무하다가, 다리 위로 드러난 거의 눈에 보이지도 않을 정도의 가느다란 금빛 솜털들을 보며 스스로 감탄했다. 그러고는 양 가랑이를 벌려 성기가 움푹 패어 들어간 푹신하면서도 축축한 그 은밀한 부위를 애무했다. 욕망과 혼란의 중심인 클리토리스 부위를 찾아내고는, 그 순간 뜻밖에 나타난 타오 치엔의 모습을 그리며 그곳을 천천히 부드럽게 문질렀다. 이젠 얼굴도 어렴풋하게 기억나지 않는 호아킨 안디에타가 아니라, 절친한 친구인 타오 치엔이 나타난 것이었다. 그가 뜨거운 포옹과 부드럽고 잔잔한 미소를 머금고 나타나 자신의 뜨거운 환상을 더 뜨겁게 달궈 주었다. 그러고 나서 엘리사는 손에서 나는 냄새를 맡으며, 자신의 몸에서 발산된 짭짤하면서도 잘 익은 과일의 농후한 향에 아득해졌다.

주지사가 호아킨 무리에타의 머리에 현상금을 붙인 지 3일 후에 우편물 275자루와 롤라 몬테스를 태운 노던호가 샌프란시스코 항에 정박했다. 그녀는 유럽에서도 가장 손 꼽히는 유명한 고급 창녀였지만 타오 치엔이나 엘리사는 그녀의 이름을 들어 본 적도 없었다. 그때 그들은 한 선원이 상하이에서부터 가져온 중국 약재 한 상자를 찾으러 우연히 부둣가에 나와 있었다. 그렇게 많은 양의 우편물들이 한꺼번에 온 건 처음이라, 그들은 카니발 못지않게 사람들이 몰려든 게 우편물 때문이라고 생각했다. 그렇지만 폭죽을 울려 대는 떠들썩한 축제 분위기로 인해 이내 자기들이 잘못 생각하고 있었음을 깨달았다.

이 도시에는 별의별 희한한 구경거리들이 지천으로 널려 있었다. 이번에는 그 누구와도 비교할 수 없는 롤라 몬테스를 구경하러 그 수많은 남자들이 몰려든 것이었다. 그녀는 자신의 명성을 앞세우고 파나마 해협을 지나 그곳까지 항해한 다음 재수 좋은 선원 두 명의 팔에 안겨 배에서 내렸다. 선원들은 그녀를 마치 여왕 대하듯 조심스럽게 육지에 내려 놓았다. 그리고 팬들로부터 열화와 같은 환호성에 취한 그 여장부의 행동 역시 여왕의 자태 바로 그 자체였다. 엘리사와 타오 치엔은 그 아름답다는 여자의 전력에 대해 아는 바가 없었다. 사람들이 왜 그렇게 난리를 치는지 의아해하는 그들에게 사람들이 그 이유를 알려주었다.

롤라 몬테스는 평민의 집안에서 사생아로 태어난 아일랜드 여자로, 스페인 여배우이자 유명한 발레리나 행세를 하고 다녔다. 그녀는 거위처럼 뒤뚱거리며 춤을 추고 여배우의 기질로는 대책 없이 건방진 것밖에 없었지만 그녀의 이름은 다릴라에서 클레오파트라까지 천하의 요부들의 음탕한 이미지를 연상시켰다. 그래서 그녀를 환호하기 위해 그 수많은 사람들이 흥분해서 몰려든 것이었다. 사람들은 그녀의 재주를 보러 가는 게 아니라, 진짜 소문대로 그렇게 못되고 기가 막히게 아름답고 성질이 사나운지 확인하러 가는 것이었다. 그녀는 뻔뻔하고 과감한 것 외에는 별다른 재주도 없었지만, 극장은 늘 만원 사례를 이루었다. 돈을 물 쓰듯이 낭비하고, 보석들과 연인들을 모으는 게 취미인데다가, 성질도 사납고 고약해 예수회 사람들에게 전쟁을 선포했다가 여러 도시들에서 추방되기도 했다. 그렇지만 그녀의 최고의 명성은 왕의 가슴을 산산조각 낸 데에서 비롯되었다.

바이에른 왕국의 루트비히 1세는, 갑자기 그녀가 나타나 사람을 확 휘어잡고 얼간이로 만들어 놓기 전까지는 60년간 착하고 야심 있고 신중한 사람이었다. 그녀가 그 조그마한 나라의 국고를 탕진하는 동안 그는 판단력도 건강도 명예도 잃었다. 루트비히 1세는 그녀가 원하는 것은 무엇이든지 다 들어 주었다. 심지어 백작부인의 작위도 내려주었지만, 신하들에게까지 그녀에 대한 인내심을 마냥 강요하지는 못했다. 그 여자의 버릇 없는 행동과 별의별 희한한 변덕들은 뮌헨 시민들의 증오를 불러일으켰으며, 결국 성난 시민들이 거리로 몰려나와 왕의 첩을 몰아내라는 시위를 벌이기에 이르렀다. 하지만 롤라는 조용히 사라지기는커녕

말채찍을 들고 무장한 시위대에 맞섰다. 충신들이 나서서 그녀를 억지로 마차에 태워 국경 지대로 보내지 않았더라면 그녀는 그 자리에서 요절이 났을 것이다. 시름에 잠긴 러드윅 왕은 왕위를 물리고 그녀를 따라 망명길에 올랐다. 그렇지만 왕관도 힘도 은행 계좌도 없었기 때문에 냉대만 받다가 결국에는 그 아름다운 미녀에게 버림받고 말았다.

"그러니까 못된 것 빼놓고는 볼 게 없는 여자네."

타오 치엔이 말했다.

롤라가 묵을 호텔까지 꽃잎을 깔아 놓은 길 위로 아일랜드 남자들 한 무리가 그녀의 마차를 손수 끌고 갔다. 엘리사와 타오 치엔은 그녀가 지나가는 요란한 행렬을 구경했다.

"미친놈들만 득실대는 이 미국 땅에 어울리는 발상이지."

타오는 그 아름다운 여인을 두 번 거들떠보지도 않은 채 한숨을 내쉬었다.

엘리사는 신기하기도 하고 재미있기도 해서 그 카니발 행렬을 따라 몇 구역을 쫓아갔다. 사방에서 폭죽이 터졌으며 허공에는 총성들이 울려 퍼졌다. 롤라 몬테스는 손에 모자를 들고 있었으며, 양쪽 귓가로 곱슬머리가 삐죽 나온 검은색 머리를 가운데 가르마로 타고 있었다. 눈은 신비스럽고 짙은 코발트색이었으며, 화려하게 수가 놓여진 비로드 치마에 목과 손목에 레이스가 달린 블라우스와 유리 구슬로 두툼하게 수가 놓여진 짤막한 투우사 조끼를 입고 있었다. 그녀의 입가에는 조롱의 감정이 가득했고 사람을 업신여기는 표정을 짓고 있었다. 그녀는 자신이 남자들의 은밀하면서도 가장 원초적인 욕망을 자극하고 있으며, 도덕성을 외치는 사람들이 가장 두려워하는 존재라는 걸 확실하게 의식하고 있었다. 그녀는 사악함의 표본이었으며, 자기에게 주어진 그 역할을 즐겼다.

사람들이 열광하고 흥분하는 가운데, 누군가 그녀에게 금가루 한 줌을 뿌려, 그녀의 머리카락과 옷 전체가 오로라처럼 반짝거렸다. 당당하고 두려움이 없는 그 젊은 여자의 모습에 엘리사는 넋을 잃었다. 엘리사는 근래에 부쩍 더 자주 그랬듯이, 불현듯 미스 로즈가 떠오르면서 그녀에 대한 동정과 연민이 파도처럼 밀려 들어옴을 느낄 수 있었다. 코르셋으로 허리를 꽉 조이고 등은 빳빳하게 곤두세우고 다섯 개나 껴입은 속치마들 밑에서 진땀을 흘리던 미스 로즈의 모습이 떠올랐다. '다리를 모으고 앉아라, 똑바로 걸어라, 뛰어다니지 마라, 작은 소리로 말해라, 좀 웃어라, 주름살 생기니까 얼굴을 찡그리지 말아라, 조용히 해라, 관심 있는 척해라, 남자들은 여자들이 관심 있게 들어주면 기분 좋아한다.' 라며 잔소리하던 미스 로즈가 그리웠다. 미스 로즈는 늘 바닐라 향을 풍기며 명랑했다……. 또한 젖은 블라우스 하나만 살짝 걸치고 목욕을 하던 때도 생각났다. 두 눈에는 장난기로 빛났으며, 머리카락은 헝클어져 있었고, 양 볼은 발그스름했다. 그녀는 자유로웠고 늘 만족스러웠다. "엘리사, 여자는 신중하게만 처신한다면 무엇이든지 하고 싶은 대로 다 할 수 있어."라고 속삭이곤 했다. 그렇지만 롤라 몬테스는 전혀 신중하게 행동하지 않았다. 그런데도 최고로 용감한 모험가들보다 더 화려한 삶을 살았으며, 그것도 여자라는 신분을 오히려 한껏 이용하여 거침없고 당당했다.

그날 밤 엘리사는 혼자만의 생각에 사로잡힌 채 자기 방으로 갔다. 그리고 마치 큰 잘못을 저지르는 사람처럼 조심스럽게 옷 트렁크를 열어 보았다. 애인을 쫓아 처음으로 길을 떠났을 때 사크라멘토에 남겨두고 떠났던 것이었다. 그렇지만 타오 치엔이 언젠가 필요할지도 모른다는 생각에 잘 보관해 두었었다. 엘리사가 트렁크를 여는 순간 뭔가 땅바닥으로 떨어졌다. 옛날에 배에 태워주는 대가로 자기가 타오 치엔에게 줬던 진주 목걸이임을 알아보고는 깜짝 놀랐다. 그녀는 감격에 잠겨 진주 목걸이를 한참 동안 손에 쥐고 있었다. 그러고는 옷을 털어 침대 위에 올려 놓았다. 모두 구겨져 있었으며, 지하실 냄새가 났다. 그 다음날 엘리사는 차이나타운에서 제일 유명한 세탁소에다가 그 옷들을 맡겼다.

"타오, 미스 로즈한테 편지 쓸래요."

엘리사가 말했다.

"왜?"

"나한테는 어머니 같은 분이에요. 내가 그분을 이렇게 사랑하고 있는데, 아마 그분도 마찬가지로 나를 사랑하고 계실 거예요. 일체 아무런 연락도 없이 4년이란 세월이 흘렀어요. 내가 죽은 줄 알 거예요."

"그분이 보고 싶어?"

"당연하지요. 그렇지만 그건 불가능해요. 그냥 안심시켜 드리기 위해서만 편지를 쓸 거예요. 그렇지만 그분이 답장을 해 준다면 원이 없겠지요. 이 주소를 써도 상관 없겠어요?"

"네 식구들이 너를 찾아주길 바라는구나……."

그가 갈라지는 목소리로 말했다.

엘리사는 한참을 그를 바라보았다. 그 순간 엘리사는 이 세상에서 타오 치엔만큼 그렇게 가깝게 느껴지는 사람이 없었다는 것을 깨달았다. 심지어 타오 치엔의 옆에서만큼은 마냥 편안했다. 자기와 피를 나눈 사람처럼 가깝게 느껴졌다. 그의 곁에서 얼마나 많은 세월을 보냈는데 여태껏 그걸 깨닫지 못했다니 의아스러울 뿐이었다. 엘리사는 매일 그를 보면서도 그가 그리웠다. 옛날에 좋은 친구였을 때의 걱정 없던 그 시절이 그리웠다. 그때는 모든 게 훨씬 더 간단했다. 그렇지만 다시 그 시절로 돌아가고 싶지는 않았다. 지금은 오래된 우정보다 훨씬 더 복잡하고 미묘한 그 무엇인가가 그들 사이에 가로놓여 있었다.

세탁소에서 드레스들과 속치마들을 찾아, 종이에 싼 채 그대로 침대 위에 올려 놓았다. 엘리사는 트렁크를 열어 흰 스타킹과 부츠를 꺼냈지만 코르셋은 꺼내지 않았다. 그녀는 여태 남의 도움 없이 드레스를 입어 보지 않았다는 걸 새삼 깨달으며 미소를 지었다. 속치마를 입은 다음 제일 잘 어울리는 드레스를 고르기 위해 하나씩 입어 보았다. 막상 드레스를 입으려니 모든 게 서툴고 낯설었다. 리본과 레이스가 엉키고 단추를 잘못 채웠다. 부츠를 신고 그 수많은 속치마들 속에서 균형을 잡는 데만도 몇 분이 걸렸다. 그렇지만 드레스를 하나씩 입을 때마다 불안감은 사라졌으며 다시 여자로 되돌아갈 수 있다는 자신감이 생겼다. 마마 프레시아는 여자로 살아가는 게 얼마나 힘들고 버거운 건지 그녀에게 경고했었다. "몸이 변할 거야. 머릿속에 오만 잡생각이 들면서 어떤 놈이 됐든지 간에 사내놈이면 저 하고 싶은 대로 다 너한테 하려 들 거다."라고 말했지만, 이젠 그런 이야기들이 무섭지 않았다.

타오 치엔은 그날 진료를 마쳤다. 그는 스승의 충고에 따라 손님들에게 예의를 갖추기 위해 늘 입던 재킷과 넥타이를 풀고 와이셔츠 차림이었다. 아직 해가 저물지 않아 무더웠으며, 그날은 7월 중 며칠밖에 되지 않는 무더운 날 중의 하루였다. 타오는 자기는 절대 샌프란시스코의 변덕스러운 날씨에 적응하지 못할 것이라고 생각했다. 샌프란시스코에서는 여름이 겨울 날씨 같았다. 주로 해가 화창하게 떠서 날이 밝지만, 곧 몇 시간만 지나면 골든게이트를 통해 들어오는 두꺼운 구름층이 형성되거나 바닷바람이 몰아쳤다. 그가 침들을 알코올에 담그고 약병들을 정리하고 있는데 엘리사가 들어왔다. 조수는 벌써 퇴근했으며 그즈음에는 데리고 있는 싱송걸즈가 없어 집에는 단둘만 있었다.

"타오, 당신한테 보여 줄 게 있어요."

엘리사가 말했다.

그때 타오는 시선을 들어 엘리사를 보고는 깜짝 놀라서 손에 들고 있던 약병을 떨어뜨렸다. 엘리사는 목에 흰 레이스가 달린 짙은 색상의 우아한 드레스를 입고 있었다. 그는 발파라이소에서 그녀를 알게 되었을 때, 그때 딱 두

번만 여자 옷을 입은 모습을 보았었다. 그렇지만 그때의
모습은 잊지 않았다.

"좋아요?"

"나는 늘 너를 좋아했어."

타오가 그녀를 멀찌감치에서부터 감상하기 위해 안경을
벗으며 미소를 지었다.

"이 옷은 내가 일요일에 입던 정장이에요. 사진을 찍으
려고 이 옷을 입어 봤어요. 그리고 이거 받아요. 이건 당
신 거예요."

엘리사가 그에게 주머니 하나를 건네주었다.

"이게 뭔데?"

"내가 저금한 거예요……. 타오, 여자 한 명이라도 더
사요. 올 여름에 호아킨을 찾으러 갈 생각이었는데 안 가
려고요. 이제는 절대 그를 찾을 수 없다는 걸 잘 알겠어
요."

"우리 모두는 뭔가를 찾으러 왔다가 결국에는 다른 걸
찾는 것 같군."

"당신은 뭘 찾고 있었는데요?"

"지식, 학문, 지금은 생각도 나지 않는 것들이지. 하지만
난 싱송 걸즈를 찾았고, 내가 지금 얼마나 곤경에 처해 있
는지 보라고."

"세상에. 좀 낭만적이면 어디가 덧나나요? 예의상 나도
찾았다는 말을 해야지요."

"너는 어떡해서든지 만났을 거야. 우리의 만남은 이미
운명지어져 있었어……."

"또 윤회 뭐 그런 이야기는 하지 말아요……."

"맞아, 바로 그거야. 우리는 업을 풀 때까지 매번 윤회해서 다시 만나게 되어 있어."

"끔찍하게 들려요. 어쨌든 나는 칠레에는 돌아가지 않을 거예요, 하지만 계속 이러고 숨어 살지도 않을 거예요, 타오. 이제는 내가 되고 싶어요."

"너는 늘 너였어."

"내 삶은 이곳에 있어요. 즉, 내가 당신을 돕기를 원한다면……."

"호아킨 안디에타는?"

"어쩌면 이마에 있는 별은 죽음을 의미할지도 몰라요. 생각해 봐요! 나는 헛되이 이 힘든 여행을 한 거예요."

"헛된 건 아무것도 없어. 인생에는 도착점이 없어, 엘리사. 그냥 걷기만 하는 거야."

"우리가 함께 걸었던 길은 나쁘지 않았어요. 나랑 같이 가요. 미스 로즈한테 보낼 사진을 찍으러 갈 거예요."

"나한테도 한 장 줄 수 있어?"

그들은 나란히 손을 잡고 유니언 광장까지 걸어갔다. 그곳에는 여러 군데의 사진관들이 자리 잡고 있었는데 그들은 제일 그럴싸한 사진관으로 들어갔다. 진열대에는 49세대 모험가들의 사진들이 진열되어 있었다. 곡괭이와 삽을 들고 단호한 표정을 짓고 있는 금발의 턱수염을 기른 젊은 이들, 남방 차림으로 시선을 카메라에 고정한 채 아주 심각하게 서 있는 광부들, 강가에 있는 중국인들, 가느다란 채가 달린 바구니로 금을 씻는 인디오들, 마차 옆에서 포즈를 취한 개척자 식구들의 사진들이 진열되어 있었다. 그 당시에는 사진을 찍는 게 유행이었다. 멀리 있는 식구들에게 보내기 위한 것이기도 했고, 자기들이 금을 찾아 모험을 떠났다는 증거이기도 했다. 동부에서는 캘리포니아엔 근처도 가 보지 못한 사람들이 광부 연장들을 들고 사진을 찍는 사람들도 많다고 했다. 엘리사는 그 엄청난 사진술의 발명이 결정적으로 화가들을 몰아냈다고 확신했다. 사실 화가들이 그린 초상화는 실물과는 거의 비슷한 구석이 없었다.

"미스 로즈한테는 손이 세 개가 달린 초상화가 있어요, 타오. 이름은 잘 기억이 나지 않지만 아주 유명한 화가가 그린 그림이었어요."

"손이 세 개라고?"

"사실 화가는 손을 두 개 그렸는데 미스 로즈가 하나를 더 그리게 했어요. 오빠인 제레미가 그걸 보고는 거의 죽을 뻔했잖아요."

엘리사는 미스 로즈의 책상에 놓을 수 있도록 빨간 비로드 천이 깔린 가느다란 금색 사진틀 안에 자기 사진을 넣고 싶었다. 그리고 호아킨 안디에타의 편지들을 없애기 전에 사진 속에 담아 두고 싶었다. 사진관 안은 소형 극장무대 같았다. 꽃이 흐드러지게 핀 정자들과 백로가 떠 있는 호수가 그려진 배경도 있었고, 두꺼운 판지로 만든 그리스식 기둥들, 장미 화관, 심지어 박제된 곰까지 한 마리 있었다. 사진사는 횡설수설하면서, 스튜디오 안의 기물들 위로 개구리처럼 뛰어다니는, 성질 급한 자그마한 체구의 남자였다. 그는 주문을 받은 다음 연애편지들을 손에 들게 하고는, 엘리사를 탁자 앞에 앉혔다. 그러고는 목까지 받쳐주는 쇠막대기를 등에 갖다대었다. 옛날에 피아노를 배울 때 미스 로즈가 대 줬던 막대기와 매우 흡사한 것이었다.

"움직이시지 말라고 하는 거예요. 자, 카메라를 보시고 숨쉬지 마세요."

난쟁이 사진사가 검은 천 뒤로 모습을 감추자, 잠시 후에 하얀 빛이 번쩍 터지면서 눈앞이 까마득해졌으며, 탄 냄새가 진동해서 재채기가 절로 나왔다. 엘리사는 두 번째 사진을 찍을 때에는 편지들을 내려 놓고 타오 치엔에게 진주 목걸이 차는 걸 도와 달라고 했다.

그 다음 날 타오 치엔은 평소처럼 진료실 문을 열기 전에 아침 일찍 신문을 사러 나갔다가 신문 일면에 호아킨 무리에타가 죽었다는 기사를 읽었다. 그는 엘리사한테 어떻게 이야기해야 좋을지, 또 그녀가 그 이야기를 어떻게 받아들일지 생각하면서 신문을 가슴에 꼭 껴안고 서둘러 집으로 돌아왔다.

7월 24일 새벽녘에 해리 러브 대장과 그의 일행 스무 명은 장님처럼 더듬거리며 캘리포니아를 석 달 동안 헤매다가 툴레어 계곡에 이르렀다. 그즈음에는 그들도 헛것을 쫓으면서 거짓 흔적들을 뒤따라 다니는 데 지쳐 있었으며, 무더위와 모기들의 기승으로 가뜩이나 짜증이 나서 서로를 증오하기 시작할 무렵이었다. 그 여름 석 달 내내 머리 위로 펄펄 끓는 태양을 짊어지고 사막을 뒤지고 다녀야 하는 건 그들이 받는 보수에 비하면 엄청난 희생이었다. 그들은 마을들에서 악당을 체포하면 천 달러의 현상금을 준다는 전단들을 보았다. 그런데 그 몇몇 현상금 전단 밑에는 '나는 5천 달러를 준다' 라는 낙서가 호아킨 무리에타의 서명과 함께 적혀 있었다. 그들은 결국 망신만 당하고 있었으며 약속한 기한까지는 3일밖에 남지 않았다. 빈손으로 돌아간다면 주지사가 준다는 천 달러는 국물도 없었다. 이렇게 희망을 저버리려던 바로 그 순간, 나무 밑에 텐트를 치고 아무것도 모르는 채 쉬고 있는 멕시코인들 일곱 명을 만났으니, 그날은 운이 좋은 날이었다.

나중에 해리 러브 대장은 멕시코인들이 상당히 화려한 복장에 마구들을 갖추고 있었으며, 말들도 다 준마들이라 그의 의심을 불러일으키고도 남았다고 말했다. 그래서 그들에게 가까이 다가가 신원을 확인하려 했던 것이다. 러브 대장의 보고서는 대충 이러했다. 용의자들은 명령에 복종하기는커녕 황급히 자기 말로 달려갔으며, 그들이 채 말에 오르기도 전에 러브의 부하들이 먼저 그들을 포위했다. 단 한 사람만이 마치 군인들의 경고를 못 들은 것처럼 그들을 당당히 무시하고 말을 타러 갔었으며 그가 그들의 두목 같았다. 그는 허리춤에 수렵용 칼밖에 차고 있지 않았으며 그의 무기들은 안장에 매달려 있었다. 그렇지만 대장이 먼저 그의 이마에 권총을 들이댔기 때문에 그는 무기들을 손에 넣을 수가 없었다. 다른 멕시코인들은 군인들의 경비가 소홀한 틈을 타서 얼른 자기 두목을 탈출시키기 위해 몇 발자국 떨어지지 않은 곳에서 신경을 바짝 곤두세우고 기회가 오기만을 호시탐탐 노리고 있었다. 그때 그들은 궁지에 몰리자 갑자기 도망치려고 시도했다. 어쩌면 두목이 단번에 멋들어지게 밤색 준마 위로 올라타고는 군인들의 대열을 흩뜨리면서 도망칠 수 있도록 군인들의 관심을 끌려는 의도였는지도 몰랐다. 그렇지만 말이 총알에 맞아 피를 토하며 땅바닥으로 뒹굴었기 때문에 두목은 멀리 가지 못했다. 그러나 두목이 사슴처럼 잽싸게 뛰어서 도망치려 했기 때문에 그 악당의 가슴에 총을 쏠 수밖에 없었다고 했다. 그리고 러브 대장은 그가 바로 다름 아닌 그 유명한 호아킨 무리에타라고 주장했다.

"더 이상 총을 쏘지 마시오. 이제 당신이 해야 할 일은 다 했소."

그가 죽음에 굴복해 천천히 쓰러지면서 한 말이었다.

그건 극적으로 각색한 언론의 이야기였으며, 사건의 진상을 입증할 만한 멕시코인들은 단 한 명도 살아남지 않았다. 그 용감한 해리 러브 장군은 단칼에 무리에타라고 추정된 그 두목의 머리를 잘라 냈다. 그리고 누군가 그들 중의 한 명의 손가락이 잘려 나간 걸 보고는, 그 즉시 그가 손가락 세 개 잭이라고 주장했다. 그래서 가차없이 그의 목도 잘라냈으며, 손가락이 잘려져 나간 손도 토막 냈다. 그러고는 그 스무 명의 정찰대원들은 몇 마일 떨어지지 않은 옆 마을을 향해 질주했다. 그렇지만 불 지옥 못지 않은 무더위가 기승을 부리고, 엄청난 총탄 세례를 받은 손가락 세 개 잭의 머리가 너덜거렸기 때문에 길에다가 그냥 내버릴 수밖에 없었다. 해리 러브 대장은, 악취에 파리들

306

이 들끓어 무리에타의 머리와 손가락 세 개 잭의 손을 잘 보관해야 했다. 그렇지 않으면 그 전리품이 무용지물이 되어 샌프란시스코까지 가지고 가도 현상금을 못 타겠다고 판단했다. 그래서 그 전리품들을 큼지막한 술병에 담았다.

해리 러브 대장은 영웅 대접을 받았다. 캘리포니아를 역사상 제일 끔찍한 악당으로부터 구해 준 영웅이었던 것이다. 그렇지만 제이컵 프리몬트는 사건 정황이 모두 불명확하고 뭔가 구린 냄새가 난다며 신문에 썼다. 우선 해리 러브와 그의 부하들이 말하는 것처럼 상황을 입증할 수 있는 사람이 아무도 없다는 것이었다. 게다가 석 달 동안 허탕만 치고 돌아다니다가, 대장이 가장 똥끝이 탄 바로 그 시점에 일곱 명의 멕시코인들이 나타났다는 게 좀 의심스러웠다. 그리고 호아킨 무리에타를 확인할 사람도 아무도 없었다. 제이컵 프리몬트가 그 머리를 보러 갔지만, 비슷한 구석이 있기는 해도 확실하게 그가 알던 그 악당의 머리라고는 자신할 수 없었다.

호아킨 무리에타라고 추측되는 남자의 머리와 흉악한 손가락 세 개 잭의 손은 캘리포니아 전역을 돌아다니며 전시되기 전에 먼저 샌프란시스코에서 몇 주간 지체되었다. 구경꾼들의 줄은 꼬리에 꼬리를 물었으며, 그 끔찍한 전리품을 가까이에서 보지 않은 사람은 아무도 없을 정도였다. 엘리사도 맨 먼저 달려가 그 전리품들을 보았다. 엘리사가 그 소식을 접하고도 놀랄 정도로 침착하기는 했지만, 그녀 혼자 그 끔찍한 경험을 하도록 내버려둘 수가 없어 타오 치엔도 그녀를 따라 나섰다. 그들은 햇빛을 그대로 받으며 한참을 기다린 후에 마침내 차례가 되어 건물 안으로 들어갔다. 엘리사는 타오의 손을 꽉 붙잡았다. 그녀의 옷은 땀에 흠뻑 젖어 들었으며 떨려서 다리가 후들거렸다. 엘리사는 마음을 굳게 먹고 앞으로 나아갔다.

그들은 무덤 냄새가 진동하고 누런 대형 초들을 희미하게 켜 놓은 어두운 방 안으로 들어갔다. 벽에는 검은 천들이 드리워져 있었으며, 한쪽 구석에는 피아니스트가 진정으로 우러나온 애도의 마음에서라기보다는 마지못해서 억지로 두드리는 장송곡이 흐르고 있었다. 검정 천으로 뒤덮인 탁자 위에 유리 항아리 두 개가 놓여 있었다. 엘리사는 자신의 심장에서 요동치는 박동 소리가 피아노 소리보다 훨씬 더 크게 들릴 것이라고 믿으며, 두 눈을 꼭 감은 채 타오 치엔이 이끄는 대로 몸을 맡겼다. 드디어 그들은 머리 앞에 멈춰 섰다. 엘리사는 타오가 자기 손을 꼭 잡는 게 느껴져 크게 한숨을 내쉬고는 두 눈을 번쩍 떴다. 몇 초 동안 그 머리를 바라보다가 곧 타오 치엔이 끌어내 밖으로 나왔다.

"그 사람 맞아?"

타오 치엔이 물었다.

"나는 이제 자유로워요……."

엘리사가 타오의 손을 놓지 않은 채 대답했다.

옮긴이의 말

『영혼의 집 *La casa de los espíritus*』으로 문단에 등단하자마자 세계적 명성을 얻은 칠레 여성 작가 이사벨 아옌데는 여러 작품들을 통해 가브리엘 가르시아 마르케스 이후 가장 뛰어난 라틴아메리카 소설가로 인정받고 있으며, 라틴아메리카 여성 해방의 역사를 제시하는 페미니즘 작가로도 평가받고 있다. 타고난 이야기꾼인 이사벨 아옌데는 작품 속에 '마술적 리얼리즘'을 비롯해 여러 새로운 문학적 시도를 꾀하면서도, 자기 자신만의 총체적 문학관, 즉 라틴아메리카의 정치 사회 제도 전반을 작품에 반영하는 기록주의적 성격이 강한 작가이기도 하다. 『운명의 딸 *Hija de la fortuna*』 역시 그런 맥락에서 19세기의 칠레 사회와 캘리포니아의 초창기 개척 시대를 그린 작품이다.

제목에서도 물씬 풍기듯 『운명의 딸』은 주인공인 엘리사가 가부장적인 이데올로기에 얽매인 사회에 맞서 힘겹게 자신의 운명을 개척하며 정체성을 찾아가는 과정을 그린 작품이다. 사생아로 태어나 체면만을 앞세우는 전형적인 가부장 사회인 칠레에서 영국식 교육을 받으며 성장한 엘리사는, 완전히 무(無)에서부터 시작하는 캘리포니아로 건너가 자유가 무엇인지를 깨닫고 여자로서의 삶이 어떤 것인지를 파악하면서 자신의 정체성을 찾아간다.

21세기가 시작된 현재 또한, 아직도 여자라는 이유 하나만으로 사회적 제약을 받고 있으며 심각한 삶의 굴절을 겪고 있는 여성들이 많다. 이 소설에서도 여자로서의 한계를 짊어지고 비극적 삶을 맞이하는 여러 여성들의 이야기가 소개된다. 젊은 시절 한때의 사랑으로 평생 독신을 고집하며 살아가는 미스 로즈, 사생아를 낳아 집안에서 쫓겨나 평생을 가난과 수치와 모멸 속에서 살아가는 호아킨의 어머니, 그리고 창녀들인 '더러운 비둘기들'과 '싱송 걸즈'가 등장한다. 이 여인들은 모두 종교적 이데올로기나 인습화된 봉건적 윤리, 혹은 스스로가 만들어 낸 도착적 욕망, 그리고 제도권 내에서 인정받을 수 없는 아내라는 사회적 위치 등으로 비극적 삶을 살아간다. 물론 여자이기 때문에 그 삶이 더욱 당당한 인물들도 있다. 여자라는 신분에도 주저하지 않고 사업에 뛰어들어 남자 못지않은 부를 축적하는 파울리나와, 고급 창녀이긴 하지만 여자라는 신분을 십분 활용하여 모든 남자들을, 심지어 왕까지도 굴복시키는 당당한 롤라 몬테스가 그러한 예이다. 하지만 남부러울 게 없을 것같이 당당한 파울리나나 롤라 몬테스 역시 여자라는 무거운 십자가를 짊어지고 살아가기는 마찬가지이다.

그리고 이들의 삶은 『운명의 딸』의 속편인 『세피아빛 초상 *Retrato en sepia*』에서 또 다른 역사와 무대를 배경으로 더욱 흥미진진하게 펼쳐진다. 이 작품에서는 엘리사의 딸과 파울리나의 아들 사이에서 사생아로 태어난 아우로라 델 바예가 어렸을 때 받은 심한 정신적 충격으로 다섯 살 때까지의 기억을 잃은 채 야심가인 할머니 파울리나의 밑에서 성장하게 된다. 그리고 이 작품은 다시 이사벨 아옌데의 첫 작품인 『영혼의 집』과 연결되어 3부작을 형성하면서 예전부터 내려오는 칠레 근현대사의 질곡과 운명의 짓궂은 장난에 희생되는 여성들의 삶을 그려 나간다.

그렇지만 이사벨 아옌데의 여주인공들은 수동적인 삶을 살아가는 나약하고 가련한 여인들이 아니라, 여성의 성적 억압과 왜곡된 현실에 강한 문제의식을 던지며 사는 굳센 여자들이다. 수동적인 태도로 삶을 수용하고 자기희생적인 태도로 현실을 참아 내기보다는, 그런 환경을 극복하려는 적극적이고 주체적인 의지를 보여 준다. 종교적 이데올로기와 전통적인 제도에 의해 성적 욕망이 죄악시됨으로써 굴절된 삶을 살아가는 여성들의 모습을 통해 가부장적인 사회에 비판적인 인식을 내보이기도 하고, 제도나 사회적 관계에서 소외된 여성들의 성적 욕망과 갈등을 이해와 동정의 시선에서 드러냄으로써 성적 욕망에 인간의 본원적인 욕망이라는 긍정적 의미를 부여하기도 한다.

이 소설의 주인공인 엘리사 또한 임신한 몸으로 밀항하여 캘리포니아로 가는 배 안에서 아이를 유산한 후, 남장을 하고 여자로서의 모든 삶을, 즉 자신의 삶을 포기한 채 살아간다. 하지만 점차 자신에 대한 자신감을 회복하는 과정에서 그녀는 성적 욕망을 되찾게 되고, 그와 동시에 여자라는 자신의 정체성을 찾으며 소설의 결말을 맺는다. 윤리적 규범이나 제도의 압박으로 성적 욕망에 대해 지나친 죄책감을 갖고 그것을 부정하던 엘리사는 자기 안에 내재되어 있던 성적 욕망을 인정함으로써 자기 스스로를 옭아매었던 인식의 압박에서부터 벗어나게 되는 것이다. 이러한 과정을 통해 엘리사는 정신적 안정과 평안에 이르게 되는데, 그것은 외부의 억압과 주어진 욕망을 벗어나 진정한 자아를 발견하고 고유의 욕망과 체험을 확보하면서 자신의 정체성을 확립하게 된 것이라고 할 수 있다.

이와 함께 이사벨 아옌데는 타오 치엔이라는 중국 의사와 미국 사회에서 억압받고 소외받는 히스패닉계와 인디오들을 등장시킴으로써 그동안 서구-백인-남성이 주체가 된 사회와 역사 인식에 대한 반성을 하게 되는 계기를 마련하며, 또 그들로 인해 소외되어 오던 제삼세계-유색인-여성이라는 집단에 대한 이해와 관심을 증폭시킨다. 그리고 이러한 이사벨 아옌데의 사상과 관점은 자신의 삶을 솔직하게 그려 낸 자서전이라고도 볼 수 있는 『파울라*Paula*』를 통해서 여실히 찾아볼 수 있다. 그 작품에서 우리는 이사벨 아옌데라는 여인의 영혼을 더욱 잘 이해할 수 있으며 그와 더불어 '마술적 리얼리즘', '기록문학', '페미니즘 문학'의 작가로서 그녀의 명성이 어떻게 싹이 트고 결실을 맺었는지도 떠올려 볼 수 있다. 그리고 그녀의 작품들 하나하나가 어떤 배경과 어떤 심경으로 씌어졌는지도 공감할 수 있다. 그녀의 소설들이 왜 가부장적 남성중심 사회를 거부하는지, 왜 성폭력을 당한 여자아이들이 빈번하게 등장하는지, '아버지'라는 존재가 왜 부정적인지, 수동적인 남성형과 능동적인 여성형이 왜 등장하는지, 독재 정권에 반항하는 사회변혁 운동과 여성해방 운동이 왜 자주 언급되는지, 에로티시즘이라는 주제가 왜 지속적으로 묘사되는지, 과장적이고 비현실적인 상황과 인물 설정을 통한 마술적 리얼리즘 기법이 왜 사용되는지, 작품의 환상성이 어떻게 유래되었는지를 이해할 수 있게 된다. 그리고 그녀는 이와 같은 '들려주는 이야기'로 회귀함으로써 소설의 부활에도 한몫 기여하고 있다. 여러 난해한 실험 소설들로 인해 일반 독자들로부터 외면당했던 소설을 옛날이야기 들려주는 방식으로 쉽고 재미있게 전개하면서, 읽는 소설로서의 재미를 한층 증폭시킨 것이다.

2007년 겨울
권미선

작가 연보

1942년 8월 2일 페루 리마에서 출생. 아버지 토마스 아옌
데가 칠레의 외교관으로 리마에서 근무.

1945년 아버지가 가족을 버리고 행방불명되자 어머니 도
냐 판치타가 결혼을 무효로 하고 세 자식들을 데
리고 칠레의 산티아고로 돌아와 그곳에서 친정의
도움으로 아이들을 양육.

1953년 어머니가 외교관 라몬 우이도브로와 재혼한 뒤 볼
리비아와 베이루트 등에서 거주.

1958년 칠레로 귀국.

1959년 산티아고 주재 UN의 FAO(Food and Agriculture
Organization)에서 근무.

1962년 미겔 프리아스와 결혼.

1963년 큰딸 파울라가 태어남.

1964년   남편 미겔 프리아스와 딸 파울라와 함께 브뤼셀과 스위스에 살면서 유럽으로 여행을 다님.

1966년   칠레로 귀국한 뒤 아들 니콜라스가 태어남.

1967년   잡지 《파울라》에 기고.

1970년   삼촌이자 대부인 살바도르 아옌데가 칠레 최초의 사회주의 대통령으로 선출됨. 계부인 라몬 우이도 브로는 아르헨티나 대사로 임명됨. 이사벨은 산티아고의 텔레비전에서 유머 프로그램과 인터뷰 프로그램을 진행.

1973년   아동 잡지 《맘파토》에서 근무.
         연극 「대사」가 산티아고에서 무대에 올려짐.
         9월 11일 아우구스토 피노체트 장군이 쿠데타를 일으킴. 살바도르 아옌데 사망.

1975년   가족과 함께 베네수엘라로 망명을 떠나 그곳에서 13년간 거주.

1978년   미겔 프리아스와 별거에 들어감.
         스페인에서 2달간 생활.

1979년   카라카스에 있는 마로코 고등학교에서 행정직으로 근무.

1981년   99세인 외할아버지가 위독하다는 소식을 듣고 외할아버지에게 보내는 편지를 쓰게 되는데, 이 편지가 『영혼의 집 *La casa de los espíritus*』의 토대가 됨.

1982년   『영혼의 집』 출간.

1984년   『뚱뚱한 도자기 인형 *La gorda de porcelana*』, 『사

랑과 그림자에 대하여 *De amor y de sombra*』 출간.

1985년   『영혼의 집』 영어 번역판 출간.

1987년   남편과 이혼. 『에바 루나 *Eva Luna*』가 영어 번역
         판과 동시에 출간됨. 미국 캘리포니아의 산호세에
         서 윌리 고든을 만남.

1988년   7월 7일 윌리 고든과 결혼.

1989년   『에바 루나의 이야기들 *Cuentos de Eva Luna*』 출간.

1990년   칠레가 민주화되면서 15년 만에 귀국.

1991년   『에바 루나의 이야기들』 영어 번역판 출간. 마드
         리드에서 신작 『영원한 계획 *El plan infinito*』의 출
         간 기념회 행사 중 딸 파울라가 불치병인 '포피린
         증'으로 의식불명이 되었다는 소식을 접함.

1992년   12월 6일 파울라 사망.

1993년   『영원한 계획』 영어 번역판 출간. 런던에서 「영혼
         의 집」을 연극으로 무대에 올림. 「영혼의 집」이
         빌 어거스트 감독에 의해 제레미 아이언스와 위노
         나 라이더 주연으로 영화화됨.

1994년   『파울라 *Paula*』가 스페인어, 독일어, 네덜란드어,
         영어로 출간됨. 『사랑과 그림자에 대하여』가 베티
         카플란 감독에 의해 영화화됨. 가브리엘라 미스트
         랄 상 수상.

1997년   『아프로디테 *Afrodita : Cuentos, recetas y otros
         afrodiscos*』 출간.

1998년   『아프로디테』 이탈리아어와 영어 번역판 출간.

1999년   『운명의 딸 *Hija de la fortuna*』 출간.

2000년 『세피아빛 초상 *Retrato en sepia*』 출간.

2002년 『야수들의 도시 *La ciudad de las bestias*』 출간.

2003년 『내가 만들어 낸 나라 *Mi país inventado*』, 『황금 용 왕국 *El reino del dragón de oro*』 출간.

2004년 『소인족의 숲 *El bosque de los pigmeos*』 출간. 이 작품의 출간으로 청소년을 위한 삼부작 『야수들의 도시』, 『황금 용 왕국』, 『소인족의 숲』이 완성됨.

2005년 『이사벨 아옌데의 조로 *El Zorro : Comienza la leyenda*』 출간.

2006년 『내 영혼 이네스 *Inés del alma mía*』 출간.

2007년 『파울라』의 후편으로 자전적 성격이 강한 『지난 세월 *La suma de los días*』 출간. 현재 미국 캘리포니아 산라파엘에 거주.

세계문학전집 **164**

운명의 딸 2

1판 1쇄 펴냄 2001년 7월 15일
1판 7쇄 펴냄 2003년 9월 30일
2판 1쇄 펴냄 2007년 12월 14일
2판 19쇄 펴냄 2022년 3월 11일

지은이 이사벨 아옌데
옮긴이 권미선
발행인 박근섭, 박상준
펴낸곳 (주)민음사

출판등록 1966. 5. 19. (제 16-490호)
서울특별시 강남구 도산대로1길 62(신사동) 강남출판문화센터 5층 (우편번호 06027)
대표전화 02-515-2000 팩시밀리 02-515-2007
www.minumsa.com

한국어 판 ⓒ (주)민음사, 2001, 2007. Printed in Seoul, Korea

ISBN 978-89-374-6164-4 04800
ISBN 978-89-374-6000-5 (세트)

세계문학전집 목록

세계문학전집은 계속 간행됩니다.